林 꺽정

벽초 홍명희 소설

5

의형제편 2

사계절

일러두기

1 이 책은 본사에서 펴낸 1985년 1판과 1991년 2판, 1995년 3판을 토대로 하였고, 이미 2판과 3판에서 시행한 조선일보 신문연재분과 1939년, 1940년에 나온 조선일보사본, 1948년에 나온 을유문화사본 대조작업을 한번 더 거쳐 나온 것이다.
2 표기는 원문의 느낌을 최대한 살리는 선에서 현행표기법에 따라 바로잡았다. 지문에서는 표준말을 원칙으로 하였으나 표준말이 없는 것은 그대로 놔두었다. 대화에서는 방언이나 속어를 살리되 현행 한글맞춤법에 맞도록 표기하였다.
3 원전에 나와 있는 한자 가운데 일반적인 것은 더러 빼기도 하고 필요한 한자는 더 보충해 넣기도 하였다.
4 독자들이 읽기에 편리하도록 현재 흔히 쓰지 않거나 꽤 까다로운 말은 뜻풀이를 첨부하였다.
5 길막봉이의 첫째 형 이름은 '선봉이'인데, 작가의 오류로 '큰봉이'로 되어 있는 부분이 있어 이를 '선봉이'로 바로잡았다.(120~134쪽)

차례

372	234	138	008
이봉학이	배돌석이	황천왕동이	길막봉이

길막봉이

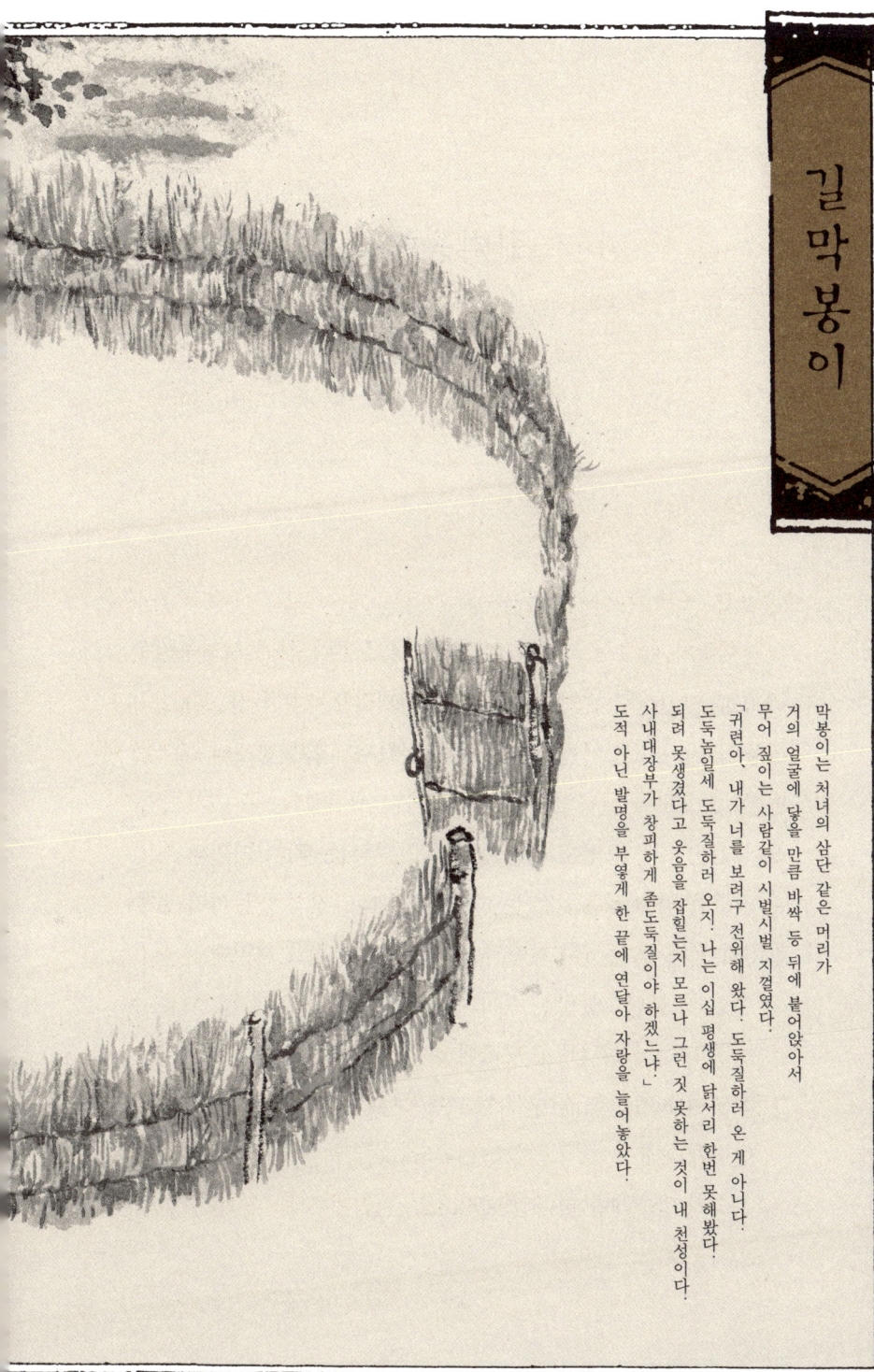

막봉이는 처녀의 삼단 같은 머리가 거의 얼굴에 닿을 만큼 바싹 등 뒤에 붙어앉아서 무어 짚이는 사람같이 시벌시벌 지껄였다.
「귀련아, 내가 너를 보려구 전위해 왔다. 도둑질하러 온 게 아니다. 도둑놈일세 도둑질하러 오지. 나는 이십 평생에 닭서리 한번 못해봤다. 되려 못생겼다고 웃음을 잡힐는지 모르나 그런 짓 못하는 것이 내 천성이다. 사내대장부가 창피하게 좀도둑질이야 하겠느냐.」
도적 아닌 발명을 뿌옇게 한 끝에 연달아 자랑을 늘어놓았다.

길막봉이

곽오주가 탑고개 쇠도리깨 도적으로 소문이 나기 시작하였을 때 송도 사기장수 손가 형제가 서흥 사기막으로 이사가느라고 식구들을 데리고 청석골을 지나가게 되었다. 손가 형제의 식구가 어른 아이 모두 일곱인데 어른 넷, 아이 셋이었다. 큰 손가는 다섯살 먹은 아들을 업고 형제의 아내 두 동서는 각각 자기의 젖먹이 딸들을 업고 작은 손가는 이삿짐을 졌다. 청석골 골짜기 길을 걸어나갈 때 두 동서가 가만가만 이야기하며 길을 걸었다.

"형님, 꼬불탕꼬불탕한 길이 어째 무시무시하오."

"이런 데니까 대낮에도 도적이 나지."

"쇠도리깨 가진 도적이 무슨 고개에서 난답디다."

"탑고개라네."

"우리가 탑고개를 지나갈 테지요?"

"그럼."
 "탑고개를 비키고 다른 길로 못 가나요?"
 "다른 길이 없다네."
 "쇠노리깨 도적놈이 흉악하다는데 만나면 어떻게 하오?"
 큰동서가 미처 말하기 전에 뒤에 오는 작은 손가가 저의 아내의 말을 귓결에 듣고
 "그따위 말 지껄이지 말게. 호랭이 말하면 호랭이 온다네."
하고 아내를 나무랐다.
 "걱정이 되니까 말이지."
 "지껄이면 길 늦네. 입 닥치구 어서 가세."
 "이야기하며 가야 발 아픈 줄 몰라요. 우리끼리 이야기하는데 왜 참견이오?"
하고 형수가 저의 아내를 거들어주려는 것같이 말하니 작은 손가는 증난 말씨로
 "그럼 실컷 이야기하시우."
하고 입을 다물었다.
 "그만 말에 골낼 것 무엇 있소?"
 "누가 골냈소?"
 "지금 골내지 않았소?"
 "나는 골 잘 내는 사람이오? 공연히 그러지 마오."
 "무얼 말란 말이오?"
 앞서가던 큰 손가가 아내와 아우의 말다툼하는 소리를 듣고

"집에서 새든 바가지 들에 와서 안 새겠니?"
하고 뒤를 돌아보며 입맛을 쩍쩍 다시었다.
 "이야기들 한다고 골을 내고, 같지 않은 일에 골낸다고 말하니까 골 안 냈다고 잡아떼니 사람이 속상하지 않소?"
아내는 송사˚하듯 말하고
 "쇠도리깨 도적놈 말 말라구 개 어머니더러 이르는데 아주머니가 공연히 탄하구 나서는구려."
 아우는 발명하듯 말하는데 큰 손가는 이말저말 다 듣기 싫다는 듯이 한번 머리를 흔들고
 "그 도적놈 만날까 봐 나두 은근히 속으루 걱정이다."
하고 말하였다.
 "누가 아니라우? 만나기만 하면 제일 어린애들 때문에 걱정이오."
 큰 손가가 아우의 말에 대답하려고 할 때 아내 등에 업힌 어린 딸이 울어서 아내를 보고서
 "내려서 젖을 먹여가지구 가세."
하고 말하여 일행이 길가에 앉아 쉬게 되었다.
 "쇠도리깨 도적놈이 어린애 간을 잘 먹는다는구나."
 "간을 빼먹는지는 몰라두 어린애 잘 죽이는 것은 참말인갑디다."
 "전고에 듣지 못하든 흉악한 도적놈두 다 많지."
 "송도 포도군사들이 이런 도적놈을 잡지 않구 놓아두니 아마

도적놈하구 통을 짰는지 모르지요."

"설마 통이야 짰겠니? 놀구 자빠져서 잡으려구 애를 쓰지 않는 게지."

"이야기를 들으니까 포도군사들이 일쑤 도적놈의 등을 쳐서 먹느라구 일부러 잡지 않구 놓아둔답디다."

"그런 일두 많겠지만 쇠도리깨 도적놈은 무서워서 좀처럼 잡을 생의두 못할 게다."

"날구 기는 재주를 가진 도적놈일지라두 포도군사들이 참말 잡으러 들면 못 잡을 리 있겠소?"

"작년에 송도 군관들이 댓가지 가진 도둑놈에게 큰 망신을 했다는데 이때까지 잡지 못하는 걸 보면 참말 잡으러 들어두 별수 없는 모양이더라."

● 송사(訟事) 백성끼리 분쟁이 있을 때, 관부에 호소하여 판결을 구하던 일.

"댓가지 도둑놈은 인명을 해친 일이 없다는데 쇠도리깨 도둑놈은 한 달 동안에 어린애만 해친 것이 셋이나 넷이랍디다."

"그런 악착스러운 짓을 한 놈이 제명에 죽을까."

"셋이나 넷이 다 우리네 같은 사람의 자식인갑디다. 그러기에 도둑놈이 목숨이 붙어 있지요."

"왜?"

"양반의 새끼가 하나만 끼였드면 도둑놈은 벌써 잡혀서 능지를 당했을 것 아니오."

형제의 도적 이야기가 잠깐 동안이 뜰 때 작은 손가의 아내가 저의 남편을 바라보며

"남더러는 도둑놈 말 말라드니 자기는 신이 나서 지껄이네."
하고 오금박듯이 말하였다.
 작은 손가는 아내에게 오금박히고 가만히 있지 아니하였다.
"여편네가 입이 싸면 못쓰는 법이야."
 남편은 아내를 나무라고
"사내는 쓰는 법인가?"
아내는 남편을 뒤받아서 내외의 아귀다툼이 시작되니 큰 손가가
"고만 쉬구 일어나지."
하고 먼저 아들을 업고 일어서서 아우 내외가 아귀다툼을 계속하지 못하도록 아우를 자기 앞에 내세우고 제수는 아내와 같이 자기 뒤를 따르게 하였다. 일행이 한동안 말이 없이 길을 걸어서 탑고개 밑에까지 왔을 때
"인제 탑고개 다 왔소."
"여기서 또 좀 쉬어가자."
"아무리나 합시다. 그런데 나는 아까부터 공연히 맘에 서먹서먹하오."
"쉬는 동안에 내가 한번 고갯마루턱까지 올라가보구 오마."
"형님, 여기 있소. 내가 가보구 오리다."
"내가 얼른 갔다올게, 그동안 또 말다툼이나 하지 마라."
 형제가 의좋게 서로 말한 뒤에 큰 손가는 아들을 내려놓고 홑몸으로 고개를 올라갔다. 고갯마루턱까지 두어 행보 할 동안이 지났는데 올라간 사람이 내려오지 아니하였다.

"형님이 왜 이렇게 오래 아니 올까. 내가 가봐야겠군."
앉았던 작은 손가가 벌떡 일어서니
"무슨 변고가 났으면 어떻게 하오?"
형수는 조바심을 하고
"마저 가서 아니 오면 우리는 어떻게 하오?"
아내는 울상을 하였다.

작은 손가가 차츰차츰 고갯길을 올라오며 앞을 바라보니 길 한 중간에 머리를 이리 두고 엎어져 있는 사람이 곧 저의 형이라 한달음에 뛰어와서 형의 머리맡에 주저앉았다. 갓 부서지고 망건 짜개진 건 말할 것 없고 뒤통수가 깨어져서 골까지 비쭉이 드러났는데 목숨만은 다행히 붙어 있었다. 작은 손가가 형님의 깨어진 머리를 수건으로 싸 동이면서
"형님, 형님."
하고 불러보니 형의 대답하는 소리가 다 죽어가는 사람의 소리와 같았다.
"이거 웬일이오?"
하고 형에게 물으면서도 속으로는 도적놈 쇠도리깨에 얻어맞은 것을 십분 짐작하고 작은 손가는 머리를 들고 좌우쪽 산 위를 둘러보았다. 바른쪽 언덕 위에 도적놈 둘이 서 있는데, 한 도적이 짚고 섰는 물건이 쇠도리깨인 것이 분명하였다. 작은 손가가 분이 복받치고 악이 올라서 무서운 생각도 다 잊어버리고 앞으로 뛰어나가 언덕 아랫길에서 그 도적들을 치어다보았다. 하나는 늙

은 도적이고 하나는 젊은 도적인데 젊은 도적이 사람도 우악스럽게 생겼거니와 짚고 섰는 쇠도리깨가 무지하게 굵었다. 작은 손가가 두 도적에게 손가락질하면서

"어떤 놈이 우리 형님을 쳤느냐?"

하고 소리를 지르니 쇠도리깨 가진 도적이 아래로 쫓아내려오려고 하는데 늙은 도적이 붙들고 귓속말을 수군수군하여 내려오지 않고 그대로 서서

"내다. 어쩔 테냐?"

하고 맞소리를 질렀다.

"쇠도리깨 도적놈아, 내 말 들어라. 죄 없는 어린애와 죽지 못해 사는 사람이나 손쉽게 죽이구 가난뱅이의 장 밑천이나 떨어먹는 너 같은 도둑놈은 개같이 더러운 도둑놈이다. 이놈아, 세상에 죽일 만한 사람이 씨가 져서 악착스럽게 어린애를 죽인단 말이냐. 세상에 빼앗을 재물이 그렇게 없어서 가난뱅이 밑천을 빼앗는단 말이냐. 너같이 못된 도둑놈이 천하에 또 어디 있겠느냐. 이놈아, 이왕 도둑놈이 되었거든 된도둑놈 노릇을 해라. 우리 형제는 행세두 못하구 천량두 못 가진 사람이다. 우리 형님을 무슨 까닭으로 해치느냐. 까닭을 좀 대라. 어디 들어보자."

작은 손가가 하늘이 얕다고 펄펄 뛰며˚ 욕질하는데 늙은 도적이 젊은 도적의 앞을 막고 나서서

"여게, 자네 훈계 잘 들었네. 자네 형님은 서라구 하는데 서지 않구 도망하다가 도리깨 한번 얻어맞았네. 가엾세. 얼른 자네 형

님 데리구 가서 치료해주게. 우리는 가네."
하고 웃으며 말한 뒤에 뿌루퉁하고 섰는 젊은 도적의 손목을 끌고 돌아섰다. 작은 손가는 도적들의 뒤를 바라보며

"우리 형님이 죽어만 봐라, 원수 갚으러 올 테니."
하고 벼르고 도적이 산으로 들어가는 것을 보고 곧 누워 있는 형에게 와서 형을 업고 고개 밑으로 내려왔다.

손가 형제가 본래 광주 분원 사람인데, 형은 사기를 구울 줄까지 아는 사람이고, 아우는 사깃짐 지고 다니는 도붓장수로 이골난 사람이다. 형제 같이 송도로 이사오기는 아는 사람의 연줄도 있거니와 장사 자리가 좋을 줄 믿고 치부하러 온 것인데 송도 와서 수삼년 장사를 하는 동안에 형제가 다 딸 하나씩 낳아서 식구가 늘 뿐이지 장사에는 별로 재미를 보지 못하여 고향으로 도로 갈까 말까 하던 중에 형이 서흥 사기막 사람 하나와 친하여 그 사람의 주선으로 서흥 가서 사기를 굽게 되어 아우의 식구까지 끌고 다시 이사를 가던 길이다. 형이 죽고 보면 서흥 이사는 파의할 수밖에 없는 사세˚라 작은 손가가 형수와 의논하고 우선 송도로 돌아가서 형의 상처를 치료하기로 작정한 뒤 가까운 동네에 가서 승교바탕과 사람 둘을 얻어가지고 와서 형은 승교바탕을 태우고 이삿짐은 다른 사람 지우고 작은 손가 자기는 형이 업고 오던 조카아이를 업고 어린 딸들 업은 형수와 아내를 데리고 떠났던 송도로 다시 들어왔다.

십여일 지난 뒤에 큰 손가는 상처가 합창이 되고 음식까지 잘

• 하늘이 낮다고 뛴다 성이 나서 길길이 뛰는 모양을 견주어 이르는 말.
• 사세(事勢) 일이 되어가는 형세.

먹게 되었으나 행보를 잘 못하여 뒷간 출입도 남이 붙들어주어야 하고, 더욱이 총명이 전만 못해서 모든 일을 선망후실*하여 말하자면 정신은 다 빠지고 등신만 남은 것이었다. 형이 이 모양 된 것을 보고 작은 손가는 기막히는 중에 형제 벌어서 먹이던 식구를 혼자 담당할 일이 더욱이 기막혔다. 아무리 이삼년 살던 곳이라도 타향인데다가 한번 파산하였던 살림이라 신접과 다름이 없고 또 의약의 소입所入이 적지 않아서 이사 밑천을 다 잘라먹었다. 작은 손가가 도붓장사를 나가려고 준비를 차릴 때 형수를 보고 형의 원수 갚을 일을 이야기하였다.

"내가 형님이 죽으면 원수 갚으러 간다구 말했지만 형님이 살기는 살았어두 원수는 갚아야 하겠소. 우리 집이 망하게 된 것이 쇠도리깨 도적놈의 탓이니까 그놈을 잡아서 살점을 뜯어먹어두 속이 시원치 못하우. 생각할수록 분해 죽겠소."

"포도군사들에게 청을 해서 잡도록 해보구려."

"포도군사 다 소용없소. 형님이 죽을 뻔한 것을 알구 와서 묻기까지 하지 않았소. 그 뒤에 두서너 번 청석골 가서 소풍들 하구 왔는갑디다."

"그러면 어떻게 원수를 갚을 테요?"

"나 혼자는 원수를 갚을 수 없구 동무 몇사람을 얻어야겠는데 먼저 생각나는 이 아주머니 동생들이오. 이번 장사 나가는 길에 수원 가서 말해볼 테니 아주머니 생각에 어떻소?"

"글쎄, 큰동생 둘쨋동생은 내가 남에게 맞아죽었대도 원수 갚아줄 위인이 못 되니까 말할 것 없고, 셋째 넷째는 잘 말하면 올 것 같소."

"선봉이, 작은봉이는 온대두 성가시우. 내가 가서 말해보려는 것두 삼봉이, 막봉이 두 사람이오. 그중에도 막봉이 같은 장사를 붙들어와야 할 텐데, 그 자식이 장사를 나가지나 않았을지 모르겠소."

"막봉이가 힘이 장사라지만 쇠도리깨 도둑놈을 당하겠소?"

"당하다뿐이겠소. 내가 그동안 도둑놈의 소문을 알아보았소. 쇠도리깨 도둑놈은 남의 머슴살이하던 놈인데 뚝심깨나 쓴답디다. 막봉이가 지금 나이 이십이 넘었으니까 힘이 더 낫겠지만 그전 힘만 가지구두 뚝심깨나 쓰는 놈은 어린애 다루듯 할 것이오. 그러나 댓가지 도둑놈이 쇠도리깨 도둑놈과 한패라는데, 그놈이 던지는 댓가지가 활로 쏘는 화살버덤 더 무섭다니 그것이 좀 걱정이오."

● 선망후실(先忘後失) 자꾸 잊어버리기를 잘함.

"포도군사들도 잡지 못하는 도둑놈을 잡으려면 허술히 해서 안 될 게요."

"허술히 안 할라구 속으로 끙끙 앓구 있어요. 지금 내 맘에 생각하구 있는 사람이 우선 막봉이 형제니까 막봉이 형제를 가보구 잘 의논하지요. 막봉이가 저 같은 장사 동무가 있어서 같이 오게 되면 댓가지 도둑놈두 어떻게 처치할 수 있을 게요."

"막봉이를 끌어올라면 첫째 우리 아버지에게 말을 잘하시오."

"내가 내 말루 할 뿐 아니라 아주머니 말을 할 테요."

"아무리나 하오. 그래 이번 올 때 우리 동생들과 같이 올 작정이오?"

"그건 가봐야 알지요. 막봉이가 만일 장사 나갔으면 기다려보구 올 테니까 이번 행보는 전보다 좀 더딜는지 모르겠소. 그동안 아주머니는 걔 어머니 데리구 방아품이라두 팔아서 연명하구 지내시우."

"그건 염려 마오."

작은 손가가 형수에게 부탁할 말 부탁하고 형수의 부탁받을 말을 받은 뒤에 사깃짐을 차려 지고 도붓길을 떠났다.

작은 손가가 사깃짐을 지고 이곳저곳 들러서 당장에 곡식을 받고 팔기도 하고 또 다음날 받기로 하고 외상을 놓기도 하여 사기 한 짐이 얼마 남지 않았을 때 수원 발안이 장터에 있는 형의 처가를 찾아왔다. 형의 장인 되는 늙은이가 마침 삽작 밖에 나선 것을 보고 손가가 멀찍이서 사기 지게를 벗어놓는 중에 늙은이가 앞으로 나오면서

"이게 누군가! 자네 얼마 만인가? 장사 재미 보았나? 자네 형의 식구들 다 무고한가?"

하고 연거푸 말을 물어서 손가는 '녜녜' 대답하며 늙은이 앞에 와서 발아래 코를 박듯이 절하였다.

"오래 소식을 몰라서 궁금하더니 자네 잘 왔네. 어서 들어가세."

하고 늙은이가 앞서 돌아선 뒤 손가는 사기 지게를 들고 늙은이

의 뒤를 따라서 들어왔다. 늙은이가 손가와 같이 자기 쓰는 방에 들어와 앉았다.

"그래 그동안에 별 연고는 없었다지?"

하고 늙은이 묻는 말에 손가가

"연고가 없지 않았습니다."

하고 대답하니

"무슨 연고?"

하고 급히 묻는 늙은이 얼굴에 놀라는 빛이 있었다.

"월전에 서홍으루 이사를 가다가 청석골서 도둑놈을 만나서 형이 죽을 뻔했습니다."

"도둑놈에게 죽을 뻔했어? 자네 형같이 양순한 사람을 해치려는 도둑놈이 있더란 말인가? 그래 죽을 뻔하다 살긴 살았나?"

"네, 자세한 이야기는 차차 하겠습니다."

"늙은 사람이 갑자기 놀랄까 봐 죽은 것을 기이는 것 아닌가? 차차 이야기할 것 무엇 있나."

"아니올시다. 형이 죽었으면 죽었다지 살았다구 할 리가 있습니까?"

"그럼 내 딸이 죽었나?"

"아니올시다. 아주머니는 도둑놈 낯바대기두 보지 못했습니다."

"이사가는 길에 도둑놈을 만났다며?"

"형이 혼자 앞길을 살펴보러 갔다가 도둑놈에게 봉변을 당했습니다. 나중에 자세자세 이야기하겠습니다."

"이사를 너무 다니면 그런 변두 당해 싸지. 송도가 재미없으면 고향으루나 다시 올 게지, 왜 또 다른 데루 이사를 간단 말인가. 그렇게 이사를 자주 다녀서야 살림이 되나."

늙은이의 사설이 더 나오기 전에 손가가 얼른

"댁에는 아무 연고 없습니까?"

하고 물었다.

"늙은 사람 밥 잘 먹구 어린것들 장난 잘 치구 아무 연고 없지."

"그동안 큰손자 장가들이셨습니까?"

"제 끝엣삼촌이 아직 장가를 못 들었는데 제놈이 들 수 있나."

"나이는 장가들 나이 되었겠지요?"

"올에 열다섯살인데 숙성해서 장가들이면 사내 구실 훌륭히 할 겔세."

"증손 보시기 급하지 않습니까?"

"급한 맘이야 고손주두 얼른 보구 싶지. 내가 백살까지 살면 고손주 볼 수 있으렷다."

늙은이가 사설할 때와는 딴판으로 껄껄 웃고 나서

"그래 송도 가서 천량이나 좀 모았나?"

하고 물었다.

"천량이 어디 그렇게 쉽게 모여집니까?"

"모았다구 말해두 달라지 않네."

"모았으면 형은 고사하구 저라두 달라시기 전에 드리겠습니

다."

"좋은 말일세."

"막봉이 여러 형제가 다 어디 갔습니까?"

"막봉이만 장사 나가구 그 애 형들은 다 집에 있네."

"막봉이가 언제 장사를 나갔습니까? 언제쯤 온다구 말하구 나 갔습니까?"

"나갈 제 한 달 말하구 갔으니까 일간 돌아올 겔세."

"오래간만이라 보구두 싶구 또 보구 말할 말이 있는데 속히 왔으면 좋겠습니다만, 오지 않으면 낭팬걸요."

"말할 일이 무슨 일인가?"

"삼봉이, 막봉이 둘에게 의논할 일입니다."

"글쎄 무슨 일이여? 나더러는 말 못할 일인가?"

"아니올시다. 먼저 말씀하구 나서 막봉이 형제에게 말할 일입니다."

"대체 그게 무슨 일인가?"

하고 늙은이가 다그쳐서 작은 손가는 서흥으로 이사가게 된 이야기부터 쇠도리깨 도적놈 원수 갚으려고 수숙간 상의한 이야기까지 일장 다 말하고 막봉이가 돌아온 뒤에 삼봉이, 막봉이 형제를 데리고 가게 하여달라고 늙은이에게 청하였다.

늙은이가 손가의 말을 다 듣고 나서 한참 있다가

"삼봉이는 덜렁꾼이라 다른 말이 없겠지만 막봉이는 남이 바루 가자면 짓궂이 외루 가는 사람이니까 잘 갈라구 할는지 모르겠네."

하고 아들들의 성질을 말하여 주었다.

"저두 압니다. 더구나 집의 아주머니가 저더러 부탁합디다."

"무어라구 부탁하든가?"

"사돈어른이 안 되시면 막봉이는 안 될 게니 먼저 사돈어른께 허락을 얻두룩 하라구 부탁을 합디다."

"내 허락은 어려울 거 없네."

"막봉이 가구 안 가는 것은 사돈어른께 달렸습니다."

"보아가며 나두 자네 말을 거들어줌세."

"그러면 되었습니다. 삼봉이는 어디 갔습니까?"

"제 형들은 나무 갔는데 저는 나무두 안 가구 집에 자빠져 있더니 심심해서 어디 놀러간 모양일세."

손가가 늙은이와 이야기하는 동안에 해가 저물어서 나무 갔던 선봉이와 작은봉이가 먼저 들어오고 그 뒤에 놀러갔던 삼봉이도 돌아왔다. 손가가 형제들이 쓰는 큰방에 와서 저녁들을 같이 먹은 뒤에 삼봉이를 보고 쇠도리깨 도적놈의 원수 갚을 일을 이야기하니 삼봉이는 대번에

"친형님이나 매형님이나 형님은 마찬가진데 자네가 형님 원수 갚는 것을 우리가 가만히 보구 있으면 의리부동해 못쓰네. 그러구 우리들이 나서서 그까짓 도둑놈의 원수야 못 갚겠나? 걱정 말게."

하고 말하면서 팔을 뽐내었다.

"예사 좀도둑놈 같으면 나 혼자라두 어떻게 하지만 쇠도리깨가 유명한 장사 도둑놈인데다가 댓가지 재주 가진 도둑놈이 한패에 있어서 섣불리 건드릴 수가 없는 까닭에 전위해서 자네 형제들과 의논하러 왔네."

"우리 형님들은 가지두 않을 게구 또 가두 소용이 없을 게니 말할 것 없구, 막봉이는 가야 좋을 텐데 그 녀석이 무슨 딴소리나 아니할지 모르지."

"자네 형제만 같이 가두 넉넉하겠지만 도둑놈이 워낙 유명짜한 놈들이니까 튼튼히 차리자면 막봉이 외에두 몇사람 더 있는 것이 좋지 않겠나."

"어디 같이 갈 만한 사람이 또 있겠나 자네 좀 생각해보게."

"이 사람, 저 사람 생각해봐두 같이 갈 만한 사람이 없는데. 자네 형제는 장사루 이름이 났으니까 장사 친구들이 더러 있을 터이지."

"힘꼴 쓰는 사람으루 말하면 나두 더러 알지만."

"자네 아는 사람 중에 자네 아우만한 장사가 또 있나?"

"내가 힘을 겨뤄본 사람에는 내 아우만한 사람이 없어. 고양 황록이 남양 홍유성이 청주 신끗쇠 진주 허막동이 이런 사람이 힘꼴 쓰기루 이름난 친구들이지만 나 보기엔 다 우리 또래지 내 아우의 적수는 아니여. 그런데 내 아우가 작년까지는 적수가 없다구 흰소리하드니 올 정월 이후루 흰소리가 쑥 들어갔느니."

"그건 어째서?"

"정월에 양주를 갔다가 저의 윗수를 만났다네."

"그게 누구야?"

"백정의 아들 임꺽정이라나, 천하장사라데."

"힘을 겨뤄봤다나?"

"힘두 제법 겨뤄보지 못하구 고패를 뺀˚ 모양이데."

"힘두 겨뤄보지 않구 어떻게 윗수인 줄 알았나?"

"내 아우가 장기 둘 줄 아는 것은 자네두 알지? 작년 겨울에 내 아우가 과천으루 소금 지구 나갔다가 어느 집에서 장기 잘 두는 사람을 하나 만났는데, 그 사람이 황 무슨동이라나 임꺽정이의 처남 되는 사람이래. 내 아우가 그 사람과 서루 친분이 생겨서 장기 두구 놀 겸 임꺽정이를 만나볼 작정으루 올 정월 보름께 양주를 갔드라네. 내 아우가 힘 이야기를 자꾸 자아내어두 임꺽정이는 대꾸두 잘 하지 않드라네. 그래 내 아우가 힘을 좀 자랑해보려구 맘을 먹구 있는 중에 부럼으로 밤, 호두를 내왔드래. 그 호두를 한 개씩 집어서 두 손꾸락으로 눌러 깨었드라네. 임꺽정이가 이것을 보드니 한번 빙긋이 웃구 호두와 잣을 있는 대루 내오라구 해서 호두, 잣 한 바가지를 앞에 놓구 아우와 같이 호두를 한 개씩 집어서 깨는데, 나중에 아우는 손꾸락이 아파서 깨는 것이 처음 같지 못하건만 임꺽정이는 처음같이 빨리 깨구 잣까지 호두같이 깨드라네. 아우가 와서 혀를 내두르데."

"그런 사람을 하나만 더 데리구 가면 쇠도리깨 도둑놈은 손꾸락으루 눌러라두 죽이겠네."

"막봉이 오거든 의논해보게."

손가는 여러 날 동안 삼봉이와 같이 놀면서 막봉이 오기를 기다리었다.

선봉이는 남의 밭마지기를 얻어서 농사짓는 외에 집안에서 살림하고, 작은봉이는 형의 여름일을 거들어주는 외에 삯 받고 품을 팔고, 삼봉이는 등짐장사하고, 막봉이는 소금장사하여 사형제가 다 놀지 않고 벌어들이나 식구가 많아서 쓰임쓰임이 과할 뿐 아니라 오부자가 모두 술꾼이라 밥을 굶어도 술은 안 먹고 못 견디는 까닭에 지내는 형편이 항상 구차하였다. 손가가 온 뒤 며칠 동안에 하루 한번 술대접을 안 받은 날도 없으나, 저녁 한 끼 죽을 안 먹은 날도 없었다. 손가가 내처 묵기 미안 ● 고패를 빼다 굴복을 하다. 하여 남은 사기를 마저 팔고 가는 길에 다시 올까 하고 떠나려고 생각하던 차에 막봉이가 마침 돌아왔다. 막봉이는 엄장과 몸집이 선봉이, 작은봉이보다 배나 크고 둥근 눈과 가로 찢어진 입이 삼봉이와도 달라서 사형제 중에 가장 거물스러웠다. 나이는 불과 스물하나밖에 안 되었건만 삼십 가까운 손가와 연상약해 보이었다. 삼사년 만에 만나는 손가가 막봉이의 그동안 더 노창한 것을 보고 인사말 끝에

"인제 아주 노총각이 되었네그려."

하고 말하니 막봉이는 씽긋 웃는 웃음으로 말대답을 대신하였다. 손가가 온 까닭을 대강 아비에게 말 듣고 알았건만 막봉이는 손가를 보고

"어째 왔소?"

하고 물었다.

"내가 못 올 데 왔나?"

"어기대지 말구 말하우."

"자네 보러 왔네."

"무슨 일루 날 보러 왔소? 혼인 중신해줄 데 있소?"

"노총각이 장가들기가 급한가베그려."

"장가가 급하기버덤 아들이 늦었소."

"자네가 실없는 말을 다 할 줄 아니 제법일세."

"대체 무슨 일루 날 기다렸소?"

"이따 밤에 이야기함세."

"밤에 할 이야기 낮에 못할 거 무어 있소? 지금 이야기하우."

막봉이의 말을 어기기 어려워서 손가가 쇠도리깨 도적놈의 원수 갚을 일을 자세히 이야기하였다.

막봉이는 손가의 이야기를 별로 귀담아듣지도 않고

"자네 한번 나서주게."

하고 청하는 손가 말에

"나는 싫소."

하고 고개를 외치더니 손가가 갖은 말을 다 하고 삼봉이가 손가 말을 거들어도 막봉이는 한결같이 고개를 외칠 뿐이었다. 손가가 막봉이 형제들과 큰방에 앉아서 이야기하는 중에 늙은이의 기침 소리가 방 밖에서 났다. 손가는 짐짓 큰 소리로

"내 일두 아니구 우리 형님 일인데 자네가 이렇게 고집을 부린단 말인가."

하고 책망하듯 말하여 막봉이가

"뉘 일이구 내가 싫은 거야 어떻게 하우."

하고 대답할 때 늙은이가 방문을 열고 들여다보며

"이애 막봉아, 매형의 원수는 갚아주기 싫드래두 매형을 한번 가보구나 오려무나."

하고 말을 일렀다.

"이담 가보지요."

"손서방하구 같이 가지 이담 갈 것 무엇 있니."

"안성 소금 갖다 줄 데가 있어 손서방하구 같이 못 가요."

막봉이가 늙은 아비의 말도 듣지 않는 것을 보고 손가는

"자네가 정 싫다면 할 수 없지."

하고 쓴 입맛을 쩍쩍 다시다가

"자네 싫다구 고집하는 것이 무슨 까닭인가?"

하고 물으니 막봉이는

"까닭은 알아 무어하우? 싫으니까 싫다지."

하고 무뚝뚝하게 대답하였다.

"까닭이나 좀 알면 좋겠네."

"맘이 쏠리지 않는 것을 억지루 어떻게 하우?"

"어째서 맘이 쏠리지 않나?"

"성가시게 꼬치꼬치 캐어묻지 마우."

"쇠도리깨 도적놈이 호락호락하지 않은데다가 더구나 댓가지 재주 가진 도적놈이 붙어 있다구 하니까 주니가 나서 그러나?"

막봉이가 손가의 말을 듣고 둥근 눈을 더 둥그렇게 뜨고

"주니, 주니?"

하고 뇌더니

"주니란 말이 무슨 말이오?"

하고 손가의 앞으로 대어들었다.

"그게 무슨 큰 욕인가?"

"나더러 도둑놈이 무서워서 못 간단 말 아니오?"

하고 손가를 칠 듯이 주먹을 부르쥐다가 다시 물러앉으며 밖에 섰는 아비를 바라보고

"매형두 보구 도둑놈들두 보러 내가 가겠소."

하고 말하였다.

막봉이가 같이 가기로 작정된 뒤에 손가는 양주 임꺽정이를 청해서 같이 가도록 하자고 말하고 싶으나 막봉이의 비위가 틀리어 딴소리가 나올까 겁이 나서 넌지시 늙은이보고 이 뜻을 말하였다. 늙은이가 일부러 아들 방에 와서 처음에 막봉이에게

"도둑놈 잡으러 몇 사람이 가기루 작정했느냐?"

하고 물으니 막봉이는

"나 혼자 가면 제일 좋겠는데 셋째형이 같이 간다니까 형제 가지요."

대답하며 아비를 바라보고 늙은이가 다음에 삼봉이에게

"너의 형제만 가서 도둑놈을 꼭 잡을 수 있겠느냐?"
하고 물으니 삼봉이는
"가봐야 알지요."
대답하며 막봉이를 돌아보았다. 늙은이가 나중에 삼봉이, 막봉이 형제를 번갈아 보면서
"너의 매형 일이 아니구 또 손서방의 간청이 아니면 내가 너희 형제를 가지 못하게 말렸을 게다. 지금 가지 말라구 말리지 않는 대신에 너희에게 부탁할 일이 있다. 너희 형제 외에 같이 갈 만한 사람이 있거든 같이 가두룩 해라."
하고 말하니 삼봉이는 막봉이 오기 전부터 손가와 공론한 일이 있는 터이라 선뜻
"어디 같이 갈 만한 사람이 있어야 같이 가지요."
하고 대답하며 빙글빙글 웃었다.
"양주에 천하장사가 있다지 않았니? 그런 장사하구 같이 가면 든든하지야."
"양주 임꺽정이 말입니까? 그 사람을 막봉이는 알지만 막봉이가 말해서 갈는지 모르지요."
"갈 때 양주를 들러서 같이 가자구 말해보려무나."
이때까지 잠자코 있던 막봉이가 홀제 입을 열어서
"임꺽정이는 고만두구 다른 사람하구라두 같이 가라면 나는 안 가겠소."
하고 아비와 형을 둘러보았다.

"네가 남의 조력을 받지 않구 도둑놈을 잡으면 네 직성은 풀릴는지 모르나 그동안 늙은 아비의 조심되는 것은 생각하지 않느냐?"

"안 가면 고만이지요."

"간다구 말하구 안 갈 수 있니?"

"다른 사람하구는 같이 갈 수 없소."

막봉이의 고집을 늙은이도 꺾기 어려워서 더 말하지 아니하여 마침내 막봉이 형제만 작은 손가와 같이 송도로 직행하게 되었다.

막봉이가 송도 와서 매부의 등신 된 꼴을 보고 또 누님의 고생하는 하소연을 듣고서는 작은 손가의 말에 분나서 올 때와 달라서 쇠도리깨 도적놈을 미워하는 생각이 없지 않은 중에 죄 없는 어린애를 악착스럽게 죽인다는 것이 종작없는 풍설만이 아닌 줄 알고 쇠도리깨 도적놈을 기어이 잡아서 버릇을 가르치려고 맘을 먹게 되었다.

막봉이 형제가 작은 손가와 공론하고 도적 잡으러 갈 준비를 차리었다. 채롱 세 짝과 농삼장 세 벌을 빌리기도 하고 사기도 하여 거짓짐을 만드는데, 짊어진 것이 가볍게 보이지 않도록 돌과 흙을 채롱에 담고 누가 보든지 물건 짐으로 보이도록 농삼장을 겉에 쌌다. 거짓짐이 다 된 뒤에 연장 가지고 갈 공론이 났다. 칼을 좋아하는 삼봉이가 먼저

"칼이라두 한 자루 가지구 가야 하지 않나?"

하고 말을 내니 작은 손가가

"우리 집에는 식칼밖에 없구 칼을 어디 가서 얻나."
하고 고개를 비틀었다.

"식칼을 무엇에 쓰나."

"도끼를 갈아가지구 가면 어떻겠나?"

"나무 패러 가나, 도끼를 가지구 가게."

"그럼 어떻게 하나?"

"글쎄, 맨주먹만 가지구 가잔 말두 안 되구 어떻게 했으면 좋을까?"

"여게 막봉이, 어떻게 할까?"

"무얼 어떻게 해?"

"아니, 연장을 어떻게 하면 좋겠느냐는 말이야."

"없으면 못 가지구 가는 게지 어떻게 하기는 무얼 어떻게 하우?"

"연장이 없이 가서 위태하지 않을까?"

"연장이 쓸데 있으면 도둑놈의 연장 빼앗아 쓰지 걱정이오."

손가는 고사하고 삼봉이까지 막봉이의 휜소리를 꼭 믿지 아니하나 없으니 하릴없이 연장은 못 가지고 가게 되었다. 금교역말 장날 도적이 잘 나는 까닭에 장날을 기다려서 세 사람이 만들어 놓은 거짓짐을 한 짝씩 짊어지고 청석골로 나가는데, 큰 손가의 아내는 시동생보다도 동생들 까닭에 걱정하고 작은 손가의 아내는 남편 때문에 근심하나 등신 같은 큰 손가는 어린 아들과 같이 시름없이 서서 구경하고 있었다.

막봉이 형제가 손가를 앞세우고 청석골로 오는 길에
"오늘 허행이나 아닐까?"
"요담 장날 오지 걱정인가."
"요담 장날 또 허행하면?"
"담담 장날 또 오지."
"한 달 육장 청석골만 나오다 말게?"
삼봉이와 손가가 서로 지껄이는 말을 맨 뒤에 오는 막봉이가 듣고
"당치 않은 소리 하지 마우. 그동안에 사람은 갑갑증이 나서 죽구 송장이 올 테요."
하고 타박을 주었다.
"그럼 어떻게 할 텐가?"
하고 손가가 뒤를 돌아보니 막봉이가 앞으로 나오면서
"그놈들의 소굴을 탐지해서 쫓아들어갈 생각을 하지 누가 한없이 나오기만 기다리구 있겠소?"
하고 말하였다.
"소굴을 탐지해서 알드래두 경선히 쫓아들어가긴 어렵지 않아?"
하고 손가는 삼봉이를 보고 말하는데
"그런 걸 어렵게 생각할 테면 애당초에 원수 갚을 맘을 먹지 말지, 어렵긴 무에 어렵담."
하고 막봉이는 손가를 몰아세우니 중간에 끼인 삼봉이가
"그건 가보구 나서 의논할 일이야. 고만두구 어서 가세."

하고 앞에 섰는 손가를 재촉하여 걸음을 빨리 걷게 하고 자기도 걸음을 부지런히 뒤를 대어 쫓아가니 삼봉이 옆에 나섰던 막봉이가 다시 뒤에 떨어져서 전과 같이 맨 뒤에 따라갔다.

일행 세 사람이 골 어귀 가까이 왔을 때 마주 오는 장꾼 하나를 만났다. 손가가

"벌써 장이 파했소?"

하고 물으니 그 장꾼이

"아니오."

하고 한마디 대답한 뒤에는 다시 말을 묻지 말라는 듯이 외면하고 세 사람 옆을 지나서 가며 흘깃흘깃 뒤를 돌아보다가 남쪽 개래동 길을 들어가다 말고 돌쳐서서 "여보, 여보" 하고 불렀다. 세 사람이 모두 걸음을 멈추고 돌아보는 중에 맨 뒤에 있는 막봉이가 자연 말을 묻게 되었다.

"왜 그러오?"

"댁들 어디루 가우?"

"그건 왜 묻소?"

"탑고개에 곽오주 나섰습디다. 맨몸 같으면 모르지만 물건 짐 지구는 갈 생각 마우."

"곽오주가 누구요?"

"곽오주 성명을 모르는 것 보니까 난데서 오는 이가 분명하오. 이 앞 탑고개에 쇠도리깨 가진 무서운 도둑놈이 나섰습디다. 쇠도리깨 도둑놈 곽오주라면 이 근방에서는 뜨르르하우."

하고 장꾼이 말을 그치자마자 삼봉이가 나서서

"쇠도리깨 도둑놈이 나선 것을 지금 보구 오는 길이오?"

하고 묻고 손가는 그 뒤를 이어서

"참말 나셨습디까? 거짓말 아니오?"

하고 다져 물으니

"거짓말이오? 내가 거짓말할 까닭이 있소? 곽오주는 나더러 오는 행인에게 말 말라구 합디다. 그래서 내가 말 안 하구 가려다 댁들의 물건 빼앗길 일이 딱해서 일껀 말해주는데 거짓말이라니. 거짓말루 생각하거든 가보구려."

하고 그 장꾼이 불쾌스럽게 말하였다. 손가가

"미안하우."

하고 사과한 뒤에

"쇠도리깨 도둑놈이 혼자 나왔습디까?"

하고 다시 물으니 그 장꾼은

"늙은 오가라는 도둑놈하구 둘이 나왔습디다."

하고 대답하였다.

"댓가지 도둑놈은 나오지 않았습디까?"

"댓가지 도둑놈을 아는 것 보니 청석골 도둑놈의 선성은 들었구려. 댓가지 도둑놈은 보이지 않습디다."

손가가 장꾼에게 말을 더 묻지 않고 삼봉이와 막봉이를 보고

"되었네, 되었어."

하고 허허 웃었다.

"얼른 갑시다."

"어서 가세."

"가세, 가세."

세 사람이 서로 재촉하며 부리나케 걸어가니 그 장꾼은 세 사람이 다 정신들이 온전치 않거니 생각하여

"멀쩡한 미친 사람들이로군."

하고 혼자 중얼거리었다.

손가가 장꾼에게서 쇠도리깨 도적의 소식을 듣기 전에는 은근히 걱정되는 일이 두어 가지 있었다. 쇠도리깨 도적을 못 만나게 되면 막봉이가 적굴을 찾아가자고 고집 세울 터이니 이것이 한 걱정이요, 쇠도리깨 도적을 만나더라도 댓가지 재주 가진 도적과 함께 만나게 되면 막봉이 형제의 원력만 가지고 원수를 갚게 될지 모르니 이것이 또한 걱정이라 손가는 속으로 걱정하느라고 걸음까지 느릿느릿 걸었는데, 장꾼이 전하는 소식을 들으며부터 이 걱정 저 걱정이 봄눈같이 사라져서 속 모르는 장꾼이 미친 사람으로 볼 만큼 싱글벙글 좋아하고 걸음도 선뜻선뜻 내디디었다. 얼마 동안 아니 가서 탑고개 밑에 다다랐다. 손가가 걸음을 멈추고

"인제 고개에 다 왔으니 어떻게 할 것을 여기 앉아 공론 좀 하세."

하고 막봉이 형제를 돌아보니 삼봉이는 대번에

"그렇게 하세."

하고 고개를 끄덕이는데 막봉이가 고개를 외치면서

"지금 의논할 것 무어 있소. 내가 앞장설게 따라들만 오시우."
하고 곧 손가 앞으로 나서서 주적주적 걸어갔다. 삼봉이가 어이 없어하는 손가를 돌아보며 한번 웃고 경중경중 막봉이 뒤를 쫓아 가니 손가는 하릴없이 그대로 삼봉이 뒤를 따라갔다.

막봉이 뒤에 삼봉이, 삼봉이 뒤에 손가 셋이 줄느런히˙ 서서 고갯마루까지 거의 다 왔을 때 쇠도리깨 가진 젊은 도적이 늙은 도적과 같이 언덕 위에 나서서 내려다보며

"이놈들, 게 섰거라!"
하고 호통을 질렀다. 막봉이가 걸음을 멈추고서 삼봉이와 손가를 돌아보며 도적놈이 쫓아내려오도록 도망질치는 시늉을 내자고 몇마디 수군수군 말하여 세 사람이 일시에 돌쳐서서 오던 길로 달아나는데, 짐들이 무거워서 가쁜 모양으로 일부러 허덕거리었다.

"이놈들, 도리깨 맞구 뒤어지구 싶으냐!"

"목숨은 살려줄 테니 진작 짐짝들 벗어놔라!"

도적의 뒤쫓아오는 발짝소리가 우르르 들리니 세 사람은 모두 허둥지둥하는 체하였다.

"이놈, 죽어봐라."

도적이 맨 뒤에 가는 막봉이를 노리고 쇠도리깨를 둘러멜 때 막봉이가 별안간 돌쳐서며 머리 위에 떨어지는 쇠도리깨를 한손으로 붙잡았다.

"이놈 봐라!"

도적이 도리깨를 확 잡아채었다. 예사 장정만 같아도 도리깨를 놓치지 않으면 앞으로 고꾸라졌을 것인데 막봉이는 끄떡 아니하고 꿋꿋이 서 있었다.

"힘꼴이나 쓰는 모양이다."

"주제넘은 놈 같으니."

"네가 안 놓구 배길 테냐!"

"안 놓을 테니 어쩔 테냐?"

막봉이와 도적이 서로 쇠도리깨를 빼앗으려고 잡아당기기 시작할 때 삼봉이와 손가가 짐들을 벗어버리고 대어들어서 막봉이를 거들어주려고 하니 막봉이는 고개를 가로 흔들었다.

"이놈은 내게 맡기구 늙은 놈이나 가서 잡우." ● 줄느런하다
한 줄로 죽 벌여 있다.

막봉이의 말끝에 삼봉이와 손가가 산 밑에 내려와 섰는 늙은 도적에게로 쫓아가니 늙은 도적은 물계가 좋지 못한 것을 보고 다시 언덕 위로 올라가서 쫓아올라오지 못하도록 물박 같은 돌덩이를 내려굴렸다. 삼봉이가 큰 돌덩이들을 집어서 언덕 위로 던지는데, 조약돌로 팔매치듯 하여 늙은 도적 섰는 앞에까지 떨어졌다. 늙은 도적이 돌도 내리굴리지 못하고 숨는 것을 보고 삼봉이가 손가와 같이 아우성을 치며 쫓아올라가니 늙은 도적은 똥줄이 빠지게 도망질을 쳤다. 삼봉이와 손가가 늙은 도적의 뒤를 얼마 쫓다가 말고 돌아와서 본즉 막봉이는 아직도 젊은 도적과 쇠도리깨로 줄을 당기는 중이었다. 삼봉이가 가만가만 도적의 뒤에 가서

"이놈!"

하고 소리를 질러서 도적이 움찔하는 틈에 막봉이가 쇠도리깨를 빼앗아서 벼락같이 도적을 내려쳤다.

막봉이가 내려치는 도리깨에 도적이 머리를 맞았으면 해골이 부서져서 더 맞을 나위 없이 요정이 났을 것이고, 어깨를 맞았으면 죽지뼈가 으스러져서 적어도 팔병신이 되었을 것이지만, 도적이 마치맞게 가로 뛰어 피하여 도리깨가 허공을 내려치고 떨어졌다. 삼봉이와 손가는 도적이 도망하지 못하도록 뒤를 막아 싸고 막봉이는 다시 도리깨를 꼬나 잡고 앞으로 대어들었다. 도적이 막봉이를 향하여 손을 내저으면서

"내 말 잠깐 듣구 나서 덤벼라."

하고 씩씩하며 말하니

"무슨 말이냐? 말해라."

하고 막봉이가 발을 멈추었다.

"오늘은 고만두고 내일모레 이맘때 여기서 다시 만나서 네가 죽든 내가 죽든 한번 해보자. 쇠도리깨는 그동안 네가 맡아라."

"내가 고만두기 싫은데 네 말 듣구 고만두랴? 해볼 맘이 있거든 시방 해보자."

"보아하니 너두 사내자식이 시방 해보자구 말하기 부끄럽지 않으냐? 너희가 셋이니까 나두 내일모레 셋이 와서 해볼 텐데, 그래 너희 셋이 나 하나하구 시방 해보잔 말이냐! 예끼 순 뻔뻔한 자식 같으니."

"다른 사람은 얼씬 못하게 하구 나하구 너하구 단둘이 해보자. 이까짓 놈의 도리깨 다 소용없다. 내가 맨주먹으루 네놈을 때려 눕히지 못하면 성이 길가가 아니다."

막봉이가 도리깨를 내던지고 곧 삼봉이를 바라보면서

"형님은 손서방하구 저리 가서 구경만 하우. 아예 호성두 지를 생각 마우."

하고 말하였다.

"오냐, 그래라. 등에 진 짐이나 벗어놓구 해봐라."

"암, 짐은 벗어놓지요."

막봉이는 형의 말을 듣고 그제야 짐을 벗어버리었다.

"더 할 말은 없겠지?"

"그럴 것 없이 우리 씨름을 해보자."

"이놈아, 씨름은 다 무어냐? 너 같은 무도한 도둑놈은 주먹으루 때려죽일 테다."

"나하구 무슨 원수졌니?"

"네 도리깨에 병신 된 매형의 원수두 갚아야겠지만 그버덤두 네 손에 죽은 어린애들 원수를 갚아줄 테다. 이놈아, 대체 어린애는 왜 죽이니?"

"그게 내 병이다."

"병이야? 오냐, 오늘 병 뿌리를 뽑아주마."

막봉이가 말을 그치고 바로 도적에게 대어들어서 싸움이 시작되었다. 이동안에 삼봉이와 손가는 짐짝들과 쇠도리깨를 한옆에 치워놓고서 두 사람의 싸움을 구경하였다. 황소 같은 사람 둘이 서로 달라붙어서 후닥닥거리고 싸우니 싸움이 황소싸움보다 더 무서웠다. 주먹과 발길이 왔다갔다하는 중에 막봉이는 도적의 상태기˚를 움켜쥐어 앞으로 끄숙이고 한 주먹으로 등줄기를 우리는데, 도적은 두 주먹으로 막봉이의 양편 갈비를 쥐어질렀다. 막봉이가 상태기 쥔 손을 놓으며 곧 등줄기 우리던 주먹으로 도적의 복장을 되게 내질러서 도적은 잠깐 비슬거리다가 마침내 뒤로 나가자빠졌다. 막봉이가 발로 도적의 복장을 밟고 서서

"이놈!"

하고 내려다보니 도적은 눈을 스르르 감고 치어다보지 아니하였다. 막봉이가 삼봉이와 손가를 손짓하여 불러온 뒤

"형님 원수를 어떻게 갚을 테요? 맘대로 갚아보우."

하고 도적을 손가에게 내맡기니 손가는 얼른 가서 쇠도리깨를 들고 왔다. 그러나 쇠도리깨가 너무 무거워서 손가는 둘러메려다가 못 둘러메고 지팡이삼아 짚고 도적의 머리와 얼굴을 발로 짓밟았다.

도적이 자빠질 때 일시 정신을 잃었더라도 내내 잡아잡수 하고 가만히 누워 있을 까닭이 없다. 도적이 일어나려고 허우적거리는 것을 삼봉이가 눌러서 꼼짝 못하게 하고 손가는 이를 악물고 쇠도리깨로 도적의 몸을 함부로 짓찧었다. 도적은 머리가 깨지고 살이 터지고 얼굴이 피투성이가 되었다. 도적이 사지 펴는 것을 막봉이가 보고

"그러다가 아주 죽이겠소."

하고 손가의 손을 붙잡았다.

"죽이면 어떤가?"

"죽이면 어떻다니, 여보 고만두우."

"자네 살인죄 당할까 봐 걱정인가. 화적을 등시타살˙한 것은 살인이 없다네."

하고 가르쳐주는 말본으로 말하니 막봉이는 증을 벌컥 내며

"고만두라거든 잔소리 말구 고만두어요!"

하고 손가가 쥔 쇠도리깨를 빼앗아 내던졌다.

"그러면 자네는 어떻게 할 셈인가?"

"무얼 어떻게 한단 말이오? 고만 내버려두구 가지."

● 상태기 상투.
● 등시타살(等時打殺) 죄를 저지른 즉시 현장에서 범인을 때려죽임.

"그래 이 흉악한 도둑놈을 뱀 설죽이듯 하구 가잔 말인가?"

"그만하면 원수는 갚구 버릇두 가르쳤지, 아주 죽일 맛이 무어요?"

"자네가 오늘 식전까지두 무도한 도둑놈은 잡아 없애야 한다구 말하지 않았나? 홀제 맘이 변한 걸세그려."

"맘이 변했소. 변했으니 어떻단 말이오?"

이때까지 잠자코 있던 삼봉이가 나서서

"이애, 그럴 것 없이 도둑놈을 묶어서 송도루 끌구 가자."

하고 말하니 막봉이가

"송도 가서 어떻게 할라우?"

하고 물었다.

"금도군관인지 포도군관인지 도둑놈두 못 잡구 나라 요料만 처먹는 놈을 갖다 주어보자."

"그러면 우리에게 상급 줄 것 같소?"

"상급은 못 먹드라두 우리 이름은 나지 않겠니?"

삼봉이의 말에 막봉이가 딴소리를 아니하고 또 손가도 좋다고 말하여 도적을 끌고 가기로 작정되었다. 세 사람은 거짓짐들을 풀어서 흙과 돌을 떨어버리고 채롱과 농삼장만 모아서 걸머지게 만들고 다 죽어가는 도적을 잡아일으켜 앉히고 짐 동였던 밧줄로 뒷결박을 지웠다.

늙은 도적 오가는 한동안 정신없이 도망하다가 뒤에 쫓는 사람이 없는 것을 보고 살금살금 돌아와서 언덕 위에 숨어 앉아서 삐끔삐끔 내다보며 세 사람이 의논하는 말을 한마디도 빼지 않고 들으려고 손을 쪽박같이 오그려서 귓바퀴에 대고 있었다. 아주 죽이지 말잔 말과 내버리고 가잔 말에 눈살을 조금 펴다가 송도로 끌고 간단 말에 상을 다시 찌푸렸다. 곽오주가 송도로 끌려가면 필경 죽게 될 것이라 끌려가기 전에 구해야 하겠는데 어떻게 하면 구할 수 있을까. 늙은 오가는 고개를 숙이고 꾀를 생각하였다. 쫓아내려가서 아주 죽이지 말자던 사람을 붙들고 이왕이니 아주 살려달라고 빌어볼까. 오가는 곧 쫓아내려갈 것같이 벌떡 일어섰다가 자기마저 묶어서 끌고 가면 어떻게 하나 하고 다시 주저앉아서 한숨을 쉬었다.

"박서방이 있었으면 이런 변이 나지두 않구 나드래두 도리가 있으련만 부전부전하게 양주를 왜 갔노. 가드래두 속히 올 것이지 간 제가 벌써 며칠이야. 왜 이렇게 오래 아니 온담."

늙은 오가는 혼잣말로 지껄이고 하늘을 치어다보며 눈물을 흘렸다. 오주가 묶여가는 꼴을 보고 있으니 집에 가서 집안 식구들과 같이 울기나 해야겠다 생각하고 오가는 숨어 앉은 자리에서 일어나기는 일어났으나 발길이 차마 돌아서지 아니하여 한참 머뭇거리다가 홀제 길 아래를 향하고 섰다.

"오주, 자네는 인제 영결일세. 자네 죽은 뒤에 박서방과 내가 자네 원수를 갚아줌세. 우리 둘이 세 놈을 당할 수 없으면 꺽정이에게 조력을 청하겠네. 어떻게든지 세 놈의 온 집 안을 도륙내서 자네 원수를 갚아줌세."

• 무이다
부탁 따위를
잘라서 거절하다.

오가가 염불하듯 중얼거린 뒤에 돌아서서 산속으로 들어가다가 중간에서 갑자기 길을 변하여 탑고개 밑에 있는 탑고개 동네로 내려갔다.

탑고개 동네에 사는 사람들은 도적의 그늘에서 사는 까닭에 도적을 무이지˙ 못하였다. 이것은 탑고개 아래 있는 탑고개 동네뿐이 아니요, 탑고개 안에 있는 양짓말이든지 탑고개 너머 있는 계정골이든지 다 매일반이나 탑고개 동네는 도적의 벌잇자리 턱밑이니만큼 도적들과 교분 있는 사람이 다른 동네보다도 더 많았다. 청석골 붙박이 도적 오가가 혼자서 구메도적질할 때에는 식전 나와서 저녁때 들어가려면 점심을 싸가지고 다니었는데, 댓가지 도적이란 박유복이가 오고 쇠도리깨 도적이란 곽오주가 와서 기세있게 도적질하게 된 뒤로 시장하면 동네에 들어가서 술이나 밥을 달래서 먹었다. 동네 사람은 술이나 밥을 제공하는 대신 여러가지로 덕을 보는 까닭에 도적이 오는 것을 조금도 싫어하지 아니하였다. 말하자면 청석골 여러 동네 사람은 대개 포도군사 앞에서 양민 노릇하고 도적 괴수 앞에서 졸개 노릇하는 두길보기 하는 사람들이었다. 늙은 도적 오가가 산속으로 들어가다 말고 탑고개 동네로 내려온 것은 식구를 보러 가지 않고 졸개를 찾아온 셈이다. 오가가 동네 와서 어느 집에 들어앉으며 곧 동네의 말주벅*이나 하는 사람 서너 명을 불러다가 앞에 앉히고 곽오주가 봉변한 일을 대강 이야기한 뒤

"지금 박서방두 집에 없구 나 혼자서는 구해낼 도리가 망연한데 자네들의 힘을 빌리면 될 수 있는 꾀가 한 가지가 있으니 자네들이 힘 좀 빌려주게."

하고 여러 사람을 돌아보니

"될 수 있는 일이면 하다뿐이오."

도적에게 긴하게 보이려는 사람도 있고

"뒤에 탈이나 나지 않을 일인가요?"

미리 뒷일부터 걱정하는 사람도 있는데, 그중에 가장 똑똑한 사람이

"우선 꾀를 말씀하시우. 어디 들어봅시다."

하고 오가의 꾀를 듣고자 하였다. 이렇게 이렇게 할 일이라고 오

가가 자기의 생각한 꾀를 말하고 나서

"자네들만 얼없이˙하면 뒤탈은 날 까닭이 없지 않은가?"
하고 뒷걱정하던 사람을 바라보니

"이틀 밤이나 붙잡아 묵히자면 진창 먹여야 할 텐데, 우선 우리 동네엔 좋은 술두 없는걸요."
하고 그 사람은 미간에 주름을 잡았다.

"술은 걱정 말게. 우리 집 술두 내오구 또 모자라면 탑거리나 금교역말에 가서 사오지 걱정인가."

오가의 말끝에 긴하게 보이려는 사람은

"우리가 수단을 한번 내보세."
하고 다른 사람을 돌아보고 똑똑한 사람은

"일이 잘 되면 상급들을 후히 주실 테지요?"
하고 오가를 바라보며 웃었다.

"여부가 있나. 일만 되게 하게."

● 말주벅
이것저것 경위를 따지고 남을 공박하거나 자기 이론을 주장할 만한 말주변.
● 얼없다
조금도 틀림이 없다.

오가의 말에 뒷걱정하던 사람까지 지수굿하여졌다. 오가가 불러온 사람들을 돌려보낸 뒤에 그 집 주인 젊은 사람을 불러서 양주를 갔다오라고 일렀다.

"오늘 밤에 임진나루까지 가서 강이 만일 풀렸으면 내일 식전 첫배 타구 건너는 게지만 아직은 강이 안 풀렸을 게니 등빙踏氷해서 내처 밤길루 가면 내일 점심 전에 양주를 들어갈 테구 곧 되짚어 떠나서 밤길을 걸어오면 늦어두 모레 아침때는 돌아올 수 있을 것일세."

"글쎄요, 일백육칠십리 길을 두 밤 하루 낮에 도다녀올 수 있을까요?"

"곽오주의 목숨이 자네 걸음에 달렸네. 자네가 힘을 안 써서 일을 그르치면 나는 오히려두 용서할 테지만 박서방이 곧 자네를 죽이려구 할 것일세."

"그럼 다른 사람 보내시지요."

"자네밖에 보낼 사람이 없어. 자네가 잘만 갔다오면 자네는 오주에게뿐 아니라 곧 우리에게 큰 은인이니까 두구두구 잊지 않음세. 시각이 바쁘니 지금 곧 떠날 차림을 차리게. 모레 아침때, 늦어두 모레 점심때는 박서방이 여기를 대어와야 하네."

"정 가라시면 할 수 있세요? 갔다오지요. 박서방 가 있는 집이 찾기나 쉬울까요?"

"양주 읍내 가서 임꺽정이 집은 두 번두 묻지 않구 찾아갈 수 있을 게니 걱정 말게. 그러구 임꺽정이 처남을 앞서 보내달라구 내가 말하더라구 박서방보구 말하게."

젊은 사람은 이른 저녁밥을 든든히 먹고 양주길을 떠나갔다.

양주 가는 사람이 떠나기 전에 동네 사람 대여섯이 큰길로 나갔다. 세 사람이 고개에서 내려와서 송도길로 가는데 앞선 총각은 결박지운 곽오주를 압령하고˙ 중간에 든 사람은 쇠도리깨를 어깨에 엇메고 뒤따르는 사람은 채롱짝을 걸머졌다. 동네 사람들이 쫓아가서 서로 만나 걸음들을 멈춘 뒤에 동네 사람 하나가 앞선 총각을 보고 말을 붙이는데, 총각이라고 말을 낮춰 하지 못하였다.

"이것이 쇠도리깨 도둑놈 아닌가요?"

"그렇소."

"이 도둑놈이 잡혔으니 인제는 우리가 살았소. 우리는 이 안동네 탑고개에 사는 사람들인데 도둑놈 때문에 밤잠을 편히 못 잤소."

"그랬겠지."

"장사들이 어디서 오셨소?"

"수원서 왔소."

"세 분이 다 수원 사시오?"

"저 뒤에 있는 이는 송도 사우."

● 압령(押領)하다
죄인을 맡아서 데리고 오다.

"옳지, 한 양반은 가까이 사시는군."

다른 사람 하나가 나서서 말을 물었다.

"그래 이 무서운 도둑놈을 어떻게 잡으셨소?"

"주먹으루 때려잡았소."

"참말 천하장사시오. 그래 이 도둑놈을 수원으로 끌고 가실 테요?"

"아니오, 송도루 끌구 가우."

또다른 사람 하나가 나서서 말하였다.

"송도 들어가시자면 늦을 테니 우리 동네서 묵어가시지요."

"공연한 폐를 끼치느니 좀 늦더라두 가겠소."

"폐라니 천만의 말씀이오. 말하자면 세 분은 우리 동네 은인이

신데 하루 이틀은 고사하구 일년 이태라두 묵어가시우."

"당치 않은 말씀이오."

여러 사람들이 다 함께 나서서 이 사람 한마디, 저 사람 한마디 말하였다.

"우리가 안 뵈었으면 모를까 뵙구야 그대루 가시게 할 수 있소?"

"보잘것없는 가난한 동네에 천하장사 세 분을 뫼셔가기가 황송한 일이나 우리들의 정성을 살펴서 같이 가십시다."

"꼭 오늘 송도를 가셔야 한다면 우리가 홰라두 잡혀드리겠지만 그럴 것 없이 우리 동네 와서 묵어가시지요."

"날이 늦지 않았드라두 동네 앞을 그대루 지나가시게 하면 우리의 도리가 아니오."

총각이 중간 사람을 보고

"형님, 어떻게 했으면 좋겠소?"

하고 묻고 또 뒤의 사람을 보고

"손서방, 어떻게 할라우?"

하고 물었다.

"여러분의 정을 막을 수 있니? 가서 하룻밤 폐를 끼치자."

"이왕 늦었으니 묵어가두 좋겠네."

손서방이 대답한 뒤에 총각이 동네 사람들을 보고

"그럼 같이 갑시다."

하고 말하여 동네 사람들이 세 사람을 동네로 데리고 오게 되었다.

동네 안 그중 큰 집, 그 집안 그중 큰 방에 여러 사람들이 둘러앉았는데, 상좌에 앉은 세 사람은 손님이요, 그 나머지는 동네 사람들이다. 그동안에 날이 어두워서 마당에는 화톳불을 질러놓고 방에는 등잔불을 당겨놓았다. 화톳불은 밝으나 등잔불은 희미하였다. 아이 어른 여편네 사내 할 것 없이 온 동네 사람들이 장사와 도적을 구경하려고 마당에 가득히 둘러섰는데, 밝은 마당에서 어두운 방안에 있는 사람이 잘 보이지 아니하여 장사의 얼굴을 잘 보여지라고 떠들어서 처음에 총각이 방문 앞에 나서서 이리저리 돌아보다가 들어오고 그다음에 총각의 형이 나서서 이편저편 향하고 허리를 굽실거리다가 들어오고 나중에 손가가 잠깐 나섰다가 도로 들어왔다. 마당에 섰는 사람들이 장사를 구경한 뒤에는 도적이 있는 곳을 찾았다. 도적은 윗간 한구석에 묶인 채 누워 있는데 동네 사람들이 삐끔삐끔 들여다보는 틈에 늙은 오가가 섞여 가서 일부러 큰 소리로
 "쇠도리깨 도둑놈아, 곽오주야."
하고 부르고, 간신히 눈을 뜨고 바라보는 오주에게 안심하라는 뜻으로 눈을 끔적거리었다.
 이날 저녁때 탑거리 주막에는 탑고개로 나갈 장꾼들이 많이 모여 있었다. 여러 장꾼 중에 가장 먼저 온 장꾼 하나는 탑고개 마루까지 올라오다가 쇠도리깨 가진 사람이 자빠진 사람 짓찧는 것을 바라보고 쇠도리깨 도적이 행인을 죽이는 줄로 알고 무서운 바람에 가까이 가볼 생각도 못하고 탑거리로 돌아온 사람인데,

이 사람이 탑고개로 나가는 다른 장꾼들을 보고 허풍을 떨어서 모두 나가지들 못하고 탑거리 주막에 모여 있게 된 것이었다.

"쇠도리깨 도둑놈이 미친증이 났는지 아는 사람 모르는 사람 할 것 없이 만나는 족족 죽인다네."

"전에 없던 일인데 그럴 리가 있을라구."

"그러기에 미친증이 났는가 부다 말이지."

"곽오주가 본래 실성한 사람이니."

"그 사람이 개래동 정첨지 집에 있다가 미쳐서 쫓겨났답디다."

"아니, 그런 것은 아니오. 내가 잘 아는데 잠깐 미쳤다가 낫습네다."

"아니오, 여보. 지금두 미친증이 남아 있어 어린애 우는 소리만 들으면 당장에 다시 미친다우."

"그래서 어린애를 죽이거든."

"오늘 어린애 우는 소리를 들은 게지."

"어린애 우는 소리를 듣구 어린애나 죽인다면 모르지만 어째 아는 사람 모르는 사람 함부루 죽일까."

"아주 미쳤는지 모르지."

"그래두 곧이가 잘 안 들리는데."

"곧이 안 들리거든 가보구려."

"이 사람아, 미친 사람의 맘을 성한 사람이 어떻게 요량하나?"

"너더댓 사람 때려눕힌 것을 보구 온 사람이 저기 있소."

"여보, 곽오주가 사람 죽이는 것을 보구 왔소?"

"송장이 늘비하게 누운 것을 보구 나는 혼이 났소."

"댁은 어떻게 죽지 않구 살아왔소?"

"그러기에 혼이 났소. 내가 빨리 도망질 안 쳤더면 쇠도리깨 맞구 벌써 염라대왕을 보러 갔을 것이오."

"우리들이 떼를 지어 가면 어떠할까?"

"예삿사람두 미치면 무서운데 곽오주 같은 장사가 미쳤으면 떼지어 가두 소용없네. 잘못하다 깡그리 맞아죽을는지 모르지."

"그럼 어느 때까지 여기서 이렇게 하구 있단 말인가."

"해져서 땅거미 된 뒤에 고개를 넘어가자구 아까 몇사람이 공론했네."

"집안 식구들이 기다리겠는걸."

"잠깐 기다리는 것이 아주 못 보느니버덤 저 위 아닌가?"

"그거야 말할 것두 없는 일이지."

여러 장꾼 중에 아는 사람과 모르는 사람이 서로 뒤섞여서 중구난방으로 지껄이며 해져서 어둡기를 기다리고들 있었다.

땅거미 된 뒤에 여러 장꾼이 한데 몰려서 탑고개를 넘어오는데 고갯마루턱을 넘어섰을 때 벌써 어두컴컴하여 길이 잘 보이지 아니하였다. 여러 사람 중에는 공연히 두런거리는 사람도 있고 두런거리지 말라고 쉬쉬 하는 사람도 있었다. 여러 사람이 거지반 길바닥에 송장이 늘비하려니 믿고 오는 까닭에 앞엣사람이 무춤만 하여도 뒤엣사람은 송장인가 묻고 겁쟁이가 돌부리만 차고 아이구머니 소리질러도 장력 센 사람이 송장인가 어디 보세 하고 들여다보았다. 그러나 송장 같은 것도 하나 보지 못하고 고개를 다들 내려왔다. 장꾼들 중에 탑고개 동네 사람이 하나 끼여 있어서 고개를 내려오며 곧 다른 사람들을 작별하고 동네로 들어왔다. 그 사람의 아내가 늦은 곡절을 물으니 그 사람은 탑거리서 지체한 까닭을 말하였다.

"정말 미친 놈은 그 소문을 낸 놈이오. 곽오주가 사람을 때려죽이는 게 다 무요? 제가 맞아서 죽을 지경이라오."

하고 막봉이 일행이 곽오주 잡아가지고 동네 와서 묵는 것을 이야기하였다. 그 사람은 한동안 벌린 입을 닫지 못하다가 나중에

"자네 말두 곧이듣지 못하겠네. 이번엔 내 눈으루 가보구 오겠네."

하고 곧 막봉이 일행이 묵는 집에 와서 아랫간에 앉은 낯선 사람들과 윗간에 묶여 누운 오주를 눈으로 보고 나서 손님 대접하는 동네 사람을 보고 전후 이야기를 다 하여 방안이 갑자기 웃음빛이 되었는데, 그중에 몇사람은 웃느라고 한동안 허리를 펴지 못하였다.

밤에 동네 사람들이 막봉이 일행을 술대접하는데, 살찐 걸귀를 일부러 잡아서 안주도 풍성풍성하려니와 술이 몇동이로 들어와서 술을 좋아하는 막봉이 형제는 먹기 전부터 마음이 흐뭇하였다.

"가까이들 들어앉으시우."

"손님들은 앉으신 대루 앉아 계시게 하구 우리들은 나이 차례

루 둘러앉읍시다."

"나는 술을 못 먹으니 차례에 빠질 테요."

"나두 빠지겠네."

"나두 골치가 아파 술을 못 먹겠어."

동네 사람 서넛은 뒤로 나앉고 그 나머지 너덧 사람이 나이대로 앉은 뒤에 동네 사람 중에 첫머리에 앉은 사람이 뒤에 빠져 앉는 나이 젊은 사람을 돌아보며

"자네는 이리 나와서 술시중이나 들어주게."

하고 말하니 그 사람이

"나더러 술장사 노릇하란 말씀이오?"

하고 웃으며 가운데로 들어앉았다.

"사발이 모두 몇 개나 되나?"

"꼭 세 개요."

"손님들 앞에부터 돌려놓게."

● 구기
술이나 기름, 죽 따위를 풀 때 쓰는 기구로, 국자보다 자루가 짧고 바닥이 오목하다.

젊은 사람이 사발을 돌려놓고 구기˙로 술을 떠부으려고 할 때 손으로 끝에 앉은 손가가 주인으로 첫머리에 앉은 동네 사람 앞에 사발을 밀어놓으면서

"손에게 술을 권하자면 주인이 먼저 맛을 보셔야지."

하고 말하니 그 사람은

"촌사람이 술 권하는 법이나 아우? 자, 내가 먼저 맛보겠소."

하고 사발을 집어들고 구기 잡은 사람에게로 내밀면서

"내게 먼저 부어주게."

하고 말하였다.

　그 사람이 술을 들려고 할 때 다음 자리에 앉았는 사람이

　"그럼 우리 이렇게 합시다. 우리는 이 사발 하나루 돌려 먹을 테니 손님들은 그 사발 둘루 돌려 잡수시오. 그래서 우리 하나에 손님 두 분씩 같이 먹읍시다."

하고 손에게 술을 더 먹일 공론을 내었다.

　"우리는 곱배기루 먹는 셈이 되라구요? 꼭같이 돌립시다."

하고 손가가 딴소리하는 것을

　"취하두룩 먹으면 고만이지 아무렇게나 얼른 먹읍시다."

하고 막봉이가 가로막아서 술을 그 공론대로 먹게 되었다. 주인 된 동네 사람들이 한차례 돌려 먹기 전에 윗간에서 오주가

　"나두 한 사발 다우."

하고 소리지르니 뒤로 나앉았는 동네 사람들이 함께 윗간을 내려다보며

　"네놈 줄 술이 있으면 개를 주겠다."

　"우리가 네놈의 살점을 뜯어먹구 싶은데 술을 줄 듯하냐?"

하고 각기 꾸짖는데 술자리 첫머리에 앉은 동네 사람들이 막봉이를 바라다보며

　"아까는 다 죽어가던 놈이 그동안에 술 생각을 하는구려."

하고 웃었다.

　"저녁두 못 먹은 놈이니 술 한 사발 먹이시우."

하고 막봉이가 말하여 동네 사람들이 일부러 먹이지 말자고 우기

다가 나중에 못 이기는 체하고 뒤에 앉았는 사람 하나에게 술 한 사발을 주어서 갖다 먹이게 하였다.

오주가 입에 대어주는 술을 한 사발 다 마시고 나서

"한 사발만 더 다우."

하고 말하는데 그 사람이

"이거 보게, 양양해서˚ 한 사발 더 달라네."

하고 핀잔주는 것을 삼봉이가 듣고

"이왕이면 우리 셋의 몫으루 세 사발만 먹입시다."

하고 말하여 두 사발을 갖다 먹이고 세 사발째 가져가려고 할 때 손가가

"내 몫은 고만두우."

하고 말하니

"고만두는 건 다 무어요?"

하고 막봉이가 세 사발까지 마저 갖다 먹이게 되었다.

● 양양하다
뜻한 바를 이룬 만족한 빛을
얼굴과 행동에
나타내는 면이 있다.

술기운이 돌아서 흥들이 난 뒤에 삼봉이가 웃으면서 구기 잡은 사람보고 실없는 말을 걸었다.

"소리나 하나 하우."

"나를 아주 술장사 기집으루 여기시는구려."

"기집만 소리하우? 내 먼저 하나 하리다."

삼봉이와 구기 잡은 사람이 각각 한마디씩 하고 나서 다른 사람들을 졸라 소리가 토막돌림이 되었다. 뒤에 앉아서 술 안 먹고 고깃넘이나 먹던 사람들까지 모두 소리를 하고 한밤중이 지나도

록 서로 웃고 떠들었다.

 동네 사람들이 돌아간 뒤 삼봉이와 막봉이는 고만 쓰러져서 코를 곯았지만 손가는 도적이 결박지운 것을 끊을까 염려하여 참참이 윗간을 내려다보느라고 잠도 변변히 자지 못하였다. 날이 밝아서 밖에 사람 소리가 날 때 일찍 일어나는 버릇이 있는 삼봉이가 번쩍 눈을 떠서 벽에 기대어 앉았는 손가를 바라보고
 "벌써 일어났나?"
하고 물으니 손가는 고개를 흔들면서
 "나는 통히 잠을 못 잤네."
하고 대답하였다.
 "왜 그랬어?"
 "우리가 잠든 동안에 도둑놈이 무슨 짓을 할는지 모르니 맘놓구 잠을 잘 수가 없데."
 "결박지운 것을 끊구 도망할까 봐서?"
 "도망질치는 것버덤두 우리를 와서 죽일는지 누가 아나."
 "곤달걀 지구 성 밑은 못 지나가겠네.'"
 "자네 일어날 텐가? 일어나면 내가 잠깐 눈을 붙이구 일어남세."
하고 손가는 누우며 곧 잠이 들어서 해정술 먹으라고 깨울 때도 일어나지 않고 한숨을 실컷 잤다. 해정술은 동네 사람들이 장사들 대접하려고 특별히 구하여 왔다고 말하느니만큼 맛이 희한하게 좋아서 삼봉이 막봉이 형제는 해정술에 다시 취하여 배고픈

줄을 모르고 자는 손가가 제풀에 일어나도록 아침밥을 먹지 않고 기다리었다.

　늦은 아침밥이 끝난 뒤에 손가가 떠나자고 말을 꺼내어서 삼봉이 막봉이 형제가 대접하는 동네 사람들을 보고 떠나겠다고 말하니 여러 사람들은 갖은 말을 다 하여가며 붙들었다. 일부러 사온 술을 다 먹고 가라는 말에 삼봉이와 막봉이가 마음이 끌리고 떡하려고 떡쌀 담갔다는 말에 손가까지 마음이 솔깃하였으나 더 묵어가라는 말에는 셋이 다같이 안 된다고 고집을 세우고 겨우 점심 먹고 떠날 것을 허락하였다. 동네 사람들은 점심 시킨다고 드나들 때 몰래몰래 딴 집에 들어앉았는 오가에게 와서 점심 뒤에 붙들 꾀를 공론하였다. 해가 한낮이 기운 뒤까지 점심상이 오지 아니하여 동네 사람들이 서로 돌아보고 한 사람을 점심 재촉하러 보내더니 그 사람이 갔다와서 떡이 인제야 김이 오르기 시작하더라고 말하였다. 동네 사람들은 점심이 너무 늦어서 손님께 미안하다고 그 사람더러 가서 지키고 서서 재촉하라고 말하는데 손가는 속으로 떡을 설릴까 겁이 나서 도리어 늘어지게 송도부중을 해지기 전 들어가면 고만이니 너무 재촉하지 말라고 말하였다. 다시 한 식경이 지난 뒤에 겨우 점심상이 들어와서 막봉이 형제는 술을 실컷 먹고 손가는 술보다도 떡을 달게 먹었다. 상이 거의 끝나갈 때 젊은 사람 하나가 방문 밖에 와서 좌중에 앉았는 사람 하나를 불러냈다. 그 사람이 나가서 한동안 젊

● 곤달걀 지고
성 밑으로 못 간다
이미 다 썩은 달걀을 지고
성 밑으로 가면서도
성벽이 무너져 달걀이 깨질까
두려워 못 간다는 뜻으로,
무슨 일을 지나치게 두려워하며
걱정함을 비유적으로 이르는 말.

은 사람과 이야기하고 들어오는데 얼굴에 수심이 가득하였다.

"무슨 걱정이 생겼나?"

"지금 왔던 우리 집 머슴이 금교 뒷장을 보러 갔다오는 길에 오가를 만났는데 오가 말이 우리의 원수를 후대하는 놈들은 곧 우리의 원수니까 오늘 밤에 우리가 가서 몇몇놈은 식구까지 죽여 없앤다구 벼르더라네."

여러 동네 사람들이 이 말을 듣고 모두 근심하는 중에 전날 저녁때 길에 나왔던 사람들이 더욱 근심하였다.

"몇몇놈이란 건 우리들 말이겠지?"

"염탐꾼 놈이 우리네 성명을 알아다 바친 겔세."

"이거 큰일났네."

"이거 어떻게 하면 좋은가?"

막봉이가 근심하는 여러 사람들을 돌아보며

"오가가 쇠도리깨 도둑놈과 한패요?"

하고 묻고서

"그놈의 패가 오늘 밤에 와서 여러분 집안을 도륙낸다구 벼르드란 말이지. 그러면 우리두 가지 않구 여기 있다가 죽구 사는 것을 여러분과 같이하겠소."

하고 말하니 여러 사람들이 모두 좋아서 뛰다시피 하는 중에

"장사들만 기셔주면 우리네가 다 살았네."

하고 말하는 사람도 있고

"우리네 안식구는 이 집 안으루 모아놓구 우리는 이 방에서 장

사들 뫼시구 밤을 지내세."
하고 말하는 사람도 있었다.

　막봉이 일행은 탑고개 동네에서 하룻밤을 더 묵게 되었는데, 오가 도적이 오려니 생각들 하고 밤에 동네 사람들과 같이 술을 먹으며 도적 오기를 기다리었다. 한밤중이 거의 다 되었을 때 손가가 막봉이를 보고

　"오지두 않는 도둑놈을 기다리다가 오늘 밤도 잠 못 자겠네."
하고 원망같이 말하니 막봉이가

　"자구 싶거든 자구려. 누가 자지 말라우? 우리는 술이나 더 먹구 닭울녘까지 기다려볼 테요."
하고 볼멘소리로 대꾸하였다. 손가는 그 뒤에 바로 한구석에 누워서 잠을 자고 막봉이 형제는 동네 사람들을 데리고 앉아서 닭을 두서너 홰 울리었다.

　"도적놈이 인제는 안 오는 게지."
　"도둑놈두 오지 않는데 건밤 새울 것 없소."
　"그럼 고만 잡시다."
　"우리가 여기서 다 잘 수는 없으니 우리들 몇은 다른 데루 가겠소."

　다른 데로 갈 사람이 간 뒤에 막봉이 형제는 남아 있는 두어 사람과 같이 잘 채비를 차리고 누웠다. 막봉이가 자다가 잠결에 도적이 왔다고 외치는 소리를 듣고 벌떡 일어나 앉아 보니 동네 사람들은 한잠이 들어서 코들을 고는데 손가가 잠꼬대로 소리를 지

르며 사지를 옹송그리었다. 막봉이는 혀를 끌끌 차다가 삼봉이가 눈뜬 것을 보고

"형님두 잠이 깼소? 나는 못생긴 사람 잠꼬대에 속았소."
하고 다시 누웠다.

막봉이 형제가 기다리는 오가는 동네 딴 집에서 묵으면서 사람을 기다리었다. 오가가 기다리는 사람은 황천왕동이였으니 천왕동이의 걸음으로는 양주서 점심때 떠나더라도 밤들기 전에 들어오려니 믿고 동네 개만 짖어도 사람을 내보내보았다. 천왕동이는 오지 않고 밤은 점점 깊어가니 양주 보낸 사람이 일을 낭패시키는 줄로 생각하고 밤새도록 손바닥을 비비며 고시랑거리다가 다 샐 녘에 드러누워서 잠이 들었다.

"주무시오? 고만 일어나시오."

깨우는 소리에 오가가 깜짝 놀라서 눈을 떠보니 양주 보냈던 집주인이 방 밖에 와 서서 방안을 들여다보고 있었다.

"혼자 왔나?"

"왜 혼자 오기는. 박서방두 오시구 박서방 가셨든 집주인 어른두 같이 오셨소."

"다들 같이 왔어? 어디들 있나?"
하고 오가가 벌떡 일어나서 내다보니 박유복이가 임꺽정이와 같이 봉당 위에 올라섰다.

"박서방 왔나! 임서방두 오실 듯싶더니 잘 왔소."

유복이가 방문 앞으로 들어서며

"오주가 죽지 않았소?"

하고 묻는데, 오주 일에 열이 나서 눈에서 불이 나는 것이 밤새도록 길을 걸어온 사람 같지 아니하였다.

"인제는 오주가 죽지 않았네. 어서 들어와서 이야기 좀 하세."

"언제 이야기하구 있겠소? 곧 가서 오주를 데리구 오리다."

"이야기나 좀 하구 가세. 그놈들이 셋인데 둘은 천하장사라네."

"오주가 봉변한 걸 보면 힘꼴이나 좋이 쓰겠지. 그렇지만 염려 없소."

"천왕동이는 어째 아니 왔나?"

"어디 가서 같이 못 왔소."

유복이가 오가와 수작하던 것을 그치고 그 집주인을 돌아보며

"그놈들 묵는 집이 어딘가? 나하구 같이 가세."

하고 말하니

"내가 떠난 뒤에 왔으니까 나두 모르지요."

하고 유복이에게 대답하고

"뉘 집에 들었나요?"

하고 오가에게 물었다. 오가가 유복이를 보고

"잠깐 들어와서 공론하구 같이 가세."

말하고 또다시 꺽정이를 향하고

"어서 먼저 들어오시우."

말하여 꺽정이가 유복이를 돌아보며

"인제 급할 거 없지 않으냐. 잠깐 들어가자."

하고 먼저 신발을 벗고 방으로 들어가는데 유복이는 따라들어가려다가 말고

"오주 산 것을 내 눈으루 보기 전엔 편하게 방에 들어앉았을 수 없소. 내 먼저 갈 테니 형님은 차차 오시우."
하고 돌아서며 곧 밖으로 나와서 동네 사람에게 집을 물어보고 한달음에 쫓아왔다.

막봉이 형제와 동네 사람들은 아직 잠이 깨지 아니하고 손가만 일어나서 오줌을 누러 밖에 나와서 오줌장군 앞에 돌아섰다가 삽작문 열어젖히는 소리에 고개를 돌이켜보니 삽작 안에 들어선 사람이 낯이 설었다. 그러나 손가는 동네 사람으로만 여겨서

"아직 다들 안 일어났소."
하고 오줌 누며 말하였다.

"이놈아!"
하고 호령하는 소리에 손가가 깜짝 놀라서 다시 고개를 돌이켜보니 그 사람이 적의를 가진 것은 목자만 언뜻 보아도 알 수가 있었다.

"알지두 못하는 사람더러 이놈저놈 하는 게 누구야!"

손가가 겉으로는 거센 체하면서도 그 사람이 조그만 쇠끝을 손에 든 것이 댓가지 재주 가진 도적인 성싶어서 속으로 겁이 났다. 손가가 얼른 방으로 들어가서 막봉이 형제를 깨우려고 생각하고 괴춤을 치켜들며 슬금슬금 옆걸음을 쳐서 방문 앞으로 가까이 들어갔다.

"게 섰거라, 이놈아."

손가가 말을 듣지 않고 별안간 돌쳐서서 화닥닥 방문을 열어젖히다가 문지방에 윗몸을 걸치고 고꾸라지는데 입에서

"댓가지 도둑놈!"

하고 외치는 소리가 절로 나왔다. 막봉이 형제가 문 여는 소리에 잠이 깨고 외치는 소리에 벌떡 일어났다. 앞으로 고꾸라진 손가는 머리 뒤에 피가 흐르는데 피 솟는 곳에 쇠끝이 박혔고, 동네 사람들은 잠이 곤히 들었는지 겁이 지레 났는지 쥐죽은 듯이 누워서 눈도 떠보지 아니하였다. 막봉이가 머리맡에 놓아두었던 쇠도리깨를 집어들며 곧 손가 옆으로 뛰어나와서 삽작 안에 섰는 사람을 보고 말도 묻지 않고 쫓아가려고 할 즈음에 그 사람이 손을 한번 날리더니 쇠끝 한 개가 도리깨 쥔 팔에 와서 박혔다. 막봉이가 도리깨를 내던지고 또 쇠끝을 뽑아버리고 벼락같이 소리를 지르며 쫓아갔다. 그 사람이 일변 삽작 밖으로 뛰어나가며 일변 또 쇠끝을 던지려고 뒤를 돌아볼 때 어떤 사람 하나가 앞에 와서 그 사람의 손을 붙잡았다.

"형님이오? 왜 붙잡소?"

"잠깐 참아라."

두 사람이 말하는 동안에 막봉이가 쫓아와서 주먹을 두르며 쇠끝 던진 사람에게 달려드니 손 붙잡은 사람이

"총각두 좀 가만히 있게."

하고 중간을 가로막고 나섰다. 분이 꼭뒤까지 난 막봉이가

"이놈은 또 웬 놈이냐!"

하고 주먹으로 그 사람을 치려고 하니

"이 사람이 눈이 없나?"

하고 그 사람은 손으로 주먹을 받아 막았다. 막봉이가 주먹 막는 것을 보고 한번 다시 보니 그 사람이 다른 사람이 아니요 곧 양주 임꺽정이라

"이거 웬일이오? 여기 어째 왔소? 뒤에 섰는 놈이 도둑놈이오. 저리 좀 비켜나우."

"내가 오기는 자네 보러 왔구, 자네가 도둑놈이란 사람은 내 동생일세."

"동생이라니, 도둑놈 동생이 있단 말이오?"

"있구말구. 동생 하나는 자네들에게 잡혀서 여기 와 있네."

"쇠도리깨 도둑놈두 동생이오?"

"그래."

"당신이 도둑놈의 접주˙요?"

"접주라면 나까지 잡아갈 텐가?"

꺽정이는 껄껄 웃고 막봉이는 셈판을 몰라서 눈만 두리번거리었다. 꺽정이 뒤에는 유복이와 오가가 둘러서고 막봉이 옆에는 뒤쫓아나온 삼봉이가 붙어서서 다같이 두 사람이 수작하는 말을 듣고 있는데, 여러 사람의 얼굴에는 깡그리 괴상히 여기는 기색이 나타났다. 꺽정이가 여러 사람의 얼굴을 돌아본 뒤에 막봉이를 보고

"우리 들어가 앉아서 이야기하세."

하고 손을 끌고 앞을 서니 다른 사람도 다 그 뒤를 따라왔다.

댓가지 도둑놈이라고 외치는 소리가 난 뒤부터 곽오주는 묶인 밧줄을 끊고 일어나려고 용을 썼다. 그러나 워낙 무지스럽게 결박지운 것을 기운 빠진 사람이 끊으려고 하니 잘 끊기지 아니하였다. 삼봉이가 손가의 머리 뒤에 박힌 쇠끝을 뽑아주고 방안에 끌어들여 눕힌 뒤에 곧 막봉이 뒤를 쫓아나가서 형제가 다 없으니 그제야 동네 사람들이 일어나서 피신들 하러 나가는 길에 곽오주의 묶인 밧줄을 장도粧刀로 모조리 끊어주었다. 임꺽정이와 막봉이가 여러 사람의 앞을 서서 삽작 안으로 들어올 때 곽오주가 비슬거리며 마주 나오는데, 피투성이된 얼굴을 씻지 못하고 풀어진 머리를 거두지 않은 까닭에 꼴이 보기 흉악하였다. 꺽정이가 보고

● 접주(接主)
우두머리.
● 쫓다
틀어 죄어매다.

"오주야!"

하고 소리칠 때 뒤에 오던 박유복이가 앞으로 쫓아나와서 오주를 얼싸안고 사내 울음을 내놓으니 오주 역시 어린애 울음으로 엉엉 울었다. 오가가 와서 둘의 울음을 그치게 한 뒤 유복이와 같이 오주를 부축하고 방으로 들어와서 아랫간 아랫목에 눕히고 동네 사람 하나를 불러서 수건에 물을 축여다가 얼굴을 씻어주고 또 머리털을 거두어서 시늉만이라도 상투를 쫓아˚주게 하였다. 아랫간에 누워 있던 손가는 윗간으로 옮겨 눕히게 되었는데, 삼봉이가 가서 버선목의 솜을 뽑아 상처를 누르고 수건으로 동여주었

다. 꺽정이가 삼봉이를 불러서 인사한 뒤에 자기가 중간에 앉고 한편에는 오가와 유복이를 앉히고 또 한편에는 삼봉이와 막봉이를 앉힌 뒤에 양편을 돌아보며 인사를 붙이어서 서로 성명들은 통하였으나 양편이 똑같이 소 닭 보듯 하는 중에 유복이는 오주를 돌아보다가 막봉이 형제를 노려보고 막봉이는 표창 맞은 팔을 만져보면서 유복이를 흘겨보았다. 꺽정이가 먼저 막봉이 형제를 돌아보며 곽오주와 싸우게 된 까닭을 물으니 막봉이는

"어린애 죽이는 무도한 도둑놈을 버릇 가르치려구 일부러 벼르구 왔소."

하고 간단하게 대답하는데, 삼봉이가 자기 형제의 벼르고 오게 된 전후 사연을 대강 이야기한 끝에 꺽정이의 조력을 청할 의논이 있어서 양주를 들러 올 뻔한 것까지 모두 이야기하였다. 꺽정이가 삼봉이의 이야기를 듣고 막봉이더러

"자네가 나하구 같이 왔드면 바루 적굴을 들이쳤지."

하고 허허 웃고 나서

"어린애를 죽이는 것이 악착스러운 짓이지. 그렇지만 속을 알구 보면 그렇게 미워할 수도 없느니."

하고 곽오주의 행적을 한동안 끙끙거리며 이야기하다가 갑자기 오가를 돌아보고

"내 대신 이야기 좀 하우."

하고 말하여 오가가 꺽정이의 뒤를 받아서 구변 좋게 이야기하였다. 밤중에 배고파 우는 갓난애를 홀아비가 안고 달래다가 화가

치미는 바람에 눈이 뒤집혀서 안은 애 태기치는 광경을 그려내듯이 이야기할 때 아랫목에 돌아누웠던 곽오주가 홀제 황소 영각 켜는 소리를 지르면서 뛰어 일어나니 오가는 이야기를 그치고 유복이는 오주를 붙들어 다시 눕히었다. 막봉이가 곧 오주를 돌아보며

"내가 공연한 짓을 했소."

하고 사과하는 의사로 말하니 오주는 대답이 없었으나 유복이는 마음이 좀 풀렸다. 유복이가 막봉이를 보고

"팔을 과히나 다치지 않았나?"

하고 물어서 막봉이가

"댓가지를 잘 던진다드니 댓가지가 아니라 쇠끝입디다그려."

하고 대답한 뒤 삼봉이가 유복이의 재주 이야기를 듣고자 하여 유복이는 표창 치는 것을 이야기하는 중에 반평생 소경력을 대충 이야기하여 들리었다. 막봉이가 이야기를 듣고는 대번에 유복이를 좋아하게 되어서 이다음 만날 때 한번 자세한 이야기를 들려달라고까지 말하였다. 꺽정이가 막봉이 형제를 보고 이다음에도 서로 만나지려니와 이번에 같이 산속에 들어가서 며칠 놀다 가자고 말하여 탑고개에서 아침들을 먹고 청석골 오가의 집으로 들어가게 되었는데, 곽오주는 쇠도리깨를 짚고 걸어가고 손가는 삼봉이에게 업혀갔다.

오가가 뒤로 탑고개 동네 사람들에게 상급을 후히 준 것은 다시 말할 것도 없고, 유복이가 삼봉이의 청을 받고 손가 형제를 탑

고개 동네로 이사시키고 사는 것을 돌보아주마고 허락하여 작은 손가도 머리 뒤 조금 상한 값에 일이 해롭지 않게 되었다고 생각하고 좋아하였다.

  막봉이 형제는 손가가 제 발로 걸음 걷게 되기를 기다리느라고 청석골서 사오일 동안을 묵고 떠나는데 임꺽정이도 함께 떠났다. 송도 와서 손가의 집에 들를 때 꺽정이는 바로 가려고 하는 것을 막봉이가 누님을 잠깐 보고 같이 가자고 끌고 들어왔다. 손가가 집에 오는 길로 형수를 보고 탑고개로 이사가자고 의논하고 막봉이 형제더러 이왕이면 이사까지 보아주고 가라고 청하니 삼봉이는 손가의 청보다도 누이의 말을 떼치지 못하여 허락하고 막봉이는 동행을 끌고 온 까닭에 곧 가야 한다고 누이의 말도 듣지 아니하였다. 구차한 손가의 집에서 하룻밤들을 같이 묵은 뒤에 삼봉이는 뒤에 떨어지고 막봉이는 꺽정이와 동행하여 떠났다. 송도부중에서 얼마 아니 나왔을 때 뒤에서

  "에라, 비켜서라!"

하고 길잡는 소리가 나서 꺽정이와 막봉이는 길 한옆에 비켜섰다. 탕건 쓴 양반 하나가 부담마를 타고 지나가는데 마부 이외에 전배, 후배가 하나도 없어서 행차 기구는 좋지 못하나 양반의 의관이 번지르한 것은 호사하는 재상만 못지않았다. 주홍코와 탑삭부리 수염에 풍신 없는 양반이 공연히 율기˚하고 사람을 내려다보며 말 위에서 끄덕거리고 가는 조격˚이 하도 우스워서 막봉이가 뒷생각없이 소리를 내서 웃었다. 양반이 마부 시켜 말을 세운

뒤에 막봉이를 가리키며

　"저 총각놈 이리 불러오너라."

하고 마부를 보냈다.

　"총각, 저리 좀 가세."

　"왜 오라우?"

　"박선다님께서 불러오라시네."

　"박선달이구 박첨지구 알지 못하는 사람을 왜 오래?"

　막봉이의 말소리가 굵어서 말 위에 있는 양반의 귀에 다 들어갔다.

　"그놈을 이리 잡아오너라!"

　양반이 호령하며 마부가 덜미를 짚으려고 손을 내어미니 막봉이는

　"뉘게다 함부루 손을 대려구 이래!"

● 율기(律己)
안색을 바로잡아 엄정히 함.
● 조격(調格)
품격이나 인품에 어울리는 태도.

하고 예사로 떠다밀었는데 마부가 뒤로 나가자빠지며

　"아이쿠머니!"

하고 소리를 질렀다. 양반이 이것을 보고

　"양반의 하인을 치다니, 저런 놈이 어디 있단 말이냐!"

　막봉이에게 불호령하고 또다시

　"못생긴 놈 같으니! 얼른 일어나서 그놈을 못 잡아온단 말이냐!"

마부에게 강호령하였다. 이때까지 가만히 보고 섰던 꺽정이가 말썽이 더 되기 전에 혼구멍을 내어 쫓으려고 생각하고 자빠져 있

는 마부에게 가서 두 손을 밑으로 집어넣어 등 복판과 된볼기를 치어들어서 가로 떠받들고 섰다가 한번 공중에 높이 치뜨리고 다시 받아서 일으켜세우며 양반 듣거라 하고 큰 소리로
 "사람 다리, 말 다리 모조리 퉁겨놓기 전에 얼른 가거라!"
하고 꾸짖었다. 양반이 호령을 더 못하고 넋잃고 주저앉았는 마부를 내려다보며
 "얼른 가자."
하고 재촉하였다. 마부가 고삐를 잡고 말을 끌어서 앞으로 얼마 나갔을 때 막봉이는 전보다 더 크게 소리내서 웃었건만 양반은 뒤도 돌아다보지 아니하였다. 꺽정이와 막봉이가 말 뒤를 따르지 아니하려고 한동안 앉아서 웃고 이야기하다가 일어나서 노량으로 걸음을 걸었다. 널문 주막 앞에 와서 보니 벌써 멀리 갔으려니 생각하였던 박선달이란 양반이 주막 방에 들어앉아서 술장사 계집을 앞에 앉히고 술을 먹으며 희영수하고 있었다. 막봉이가 이것을 보고
 "보아하니 낯살이나 좋이 처먹은 작자가 기집은 꽤 밝히는 모양일세. 욕이나 한번 더 보일까 부다."
하고 방으로 들어가려고 하는 것을 꺽정이가
 "고만두구 우리 길이나 가세."
하고 팔을 잡아끌고 주막 앞을 그대로 지나왔다. 꺽정이와 막봉이가 임진강 나루에 와서 배를 기다리느라고 한동안 앉았다가 배를 탔는데, 사공이 배를 띄우려고 할 즈음에 박선달의 마부가

"사공, 잠깐 기다리시우!"

하고 소리지르며 말을 몰고 쫓아왔다. 박선달이 막봉이와 꺽정이가 배 안에 있는 것을 보고 배를 탈까 말까 주저주저하는 모양이더니 나중에 상을 잔뜩 찌푸리고 배에 올랐다.

배를 띄우지 않고 행차를 기다리던 사공이 배에 오르는 양반을 보고는 공연히 입을 삐쭉하였다. 배가 물 깊은 중간에 와서 사공이 삿대를 놓고 노를 저으려고 하는데 뱃고물에 앉은 농군 한 사람이 가로 거칠 것을 보고

"비켜나우."

하고 불쾌스럽게 말하니 농부가 일어나서 배 안을 둘러보며

"어디 가서 설 데가 있어야지."

하고 대답하였다. 배에 사람과 짐승을 가뜩 태워서 선창 중간에 앉았는 옷 잘 입은 양반의 앞과 옆 외에는 설 틈이 별로 없었다.

"저리 못 가우!"

하고 사공이 양반 앉았는 곳을 가리키며 소리를 꽥 지르니 농군은

"양반님네 옆댕이루 어떻게 가라우?"

하고 눈을 휘둥그렇게 떴다.

"가라거든 어서 가, 잔말 말구."

"양반님네 꾸중하면 나는 모르우."

"아따 못두 생겼네."

"잘난 사람은 볼기 맞기 좋수."

"볼기 맞구 살 터지거든 짚신 신은 발루 꽉꽉 밟아줄게 염려

말구 가우."

　농군이 사공의 말을 듣고 웃으면서도 가지 못하고 주저주저하는 것을 사공이 또 소리를 질러서 쫓다시피 하였다. 농군이 양반 옆에 가서 거북살스럽게 서 있는데 옹이에 마디*로 배가 뒤뚱거리는 바람에 농군이 넘어질 듯하여 엉겁결에 손을 내밀다가 양반의 어깨를 건드리고 깜짝 놀라 팔을 오그렸다.

　"이거 봐라, 뒤루 좀 물러서라!"

하고 양반이 호령기 있게 말하여 농군이 황망히 물러선다는 것이 다른 행인의 발을 밟았다.

　"이 사람이 눈이 없나!"

하고 행인이 농군을 떠다밀어서 하마터면 양반이 장기튀김을 받을 뻔하였다. 양반이 벌떡 일어서서 농군을 발길로 차면서

　"이놈, 눈깔이 멀었느냐! 어디루 대드느냐. 어 고약한 놈들 다 보겠다."

하고 큰 소리로 호령호령하니 사공이 노질하면서 뒤를 돌아보고

　"대장질해서 밥술을 먹거든 국으루 가만히나 지내지 양반질은 다 무어야, 아니꼽게."

하고 큰 소리로 지껄였다.

　양반이 사공의 지껄이는 말을 듣더니 홀제 기세가 죽으며 슬며시 앉아서 강산을 돌아보는 체하였다. 사공 가까이 앉았던 막봉이가 이것을 보고 괴상히 생각하여 사공더러

　"저 작자가 양반이 아니구 대장쟁이오?"

하고 물으니 사공이

"양반은 무슨 말라비틀어진 양반이야, 대장질해 모아서 밥술이나 먹는 게지."

하고 대답하였다.

"우리가 송도서 오는 길에 만났는데, 꼭 양반으루 속았소. 이 근방 사람이오?"

"이 근방 사람은 아닌가베."

"전에 알던 사람이오?"

"아니."

"그럼 대장쟁인 줄 어떻게 아우?"

"보면 모를라구."

"보구 어떻게 안단 말이오?"

● 옹이에 마디
안 좋은 일이 겹쳐 생김을 이르는 말.

"그것두 볼 줄 모르면 구연강 九淵江(임진강을 파주 사람들은 구연강이라고 불렀다)에서 사공질하겠나."

"대장쟁이 표가 어디 있소?"

"표가 있다뿐이야. 우선 탑삭부리 수염을 보게. 수염이 왼편으로 쏠렸지? 그것이 왼손으로 수염을 쓰다듬은 표 아닌가."

"그것만 가지구야 알 수 있소?"

"그럼 또 소매 거드칠 때 팔목을 보게. 바른편이 왼편버덤 훨씬 굵지 않은가. 그것이 바른손으로 마치질한 표 아닌가."

사공이 한손으로 노질하며 막봉이를 보고 이야기하다가 실수하여 노가 놋좆에서 벗어졌다. 사공은 놋구멍을 얼른 다시 맞추

더니 그 뒤에는 몸을 흔들면서 두 손으로 노를 젓고

"그래 또다른 표는 없소?"

막봉이가 말을 물어도 돌아보지 아니하였다. 막봉이가 꺽정이를 보고

"양반이 아니라두 양반질할 수 있소?"

하고 물으니 꺽정이가

"왜 갑자기 양반질하구 싶은 생각이 나나?"

하고 웃었다. 얼마 뒤에 배가 나룻가에 대어서 여러 사람이 앞을 다투어 내리는데 양반질한다는 박선달도 섞이어 내려와서 마부를 시켜 길양식하는 쌀로 선가船價를 치러주게 하고 곧 말을 타고 서울길로 올라갔다.

꺽정이는 파주 두마니까지 같이 와서 양주길로 갈려 가고 막봉이가 혼자서 서울길로 올라오는데 혜음령惠陰嶺 못미처서 박선달의 인마가 멀리 앞에 가는 것을 바라보고 까닭없이 쫓아가고 싶은 맘이 나서 걸음을 재게 떼놓았다. 고개 밑에서 도적 두 놈이 박선달과 마부를 묶어 앉히고 부담을 말께서 떼어내리는 중에 막봉이가 가까이 올라가며 껄껄 웃었다. 막봉이는 박선달이 도처에 봉패하는 것을 웃었건만 도적들은 수상히 여기었다. 예사 행인 같으면 도망할 것인데 도망하지 않고 오는 것이 수상하고 오더라도 그저 오지 않고 껄껄 웃고 오는 것이 더욱 수상하여 도적들은 얼른 부담짝을 내려놓고 몽둥이들을 들고 나섰다. 두 놈이 모두 험상궂게 생겼는데 한 놈은 박선달과 같은 탑삭부리요, 한 놈은

채수염이 좋았다. 채수염이 한두 걸음 더 앞으로 나와 서서 서너 칸 아래 우뚝 서는 막봉이를 내려다보며 볼멘소리로 말을 물었다.

"지금 껄껄 웃은 놈이 너냐?"

"네, 저올시다."

막봉이가 공손하게 대답하는 것이 장난조인 줄 모르고 채수염은 가장 틀을 빼며

"무엇 땜에 웃었노?"

하고 물으니 막봉이가 대답하는 대신 다시 껄껄 웃었다.

"저놈이 허파에 바람이 들었나, 간이 뒤집혔나?"

"저놈이 판순˙가, 청맹과닌가."   • 판수 맹인.

"저놈 보아, 아이놈이 어른더러 욕하지 않나."

"도둑놈이 어른 아이는 찾아 무어할 테냐. 이놈들아, 받은 밥상 차내던지지 말구 얼른 가서 부담이나 뒤져가지고 가거라."

"저놈이 죽구 싶어 몸살이 난 놈 아닌가!"

"너놈들이 나 죽을 때까지 살아봐라. 자식 손자가 고려장 지내 줄 게다."

채수염이 분을 못 이겨서 턱까지 까부르면서도 낯살 지긋한 덕에 막봉이를 섣불리 건드리지 못할 사람인 줄 짐작하고 탑삭부리 동무를 돌아보니 탑삭부리도 주니를 내서 선뜻 쫓아내려가지 못하고 채수염 옆에까지 나와서 막봉이를 내려다보며 벼르기만 하였다.

"이 자식, 올라만 와봐라. 대가리를 바시질러줄 테다."

"오냐, 올라가마. 너희들이 어떻게 바시지르나 구경 좀 하자."

막봉이가 저적저적 올라오는데 도적놈이 양편으로 갈라서며 일시에 몽둥이로 내리쳤다. 막봉이가 한 몽둥이는 첫번에 비키면서 곧 붙잡고, 한 몽둥이에는 어깨바디를 얻어맞았으나 데시근하게도 여기지 않고 두번째 내려칠 때 일변 비키며 일변 마저 붙잡았다. 막봉이가 두 손에 각각 잡은 몽둥이를 한꺼번에 앞으로 들이채니 채수염은 몽둥이를 놓치고 탑삭부리는 몽둥이를 쥐고 고꾸라졌다. 막봉이가 두 몽둥이를 다 빼앗아 내던지고 한손으로 채수염의 팔을 잡아낚아 마저 고꾸라뜨린 뒤에 두 놈의 상투를 한손에 하나씩 잡아 머리만 치켜들고 이마받이를 시키면서

"너희놈의 힘 가지구 뉘 대가리를 부순다고 흰소리냐?"

"장사를 몰라뵈옵구 죽을죄를 지었습니다."

"제발 목숨만 살려주십시오."

"누가 너희놈을 죽인다니? 혹이 돋칠 만큼 이마받이만 시켜주마."

"죽을 때라 잘못했습니다."

"용서해줍시오."

"용서해줄 테니 일어나서 절하구 빌어라."

채수염과 탑삭부리가 서로 붙들고 일어나서 코가 땅에 닿도록 절하고 느런히 꿇어앉아서 손바닥들을 마주 비비었다.

"너희들 성명이 무어냐?"

탑삭부리는 고개를 숙이고 대답을 않는데 채수염이
　"이놈은 바눌티 사는 정상갑이옵구 저놈은 호랭잇골 사는 최판돌이올시다. 저희들이 장사 같으신 분을 대장으루 뫼셨으면 성세가 좀 나겠습니다만……."
하고 말끝을 다 마치지 않고 머리를 연해 꾸벅꾸벅하였다.
　"예끼, 미친 놈 같으니!"
　"장사의 성함이나 들어 뫼셨으면 좋겠습니다."
　"내 성명 말이냐? 나는 수원 사람 길막봉이다."
　막봉이가 박선달의 묶여 앉은 꼴을 바라보며 또다시 껄껄 웃고 나서 채수염과 탑삭부리를 돌아보고
　"나는 간다."
하고 다시 고갯길을 도드밟기˙ 시작하였다.

● 도드밟다
오르막길 따위를 오를 때 발끝에 힘을 주어 밟다.

　박선달이 총각의 덕을 볼 줄로 생각하고 있다가 의외에 총각이 자기들을 구해주지 않고 가려는 것을 보고 몸이 달아서
　"여게 총각, 사람 좀 살려주구 가게."
하고 죽어가는 소리를 하였다. 막봉이가 들은 체 아니하고 걸어가니 박선달과 마부가 번갈아가며
　"여보, 여보!"
　"여보시오, 여보시오!"
하고 소리질러 불렀다. 막봉이가 걸음을 돌치어 박선달 앞에 와서 섰다.

"우리를 이대루 내버려두구 가다니, 그런 인심이 어디 있어?"
"상놈이 양반에게 인심을 쓸 수 있소?"
"그러지 말구 어서 이 묶인 것 좀 끌러주어."
"묶은 사람더러 끌러달라구려."
"제발 좀 끌러놔주어."
"끌러줄게 아까 저 사람들처럼 내게다 절을 할라우?"
박선달은 대답을 아니하고 마부가
"끌러만 주면 내가 선다님 대신 절을 백번 하리다."
하고 말하니 막봉이는 머리를 가로 흔들었다. 마부가 박선달을 돌아보며
"선다님, 절 한번 하시지요. 절하신다구 양반이 떨어지겠습니까?"
하고 절하기를 권하니 박선달은 마부에게 눈을 흘겼다.
"절할 테요, 안 할 테요? 안 한다면 나는 그대루 가겠소."
박선달이 고개 끄덕이는 것을 보고 막봉이는 도적을 돌아보며
"둘 다 끌러놔라."
하고 괴수가 졸개에게 분부하듯 말하였다. 도적들이 박선달과 마부를 끌러놓은 뒤에 막봉이는 떡 버티고 서서
"자, 어서 절하우."
하고 재촉하나 박선달은 자기의 다리 팔만 주무르고 앉아서 일어나지 아니하였다.
"안 할 테요? 도루 묶으랄 테니 알아 하우."

박선달이 막봉이의 을러메는 말을 듣고야 가까스로 일어나서 끙 소리하며 절하였다.
  막봉이가 점잖게
  "오."
하고 절을 받고 나서 껄껄 웃으니 도적들도 따라 웃고 마부도 웃음을 참느라고 입을 막는데, 박선달만은 두 볼이 밤 문 것같이 부어올랐다. 막봉이가 도적들을 돌아보며
  "내가 양반의 절 받은 값을 해야겠으니 부담을 도루 실어주어라."
하고 말을 일러서 부담이 다 된 뒤에 마부는 말을 끌고 박선달은 막봉이와 같이 걸어서 가파르기로 유명한 혜음령을 넘어왔다.

● 봉노 봉놋방. 여러 나그네가 한데 모여 자는, 주막집의 가장 큰 방.

  막봉이가 전날 밤에 파주읍에서 자고 새벽에 일찍 떠났건만 두 마니서 꺽정이와 작별할 때 한동안 지체하고 또 혜음령에서 박선달과 동행할 때 오래 지체한 까닭에 서울 팔십리를 다 오기 전에 시월 짧은 해가 꼬빡 져서 모래재(무악재)를 넘을 때는 벌써 땅이 잘 보이지 않을 만큼 컴컴하였다. 사대문은 닫힌 지가 오래라 박선달이 문안으로 들어가지 못하고 남대문 밖으로 내려와서 객주를 잡아드는데, 막봉이도 한 객주에 들었다.
  박선달은 사처를 치우고 자고 막봉이는 마부와 같이 봉노˚에서 자게 되어서 마부를 데리고 이야기하는 중에 박선달이 안성 가사리서 부자로 사는 것과 송도 경력˚으로 있는 매부를 보러 송

도 갔다 오는 것을 알았다. 이튿날 박선달은 문안으로 들어가고 막봉이는 문안에 들어가지 않고 바로 동작이로 나왔다.

막봉이가 발안이 돌아와서 이삼일 묵은 뒤에 남양 나가서 소금을 해 지고 안성까지 가려던 것이 양성서 소금짐이 들나게 되어 다시 와서 소금 두 섬을 한 짐에 지고 안성으로 내려갔다. 안성 와서 박선달의 이야기를 들어보니 박선달은 놋갓장이로 치부한 사람인데 누이 하나를 어느 호반의 첩으로 주고 그 덕에 출신하여 타향에 나가서 양반 행세하는 것은 고사하고 고향에서도 내로라하고 곤댓짓하는 사람이었다. 박선달이 아우가 하나 있는데, 그 아우는 사람이 괴상하여 형과 같이 살지 않을 뿐외라 다른 사람과도 이웃해 살지 아니하려고 놋박재 밑 무인지경에 가서 여러 해포 살다가 지금은 인가 근처로 이사와서 사나 역시 외딴집을 짓고 살고 정초와 부모 젯날 외에는 형의 집에 오지 않는 것이 형제간에 격난 까닭이라고 안성 사람들은 말하였다.

막봉이가 열다섯부터 소금장사를 시작하여 지금까지 오륙년 동안에 안산과 시흥은 문턱 드나들듯 하였고 과천과 광주도 많이 다니었고 또 용인과 이천으로도 여러 차례 나갔었지만 양성을 거쳐서 안성까지 내려오기는 이번이 겨우 두 행보째요, 전번에 안성을 왔어야 양성 접계만 돌아다니다 간 까닭에 안성 읍내서 엎드러지면 코 닿을 만한 데 있는 가사리 같은 큰 동네도 가본 일이 없었다.

막봉이가 전번 왔을 때 소금을 가지고 오라고 부탁받은 데가 더러 있어서 일일이 돌아다니며 소금 한 섬을 나눠놓고 남은 한 섬을 지고 안성 읍내로 들어왔다. 막봉이 오던 날이 이틀, 이레로서는 안성 장날이라 장구경할 겸하여 소금짐을 지고 돌아다니다가 촌사람 하나를 만나서 소금 한 말을 곡식 받고 바꾸어주었는데, 촌사람이 소금말이 후한 것을 보고 자기가 구브내 동네 일을 보는 사람이라고 말하고 구브내를 나오면 많이 팔도록 주선하여 줄 터이니 내일이라도 곧 오라고 말하였다. 장 이튿날 막봉이가 구브내를 찾아나오는 길에 어느 동네 앞을 지나다가 동네가 크고 포실해 보여서 길가에 있는 사람에게 동네 이름을 물어보니 그 동네가 곧 가사리라, 여짓 박선달의 사는 꼴을 한번 들어가 보려다가 소금 팔고 오는 길에나 들러볼까 생각하고 그대로 지나왔다. 급기 구브내를 와서 보니 동네도 작거니와 집도 큰 집이 별로 없었다. 주선하여 주는 사람이 많이들 받으라고 권하건만도 한 되, 두 되 되풀이*로 받는 집이 많아서 모두 합하여 소금 너덧 말밖에 퍼먹이지 못하였다. 많이 팔게 해주마고 말한 사람이 미안한 생각이 있던지 막봉이를 하룻밤 쉬어가라고 붙들어서 자기 집에서 묵혀주고 붓들을 올라가면 홍성*이 있을 듯하니 올라가보고 붓들 가서 남은 소금을 못다 팔거든 적가리까지 가보라고 친절하게 말하여 주었다. 구브내서 붓들이나 붓들서 적가리나 다같이 몇마장씩 안 된다는 말을 듣고 막봉이는 그 사람의 말을 좇아서 가보기로 작정하고 이튿날 아침 뒤에 구브내서

* 경력(經歷) 조선시대에, 각부에서 실제적인 사무를 맡아 보던 종사품 벼슬.
* 놋갓장이 놋그릇 만드는 일을 직업으로 하는 사람.
* 되풀이 곡식 따위를 되로 되어 헤아림.
* 홍성 홍정.

붓들로 올라왔다. 한나절 돌아다니며 소금 댓 말을 못다 팔고 동네에 둘도 없는 주막집에 와서 소금 주고 바꾼 곡식으로 다시 술을 바꾸어 먹는데 소금은 조금 팔고 술은 술명히 먹어서 붓들서는 곱는* 장사를 하였다. 막봉이가 적가리 가서 잘 참을 잡고 해가 거의 저녁때 다 된 뒤에 붓들서 나섰다. 촌탁배기에 배가 부른 막봉이가 꺽꺽 트림을 하면서 길을 가는 중에 마주 오는 사내 여편네 두 사람을 만나서 심심풀이삼아서

"적가리가 여기서 얼마나 되나요?"
하고 말을 물으니, 사내가 으레 대답할 것인데 사내는 딴전을 보고 여편네가

"얼마 안 되네."
하고 대답하였다. 여편네가 나이는 지긋하여 보이나 얼굴이 동글납작하고 입술이 얇은 것이 수다스러울 상호이었다.

"짊어진 것이 무어야?"
"소금이오."
"우리도 소금을 받아야겠는데."
"지금 따라갈까요?"
"지금 우리 내외가 큰집으로 제사 지내러 가는데 따라와서 제삿밥 얻어먹을 테야?"
"아니, 소금을 받으시겠다니까 따라가잔 말이지요."
"소금장수 지금 어디로 가나, 적가리로 가지?"
"네, 적가리 가서 잘 참입니다."

"그럼 내일 우리 집에 오게나. 이 위로 올라가자면 길에서 들여다보이는 산 밑에 있는 외딴집이 우리 집이야."

"적가리 못미천가요?"

"못미처구말구."

"소금을 얼마나 받으실는지 지금 가는 길에 갖다 두구 갈까요?"

"안 되어, 안 되어. 지금은 우리 집에 우리 딸 귀련이가 혼자 있어."

사내가 상을 찡그리며

"길에서 수다 부리지 말구 어서 가세."

하고 재촉하여 여편네가 사내와 같이 가다가 말고 돌아서서

"여게, 소금장수 총각!"

하고 불렀다. 막봉이가

"왜 부르시우?"

하고 몇걸음 쫓아가니

"우리 집에 들르지 말고 바로 적가리로 가게."

당부하는데 막봉이는

"네, 잘 알았습니다."

하고 게트림*을 내놓고 곧 돌쳐서서 걸음을 성큼성큼 떼놓았다.

막봉이가 얼마 동안 좌우를 둘러보며 오다가 왼손편으로 산 밑에 외딴집이 있는 것을 바라보고 문득 걸음을 멈추었다. 큰 산을 뒤로 두고 서향하여 앉은 집이라 석양 붉은빛을 가득히 받고 있

● 곱다
이익을 보려다가 도리어 손해를 입게 되다.
● 게트림
거만스럽게 거드름을 피우며 하는 트림.

었다.

'저 집이 그 집이군. 호젓한 집을 혼자서 지킨다면 기집애가 어린애는 아니겠지.'

막봉이가 계집애 혼자 있는 집을 가보고 싶은 마음이 바이 없지 않은 중에 가지 말라고 당부하던 여편네의 수다 부리던 꼴을 생각하고 밉살스러운 마음이 왈칵 나서 적가리로 가지 않고 산밑으로 들어왔다. 솔가지 섶으로 울을 두르고 싸리바자로 삽작을 달았는데 그중에 있는 초가삼간이 깨끗하여 보이었다. 막봉이가 가까이 들어오자 삽작 안에서 개 짖는 소리가 났다. 방문 여는 소리가 나며

"저 개가 왜 짖어?"

계집애의 목소리가 들렸다. 안으로 닫아건 삽작을 막봉이가 흔들면서

"삽작 좀 열어주!"

하고 소리치니 개는 꾸짖듯이 짖고 계집애는 말이 없었다.

"얼른 좀 열어주."

"사람이 아무도 없소."

"사람이 없다구 말하는 사람은 사람이 아니오?"

방문을 도로 닫는 소리가 났다.

"왜 대답이 없소?"

하고 막봉이가 삽작을 뒤흔드나 방문은 다시 열리지 않고 개만 삽작으로 쫓아나와서 펄펄 뛰며 짖었다. 삽작을 잘 열어주지 않

을 모양이라 막봉이가 한번 벌컥 떠다미니 삽작이 귀틀에서 떨어지며 개가 뛰어나와서 물려고 덤비었다. 막봉이 슬쩍 발길로 차서 개가 나가동그라지더니 죽어가는 소리로 짖으면서 도망하여 들어갔다. 막봉이가 삽작 안에 들어설 때 방문이 펄떡 열리며 처녀가 일어서서 내다보는데, 얼굴은 밉지 않게 생겼고 나이는 십팔구세 되어 보이었다.

"우리 집에 와야 가져갈 것이라군 아무것도 없소."

막봉이를 도적질하러 온 줄로 아는 모양이다. 막봉이가 처녀의 하는 꼴을 볼 양으로 짐짓 도적인 체하고 말하였다.

"가져갈 것이 있는지 없는지 집을 뒤져봐야 알지."

"얼마든지 뒤져보오."

처녀의 대답이 수월할 뿐 아니라 처녀의 얼굴에 겁내는 빛이 조금도 없었다. 본래 처녀의 부모가 삼사년 전까지 놋박재 밑에서 살아서 도적을 많이 치렀는데, 그때 처녀가 부모의 도적 다루는 것을 눈으로 익히 본 까닭에 지금 막봉이에게 겁없이 말대답하게 된 것이건만 이것을 모르는 막봉이는 처녀가 희한하게 대담스러운 줄로 생각하였다. 막봉이가 삽작문 옆에 소금짐을 내려놓고 봉당 앞으로 들어왔다.

"어디 방 세간부터 좀 보자."

"맘대로 하오."

처녀가 봉당으로 나오려고 하는 것을 막봉이가 봉당에 뛰어올라오며 팔을 벌려 가로막고

"너는 꿈쩍 말구 거기 앉아 있거라."

"나는 밖에 나가 있을게 들어와서 실컷 뒤지구려."

"꿈쩍 말라거든 꿈쩍 말어!"

"조용조용히 말 못하고 왜 야단이오?"

"잔소리 마라."

막봉이가 처녀를 떠밀다시피 하고 방안에 들어와서 방문을 닫은 뒤에 방 세간을 돌아보는 체하였다. 방구석에 놓인 것은 키 얕은 밥상과 넓적한 다듬잇돌이요, 시렁 위에 얹힌 것은 헌 이부자리와 다 깨어진 상자짝이요, 벽에 걸린 것은 새까만 등잔걸이다. 윗방으로 통하는 지게문을 열고 보니 중두리˙와 항아리와 바구니들이 어질더분하게 벌여놓였는데, 아랫목 편으로 조그마한 기직 한 닢이 깔려 있다.

"여기는 누가 자는 자리냐?"

"그건 물어 무어하오? 어서 뒤질 거나 뒤지지."

"뒤질 것 무엇 있니?"

"그러기에 내가 말 아니했소? 아무것도 없다고."

"이렇게 없을 줄이야 누가 알았나."

"뒤질 것이 없는 줄 알았으니 인제는 고만 다른 데나 가보오."

"네 몸에는 가진 것이 있겠지."

"무얼 몸에 가져요?"

"아니, 몸을 한번 뒤져봐야겠다."

막봉이가 처녀 앞에 와서 펄썩 주저앉았다. 막봉이가 몸에 손을 대려고 하니 그제는 처녀의 얼굴에 겁내는 빛이 나타나며 곧 몸을 빼쳐 일어나려고 하였다.

처녀가 막봉이에게 붙들려 일어서지 못하고 겨우 돌아앉았다. 막봉이는 처녀의 삼단 같은 머리가 거의 얼굴에 닿을 만큼 바싹 등 뒤에 붙어앉아서 무어 짚이는 사람같이 시벌시벌 지껄였다.

"귀련아, 내가 너를 보려구 전위해 왔다. 도둑질하러 온 게 아니다. 도둑놈일세 도둑질하러 오지. 나는 이십 평생에 닭서리 한 번 못해봤다. 되려 못생겼다고 웃음을 잡힐는지 모르나 그런 짓 못하는 것이 내 천성이다. 사내대장부가 창피하게 좀도둑질이야 하겠느냐."

도적 아닌 발명을 부옇게 한 끝에 연달아 자랑을 늘어놓았다.

● 중두리
독보다 조금 작고 배가 부른 오지 그릇.

"내가 도둑놈들 버릇은 많이 가르쳤다. 광주 곤재나 용인 고든 골 같은 데 도둑놈들은 내 손에 어떻게 혼이 났든지 내 이름만 들어두 벌벌 떤다드라. 십여일 전에도 송도 청석골 탑고개에 가서 유명짜한 도적 하나를 주먹으루 때려눕혔다. 그러구 또 송도서 집으루 오는 길에 파주 혜음령이란 고개에서 도적에게 봉변하는 사람을 구해주었다. 그때 도둑놈들 말이 나 같은 천하장사는 저의 평생에 처음 본다구 하며 나더러 저희의 대장 노릇을 해달라드라. 내가 장사루 천하에 제일갈는지는 몰라두 나하구 비등할 만한 사람이 별루 없을 줄 안다. 내가 장사 소리 듣는 사람을 꽤 많이 만나보았지만 양주 사람 하나를 빼놓구는 다 풋기운쉼 직할 뿐이더라."

또 연달아서 이야기를 내놓았다.

"혜음령서 구해준 사람이 다른 데 사람두 아니구 안성 사람이다. 가사리 사는 부자 박선달이 도둑놈들에게 혼이 나는 것을 내가 절 한번 받구 구해주었다. 놋갓장이루 치부한 박선달이라면 안성에는 모르는 사람이 없다니까 너두 혹시 말을 들었겠지. 그자가 바루 양반 행세를 하구 뽐내다가 한번두 아니구 두 번이나 내게 코를 떼였다. 다른 사람 같으면 얼른 그대루 구해주었을 테지만 그자는 행세가 밉살스러워서 아니하려는 절을 그예 한번 받구야 구해주었다. 옷 잘 입구 양반 행세하는 늙은 작자가 나 같은 소금장수 총각 앞에 무릎 끓고 절하는 꼴을 생각해봐라. 삼일 안 새색시라두 웃을 일 아니냐! 귀련아, 그렇지, 우습지?"

막봉이의 발명과 자랑이 처녀의 귓속에 들어가는 것보다 귀 밖으로 흐르는 것이 더 많았다. 처녀는 총각의 뜨거운 입김이 귀 뒤에 끼칠 때마다 스멀스멀 벌레가 기어가는 것 같아서 간지러운 것을 억지로 참고 있는데 총각의 이야기를 대충 듣고 보니 총각 온 것이 곡절이 있는 듯하여 우습기는커녕 도리어 분이 복받쳤다. 처녀가 속상해 나오는 눈물을 금치 못하고 마침내 훌쩍훌쩍 울기 시작하였다.

"왜 우니?"

막봉이가 등을 어루만지니 처녀는 윗몸을 뒤흔들었다. 처녀는 울음이 쇠어서 흑흑 느끼기까지 하더니 별안간 몸을 돌치어 한옆으로 비켜앉으며 사설을 퍼부었다.

"우리 큰아버지가 뉘게다 절을 해? 큰아버지가 절했다면 누가 치어다볼 줄 아나. 내가 기집애라고 넘보고서 천하장사라고 휘소리나 하고, 누가 곧이들을까 봐. 큰아버지도 어쩌면 소금장수 총각에게 내 이름을 일러줄까. 아버지 어머니가 제사 참례 갈 것까지 미리 말해주었겠지. 심청이 나빠도 분수가 있지. 아버지하고 사이가 좋지 못하니까 이런 흉계를 꾸민 게지. 내가 죽으면 자기에게 시원할 것이 무엇 있나. 아버지 어머니가 이 잘난 딸자식을 바라고 살려다가 큰아버지의 흉계에 죽을 줄이야 꿈엔들 생각하였을까. 내가 왜 사내로 못 났던가. 애구 분해, 애구 분해."

처녀가 울며불며 하는 말을 듣고 막봉이는

"인제 알구 보니 네가 박선달의 조카딸이구나."

하고 흡사 생청 쓰는 것같이 말하였다.

처녀가 악이 나서 부끄럼없이 막봉이의 말을 뒤받았다.

"내가 박선다님의 조카딸인 줄을 모르고 왔어? 참 그렇겠군."

"참말 모르구 왔다. 알구 왔다면 알구 왔다지 내가 왜 거짓말하겠니?"

"내가 아무리 어리석어도 눈감고 아옹하는 수작에는 속지 않아."

"나를 거짓말쟁이루 아는 것은 잘못이다. 내가 난생처음으루 수다스럽게 지껄이긴 하였지만 거짓말은 한마디 한 일 없다."

"그렇지, 도둑질도 할 줄 모르고 거짓말도 할 줄 모르는군."

"나같이 올곧은 사람두 거짓말을 가다가다 더러 하지만 아까 한 말에는 거짓말 한마디 없다."

"우리 큰아버지란 이가 자기보다 나이 훨씬 많은 사람에게도 좀처럼 절 않는 이야. 노인에게 절 안 하고 큰 시비까지 난 일이 있어. 그가 도둑에게 욕을 보기가 쉽지 뉘게다가 절을 해?"

"그래두 내게는 절을 했으니."

"거짓말로야 안성원님의 절은 못 받을라고."

"아따, 곧이 안 듣거든 고만두려무나."

막봉이가 잠깐 동안 뿌루퉁하다가 곧 다시 눙치어서 싱글싱글 웃으면서 처녀의 앞으로 다가앉으니 처녀가 일변 손으로 떠다밀면서 일변 몸을 옆으로 비키었다. 흐르는 눈물 콧물을 치마 끝으로 씻고 나서 처녀는 막봉이를 흘겨보며 말하였다.

"내가 큰아버지를 만나서 말 한마디를 물어보고야 죽든 살든 작정할 테다. 나하구 같이 큰아버지께 가거나 그렇지 않으면 혼자 가서 큰아버지를 데리고 와요."

"박선달에게 물어볼 말이 무어냐?"

"내가 무슨 말을 묻든지."

"내게 절했느냐구 물어볼라구?"

"그까짓 놈의 절은 했거나 말거나 내게 무슨 상관이야."

"내가 박선달하구 무슨 짬짬이나 한 것처럼 아는 모양이지만 실상 내가 안성 와서 아직 박선달의 코빼기두 본 일이 없다."

"곧이듣기지 않는 거짓말 고만두어. 그럼 내 이름은 누가 가르쳐주고 또 오늘 저녁때 우리 아버지 어머니가 집에 없을 것은 누가 가르쳐주었어?"

"옳지, 그것 땜에 의심이냐? 그건 다 너의 어머니가 가르쳐주었다."

"무엇이 어째?"

"아까 길에서 오다가다 만나서 가르쳐주드라."

"거짓말 마라. 우리 어머니가 미쳤든가."

"정말이다."

"정말이 무슨 정말이야."

막봉이가 정말을 하여도 처녀는 곧이듣지 아니하였다.

"너의 어머니가 가르쳐준 곡절을 이야기할게 들어보구 말해라."

하고 막봉이가 거짓말을 섞어서 그럴싸하게 꾸며대기 시작하였다.

"나는 아까두 말했지만 소금장수다. 소금 팔러 적가리루 가는 길에 이 아래서 너의 어머니 아버지와 오며가며 서루 만났다. 너의 어머니가 나보구 진 것이 소금이냐구 묻기에 내가 그렇다구 대답했드니 너의 어머니 말이 우리 집에두 소금을 받아야 할 테니 내일 오라구 하구 집을 가르쳐주드라. 내가 적가리 갔다가 다시 내려오지는 못하겠다구 말하구 지금 가는 길에 두구 가랴구 물으니까 너의 아버지는 이담 받자구 말하는데 너의 어머니가 이담 받을 것 없이 지금 받아두자구 우기구서 날더러 집에 갖다 두라고 말하드라. 소금값은 이담 행보에 와서 받기루 했다. 그래 내가 그러마구 하구 저녁밥 한끼나 먹게 해달라구 말했드니 너의 어머니 말이 우리 딸 귀련이가 집에 있으니까 가서 내 말 하구 얻어먹으라구 말하드라. 그래 내 말이 거짓말이냐?"

처녀가 막봉이의 거짓말을 듣고서는 한참 고개를 숙이고 생각하더니

"그럼 소금이나 놓구 가지 왜 남의 집 삽작을 부수고 방에까지 뛰어들어왔소?"

하고 물었다.

"열라구 소리질러두 열지 않으니까 떠다밀어봤지. 그러구 소금짐 진 것을 보면서두 네가 나를 도둑놈으루 여기니까 잠깐 장난으루 그런 체했다. 그게 네 잘못이지 내 잘못이냐?"

"그럼 인제 소금 놓고 얼른 가오."

"저녁밥은 어떻게 하구?"

"저녁밥을 지어줄게 그동안에 삽작이나 고쳐주오."

처녀는 부엌으로 내려가서 서속밥을 짓고 막봉이는 삽작께로 나와서 삽작문을 고쳐 달았다.

막봉이가 소금짐을 지고 산 밑으로 들어올 때 처녀의 집 근처에서 갈퀴나무하던 적가리 초군아이˙ 두서넛이 이것을 보고 저희들끼리 서로 지껄였다.

"저 외딴집에 총각 하나가 들어간다."

"총각 진 것이 소금짐 아니냐?"

"아마 소금장순가 부다."

"소금장수는 흉물스럽다지?"

"사람 나름이지, 소금장수라구 죄다 흉물스럽겠니?"

"소금장수가 남의 집 색시를 잘 놀려낸다˚더라. 우리 누나는 소금장수 올 때 내다보다가 할머니한테 야단까지 만났다."

"너의 할아버지가 소금장수하다가 너의 할머니를 놀려냈다는구나."

"미친 소리 하지 마라."

"저 외딴집에 처자가 혼자 있을 텐데 소금장수 총각이 가서 일이 없을까?"

"그 집주인 내외가 아까 나갔지. 참말 처자 혼자 있겠구나."

"소금장수 총각이 오래 안 나오면 그 집 처자는 탈이 나는 게다."

● 초군아이
땔나무를 하는 아이.
● 놀려내다
남을 놀아나게 만들다.
● 나배기 나이배기.
겉보기보다 나이가 많은 사람을 낮잡아 이르는 말.

가장 아는 체하고 말하는 아이는 그중에 나배기˚였다. 키는 잔망하여 열두서너살 된 다른 아이들보다 얼마 더 크지 못하나 나이가 열일곱이라 셈은 다 들어서 다른 아이들이 채 모르는 처녀의 탈나는 이허까지 잘 알았다. 다른 아이 하나가

"우리 가보까?"

하고 나배기를 돌아보니

"급히 갈 거 없다. 우리 나무 다 해놓구 가보자."

하고 나배기는 갈퀴질을 하면서

"뒷집 김도령 몸집이 나더니 울 밑에 개구멍 전보담 커졌네."
하고 촌노래 한 가락을 불렀다. 나배기는 적가리 머슴방에서 명창으로 치는 것만큼 목청도 좋거니와 소리 재주가 있어서 노래를 일쑤 지어 불렀다. 나무들을 다 해놓은 뒤에 나배기가

"자, 인제 가보자."

하고 앞장을 섰다. 아이들이 오다가 총각이 삽작문 고치는 것을 바라보고 바로 앞으로 오지 못하고 뒤꼍으로 돌아왔다. 막봉이 발길에 차여서 배창자가 꿰어질 뻔한 개가 뒤꼍에 와서 숨어 있다가 울 밖에 인기척이 나는 것을 듣고 엎드린 채 일어나지도 않고 울 밖을 바라보며 짖었다. 부엌에서 밥 짓던 처녀가 부엌 뒤로 내다보면서

"이 개가 왜 또 짖어?"

하고 개의 눈 가는 곳을 살펴보다가

"웬 사람들이 남의 집을 들여다봐!"

하고 소리질렀다. 삽작 안에 있던 막봉이가 부엌 뒤로 돌아왔다. 울 밖에서 이팔청춘 큰아기니 총각낭군이니 하는 노랫소리가 나고 그 뒤에 여럿이 손뼉 치며 웃는 소리가 났다. 막봉이가 처녀를 바라보며 싱글싱글 웃고 섰다가 우르르 울타리 앞으로 쫓아가며 나는 새같이 뛰어넘는데, 높은 울타리의 울짱 하나를 건드리지 아니하였다. 울 밖의 아이들이 놀라서 와 하고 도망하는 것을 막봉이가 보고

"네 이놈들, 다시 왔단 봐라. 다리마등갱이들을 부러뜨려놀 테

다."
하고 소리질러 꾸짖고 도로 울타리를 뛰어넘어 들어왔다.
"쪼그만 놈들이 큰아기니 총각이니 하구 사람을 놀렸어."
하고 막봉이가 처녀 보고 웃으니 처녀는 얼굴이 발개가지고 말대답이 없었다.
초군아이들이 적가리 오는 길로 이야기를 퍼치어서 동네 총각들이 알고 공연히 울분하여하는 중에 그 처녀와 혼설이 있는 김풍헌의 맏손자가 여럿이 같이 가서 소금장수를 혼구멍을 내어 쫓아버리자고 의논을 돌리니 너도나도 하고 나서는 사람이 십여명이 넘었다. 이때는 벌써 땅거미 지난 뒤라 여러 총각이 홰들까지 준비하여 가지고 외딴집으로 몰려나오는데 기세 사나운 품이 명화적패가 화적질하러 가는 것과 같았다.
해가 져서 어둡기 시작할 때 막봉이가 저녁 밥상을 받게 되었다. 처녀가 밥상을 갖다 주며 얼른 먹고 더 어둡기 전에 가라고 재촉하였건만 갈 생각이 없는 막봉이는 흩어지기 쉬운 서속밥에 숟갈질을 험히 하여 일변 흘리며 일변 주워먹느라고 한 그릇 밥을 다 먹는 데 한동안이 착실히 걸리었다. 그래도 밖이 아직 환하였다.
"깜깜하기 전에 적가리는 넉넉히 갈 테니 어서 가오."
"먹은 밥이 자위나 좀 돌아야지."
처녀가 부엌에서 설거지하는 동안 막봉이는 방에 누워서 처녀가 또 재촉할 때 대답할 말을 생각하였다. 꾀배를 앓을까, 비위를 팔까? 꾀배 앓자니 창피하고 비위 팔자니 이면이 있다. 이면을 상하지 않자면 핑계하는 수밖에 없으나 꾀배 같은 창피한 핑계밖에 좋은 핑계가 생각나지 아니하였다. 처녀가 많지 않은 설거지를 잠깐 동안에 다 마치고 와서 방문을 열고 들여다보며

"갈 생각 안 하고 누워 있소?"

하고 골을 내서 말하는 바람에 막봉이는 벌떡 일어앉았다.

"놓고 간다는 소금이나 주고 얼른 가오."

"옳지, 소금을 되어놓아야지."

막봉이가 밖으로 나와서 처녀를 돌아보며

"받을 그릇하구 될 그릇하고 가지구 이리 와."

하고 먼저 소금짐 앞으로 갔다. 처녀가 소금 될 한되들이 바가지와 소금 받을 큰 바가지를 가지고 왔는데 막봉이가 닷 말 소금을 놓고 갈 터인데 받을 그릇이 작다고 말하여 처녀는 다시 가서 큰 둥구미˚를 들고 왔다. 막봉이는 서서 바가지로 소금을 퍼붓고 처녀는 앉아서 둥구미에 소금을 고루 폈다. 소금을 다 된 뒤에 막봉이가 소금 둥구미를 한 팔로 끼어다가 윗방에 있는 중두리 위에 얹어주었다. 인제 밖이 아주 어두웠다.

"어두워 어디 가겠나."

"광솔 켜줄게 들고 가오."

"고만두고 여기서 자구 갈까?"

"어디서 자?"

"나는 아랫방에서 자구 너는 윗방에서 자면 되지 않아."

"새벽에 우리 아버지 어머니가 오시면 어떻게 하고?"

"제삿밥 가지구 오거든 얻어먹구 새벽길을 나서면 십상 좋겠다."

"나는 좋지 않아. 어서 가오."

"네게 좋지 않을 게 무어냐? 인심 사납게 굴지 마라."

"인심 노래도 할 때가 있지, 고만두고 어서 가오."

"너의 어머니는 제삿밥 얻어줄게 같이 갈라느냐구까지 묻드라. 네가 너의 어머니 반만 해두 어둔 밤에 내쫓으려구는 안 할 게다."

"그럼 갔다가 우리 어머니 오신 뒤에 다시 오구려."

"이애, 그러지 마라."

"무얼 그러지 말아. 누가 장난하재?"

● 둥구미
짚으로 둥글고 울이 깊게 결어 만든 그릇.

"아까 아이놈들의 소리 들었지? 큰애기, 총각이 서로 만나서 장난 좀 하기로 어떠냐."

막봉이와 처녀가 어둔 봉당에 마주 서서 가거라 못 가겠다 실랑이할 때 난데없는 횃불빛이 울 사이로 보이었다.

"아이구, 저게 웬 횃불일까?"

"글쎄, 어디 나가보까."

실랑이는 자연히 뒷전이 되었다. 막봉이가 삽작문을 열어젖히고 나서서 바라보니 사람 십여명이 내려오는데 횃불 너덧 자루가 앞뒤에 섰다. 막봉이는 화적패로 짐작하고 앞으로 마주 나가면서

"이놈들아, 이 외딴집에 무얼 바라구 떼를 지어 오느냐!"

하고 소리를 지르니 십여명 사람이 우뚝우뚝 서는 중에 한 사람이

"너 보러 왔다."

하고 맞소리 지르고 나섰다. 이 사람은 곧 김풍헌의 손자다.

"날 누군 줄 알구 보러 와?"

"누구야, 소금장수지."

"무슨 일루?"

"남의 집 처자를 꼬이러 다니는 놈 버릇 가르치려구."

"오 그래, 실컷 보구 가거라."

하고 막봉이가 떡 버티고 섰다.

"거센 체 마라, 이놈아!"

"너희들이 한둘씩 덤비면 내가 성가시니 아무쪼록 십여명이 한꺼번에 덤벼다구."

"주제넘은 놈 같으니."

"누가 주제넘은가 그건 나중 봐야 알지."

앞선 사람이 먼저 자 하고 소리를 지르자 뒤에 선 사람들이 일시에 아 하고 소리를 지르며 막봉이게로 달려들었다.

여러 총각이 막봉이를 에워쌌다. 주먹질 발길질이 빗발치듯 하였다. 막봉이가 면상을 후리는 주먹과 아랫배로 들어오는 발길만은 막기도 하고 피하기도 하였으나 어깨바디, 등줄기와 넓적다리, 견대팔을 여러 주먹에 얻어맞고 뭇발길에 차이었다. 어른이 어린아이들 데리고 장난하는 것처럼 막봉이는

"옳지, 잘 친다."

"아이구, 아프구나."

하고 놀리듯이 말하면서 한동안 손을 대지 아니하다가 앞에 있는 김풍헌 손자에게 복장을 걷어차이고 홀제 벼락 같은 소리를 지르며 내달아서 김풍헌의 손자를 잡아 동댕이치기 시작하더니 그다음에는 손에 잡히는 대로 동댕이를 쳤다. 아이쿠지쿠 하고 삼사 명이 나가자빠진 뒤에 홰꾼들이 홰를 가지고 두들기려고 대어드니 막봉이가 얼른 총각 하나를 붙들어서 이리위 저리위를 시키며 홰를 막았다. 홰꾼 하나가 뒤로 돌려고 하는 것을 보고 막봉이가 홰막이 총각을 들고 슬금슬금 뒤로 물러나가는 중에 뒤에 있는 총각에게 오금을 걷어차이고 옆에 있는 총각에게 옆구리를 쥐어질리었다. 쥐어지른 총각이나 걷어찬 총각으로 홰막이를 바꾸려고 막봉이는 들고 오던 총각을 손에서 놓았다. 홰꾼이 이 틈을 타서 일시에 악 소리들을 지르며 뛰어들었다. 막봉이가 급히 앞의 홰꾼들을 피하다가 뒤로 돌려던 홰꾼의 홰 끝에 머리털을 그슬렸다. 막봉이가 일변 한손으로 머리를 떨면서 일변 뛰어가서 한손으로 옆구리 쥐어지른 총각의 멱살을 잡았다. 총각이 막봉이의 멱살 잡은 손을 뿌리치려고 애쓸 때 다른 총각 하나가 동무를 도와주려고 대들어서 막봉이가 머리 떨던 손으로 마저 그 총각의 뒷고대를 잡았다. 한 총각은 앞으로, 한 총각은 뒤로 막봉이가 뺑뺑이를 돌리면서 홰를 피하다가 눈결에 두 손을 다 놓으며 곧 두 총각을 한 다리씩 잡아서 번쩍 치켜들고 내둘렀다. 홰꾼들이 도리어 쫓겨가는 것은 말할 것도 없고 다른 총각들까지 도망하기

시작하였다. 막봉이가

"이 못생긴 놈들아, 동무들은 내버리구 너희들만 도망할 테냐! 뒤에 남는 놈들을 치울 사람이 없으니 너희들이 다 데리구 가거라."

하고 치켜들었던 두 총각을 내려놓으니 두 총각은 한바탕 몹시 내둘린 까닭으로 모두 그 자리에 쓰러졌다.

"어서들 와서 다 데리구 가거라."

하고 막봉이가 뒤로 물러서서 동무를 붙들어 일으키는 총각들을 바라보고

"너희들 같은 조무래기에게 손찌검하는 것이 점잖지 못하지만 어린애 매두 많이 맞으면 아픈 까닭에 본보기를 보인 게다. 인제 영문을 알았거든 지체 말구 어서들 가거라."

하고 껄껄 웃었다. 동댕이쳐서 나가떨어진 총각들 중에 김풍헌 손자는 한편 팔을 접질렀고 다른 총각 하나는 뒤통수를 조금 깨었을 뿐이라 제대로들 걸어가고, 내둘린 두 총각은 걸음을 걷지 못하여 동무들이 붙들고 갔다. 사람은 보이지 않고 횃불만 보이도록 총각들 가는 것을 바라보고 있다가 막봉이가 집안에 들어왔다. 바로 아랫방 문을 열고 보니 사람 없는 빈방이다. 처녀가 윗방에 있는가 하고 다시 윗방 문을 열어보았다. 윗방은 불이 없어 캄캄한 까닭에 손을 들이밀어 더듬어보니 역시 빈자리다. 처녀가 어디 있을까? 다시 봉당 구석을 살펴보고 마당 안을 둘러보았다. 처녀가 어디로 갔을까 집안을 한번 돌아보려고 아랫방 등잔걸이

바탕에 있는 관솔에 불을 당겨가지고 나와서 뒤꼍으로 돌아가는 중에 부엌에서 부스럭거리는 소리가 나서 얼른 와서 부엌 안을 들여다보니 풀어놓은 잎나무 더미 속에 개가 꼬부리고 누웠다가 놀라 일어나서 몸을 훌훌 떨며 곧 밖으로 나갔다. 막봉이가 쓴 입맛을 다시고 다시 가서 앞뒤를 다 돌아보았으나 마침내 처녀의 그림자도 보지 못하였다.

  막봉이가 관솔불을 화토바탕에 내던지고 봉당 끝에 걸터앉아서 닭 쫓던 개 울 쳐다보듯이 한동안 삽작문만 바라보고 있다가 관솔불을 다시 들고 삽작 밖에 나서서 사방을 돌아보았다. 혹시 어디서 대답이 있을까 바라고

  "귀련아! 귀련아!"

● 편성(偏性)
한쪽으로 치우친 성질.

하고 불렀다. 앞으로 대고 불러도 대답이 없고, 뒤로 대고 불러도 대답이 없고 오직 산이 소리를 되받아 울릴 뿐이었다. 계집애 편성˙에 혹시 자처나 하지 아니하였나 샘 있는 곳도 찾아가 보고 늘어진 나뭇가지도 살펴보았다. 처녀의 부모가 오면 말썽스러울 것은 정한 일이고 잘못하다가는 무단히 악명을 쓰고 살인 옥사까지 당할는지 모르는 판이라 진즉 도망하는 것이 상책 같아서 도망할까 말까 망설이다가 처녀의 부모를 보고 실상대로 말하고 밝는 날 처녀를 같이 찾아보고 가든 말든 결단하리라 생각하고 막봉이는 다시 삽작 안으로 들어왔다. 막봉이가 아랫방에 들어와서 팔을 뒤로 짚고 천장을 치어다보고 앉았다가 윗방 보꾹에를 한번 보려고 두 방 사이에 있는 지게문을 열고 내려보는데 바로 지게

문 앞에 옹송그리고 누워 있는 사람이 눈에 뜨이었다. 처녀. 처녀가 자는지 자는 체하는지 눈을 감고 누워 있다. 막봉이가 속은 것이 분하여 처녀에게 종주먹을 대고 싶은 마음도 바이 없지 않았으나 처녀의 얼굴을 보니 자연 마음이 가득하여져서 잡아일으킬 생각조차 가뭇없이 사라졌다.

한동안이 지난 뒤다. 막봉이와 귀련이가 아랫방 등잔불 아래 같이 앉아서 이야기하는데, 귀련이의 지껄이는 것이 저녁 전 사설할 때처럼 무람이 없었다.

"아까 나를 찾으러 퍽 돌아다녔지?"

"매우 옹골지겠다. 속은 내가 얼뜨니까 속인 너를 나무라지 않는다."

"누가 속였나? 자기가 속았지."

"속일 맘이 없으면 번연히 찾는 줄 알면서 왜 나오지 않구 숨어 있었니?"

"찾는 꼴 좀 두고 볼라고. 윗방 문 열 때는 곧 들키는 줄 알았어."

"아무리 옹송그리구 누웠드라두 만졌을 것인데 꼭 빈자리루만 알구 속았다."

"빈자리니까 빈자리로 알았겠지. 이 방문 열어보고 윗방으로 올 때 나는 가만히 중두리 사이에 숨어 앉아서 숨도 크게 못 쉬었어."

"날 속일라구 그랬지?"

"숭칙스러워 그랬어."

"무에 숭칙스러워?"

"사람이 숭칙스럽지 않아? 가래도 가지 않고 지싯지싯 눌어붙어 가지고 그예……"

"그예 어째?"

"듣기 싫어, 그만두어."

"내가 무슨 말 했나. 듣기 싫다게."

"듣기 싫다는데 무슨 말이야. 그예 어째 하고 묻는 것부터 벌써 숭칙스러운 사람이지 무어야."

"입으루는 가라면서 속으루 은근히 붙든 네가 숭칙스럽지."

"둘러쐬우면 장산가."

"내가 장사라구 흰목을 빼다가 거짓말이란 타박을 받구 쑥 들어갔다."

"총각 둘을 한손에 하나씩 들고 내두를 제 장사다 하고 소리나 한번 질러줄 걸 잊었어."

"다 내다보았구나."

"그럼. 삽작 귀틀에 붙어서서 죄다 보구 윗방으로 들어왔는데."

"삽작 밖에 나와서 보면 누가 말리드냐? 귀틀에 붙어섰게."

"참말 삽작문 닫았소?"

"지쳐만 두었다."

"개호주 와서 개 물어가요. 좀 나가서 꼭 닫고 들어오."

"같이 나가자."

"왜?"

"나 나간 동안에 또 숨바꼭질할까 무섭다."

"소금 지고 다닐 때 냇물은 못 건너겠구려."

"왜?"

"소금짐이 물에 떨어지면 소금이 풀리지요."

"이애, 재담 말구 같이 나가자."

막봉이와 귀련이는 그칠 줄 모르고 지껄이던 이야기를 그치고 같이 밖으로 나와서 막봉이가 삽작문을 닫아걸었다.

"걸지는 말지."

"왜?"

"아버지 어머니 열고 들어오시게."

"나와서 열어드리지 걱정이야."

"아버지 어머니가 오시면 야단이 날 텐데 겁나지 않소?"

"아무리 야단해야 익은 밥을 설릴 수는 없겠지.'"

막봉이와 귀련이가 서로 이야기하여 가며 다시 방으로 들어왔다.

귀련이가 무남독녀로 버릇없이 길린 까닭에 수줍은 태는 적고, 주책없고 수다한 그 어머니를 보고 배운 까닭에 말수는 많았다. 막봉이가 언제부터 친한 사람이라고 막봉이를 보고 갖은 이야기를 묻고 또 갖은 이야기를 하였다. 그리하여 막봉이는 자기 집 형편도 대강 말해주었거니와 귀련이 집 사정을 자세히 알게 되었다. 귀련이 부모가 가사리 큰집 이웃에서 살다가 귀련이 일곱살 먹던 해에 놋박재 밑으로 이사갔는데, 그때 이사는 대체가 귀련이의 백부 박선달의 탓이었다. 박선달이 계수와 격이 나고 또 아우와 의가 상하여 귀련이 부모를 구박하는 까닭에 성정 괴팍한 귀련이 아버지가 아주 무인지경에 가서 혼자 살면 속상한 꼴을 보고 듣지 않는다고 재 밑에 터를 잡아 집을 짓고 떠나갔고 호젓하고 외로운 것을 참고 견디면서 팔년 동안이나 살다가 삼년 전 귀련이 열다섯살 되던 해에 지금 있는 집으로 다시 이사왔는데, 이때 이사는 순전히 놋박재 도적의 탓이었다. 그 도적이 자주 놀러와서 귀련이를 보면 계집아이 꼴이 박혔으니 고만 시집보내라고 실없는 말같이 말하더니 나중에 저의 첩으로 달라고 말을 비치는 까닭에 귀련이 부모가 도적을 피하여 인가처 가까이 와서 살기로 의논하고 이 집을 새로 짓고 부랴부랴 들어왔었다. 귀련이 아버지는 논섬지기, 밭날갈이가 있어서 처자까지 합하여 세 식구가 먹고살기 걱정이 없는데, 그 논이나 밭이 모두 귀련이의 조부가 죽을 때 둘째아들에게 분배하여 준 것이고 몇백 석 추수한다는 박선달이 아우에게 떼어준 것이 아니었다. 박선달은 아들을 삼형제나 두었지만 아들 없는 아우에게 양자 하나 줄 생각이 없는 모양이고, 귀련이 부모 역시 양자 아니하고 데릴사위를 얻어서 의지하고 살 작정이라 사윗감을 벌써부터 구하는 중인데, 그동안 여러 군데 말이 있었지만 그저 말뿐으로 그친 데가 많고 적가리 김풍헌의 말

• 익은 밥 다시 설릴 수 없다
일이 다 성숙된 것을
파탄시키기에는 이미 때가 늦었음을
비겨 이르는 말.

손자와는 말이 착실하게 되어서 귀련이 아버지가 김풍헌을 찾아가 보기까지 하였으나 김풍헌은 맏손자를 데릴사위로 아주 주기 어려우니 혼인한 뒤에 두 집이 한데 모여 살자고 주장하고 귀련이 아버지는 혼인한 뒤라도 한데 모여 살 것이 없다고 주장하여 주장이 틀려서 혼인이 아직 완정이 못 되었는데, 완정 못 된 것이 지금 와서는 도리어 잘된 일이었다. 귀련이 어머니가 김풍헌 손자를 탐내던 끝이라 막봉이를 보고 김풍헌 손자만 못하게 여겨서 말썽을 부릴지 모르나 귀련이가 밥 한끼만 굶을 작정하면 말썽없이 될 수 있고, 귀련이 아버지는 고집이 세지마는 귀련이 어머니 말엔 별로 고집을 세우지 않는 까닭에 어머니만 말썽을 안 부리면 아버지는 걱정 몇마디 하다가 고만두리라는 것이 귀련이의 추측이었다. 귀련이는 귀련이대로 걱정이 없고 막봉이는 막봉이대로 마음이 태평이라 둘이 윗방 좁은 자리에서 닭울녘까지 웃고 지껄이다가 단잠들이 들었다.

막봉이가 자면서 돌아누우려다가 돌아눕지 못하고 잠이 깨어서 눈을 떠보니 환한 빛이 방문에 비치어 방안이 희미하게 밝은데, 팔을 베고 자는 귀련이의 얼굴이 그림같아 보이었다. 막봉이가 팔을 빼는 바람에 귀련이도 잠이 깨었다.

"오시는 소리가 났소?"

"아니, 날이 다 밝았어."

"날이 밝기 전에 오실 텐데."

"문이 환하지 않아?"

하고 막봉이가 누운 채 팔을 뻗어서 방문을 열어놓으니 지새어가는 달빛이 방안으로 흘러들어왔다.

"동이 튼 줄 알았더니 달빛이로군."

"바람이 차오. 얼른 닫으오."

막봉이가 방문을 닫으려고 일어서서 밖을 내다볼 때 사람의 발짝소리가 들리는 듯하였다.

"옵시는 게로군."

막봉이는 방문을 닫고 와서 다시 드러눕고

"오실 때 되었어."

귀련이는 일어나서 옷을 입고 머리를 쓰다듬었다.

"귀련아!"

"삽작문 열어라!"

삽작 밖에서 부모의 소리가 나는데 귀련이는 선뜻 대답 못하고 주저주저하다가 살그머니 지게문을 여닫고 아랫방으로 올라갔다.

"귀련아!"

"귀련아!"

부르는 소리는 차차로 커지고

"네."

대답하는 소리는 영별치 못하였다.

귀련이가 방문 열고 나가서 신발을 신을 때 막봉이의 신발은 부엌 편으로 밀어 치웠다. 귀련이가 삽작문을 열어젖히니 그 어

머니가 우선

"이것버텀 받아라."

하고 제사 반기*를 내어주고 나서

"아이구 치워."

하고 새삼스럽게 몸서리를 쳤다. 귀련이가 부모의 뒤를 따라 아랫방에 들어와서 반기를 싼 대로 끌러보지도 않고 방구석에 놓으니 어머니는

"왜 끌러보지 않니? 누르미 맛있더라, 먹어봐라."

하고 먹기를 권하는데 아버지는

"자다 일어나서 무슨 맛이 있겠니. 두었다 식전에 먹어라."

하고 먹지 말라고 말리었다.

"먹지 않을라면 가 자거라. 우리도 눈 좀 붙이고 일어나겠다."

귀련이 어머니가 딸을 향하여 말하고 곧 남편을 돌아보며

"어서 누우시오. 나도 좀 누워야겠소. 뜨듯한 방에 와서 앉으니까 꼬박꼬박 졸리구려."

말하고 다시 딸을 향하여

"어서 내려가서 자."

하고 재촉하니 귀련이 아버지도 아내 말을 뒤이어서

"내일 아침은 늦게 먹어두 좋다. 한숨 더 자구 일어나려무나."

하고 말하였다. 귀련이가 대답도 않고 일어나지도 않고 고개를 숙이고 앉았을 때 윗방에서 막봉이가 큰기침을 하였다. 귀련이 어머니는 입을 딱 벌리고 귀련이 아버지도 눈이 휘둥그레졌다.

어머니가 벌린 입을 겨우 다물고
 "윗방에 누구냐?"
하고 묻는데 아버지도 귀련이의 입을 바라보고 있었다.
 "소금장수요."
 "소금장수라니?"
 "어머니가 보내셨다며."
 "누가 보내, 내가 보냈다고 그러드냐? 총각이지?"
 귀련이가 대답 대신에 고개를 끄덕이었다.
 "저런 숭한 놈이 어디 있어. 저놈을 죽이나 살리나 어떻게 하나. 아이구, 치가 떨리네."
 "여편네가 수다스러우니까 무슨 변이 안 나!"
 "내가 가지 말라고 당부한 게 수다스럽단 말이오?"
 "길에서 오다가다 만난 소금장수를 보구 딸이 혼자 집에 있느니, 딸 이름이 무엇이니 말하는 것이 수다가 아니란 말이여?"
 "내가 부아통이 터져 죽는 꼴을 보고 싶소? 잘못했다고 책망하는 것도 때가 있지, 지금 총각놈을 어떻게 처치할 생각은 아니하고 나를 책망하고 있소?"
 "임자가 저지른 일을 누구더러 처치하래."
 "귀련이가 아비 없는 자식이오, 나 혼자 낳은 자식이오? 어째 남의 자식의 일같이 말하오."
 "입 좀 닥쳐."

• 반기 잔치나 제사 후에 여러 곳에 나눠주려고 목판이나 그릇에 몫몫이 담아놓은 음식.

"입을 닥치라니, 말본새가 고뿐이오?"

"입이 열개라두 지껄일 입 없겠네."

"내가 일부러 딸을 화냥질시켰소? 왜 내게다 이러오?"

귀련이 부모가 내외간에 말다툼을 시작하여 말다툼이 차차로 쇠어갈 때 귀련이는 목메는 소리로

"아버지, 어머니를 책망 마시고 저를 죽여주셔요. 어머니, 고만두셔요. 모두가 제 탓이오, 어머니."

하고 어머니 치마 앞에 엎드려서 소리내어 울었다. 귀련이 아버지는 쓴 입맛을 다시고 귀련이 어머니는 눈물을 흘리었다.

"이애, 일어나서 내 말 좀 들어라."

하고 어머니가 귀련이를 붙들어 일으키고 입을 귀에다 대고 무어라고 소곤소곤 말한 뒤에

"그렇거든 그렇다고 말하고 그렇지 않거든 그렇지 않다고 말해라."

귀련이 입을 치어다보다가 다시

"그렇지 않거든 고개만 가로 흔들어라."

하고 어머니는 재촉하듯이 말하는데 귀련이는 고개를 흔들기는커녕 까딱도 하지 아니하였다. 어머니가 눈물을 이리 씻고 저리 씻고 하면서

"여보, 이걸 어떻게 하면 좋소?"

하고 물으니 귀련이 아버지가 상을 잔뜩 찡그리고

"우선 총각을 불러내려다가 말이나 좀 물어보세."

하고 말하여 귀련이 어머니는 귀련이를 아랫목으로 밀어앉힌 뒤에 지게문을 열어젖히며

"이놈아, 이리 내려오너라!"

하고 소리를 질렀다.

막봉이가 아랫방으로 올라와서 인사 없이 쭈그리고 앉았다.

"이놈아, 누가 너더러 우리 집으로 가라드냐?"

하고 귀련이 어머니는 눈에 쌍심지를 켜고 대드는데

"나는 당신의 말을 듣구서 왔소."

하고 막봉이는 넉살좋게 말하였다.

"저런 놈 보게."

"이놈저놈 않구는 말 못하우?"

"너 따위 놈더러 이놈저놈 못할 게 무어냐!"

"귀련이 낯을 봐서 나두 참을 수 있는 데까지 참을 테지만 당신두 말 좀 조심하우."

"이놈이 되잡아 시비할라나? 그래 이놈아, 내가 너더러 가라드냐?"

"처음 보는 사람에게 딸의 이름까지 일러주구, 또 두번 세번 가지 말라구 당부하는 것이 도리어 수상해서 나는 말을 뒤쪽으루 들었소. 그런데 지금 와서 보니 내가 오지 않을 걸 온 모양이구려."

"너 같은 놈하고는 더 말하기 싫으니 지금 냉큼 가거라. 그리고 이 근방엔 다시 올 생각 마라."

"귀련이 말을 들어보구야 내가 가겠소."

"무엇이 어째! 이놈아, 귀련이는 내 딸이야."

"그게야 누가 모르우?"

"그러면 잔소리 말구 어서 가."

"당신 딸에게는 물어볼 만한 말두 못 물어본단 말이오?"

"물어볼 만한 말이 무슨 말이냐, 이놈아!"

"무슨 말을 물어보든지 그것까지 알려구 할 게 무어 있소. 둘이 윗방에 가서 이야기 좀 하겠소."

"안 된다."

"나두 안 되겠소."

귀련이 어머니는 기가 막히며 말문이 막히어서 말을 못하고 입술만 공연히 나불나불하다가 홀제 고개를 뒤로 돌이키고

"귀련아!"

하고 부르는데, 두 손으로 얼굴을 가리고 돌아앉은 귀련이는 부르는 소리를 들으면서도 대답을 아니하였다. 이때까지 말이 없이 막봉이를 바라보고 있던 아버지가 막봉이 앞으로 나앉으며

"여게 총각, 나하구 이야기 좀 하세."

하고 부드럽게 말하니 막봉이는

"네."

하고 대답하는 것부터 공손스러웠다.

"자네 성명이 무언가?"

"길막봉이올시다."

"어디 사나?"

"수원 삽니다."

"부모 다 기신가?"

"녜."

"몇 형젠가?"

"사형제의 끝이올시다."

"자네 남의 집에 데릴사위루 갈 수 있겠나?"

귀련이 어머니가

"여보!"

하고 남편에게 눈을 흘기니 귀련이 아버지는

"가만히 있게."

하고 아내에게 손을 내젓고 다시 막봉이를 향하여

"자네 부모가 허락하시겠나?"

하고 물었다.

"내가 가구 싶다면 고만이지 부모가 무어라겠어요."

"자네가 불패천인 겔세그려."

"불패천이라니, 못된 놈이란 말인가요?"

"혼인은 인륜대사인데 부모가 아랑곳을 안 한단 말인가?"

"나이가 있지 않습니까! 내가 지금 스물한살입니다."

"나이 스물한살이여?"

"녜."

"인제 그만큼 알았으니까 우리끼리 의논할 일이 있네. 자네는 가게."

"어데루 가란 말입니까?"

"어데든지 자네 맘대루 갈 것이지 나더러 물을 거 있나? 며칠 뒤에 한번 다시 오게."

막봉이가 한참 생각하다가

"며칠 뒤에 다시 올 거 없지요. 지금 내가 윗방에 가 있을 테니 의논들 하시구려."

하고 대답하며 곧 귀련이 아버지의 말도 들어보지 않고 윗방으로 내려갔다.

"어떻게 하면 좋은가?"

"무얼 어떻게 하면 좋으냐 말이오, 보내는 게지."

"내가 좋게 말해두 안 가는 걸 어떻게 하나."

"누가 사위나 삼을 듯이 말하랍디까."

"그렇게 말해서 보내놓구 보려구 그랬지."

"그러지 말구 곧 가라시오."

"가지 않는 걸 끌어내나, 잡아내나."

"귀련이 시켜 가래봅시다."

"귀련아, 네가 가라구 할 테냐?"

"너의 아버지 말씀에 왜 대답 않니?"

"아비 어미의 말을 들은 체 않는 법이 어디 있니?"

"이애가 환장이 되었나."

귀련이 부모가 말을 그치고 서로 바라보는 중에 날이 활짝 밝았다.

낮에도 오는 사람이 없는 집에 새벽 손님이 찾아왔다.

"박서방 일어났나? 일어났거든 좀 나오게."

하고 소리치는 것을 듣고 귀련이 아버지가 삽작 밖에 나가 보니 김풍헌 늙은이가 지팡이 짚고 서 있는데 기색이 좋지 않은 것이 시비하러 온 사람 같았다.

"이게 웬일이시오?"

"자네게 치하 왔네."

"치하라니요?"

"장사 사위 얻은 치하 왔어."

"장사가 누구요?"

"장사가 누군 걸 몰라서 묻나? 소금장수, 똥장수, 자네 사위 잘 얻었네. 그렇지만 남의 자식들을 병신이나 만들지 말라구 당부 좀 하게."

"웬 소리요? 당초에 영문을 모르겠소."

"자네가 모르쇠루 잡아떼는 모양인가."

"무얼 잡아뗀단 말이오?"

"소금장수가 자네 집에서 자지 않았나? 왜 대답이 없나? 더 잡아뗄 뱃심이 없나? 고르구 고른 사위 데려내다 구경 좀 시키게."

"알지두 못하구 왜 시비요?"

"무얼 알지 못해, 자네가 장한 사위 얻은 것을 알지 못해!"

"누가 사위를 얻었다구 말합디까?"

"자네가 딸을 잘 두었으니까 소금장수 같은 사위나 얻어야 걸맞을 것일세."

"내 딸 걱정 마시오. 당신 손자하구 부득부득 혼인하자지 않소."

"하자면 누가 한다든가? 내 손자를 총각으루 늙히드래두 자네 딸하구는 혼인하지 않네."

"나는 뒤가 급해서 말 더 하구 있을 수 없소."

"나두 더 할 말 없네. 자, 가네."

김풍헌은 뿌르르하고 돌아서서 지팡막대를 드던지고 귀련이 아버지는 삽작 밖에 있는 뒷간으로 들어갔다.

귀련이 어머니는 손님이 누구인가 알고 싶어서 남편 뒤를 따라 나왔다가 남편이 방에 없는 동안에 귀련이에게 말을 물어보고 싶은 생각이 나서 즉시 방으로 되들어왔다. 귀련이 옆에 와서 붙어 앉으며

"이애 귀련아, 나하고 이야기 좀 하자."
하고 말한 뒤에 곧 귀련의 귀에 입을 대고

"총각이 네 맘에 드니? 네 맘에 들 것 같으면 숨기지 말고 말을 해라. 너의 아버지하고 좋도록 의논할 테다."
하고 가만가만 말하였다.

"인제 몸을 버렸으니까 죽어도 다른 데로 못 가요."

"소금장수 총각을 사위로 얻으면 다른 사람은 고사하고 너의

큰아버지 보기가 창피하지 않으냐!"

"큰아버지가 절까지 했다오."

"큰아버지가 절을 하다니?"

귀련이가 막봉이에게 들은 이야기를 대강 옮기는데 귀련이 어머니는 재미있게 듣고 나서

"참말 그렇게 봉변을 했으면 잘코사니지만 총각의 허풍인지 누가 아니?"

"나두 처음에는 곧이 안 들었더니 나중 보니까 도적놈을 혼냈단 말이 거짓말이 아닙디다."

"거짓말 아닌 줄을 무얼 보고서 알았니?"

귀련이가 막봉이의 울 뛰어넘던 것을 이야기하고 나서 막봉이의 총각들과 싸우던 것을 이야기하기 시작할 때 귀련이 아버지가 방문을 열고 들어왔다.

"너의 아버지도 들으시게 이야기하려무나."

"무슨 이야기야?"

"어제 저녁에 총각 난리가 났었더라는구려."

"총각 난리란 다 무어야?"

"이애, 네가 이야기해라."

귀련이가 고개를 다소곳하고 앉아서 눈으로 본 광경을 모두 이야기하였다.

"적가리 총각들이 왔다가 혼나고 간 모양이지요."

귀련이 어머니가 남편의 말을 자아내었다.

"총각놈들은 어떻게 알구 왔을까?"

"저녁 전에 초군아이들이 와서 보고 갔다니까 그 아이들이 가서 이야기한 게지요."

"내괴, 김풍헌이 새벽에 쫓아와서 영문 모를 소리를 지껄이더라니, 김풍헌의 손자두 섞여 왔던 게로군."

"앞장섰기도 쉽지요."

귀련이 아버지가 딸을 돌아보며

"너는 나가서 아침이나 지어라."

하고 말을 일러서 귀련이가 말없이 일어설 때

"쌀이 윗방에 있으니까 내가 내주고 오리다."

귀련이 어머니가 말하고 딸과 같이 일어섰다. 이때 윗방의 총각은 개잠이 들어서 드르렁드르렁 코고는 소리까지 났다.

막봉이는 개잠자고 귀련이는 밥 짓는 동안에 귀련이 부모는 서로 의논하고 막봉이를 사윗감으로 정하여 성례까지 속히 하기로 작정하였다. 혼인이 말썽없이 되어서 막봉이도 좋아하고 귀련이도 좋아하였으나 귀련이 아버지는 딸의 행적을 덮어주려고 그대로 혼인을 정하였으나 막봉이가 눈이 불량스러워서 마음에 탐탁치 못하였고, 귀련이 어머니는 막봉이의 인물이 김풍헌 손자만큼 준수하지 못하여 부족한 중에 소금장수 사위가 종시 창피하였다. 귀련이 아버지가 궁합도 잘 보고 택일도 잘하는 사람이라 막봉이의 정유생과 귀련이의 경자생이 간지오행干支五行으로도 상생이라 좋고 납음오행納音五行으로도 상생이라 좋고 또 이 오행으로는 어떻고 저 오행으로는 어떻다고 궁합 보는 문서를 다 늘어놓은 뒤에 혼인을 하자면 이 달이 대리월大利月이라 이 달 안에 작수성례˚라도 하는 것이 좋다고 택일을 가깝게 하여 막봉이는 오륙일 안에 발안이 집에를 다녀오게 되었다. 이날 아침 뒤에 막봉이는 안성서 떠나서 이튿날 아침때 발안이로 돌아왔다. 그동안 삼봉이도 송도서 손가의 집 이사를 보아주고 집에 돌아와 있었다. 부모 형제 모여앉은 자리에서 막봉이가 데릴사위로 장가가게 된 사연을 이야기하니 늙은 부모는 막내아들마저 성취하게 되는 것만 다행하여 좋다고들 말하고 선봉이와 작은봉이는 마음에 맞지 않는 막봉이가 따로 가서 살게 되는 것이 시원하여 좋다고들 하는데 오직 삼봉이만은 동생과 떨어지기 섭섭하여 막봉이를 보고

● 작수성례(酌水成禮) 물 한 그릇만 떠놓고 혼례를 치른다는 뜻으로, 가난한 집안의 혼례를 이르는 말.

"네가 집에서 나가면 나두 집에 있을 재미 없다. 식구 끌구 타관으루나 나가겠다."

하고 말하였다. 타관으로 나간다는 말이 아비 귀에 거슬렸다.

"늙은 아비 어미는 내버리구 가두 좋단 말이야?"

"형들이 있지 않아요?"

"형들은 형들이구 너는 너지."

"막봉이까지 없으면 형들의 되지 않은 잔소리를 저 혼자 듣느라구 머리가 빠지게요?"

"형들이 잔소리를 한다구 치드래두 너같이 밤낮 길루 돌아다니는 사람이 무슨 걱정이냐."

"잠깐잠깐 집에 와서 있는 동안이라두 그렇지요."

삼봉이 말대답에 화증난 아비가

"아무리 데릴사위루 가드래두 신부를 한번 데리구 와서 아비어미 상면은 시키겠지."

하고 막봉이에게까지 체증기 있게 말하였다.

"가서 의논해봐야지요."

"만일 의논이 잘 안 되면 아비 어미는 며느리라구 꼴두 보지 못하구 죽겠구나."

"의논이 잘 안 될 까닭이 있나요?"

"명색이라두 신부례라구 하자면 술잔이나 준비해야 할 거 아니냐."

선봉이가 나서서

"신부례를 한다면 이번에 곧 하게 될까?"

하고 막봉이에게 묻는데 아비가

"그것두 가서 의논해봐야겠지."

하고 비꼬듯 말하여 막봉이는 불쾌스럽게

"혼인날 곧 떠나오두룩 할 테요."

하고 형의 말에 대답하였다.

"첫날밤두 안 치르구?"

"첫날밤은 길에선 못 지내우?"

선봉이가 다시 말하기 전에 아비가

"그런 법이 어디 있단 말이냐."

하고 나무라는 것을 막봉이가

"법은 무슨 법이요, 개 콧구멍같이."

하고 뒤받아서

"나는 모르겠다. 다 너의 맘대루 해라."

하고 아비는 삼봉이, 막봉이에게 눈을 흘기면서 자리에서 일어났다.

 이틀 뒤에 막봉이가 성관成冠하고 장가들러 갈 때에 늙은 아비는 백릿길 가기에 근력이 부치느니보다 화가 덜 풀려서 후행後行 갈 생각을 아니하였고, 선봉이는 신부렛날 준비할 것이 있어서 후행 갈 수가 없었고, 작은봉이는 후행 손님 노릇을 하고 싶어서 가겠다고 말까지 하였으나 막봉이가 같이 가기 싫다고 하여 삼봉이가 후행으로 따라가게 되었다.

 귀련이 혼인날도 박서방 집은 별로 평일과 다름없이 조용하였다. 혼인을 지내는 줄 알면 올 사람이 있을 터이지만 구메혼인하듯 소문없이 혼인하는 까닭에 손님도 없고 구경꾼도 없었다. 전지田地를 부치는 작인作人 내외가 일 보아주러 왔고 박선달의 아들 위로 형제가 인사 치르러 왔을 뿐이고 박선달은 병이 있다고 핑계하고 조카의 혼인도 보러 오지 아니하였다. 초례를 지내는데 초례청은 마당이요, 독좌상獨坐床은 정화수 상이요, 명석 위에 덧깐 기직자리는 화문花紋등메 맞잡이였다. 기직자리 위에 신랑 색시가 마주 서서 큰절 한번으로 인륜의 대례를 순성順成하였다. 색시 어머니는 달떡 용떡을 만들지 못하여 섭섭하고 청실홍실을 늘이지 못하여 섭섭하였지만 그것은 오히려 여차요, 초례 전에 봉치를 제례한 것과 초례 후에 첫날밤을 제례할 것이 마음에 불쾌하여 초례 마치고 곧 상우례˚한 새사위를 보고 말썽을 부리기 시작하였다.

"함이나 하나 가지고 올 것이지 맨손으로 오는 법이 어디 있나? 봉치는 지금 와서 말했자 소용없지만 첫날밤은 치러야 하네. 첫날밤도 안 치르고 길을 떠나다니 말이 되나."

"안 됩니다."

"안 될 일이 무엇인가?"

"집에서 그렇게 말하구 왔어요."

"누가 그렇게 말하구 오라나?"

"그렇게 말하구 온 걸 지금 어떻게 해요? 그 대신 곧 되짚어 떠나오지요."

"누가 얼른 오지 않을까 봐 걱정인가. 첫날밤을 지내고 가란 말이지."

색시 아버지가 옆에서 듣다가

"이 사람, 쓸데없이 잔소리 말게."

하고 핀잔주고 나섰다.

"어째 잔소리라오? 혼인하고 첫날밤 안 치르는 법이 천하만고에 어디 있소?"

"미리 다 말해서 알구 지금 와서 무슨 딴소리야."

"미리 말한 것은 다시 의논 못하오? 이러고저러고 간에 오늘은 못 떠나게 할 테니 그리 아시오."

"고만두구 어서 가서 국숫상이나 차려서 먹게 하게."

"오늘은 못 떠나요."

"그러지 마라."

남편이 말다툼 아니하려고 수그러지니 아내는 점점 더 기승을 부렸다.

"그런 일은 못 될 일이라고 딱딱 무질러 말 못하고 말하는 나더러 잔소리래. 혼인날 떠나온다고 말한 사람도 지각이 없지만 혼인날 떠나오라는 사람들은 무슨 지각이야."

사돈 마누라의 말이 저의 집에 피침*한 것을 듣고 상객으로 온 삼봉이가 고개를 옆으로 돌리고 제기 소리 한마디를 제법 크게 내놓았다.

● 상우례(相遇禮)
신랑이나 신부가 처가나 시가의 친척과 정식으로 처음 만나 보는 예식.

● 피침(被侵)
침략이나 침범을 당함.

"별 해괴한 일 다 보겠네."

색시 어머니가 혼잣말하듯이 지껄이는데 삼봉이는 증을 벌컥 내며 막봉이를 보고

"너는 가든지 말든지 나는 간다."

하고 곧 밖으로 나가려고 하니

"형님, 같이 갑시다. 나두 가겠소."

막봉이가 붙들었다. 색시 아버지가 사위 형제를 무마하여 놓고 다시 아내를 타일러서 점심 먹고 다같이 떠나기로 되었는데, 작인 내외는 집에 두고 조카 형제는 가사리 앞까지 동행하고 딸은 읍내 가서 삯마를 태워가지고 가기로 하였다.

귀련이가 생외 처음으로 말을 타보는 까닭에 조금만 빨리 가도 겁을 내서 아버지를 불렀다. 귀련이 아버지와 막봉이가 양옆에서 붙들고 가노라니 길이 자연 늦어서 떠나던 이튿날도 해질물에 간신히 발안이를 대어왔다. 그날은 사처에서 자고 그 이튿날 신부례를 지내는데 말이 신부례지 폐백까지 없는 신부례라 거북살스러운 예절을 차리지 아니하여 잠깐 동안에 끝이 났다. 막봉이 부모는 새며느리를 하루라도 묵히려고 하였지만 막봉이가 고집을 세워서 혼인날 떠나오듯이 신부렛날도 점심 먹고 되떠났다. 귀련이 아버지가 딸과 사위를 데리고 돌아오는 길에 딸 내외더러
　"형님은 반갑게 알거나 말거나 우리 도리는 차려야 할 테니 이번에 아주 가사리를 다녀가자."
하고 말하였다.
　귀련이가 그동안 말에 익어서 갈 때보다 길이 좀 빨랐다. 발안이에서 떠나던 이튿날 늦은 점심때쯤 가사리를 당도하였다. 박선달 집 문앞에 와서 귀련이 아버지는 딸을 말께서 내려 바로 안으로 들여보내고 사위를 데리고 사랑에 들어와보니 박선달이 첩의 집에 가고 사랑에 있지 아니하였다. 귀련이 아버지가 조카 하나를 보냈더니 그 조카가 갔다와서 지금 곧 오신답디다 하고 말하여 곧 올 줄 알고 기다리었다. 오지 않는 형을 한동안 헛기다리던 끝에 귀련이 아버지는
　"안에나 잠깐 다녀오겠다."
하고 막봉이는 큰조카와 같이 사랑에 앉혀두고 자기는 작은조카

들을 앞세우고 안방에 들어와서 형수에게 인사하고 조카며느리들에게 인사받는 중에 안중문간에서 큰기침소리가 났다.

"인제 오시지?"

"네, 오십니다."

귀련이 아버지가 조카들과 같이 마루로 나오는데 귀련이도 사촌 올케들과 같이 뒤를 따라 나왔다. 박선달이 몸집이 뚱뚱한 것보다도 거드름 부리느라고 거위걸음을 걸어 들어왔다. 마루에 섰는 사람들은 박선달이 잘 거들떠보지도 않고 마루로 올라오며 곧 안방으로 들어오는데 여러 사람이 모두 그 뒤를 따라 들어왔다. 박선달이 안방에 들어와서 아랫목에 좌정한 뒤 먼저 귀련이 아버지가 절을 하니 골난 사람같이 뿌루퉁하고 앉아서 왔느냐 말 한마디 아니하고 그다음에 귀련이가 절을 하니

"음."

하고 고개를 끄덕끄덕하였다.

"퍽 컸구나. 자식두 넉넉히 낳겠다."

박선달은 가장 재미스럽게나 말한 듯이 싱글싱글 웃고

"네 남편이 수원 사람이라지?"

하고 귀련이보고 묻는데

"네."

하고 귀련이 아버지가 딸 대신 대답하였다.

"성이 무언구?"

"길가랍니다."

"길가? 상놈의 성이로군."

"반명은 아니겠지요."

"그럼 무얼 취해서 혼인을 했담?"

"사윗감 하나 보구 했어요."

"개천에서 용 났단 말 못 들어."

"사위가 천하장사랍니다. 우리는 몰라두 팔도에 힘꼴 쓴다는 사람은 길막봉이를 모르는 사람이 없답니다."

"길막봉이?"

하고 박선달은 곧 미간에 주름을 잡는데, 주름 사이에 불쾌한 기색이 현저히 나타났다.

"사위 말은 형님을 전에 한번 보인 일이 있다고 합디다."

"날 어디서 봐?"

"지금 사랑에 있으니 나가 보시면 아시겠지요."

박선달은 혜음령에서 망신한 이야기를 아우가 들어 알려니 생각하면서도

"내가 본들 알 까닭이 있나."

딱 잡아떼고 나서

"네가 딸 혼인을 정하는데 어째 내게 의논 한마디 없이 정하느냐."

하고 시비를 시작하였다. 아우가 발명하려는 것을 가로막고 박선달이

"내게다 말하면 행세하는 집으루 여의어줄 것인데 무지막지한

상것들의 자식을 사위루 얻어서 아무개의 조카사위라구 내돌릴 모양이니 구경 내 낯을 깎잔 말이구나."

하고 소리를 지르다가 나중에는

"너 같은 것은 본래 내가 동기루 안 여긴다. 꼴두 보기 싫다. 냉큼 가거라!"

하고 호령호령하였다.

귀련이 아버지가 우는 딸을 데리고 사랑으로 나와서 사위더러 가자고 말할 때 막봉이가 귀련이의 우는 까닭을 물으니

"당신이 상놈이라구 우리 아버지가 호령을 받았다오."

귀련이가 울면서 대답하였다.

"누가 호령을 해?"

"누구야, 선다님이지."

"상놈이라구."

● 내정돌입(內庭突入) 주인의 허락 없이 남의 집 안으로 불쑥 들어감.

하고 막봉이가 한번 뇌고 나서 귀련이 부녀가 붙들 사이도 없이 안으로 뛰어들어갔다.

막봉이가 안마루에 껑청 뛰어올라설 때 박선달이 안방 머리맡 문을 열고 내다보며

"웬 놈이 내정돌입˚하느냐!"

하고 호령하였다. 막봉이가 팔을 걷어붙이며 방문 앞으로 대어드니 박선달이 일변 윗간으로 피하여 가며 일변

"얼른 하인들 불러서 저놈을 잡아내라!"

하고 고성을 질렀다. 막봉이가 신발 신은 채 방으로 뛰어들어와

서 윗간 문 열고 도망하려는 박선달을 쫓아가서 뒤꼭지를 움켜잡았다.

"양반 좀 구경합시다."

하고 막봉이가 박선달을 떠밀고 방에서 마루로 나오고, 마루에서 마당으로 내려왔다. 박선달의 큰아들은 사랑에서 들어오다가 도로 나가고, 둘째아들은 절굿공이를 들고 막봉이게 덤비다가 발길에 차이어 마당 한구석에 나가자빠지고, 끝에아들은 부리는 계집아이들과 같이 건넌방 모퉁이에 숨어 서서 발발발 떨고 있고 박선달의 마누라와 며느리는

"아이구, 이런 변이 어디 있나."

"아이구, 저놈을 어떻게 하나."

실성한 사람 군소리하듯이 지껄이며 마루 구석에 뭉치어 섰다. 막봉이가 다시 박선달을 떠밀고 사랑으로 나가려고 할 즈음에 박선달의 큰아들이 집안 사람과 동네 사람을 몰아가지고 들어오는데, 어중이떠중이 수효가 열 명이 넘었다. 막봉이가 이것을 보고 박선달의 뒤꼭지를 잡은 채 여러 사람을 향하고 서서

"너희놈들이 내게 덤비는 날이면 박선달부터 태기치구 너희놈들두 하나 성하게 두지 않을 테다."

하고 박선달을 곧 태기칠 것같이 둘러메려고 하니 박선달은 죽어가는 소리를 하고 여러 사람은 선뜻 대어들지 못하였다. 전에 마부로 송도 갔던 사람이 여럿 중에 섞여 있다가 막봉이를 알아보고

"아이구머니 큰일났네, 저 양반이 혜음령서 도둑놈 혼내던 장사 아니라구. 여보게, 우리 따위는 백명, 이백명 함께 덤벼두 소용없네."

하고 호들갑을 떨어서 여러 사람들은 구경하러 온 것같이 서서 보기만 하는데 박선달의 큰아들이 어느 틈에 도끼 하나를 찾아들고 슬그머니 막봉이 뒤로 돌아왔다. 귀련이 아버지는 처음부터 막봉이를 쫓아들어오려고 하였으나 귀련이가 은근히 백부의 욕 보는 꼴을 보고 싶은 마음이 있어서 저의 아버지에게 울고 매달렸다. 사랑에서 안으로 들어오는 쪽문 안에 귀련이가 아버지의 손을 붙들고 서서 들여다보는 중에 사촌의 도끼가 남편 뒤에 가까이 가는 것을 보고

"아이구머니!"

하고 소리를 질렀다. 막봉이가 고개를 돌이켜 도끼를 보고 박선달을 돌려세우며 곧 앞으로 떠다박지르니 아비가 엎어지며 아들이 자빠지는데 도끼는 옆으로 떨어졌다. 막봉이가 박선달과 큰아들을 잡아 일으키고 또 마당 구석에서 쩔쩔매는 둘째아들까지 끌어다가 삼부자를 느런히 앉힌 뒤에 한번 휘 돌아보다가 중문간에 있는 절구통을 한달음에 가서 들고 나왔다. 막봉이가 박선달 삼부자 앞에 와서 절구통을 번쩍 치어들 때 귀련이 아버지가 딸의 손을 뿌리치고 쫓아나왔다.

"이 사람, 무슨 짓을 하려구 이러나?"

"삼부자를 박살낼라구요."

"이 사람이 미쳤나!"

"왜 미쳐요? 상놈의 목숨 하나를 양반의 목숨 셋과 바꿀랍니다."

"그게 무슨 소린가. 그럴라면 나를 먼저 죽이게. 이 사람, 제발 좀 고만두게."

막봉이가 박선달 삼부자를 죽일 마음까지는 없었던 까닭에 장인의 말에 못 이기는 체하고

"고만두라시면 고만두어두 좋지요. 그렇지만 박선달이 그런 버릇을 다시 안 한다구 맹세하는 말을 들어야겠으니 그리 아시오."

하고 절구통을 쾅 내던지고 박선달을 내려다보며

"동생이 상놈 사위 얻었다구 호령질하는 양반님네가 여간해서는 잘못한 줄을 모를 테니까 초죽음을 해놔야겠지?"

하고 팔죽지를 잡아 일으켰다.

"아이구, 팔 부러진다. 다시 안 할 테니 팔 놔라."

"너무 싹싹한데."

"아이구, 팔이야."

"다시 그런 버릇 못하지?"

"안 하마, 안 하마."

"어째 양반이 독하지 못해."

막봉이가 코웃음을 치고 박선달의 팔을 놓아주었다.

귀련이 아버지가 딸 내외를 데리고 나갈 때 등 뒤에서 박선달이

"인제는 형제 아주 의절이다."
하고 소리치는 말을 들었다.

 박선달이 망신당한 분풀이를 하려고 속으로 원에게 청촉하여 놓고 겉으로 소지*를 바치는데 막봉이가 내정돌입하여 삼부자를 구타하였고 불량한 아우가 뒤에서 부추겼다고 사연을 꾸미어서 막봉이는 장인과 함께 안성 관가에 잡혀오게 되었다. 공사 마당에 막봉이는 발명을 잘하지 못하였지만 막봉이의 장인은 전후사를 차근차근 아뢰었다. 원도 속으로는 박선달이 봉변하여 싸거니 생각하면서도 박선달의 뇌물 받은 값을 하려고 억지공사를 하려 들었다. 안성 육방관속에는 박선달을 밉게 생각하는 사람이 한둘이 아니었는데 그때 형리도 그중의 한 사람이라 동헌 툇마루에 엎드린 채 원에게 넌지시 말을 아뢰었다.

• 소지(所志)
예전에, 청원이 있을 때에 관아에 내던 서면.

 "박선달 형제 중에 형이 그악하옵구 아우가 무던하온 것은 경내 상하가 다 아옵는 일이온즉 소지를 준신하옵시구 공사하옵시면 뒤의 청문이 사나울 듯하외다."

 원이 형리의 말을 듣고 이윽히 생각하다가 막봉이에게는 이타물구인성상자以他物毆人成傷者 조문條文을 켜서 태笞 사십으로 경하게 치죄하고 막봉이 장인에게는 형제 우애 있이 지내도록 힘쓰라고 훈계하여 공사를 마치었다. 막봉이가 볼기 맞고 나오는 길에 가사리로 들어가려고 하는 것을 장인이 한사限死하고 말려서 바로 집으로 데리고 왔다.

막봉이가 데릴사위 노릇하기 시작한 뒤로 달이 벌써 두서너 번 바뀌었다. 그동안에 귀련이와 내외간은 의초 좋게 지내었으나 장모와는 서로 뜻이 맞지 아니하여 말다툼이 여러번 났었다. 장모의 잔소리가 갈수록 점점 더 심하여 막봉이는 골머리를 앓는 중이었는데, 장인의 생일 전날 막봉이가 곡식말을 가지고 가서 반찬거리를 바꾸어오는데 장모가 떠먹이듯이 일러준 김 한 톳을 잊고 와서 장모는 화가 천둥같이 났다.

"그게 무슨 놈의 정신이야. 까마귀고기 먹었나!"

"잘못되었소."

"잘못되었다면 고만인가."

"그럼 어떻게 해요?"

"북어 가지구 가서 김으로 바꾸어오게."

"내일 가서 바꾸어오지요."

"당장 가서 바꾸어오게."

"배가 고픈데 어떻게 또 장에를 갔다온단 말이오?"

"배가 고파 안 바꿔오면 저녁은 못 먹을 테니 그리 알게."

"한 끼 굶어 죽지 않소."

"누가 굶겨죽인다나? 우리 세 식구 하루 먹을 밥을 한 끼에 다 먹는 위인이 그중에 큰소리까지 하네. 자네 온 뒤로 양식이 곱들어. 잘난 사위 덕에 우리까지 바가지 차고 나서겠네."

"양식이 아까워서 나를 두구 먹이지 못하겠단 말이오?"

"무슨 유세야, 힘센 자센가? 소가 세도 왕노릇 못해."

"나더러 소란 말이오?"

"그래, 소라면 어쩔 테야."

"내가 소면 당신 딸두 소구, 당신 딸이 소면 당신두 소지."

"저것 보게, 장모더러 욕하지 않나."

"내가 지구 고만두겠소."

막봉이가 사설하는 장모를 내버리고 부엌으로 들어가니 밥 짓던 귀련이가

"들어오지 말구 나가오."

하고 독살스럽게 말하였다.

"자네까지 구박인가. 데릴사위 노릇 더러워 못하겠네."

"내 부모가 당신 부모지, 그렇게 욕하는 법이 어디 있소?"

"누가 욕을 해?"

"나는 귀가 없는 줄 아오?"

골난 막봉이가 골김에 귀련이 어깨를 한번 탁 쳤다. 귀련이가 죽는 소리를 하여 귀련이 어머니는 말할 것 없고 방에 드러누웠던 귀련이 아버지까지 부엌으로 쫓아와서 귀련이의 저고리를 벗기고 보니 한편 어깻죽지가 금시에 먹장 갈아 부은 것같이 되었다. 귀련이 어머니는 곧 막봉이의 멱살을 잡고 매달리고 귀련이 아버지는 막봉이를 흘겨보며 딸을 데리고 방으로 들어갔다. 귀련이 어머니가 골김에 앞뒤 생각 없이 사위를 내보내자고 주장하여 막봉이는 데릴사위 노릇을 다하고 쫓겨나게 되었다.

막봉이가 발안이 집에 돌아와보니 삼봉이는 아내까지 끌고 등

짐장사를 나갔고 선봉이, 작은봉이만 집에 있는데, 막봉이 온 것을 보고 형제가 다

"네가 어딜 가면 조신하겠니."

하고 냉대하여 막봉이는 부모가 말리는 것도 듣지 않고 집에서 도로 나와서 매일없이 떠돌아다니다가 오가의 권으로 청석골 와서 같이 있게 되었다. 불과 반년 전에 쇠도리깨 도적을 잡으러 왔던 사람이 우습게 쇠도리깨 도적과 한패가 되어버리었다.

천왕동이가 단정히 앉아서 두 손길을 맞잡았다.
한동안 있다가 외면하고 혼잣말하듯
「흰 궤짝 하나, 누런 궤짝 하나,
붉은 궤짝 하나, 궤짝이 세 개로군.」지껄이고
이방을 바라보며 「그렇습니까?」하고 물으니
이방은 눈을 똑바로 뜨고
말없이 고개만 끄덕이었다.
천왕동이가 다시 외면하고 먼저와 같이
「붉은 궤짝에는 붉은 팥이 아홉 낱,
누런 궤짝에는 누런 콩이 열두 송이,
흰 궤짝에는 목화가 열두 송이.」
하고 지껄이는 동안에 이방이 말은 고사하고
숨소리도 없이 먹먹고만 있다가 천왕동이 입에서
마지막 말이 떨어지자마자 벌떡 일어나서 안문을
박차고 맨발로 뛰어들어 가며
「여보게 여보게, 사위를 얻었네!」
하고 큰 소리를 질렀다.

황천왕동이

황천왕동이

늦은 봄이다. 꽃 찾는 나비들은 멀리멀리 날아다니고 벗 부르는 꾀꼬리들은 여기저기서 노래하는 때다. 임꺽정이의 집 앞뒤 마당에 풀이 많이 나서 어느 날 꺽정이가 처남 황천왕동이와 아들 백손이에게 풀을 뽑으라고 말을 일렀다. 천왕동이가 매형의 말에 상을 찡그리면서도 마지못하여 생질을 데리고 풀을 뽑으러 나서는데 앞뒤 마당을 둘이 갈라 맡아 뽑기로 하다가 풀 적은 앞마당은 생질에게 빼앗기고 풀 많은 뒷마당을 차지하게 되었다. 좁지 않은 마당에 풀이 무더기로 나서 낱낱이 뽑지 않고 북북 쥐어뜯어도 반나절이 넘어 걸릴 모양이라 천왕동이가 얼마 뽑다가 성가신 생각이 나서 삽을 찾아가지고 쓱쓱 밀어나갔다. 이때 울 뒤에 섰는 느티나무에서 꾀꼬리의 노래가 흘러나왔다. 천왕동이가 꾀꼬리 노래를 듣느라고 삽을 짚고 서서 우두머니 느티나무를 바라보고 섰는데 꺽정이의 병신 아우가 뒤꼍으로 오다가 천왕동이의 섰는 모양을 보고 큰 이야깃거리나 얻은 듯이 부지런히 도로 나가서 앞마당에 나섰는 애기 어머니를 보고

"누님, 백손이 아저씨가 느티나무를 이렇게 쳐다보구 있습디다."

하고 고개를 쳐들어 보이니 애기 어머니는 혀를 차고

"싱겁기도 짝이 없다."

하고 병신 아우를 핀잔주었다. 병신이 열적어하며 섰다가 조카 풀 뽑는 옆으로 간 뒤에 애기 어머니가 뒤꼍에 와서

"황도령이 무얼 정신없이 봅시나?"

하고 소리치며 천왕동이에게로 가까이 왔다.

"저 노래 좀 들어보우."

"꾀꼬리 소리를 듣고 깁시군."

"구르기두 잘 구르구 꺾기두 잘 꺾소. 더 말할 것 없이 명창이오."

"노총각이 딴생각이 나서 꾀꼬리를 듣고 섰구려."

"딴생각이라니?"

"꾀꼬리가 색시 죽은 넋이라니까 색시 생각이 나는 게지."

"꾀꼬리가 참말 색시 죽은 넋이오?"

"예전부터 내려오는 말이니까 참말인지 누가 아오? 말인즉 이쁜 색시 하나가 시집을 못 가고 죽어서 꾀꼬리가 되었대. 그래서 꾀꼬리 소리가 머리 곱게곱게 빗고 시집가고지고 한다는구먼."

"객객하는 것은 무슨 말이오?"

"그건 나도 몰라."

"시집 못 간 데 한이 맺혀서 피 토하는 시늉으루 객객하나?"

"그런지도 모르지. 장가 못 간 총각이 다르구려."

"에, 속상해. 얼른 어디 가서 흔기집이라두 하나 얻어야겠어."

하고 천왕동이가 삽을 들고 다시 풀을 밀기 시작하는데 애기 어머니가

"꾀꼬리 소리 좀더 들어보오."

하고 곧 목소리를 변하여

"머리 곱게곱게 빗고 황도령께 시집가고지고."

하고 꾀꼬리 소리를 흉내내고 깔깔 웃었다.

"예, 여보."

"귓구녕을 씻고 잘 들어봐요."

"날 조롱할라구 처음부터 거짓말을 지어냈구려."

"내가 거짓말 지어내는 재주나 있으면 좋게. 그런데 참말 서울 사람들은 꾀꼬리를 내인의 영신靈神이래. 예전에 젊은 내인 하나가 백가 성 가진 별감을 몰래 상관하다가 나중에 들켜나서 잡혀 죽었는데, 그 영신이 꾀꼬리가 되어서 머리 곱게곱게 빗고 백별감 보고지고 보고지고 소리한다나? 아마 서울 사람의 귀에는 그렇게 들리는 게지."

천왕동이가 말대답이 없어서 애기 어머니는 한동안 있다가

"여보, 여보!"

하고 불렀다.

"왜 불르우?"

"내 이야기 좀 듣구려."

"또 무슨 이야기가 있소?"

"저 나무 좀 보오."

하고 애기 어머니가 울 안에 선 대추나무를 가리켰다.

"대추나무두 또 무엇이 죽은 넋이나 영신이오?"

"아니, 다른 나무들은 잎이 피어 한창인데 잎 하나 없이 말라 죽은 것같이 섰는 것이 무엇하고 비슷한가 생각해보오."

"비슷하긴 무엇하구 비슷해, 대추나무지."

"장가 못 든 노총각하고 비슷하지."

"그렇지, 또 노총각."

천왕동이가 애기 어머니와 같이 서로 웃음의 소리 하고 있을 때 꺽정이의 기침소리가 뒤에서 났다.

꺽정이가 풀 뽑는 것을 보러 오던지 또는 다른 일이 있어 오던지 뒤꼍으로 돌아오다가 천왕동이가 삽으로 미는 것을 보고

"풀을 손으루 뽑아야지 삽으루 밀면 곧 도루 나지 않느냐."

하고 잔소리하였다. 천왕동이가 밀던 것을 그치고 꺽정이를 돌아보며

"형님, 내 말 좀 들으시우. 내가 얼른 혼기집이라두 하나 얻어야겠소."

하고 말하니 꺽정이는 천왕동이의 얼굴을 물끄러미 보다가

"누가 말려."

하고 가볍게 대답하였다.

"형님이 힘을 써줘야지요."

"내가 힘을 안 써서 장가를 못 드느냐?"

"그럼 내가 병신이라 장갈 못 가우?"

"마땅한 데가 없는 걸 난들 어떻게 하느냐."

"마땅한 데가 있는지 없는지 조선 팔도를 다 찾아봤소?"

"나더러 조선 팔도루 돌아다니며 네 혼처를 구하란 말이냐? 그건 못하겠다."

"인제는 형님을 믿구 있지 않을 테니 고만두시우."

처남 매부 간에 이런 수작이 오고가는 중에 백손이가 들어와서

"사기장수가 밖에 와서 아버질 보자우."

하고 연통하여 꺽정이는 백손이를 데리고 도로 나가고 애기 어머니만 뒤에 남아서 상글상글 웃으며

"노총각이 장가들구 싶어서 몸이 바짝 달았구려."

하고 천왕동이를 씨까슬렀다.

"그놈의 노총각 소리 듣기 싫어서 과부라두 하나 얻어야겠소."

"어디 가서 과부를 동여올 테요?"

"한집에 있는 과부두 있는데 딴 데 가서 동여올 거 있소?"

"무엇이 어째, 별 망측스러운 소리를 다 하네."

하고 애기 어머니는 눈이 샐쭉하여지는데

"그런 소리 안 들을라거든 나를 놀리질 마우."

하고 천왕동이는 깔깔 웃었다.
 사기장수가 누구인지 궁금하여 천왕동이가 삽을 내던지고 바깥방에를 나와보니 뜰 구석에는 과연 사깃짐이 버티어 있고 방안에는 전에 보지 못한 사람이 앉아 있었다. 천왕동이는 방에를 들어가지 않고 밖에서 지싯거리는데 꺽정이가 내다보고 들어와서 인사하라고 불러들이었다. 탑고개 사는 손가가 청석골 오가의 집 심부름으로 분원사기를 사러 오는데 박유복이가 애기 어머니에게 보내는 물건을 맡아가지고 와서 사기를 사가지고 가는 길에 길을 돌아 꺽정이 집을 찾아온 것이었다. 박유복이가 전번에 왔을 때 애기가 명주저고리 하나 해달라고 저의 어머니를 조르는 것을 보고 자기에게 무색 명주가 생긴 것이 있다고 이다음에 가지고 오거나 인편 있을 때 보내거나 한다고 말하더니 그 명주를 잊지 않고 보냈다. 손가는 길이 바쁘다고 물건만 전하고 곧 가려고 하는 것을 꺽정이가 점심 먹고 가라고 붙들어놓았으나 청석골 안부 외에 별로 할 이야기가 없어서 주객이 짬짬이 서로 보고만 앉았는 중에 꺽정이는 천왕동이 나온 것을 보고 불러들여서 인사를 붙이고 앉아 이야기하라고 이르고 명주를 가지고 위채로 올라갔다.
 손가가 소금장수 길막봉이 관계로 탑고개 가서 살게 된 사람인 것은 천왕동이도 들어서 아는 까닭에 과천서 장기 두다가 우연히 길막봉이와 서로 알게 된 것을 이야기하고 그 끝에
 "장기 둘 줄 아우?"

하고 물으니

"겨우 멱*아우."

하고 손가가 대답하였다.

"길막봉이하구 두어보셨겠지?"

"더러 두어봤지."

"어떻게 두시우?"

"차포잡이오."

"누가 차포잡이란 말이오?"

"내가 차포잡이오."

길막봉이 장기가 천왕동이에게 차포잡인데 길막봉이에게 또 차포잡이면 그 장기는 더 물을 것도 없었다. 천왕동이는 말을 더 묻지 않고 손가가

"총각은 장기 잘 두우?"

하고 묻고 또

"탑고개 동네에 장기 잘 두는 노인이 있는데 전에 같이 두어봤소?"

하고 물었다.

"촌장기 잘 둔다니 오죽할라구."

"그 노인이 원근原根은 서울 사람인데 서울서 장기 국수*노릇했다든걸."

"그럼 한번 가서 두어봐야겠소."

"나하구 동성동본 일가간이라 내가 탑고개루 이사간 뒤 그 노

인 집하구 한집안같이 지내우."

"내가 손서방을 찾아갈 테니 그 노인하구 장기 한번 두게 해주우."

"어렵지 않은 일이니 언제든지 오우."

천왕동이가 손가를 데리고 이런 수작을 하는 중에 꺽정이가 백손이에게 점심상을 들려가지고 내려왔다.

천왕동이가 손가에게 들은 장기 국수를 하루바삐 만나보려고 손가가 양주를 왔다가던 이튿날 꺽정이더러는 청석골 가서 하루 놀다 온다고 말하고 늦은 아침때 양주서 떠나서 승석때 탑고개를 왔는데, 오는 길로 바로 손가를 찾으니 손가의 형수 된다는 여편네가 나와서 하는 말이 시동생은 광주 땅에 갔는데 오늘쯤 올 듯하다고 하여 손가가 아직 안 온 줄을 알고 장기 잘 두는 손노인을 그대로 찾아갈까, 산에 들어가서 자고 밝은 날 다시 나올까 망설이는 중에 손가가 사깃짐을 지고 왔다.

● 멱
장기에서 마(馬)나 상(象)이 다닐 수 있는 길목.
● 국수(國手)
장기, 바둑 따위에서 실력이 한 나라에서 으뜸가는 사람.

손가는 천왕동이를 보고 깜짝 놀라며

"어떻게 된 일이오?"

하고 물었다.

"무에 어떻게 된 일이란 말이오?"

"대체 양주서 언제 떠났어?"

"오늘 아침 먹구 떠났소."

"걸음 잘 걷는단 말은 많이 들었지만, 아이구."

하고 손가는 말끝도 못 맺고 혀를 내둘렀다. 사기를 오가의 집에서 이날 해 안으로 갖다 달라고 한 것이라 손가는 곧 사깃짐을 갖다 두러 갈 것인데, 천왕동이 대접으로 집에 저녁밥을 준비시키고 또 손노인을 청하여다가 장기 대국까지 시킨 뒤에 산으로 들어갔다. 손노인은 장기 수가 천왕동이만 못하였다. 그러나 승벽勝癖이 많아서 윷진애비*같이 지면서도 자꾸 덤비었다. 저녁 전 저녁 후에 대여섯 판을 한번 비기지도 못하고 내리 지고 나서야

"내가 맞은 안 될 모양일세. 나버덤 말 하나는 더한 것 같은걸."

하고 항복은 하되 천왕동이의 장기 수를 왕청뜨게 높은 줄로는 생각지 않는 모양이었다.

밤이 든 뒤에 손가가 산에서 나오는데 곽오주와 같이 나왔다.

오주가 천왕동이를 보고

"내일이 마누라쟁이 생일이라구 아침 먹으러 들어오라데."

하고 말하는데

"들떼어놓구 마누라쟁이라니, 뉘 마누라 말이야?"

하고 천왕동이가 말의 책을 잡았다.

"뉘 마누라여? 우리게 마누라쟁이 하나밖에 더 있나?"

"박서방의 마누라는 마누라 값에 못 가나?"

"새파랗게 젊은 여편네더러 누가 마누라쟁이라구 말할라구."

"지금버덤 한 나이라두 더 젊을 때 덕물산 장군당에서 마누라 노릇한 건 어떻게 하구."

"그건 그때 이야기지."

"그래 내일이 오첨지 마누라의 생일이란 말인가?"

"똑똑하구먼."

"너는 형 대접을 할 줄 모르는 위인이야."

하고 천왕동이는 오주를 꾸짖고

"형 노릇 경치게 하구 싶은가베."

하고 오주는 천왕동이에게 게먹었다. 오주가 꺽정이를 형님이라고 부르는 까닭에 천왕동이도 연치를 따져서 오주에게 형 대접을 받으려 하나 오주가 고분고분 아우 노릇을 하지 아니하여 둘이 서로 만나면 하나는 형 대접 하라거니 또 하나는 아우 노릇 않는다거니 장난으로 다툴 때가 많았다.

그날 밤에 천왕동이가 오주와 같이 손가의 집에서 자고 이튿날 식전 일찍들 일어나서 방문을 열어놓을 때

● 윷진애비
내기나 경쟁에서 자꾸 지면서도 달려드는 사람을 비유적으로 이르는 말.

"인제들 일어나?"

하고 손노인이 방으로 들어왔다. 손가가

"꼭두식전 웬일이시오?"

하고 물으니 손노인은

"정신 날 때 장기 한번 둘라구 왔네."

하고 대답하며 곧 천왕동이를 보고

"한번 안 두려나?"

하고 물었다. 천왕동이가 싫단 말을 하지 않고 곧 장기판을 벌이

는데 오주가

"장기 두구 언제 갈 테야, 아침들 안 먹구 기다리구 있을 텐데."
하고 천왕동이를 나무랐다. 손노인과 천왕동이는 다같이 말대꾸도 아니하고 장기를 두기 시작하여 한참 동안 서로 장군 멍군 하더니 손노인에게는 민궁에 마포가 남고 천왕동이에게는 양상과 사졸이 남게 되었는데 손노인이 이길 포서는 없어졌지만 비길 수가 있을까 하고 한번 두고 열나절씩 들여다보았다. 손가가

"얼른얼른 두시우."
하고 손노인을 재촉할 때 혼자 따로 앉았던 오주가 장기 두는 옆에 와서 판을 번쩍 들어냈다.

"이게 무슨 짓이오?"
하고 손노인이 증을 낼 뿐 아니라 천왕동이까지

"이럴 거 없이 먼저 들어가게. 나는 나중 가겠네."
하고 좋지 않은 눈치를 보이었다.

"나중은 무슨 나중이여, 같이 가지."
"자네가 내게다 우격다짐을 할 텐가?"
"우격다짐이구 무어구 장기는 더 못 두네."
"나는 더 두겠네. 장기판 이리 주게."
"안 줄 테여."
"왜 안 주어?"
천왕동이가 벌떡 일어나서 눈을 휘둥그렇게 뜨고 오주의 손에 들고 있는 장기판을 빼앗으려고 하니 오주는 장기판을 마당에 휙

내던졌다. 천왕동이와 오주 사이에 곧 주먹다짐이 나게 되는 것을 손가가 중간을 가로막고 말려놓은 뒤 먼저 천왕동이를 보고 노인을 데리고 가서 아침 먹고 장기 두라고 좋은 말로 달래니 천왕동이가 싫다고 아니하고 그다음에 오주를 보고 의향을 물으니 오주도 그것은 좋다고 말하여 손노인까지 네 사람이 같이 산에 들어와서 오가 마누라의 생일 아침을 먹게 되었다.

오가의 집에 전에 없던 사랑채를 새로 세웠는데 사랑방은 간반통 이 간이요, 방 앞에 반 간 너비 퇴가 있고 방머리에 아늑한 구들까지 있었다. 오가가 천왕동이를 보고

"이 사랑 지은 뒤 자네 처음 오지 않았나?"

하고 물으니

• 정작 요긴하거나 진짜인 것.

"이 사랑에 들어앉기는 처음이오."

하고 천왕동이는 엇조로 대답하였다.

"짓는 건 언제 와서 봤든가?"

"상량上樑하는 것까지 봤소."

"옳지, 이런 정신 봐. 요전에 오주 위문왔다가 보구 갔네그려."

"낙성연에 우리를 청해서 술 한잔 먹일 게지 소리 소문 없이 해먹어버린단 말이오? 그런 인심이 어디 있소."

"자네가 인심 노래할 것 같아서 초벌만 해먹구 정작˙은 안 해먹었네."

"정작은 언제 할라우?"

"자네가 왔으니 오늘 할까?"

"생일밥으루 때우잔 말이구려."

"그럼 내일 함세."

"생일 후물리기˚루."

"그럼 언제 할까? 모레 할까, 글피 할까?"

"공연히 그러지 말구 한번 큰 잔치를 차리구 우리를 청하우."

"아따, 자네 분부대로 함세."

오가와 천왕동이가 이런 실없는 수작을 하는 중에 아침상이 나와서 박유복이 하나만 밥을 데시기구˚ 그외의 여러 사람은 모두 고기반찬으로 밥을 포식들 하였다. 먹은 밥이 채 자위도 앉기 전에 천왕동이가 아랫간에서 윗간으로 내려와서 손노인을 보고

"한번 접전을 해보실라우?"

하고 도전을 하니

"그래 보세."

하고 손노인이 천왕동이에게로 가까이 갔다. 손가가 가지고 온 장기판과 장기망태를 갖다 주어서 천왕동이와 손노인은 마주 앉아서 장기판을 벌이었다. 오가는 얼마 동안 들여다보다가 안으로 들어가고, 손가는 심부름하는 틈에 가끔 와서 들여다보고, 유복이는 속이 거북하다고 구들에 가서 누워 있고, 오주는 앞 툇마루 양지쪽에 너부죽이 엎드려 있었다. 장기 두어 판 끝난 뒤에 천왕동이가 오줌 누러 나왔다가 오주가 엎드린 것을 보고

"볼기 한번 때려줄까."

하고 웃으니 오주는 말대꾸도 아니하고 눈만 감았다 떴다 하였다.

"눈병이 났나, 왜 눈을 끔벅거리나?"

"이리 와서 이것 좀 봐."

"보라는 게 무어야?"

천왕동이가 오주 앞에 와서 들여다보니 오주는 눈을 감고

"오색 잔구슬이 줄줄 흘러내려오네."

"어디?"

"흐릿한 하늘 복판에 함박꽃 같은 자지구름장이 둥둥 떴네."

"이 사람이 갑자기 미쳤나. 웬 헛소리야."

오주가 눈을 번쩍 뜨고

"누가 헛소리를 해. 나처럼 여기 엎드려서 눈을 슬쩍두 감아보구 꽉두 감아보지, 갖은 것이 다 보일 테니."

하고 눈 감는 시늉을 하여 보이었다.

- 후물리기
먹고 난 나머지.
- 데시기다
먹고 싶지 않은 음식을
억지로 먹다.

"에 이 사람, 나는 싫어. 자네나 혼자 실컷 보게."

오가가 마침 안에서 나오다가 말끝만 듣고

"무얼 혼자 보란 말인가?"

하고 물으니 천왕동이가

"오주 눈 속에는 색색이 구슬이 줄줄 흐른다우."

하고 대답하였다.

"눈 속에 구슬이 흐르다니?"

"눈을 감구 있으면 별것이 다 보인다우."

"그 구슬은 잘 두었다가 그림 속의 색시를 주었으면 좋겠군."

오가의 말을 듣고 천왕동이가 깔깔 웃으니 오주는

"무엇이 그렇게 우습담."

하고 핀둥이주었다.

"노총각은 색시란 말만 들어도 웃음이 절루 나오는 게지."

"색시 생각 말게, 노총각이 좋으니."

오가와 오주의 말에 천왕동이는

"장기판이 식어 못쓰겠다."

하고 딴전하며 곧 방으로 들어왔다.

손노인이 장기를 지면서도 자꾸 맞두다가 나중에는 떼기내기를 두게 되었는데 천왕동이의 장기 수가 늙은이보다 왕청뜨게 높아서 상을 떼어주고도 이기고 말을 떼어주어도 이기고 포까지 떼어주어도 역시 이겼다.

"차 하나는 떼어야 두겠소."

하고 천왕동이가 말하니 손노인은 쓴 입맛을 다시면서

"차는 고만두구 차포 오졸구상마라두 떼게 되면 떼는 게지. 그러나 나버덤 별루 나은 수가 없는 것 같은데 괴상스러운 일일세. 포 떼구 어디 한번 다시 두어보겠네."

하고 말을 새로 벌이려고 할 때 안에 다녀나온 손가가

"점심이 곧 나오게 될 테니 아주 점심 먹구 두시우."

하고 말하여

"그러지."

하고 손노인도 장기판에서 물러앉았다.

"내 장기 수가 전에 대면 많이 줄었네. 낫살을 먹으니까 아무래두 선망후실해서 할 수 없어. 전에 조선 국수가 서울 구리개란데 살았는데 내가 국수하구 포 떼면 상승부相勝負하였었네. 지금 같아서는 차 떼구두 어려웠을 걸세."

손노인 말끝에

"그 조선 국수가 지금두 그저 서울 사우?"

천왕동이가 물었다.

"그는 벌써 죽었어. 내가 서울서 송도루 이사온 뒤에 바루 죽었단 소식을 들었으니까 지금 이십년이 가까웠네."

"그럼 그 뒤에는 국수가 없소?"

"왜 없기야 하겠나? 내가 탑고개 같은 촌구석에 와서 파묻힌 지가 십여년이니까 있어두 모르지."

"어디 가서 물으면 알겠소?"

"지금 말한 국수가 살았을 때 장래 국수가 될 만하다구 치던 사람이 셋이었는데 첫째는 과천 사람 오씨구, 둘째는 봉산 사람 백씨구, 나두 셋째루 한몫 끼었었네. 모르긴 몰라두 과천 오씨가 아마 국수 되었을 것일세."

"과천 사람 말을 들으니까 참말 오장기라구 장기 국수가 있었답디다. 그런데 그두 죽은 지가 오래랍디다."

"지금 살았어두 나이 환갑이 못 되었을 텐데."

"죽은 제가 십년이 넘었답디다."

"그럼 오십두 못 살구 죽었네."

"봉산 백씨는 나이 얼마나 되었겠소?"

"오씨버덤 한두살 아래였을걸."

"봉산이나 한번 가보까."

"십여년 전에 내가 봉산물 먹으러 갔다가 서루 만나서 하루 동안 장기를 같이 둔 일이 있는데, 그때 그 사람의 아버지가 봉산 이방이라더군."

"백씨 장기가 노인과 어떻소?"

"그때에두 나버덤 셌으니까 지금 나루는 어림없을 테지."

오가는 천왕동이의 어깨를 치면서

"봉산 갈 일이 났구먼."

하고 웃고 손가는 천왕동이를 바라보면서

"봉산이 여기서 이백삼십리가량이니까 점심 먹구 가두 넉넉히 가겠소."

하고 웃었다.

점심 국숫상이 나와서 여러 사람이 먹기 시작할 때 유복이가 저를 들지 아니하여 겸상한 오가가

"자네, 조금두 안 먹을라나?"

하고 물으니

"아침에 고기 좀 먹은 것이 아직까지 속이 징건해서 점심을 먹구 싶은 생각이 없소."

하고 유복이가 대답하였다. 오주가 유복이의 안 먹는단 말을 듣고

"형님 국수 내나 주우."

하고 손을 내미니 유복이는

"그래라."

하고 곧 국수 그릇을 집어주었다. 천왕동이가

"체증이 생겼소?"

하고 유복이더러 묻는데 오가가 유복이 대신

"속병으루 봄내 음식을 못 먹어서 봄 타는 사람같이 저렇게 말랐다네."

하고 대답하였다.

"속병에는 봉산 영천물이 좋습디다. 내가 구체˚루 고생하다가 영천물 먹구서 났소. 한번 가서 자셔보시우."

하고 손노인이 유복이를 권하자

"봉산을 갈라거든 나하구 같이 갑시다."

하고 천왕동이가 유복이더러 말하였다.

● 징건하다
먹은 것이 잘 소화되지 아니하여 더부룩하고 그득한 느낌이 있다.
● 구체(久滯)
오래된 체증. 만성 위장병.

"속병에는 약물이 좋지. 자네 장모두 가끔 속앓이루 고생하는 사람이니 한번 같이 가보게."

하고 오가 역시 권하는데 유복이는 들을 만하고 있다가

"아이 귀찮아."

하고 선하품을 하였다.

"여편네 동행이 귀찮긴 하지."

"누가 그 말이오?"

"그럼 무슨 말인가?"

"속병이 귀찮단 말이지."

"그러기에 약물 먹으러 가란 말 아닌가."

"맘 내키면 한번 가보지요."

"약물은 백중 때가 좋다네. 칠월에 가서 먹구 오게."

천왕동이가 손노인을 바라보며

"약물은 칠월에 먹어야 하우? 요새 먹어선 못쓰우?"

하고 물으니 손노인은 음식을 입에 넣고 우물거리느라고 고개만 가로 흔들었다.

"요새 먹어두 좋단 말이오, 어떻단 말이오?"

"나는 사월인가 오월에 가 먹구두 효험을 보았으니까 요새두 좋겠지."

천왕동이가 손노인의 말을 듣고는 곧 유복이를 향하여

"갈라거든 속히 한번 나하구 같이 갑시다."

하고 말하였다. 점심 뒤에 오가가 안에 들어가서 마누라를 보고 봉산 약물 이야기를 하였더니 그 마누라가 들었다 보았다 하고 곧 내일이라도 떠나가자고 유복이를 졸랐다. 봉산을 속히 가기로 작정되어서 천왕동이는 양주서 기다리지 않도록 한번 가서 다녀오기로 하였다.

청석골서 봉산 가는 일행이 떠나는데 오가의 마누라는 말을 타고 손가가 견마를 잡고 유복이와 천왕동이는 말 뒤를 따라서 다른 사람 보기에는 양반의 부인이 하인들 데린 것과 같았다. 첫날은 팔십여리를 와서 평산 읍내서 자고 다음날은 새벽길까지 걸어서 일백이십리를 와서 검수劍水역말서 자고 삼십리 남은 봉산 읍내는 사흘 되는 날 아침참을 대고 일찍이 들어왔다.

천왕동이는 떠나던 날 하루에 올 길을 사흘 걸려서 오느라고 애를 썩이었는데, 게다가 또 장기 잘 두는 백씨를 찾아볼 겨를도 없이 동행이 아침 먹고 바로 영천 약물터로 나간다고 하여 심사가 적지 않게 틀리었다. 천왕동이가 유복이를 보고

"나는 읍내 구경갈 테니 먼저들 가우."

하고 뒤에 떨어질 작정을 하니 유복이가 천왕동이의 속을 알고

"우리 물 먹구 가는 길에 읍내 와서 묵어가며 구경할 테니 장기 둘 틈이 없을까 봐 걱정 말게. 그때 나두 따라가서 두는 구경할 터일세. 그러구 또 이백여리 동행해 와서 서루 떨어지면 재미가 있나. 두말 말구 같이 가세."

하고 끌고 가려고 달래었다.

"장기 두는 백씨가 죽지 않았는지, 살아 있으면 어디서 사는지 그거나 알아봐야 하지 않소."

"그게야 이 집에서 물어봐두 알 수 있겠지."

유복이가 아침 먹던 객줏집 주인을 불러서

"백가 성 가진 사람에 장기 잘 두는 이가 있소?"

하고 물으니 주인이 선뜻

"있지요."

하고 대답하였다.

"그 백씨가 어디서 사우?"

"쇠전거리 위에서 살지요."

"그 사람이 이방의 아들이오?"

"돌아간 그의 아버지두 이방을 지냈지만 지금은 자기가 이방이오."

주인이 유복이의 묻는 말에 대답하면서도 천왕동이를 가끔 바라보더니 나중에는 싱글싱글 웃으면서

"총각이 취재˙ 보이러 왔나?"

하고 물었다. 천왕동이가 장기 두러 온 것을 알 까닭이 없는 주인의 말 묻는 것이 수상한데다가 취재 보인단 말이 귀에 거슬려서 천왕동이는

"취재가 무슨 취재요?"

하고 말세 곱지 않게 탄하였다.

"취재 보이러 온 것이 아닌 걸 내가 말 잘못했으면 용서하게."

하고 곧 유복이를 향하여

"더 물을 말씀이 없으면 나 볼일 보러 가겠소."

하고 밖으로 나갔다.

천왕동이가 동행을 따라 영천 가까이 와서 유숙하며 약물도 같이 먹고 구경도 같이 다니었다. 봉황대鳳凰臺 밑에서는 붕어 낚는 늙은이를 만나서 유복이가 반나절 한담하고 미아산嵋峨山 기슭에서는 나물 뜯는 큰애기들을 보고 손가가 공연히 지싯거리었다. 천왕동이는 늙은이 이야기에 재미를 못 붙일 뿐 아니라 큰애기들 노래에도 그다지 흥심이 나지 아니하였다. 오직 백씨를 찾아가서 장기 수를 겨루어보고 싶은 생각만이 마음에 가득하였다. 천왕동이가 참다 못하여 유복이를 보고

"내가 장기를 한번 두어보구 와야 직성이 풀려서 물두 맛있게 먹구 구경두 재미있게 하겠으니 내일쯤 읍내 한번 갔다옵시다."
하고 사정하듯 말하니 유복이는

"그럼 나하구 같이 가세."
하고 말하는데 옆에 있던 오가의 마누라가

"한 사흘만 물을 더 먹으면 다같이 읍내로 갈 텐데 그동안을 못 참을 것이 무어 있소?"
하고 핀잔주듯 말하였다.

"나는 물을 고만 먹을 테요."

"박서방은 물을 더 먹어야 하지 않소."

"그러면 나 혼자 가겠소."

● 취재(取才)
재주를 시험하여 사람을 뽑음.

"혼자 가는 게야 누가 말리겠소. 그렇지만 하루라도 같이 다니지 못하게 되면 우리들이 섭섭하지요."

천왕동이가 오가 마누라와 더 말하지 아니하고 쓴 입맛만 다시었다.

천왕동이가 심정이 상한 끝에 즉시 혼자 읍내로 들어가려고 말없이 나가는데 유복이가 눈치를 채고 따라나와서

"자네 어디 갈라나?"
하고 물었다.

"읍내 갈라우."

"읍내는 내일 나하구 같이 가세."

"약물을 더 먹어야 할 사람이 읍내를 같이 갈 수 있소?"

"약물을 하루 두서너 차례씩 먹어야 맛인가? 식전에 한차례 먹구 같이 가세."

"그래서 속병이 아주 낫지 못하면 내가 원망 듣게."

"누가 원망한단 말인가?"

"방금 마누라쟁이 말을 들어보지, 나중에 원망 아니할까."

"그럴 리두 없지만 설혹 내가 내일 하루 약물을 안 먹어서 속병이 낫지 못한다손 잡드래두 내가 원망 안 하면 고만이지 다른 사람의 말까지 족가할 것 무어 있나."

"장기 두는 구경을 별루 즐기지두 않으며 구태여 같이 갈 건 무어 있소? 약물을 한차례라두 더 먹는 것이 워낙 좋으니까 고만 두우."

"긴말할 것 없이 내일 같이 가기루 하구 오늘은 우리 술이나 먹으러 가세."

유복이가 천왕동이를 끌고 미역주막으로 술 먹으러 나오는데 손가까지 데리고 나왔다.

주막방에서 술을 먹는 중에 천왕동이가 벽에 걸린 장기망태를 보고 주막 주인 여편네더러

"여기 장기 두는 사람이 있소?"

하고 물으니 여편네가

"우리 영감이 잘 둔다오."

하고 대답하는데 마루에 앉았던 주막 주인이

"내가 무슨 장기를 잘 둔다구 알지두 못하며 지껄이나!"

하고 여편네를 책망하였다.

"잘 두니까 잘 둔다지, 내가 거짓말했나?"

"잘 두구 못 두는 걸 자네가 어떻게 아나?"

"자기 입으로 흰소리를 하니까 내가 알지."

"내가 언제 자네보구 장기 잘 둔다구 흰소리했나?"

"나더러 했다고 누가 그래? 동네 사람들이 모여 앉아 장기 둘 때 흰소리만 잘하데."

"저런 사람 보아. 참말 종작이 없네."

"왜 종작이 없어?"

방안에 있는 여편네가 방 밖에 있는 사내와 입심을 겨룰 때에 손가가 사내를 내다보고 웃으며

"잘 둔다구 칭찬하구 못 둔다구 겸사하다가 내외간에 말다툼 나겠소. 칭찬이 진정인지 겸사가 진정인지 우리가 두어보면 알 테니까 이리 들어와서 한번 두어봅시다. 잘 두면 내가 같이 두고 못 두면 총각이 같이 둘 테요."

하고 실없이 말하니 주인은 웃지도 않고

"내 장기는 겨우 멱 아는 장기요."

하고 겸사하였다.

"그럼 총각하구나 같이 두어보우."

주인이 말대답 없이 마루 구석에 세워 있던 장기판을 들고 방안으로 들어오니 주인 여편네가 얼른 일어나서 장기망태를 벽에서 떼어 내려주었다. 주인이 손가 앞에 장기판을 놓고 마주

앉으며

"어디 한번 두어봅시다."

하고 장기를 판 위에 쏟아놓으니 손가가

"저 총각하구 두시우."

하고 판을 밀어놓았다.

"잘 두시는 분에게 한두 수 배워봅시다."

"총각하구 두어서 이기기만 하시우. 그러면 내가 한번 두어주리다."

손가가 시침 떼고 장기 잘 두는 체하는 것을 보고 천왕동이는 말할 것 없고 유복이까지 빙글빙글 웃는데 속 모르는 주인이

"그럼 총각하구 한번 두까?"

하고 천왕동이 앞으로 장기판을 돌려놓았다. 주인이 장기를 제법 두나 천왕동이의 적수가 아니라 장군 한번을 못 불러보고 져도 참혹하게 졌다.

"이 장기두 예사 장기가 아니로군."

주인의 말끝에 손가가

"총각에게 차포 떼일 장기요. 나하구는 두어볼 것두 없소."

하고 깔깔 웃어서 주인이 무색하여하며

"우리 골에 서울까지 이름난 장기가 있는데, 그 장기두 내게 차포밖에 더할 것 없소."

하고 말하였다. 천왕동이가

"백씨 말이오? 나두 차포 떼어줄게 술 한턱 내기 둡시다."

하고 말하여 주인은 설마 차포를 더 가지고 못 이기랴 생각하고
"아무러나 내기하자면 하지."
하고 대어들었다.

주막 주인이 차포 더한 것을 믿고 조심을 덜하다가 차 하나는 차 상대하고 말 하나는 공먹이었다. 그러고 보니 포 하나 뗀 셈도 채 못 되어서 한번 기를 펴보지 못하고 몰리고 쪼들리기만 하다가 마침내 판세가 더 두어볼 것도 없이 되었다.

"고만두구 진작 내기 시행이나 해야겠군."

주인이 장기를 쓸고 나앉아서 아내를 보고

"맑은술 한 양푼만 잘 데워오게."

하고 말을 일렀다.

● 까치 뱃바닥 같다
너무 허풍을 치고
흰소리 잘하는 사람을 빗대어
놀리는 말.

"공연히 임자를 칭찬했다가 나까지 낯 깎였소."

"누가 칭찬해달라든가?"

"임자가 그렇게 잘 못 두면서 까치 뱃바닥같이˙ 흰소리하는 줄이야 누가 알았소?"

"나는 그저 잘 두구 총각은 썩 잘 두니 내가 지지 이기겠나? 그쯤 알구 어서 가서 술이나 데워오게."

여편네가 일어서는 것을 보고 주인이 손가를 향하여

"당신 장기는 총각버덤 얼마나 더 세시오?"

하고 물으니 손가는 천연덕스럽게

"포 하나쯤 세지요."

하고 대답하였다.

"그러면 우리 따위는 양차 떼구도 안 되겠소."

"어려울 게요."

손가는 고개를 젖혀들고 코웃음을 치고 주인은 입을 벌리고 머리를 흔들었다.

"우리는 읍내 백이방의 장기를 조선 제일루 알았드니 윗수에 윗수가 있소그려."

"백이방의 장기 수는 대강 들어 알지만 우리만 좀 못한갑디다."

"서루 두어보진 못하셨소?"

"우리가 영천 약물 먹으러 온 길인데 갈 때 한번 찾아가서 두어볼 작정이오."

"총각이 사위 취재 보이러 가오?"

"사위 취재라니요?"

"이야기두 못 들었소? 백이방이 이쁜 딸을 두구 사위 취재를 보이지요."

이때 마침 주인 여편네가 양푼 하나와 뚝배기 하나를 두 손에 들고 들어오며

"이것 좀 받으우."

하고 말하여 주인이 일어섰다. 양푼에는 맑은술이요, 뚝배기에는 생선조림이다. 주인이 천왕동이를 돌아보며

"자, 총각부터 이리 오게."

하고 말하였다.

여럿이 다같이 둘러앉아서 여편네가 돌리는 술을 받아먹을 때 천왕동이가 주인을 보고

"사위 취재 이야기를 좀 자세히 들읍시다."

하고 말하니 주인 여편네가 사내보다 먼저

"총각이 이쁜 색시에게 장가들구 싶소?"

하고 싱글싱글 웃었다.

"들 수 있으면 들지요."

"장기만 잘 둔다구 취재에 뽑히기는 어려운갑디다."

"장기 외에 또 무슨 취재를 본답디까?"

"여러가지로 취재를 본답디다. 벙어리 놀음도 시켜보고 점쟁이 노릇도 시켜본답디다."

"벙어리 놀음은 무어구 점쟁이 노릇은 무어요?"

"그건 우리도 잘 모르지요."

"무슨 놈의 사위를 그따위루 야단스럽게 고른담."

손가가 말하고 나서는데

"야단스럽다구두 하겠지요. 그렇지만 딸은 참말 절색이라우."

주인이 대답하였다.

"색시가 몇 살이나 되었소?"

"올에 아마 스물서넛 되었을 것이오."

"과년한 색시구려."

"취재가 까다로워서 사윗감이 없으니까 절루 과년 될 수밖에 더 있소? 색시 열댓살 적부터 사위 취재 보인단 소문이 났었는

데, 이삼년 동안은 그 집의 문이 메이두룩 취재 보이러 오는 사람이 들이밀리더니 요지막 몇해째는 일년에 몇사람밖에 아니 온답디다. 색시 아버지란 사람이 고집통이를 고치지 아니하면 아까운 색시를 겉늙히기가 첩경 쉬울 겁니다."

그동안에 한 양푼 술이 다 끝나서 둘러앉았던 사람들이 따로따로 물러들 앉은 뒤에 주인이 천왕동이를 향하여

"우리 한판 더 두어보까?"

하고 장기판을 끌어다가 앞에 놓으니 천왕동이가 손가를 가리키며

"저이하구 한번 두어보우."

하고 장기판을 손가의 앞으로 밀어놓았다.

"한번 두어주시겠소?"

"총각하구 다시 두시우."

"재미는 없으실 테지만 한판 가르쳐주시우."

손가는 웃는 천왕동이에게 눈을 흘기는데 유복이가 손가 장기는 실상 하잘것없다고 토파하여 주인이 두잔 말을 더 하지 않고 뒤로 물러앉았다.

유복이가 주막 주인에게 백씨 집 이야기를 차근차근 물어보았다.

"백씨의 집안 형편은 어떻소?"

"어떻다니? 잘 지내지요. 조업助業이 없드래두 질청의 엄지가락이 우리네같이 모양없이 지내겠소."

"백이방의 나이는 얼마나 되었소?"

"오십이 넘었겠지요. 그 나이는 나두 잘 모르겠소."

"자녀가 몇 남맨가요?"

"무남독녀 외딸이라우. 그래서 사윗감을 취재까지 보게 된 모양이지요."

"사위 취재를 본다는 것이 나는 모를 소리요. 사윗감의 가문이라든지 인물이라든지 볼 것은 다 안 보구 장기 잘 두고 또 무슨 다른 장난 잘하는 걸 구한다니 그게 어디 성한 사람의 일이라구 할 수 있소?"

"하두 딸을 잘 두어서 아무 놈에게나 내주기 싫으니까 그렇게 취재 볼 생각이 났나 봅디다."

"취재를 보드래도 취재 볼 걸 봐야 하지 않소?"

유복이는 속으로 꺽정이를 생각하며

"힘센 장사를 구한다든지 또는 칼 잘 쓰는 검객을 구한다든지."

유복이는 다시 봉학이를 생각하며

"활 잘 쏘는 한량을 구한다든지, 그래야 취재 본다는 말이 되지 않소?"

주막 주인이 취재 볼 것을 정한 것처럼 시비조로 말하다가 유복이가 스스로 깨닫고

"우리에게 상관없는 남의 일이라두 우습지 않소?"

하고 웃으니 주인은 고개를 흔들면서

"그건 속 모르는 말씀이오. 그가 어디 장사나 한량을 구할세

말이지요. 이인異人 사위를 구한다우."

백씨 위해 발명하듯 말하고, 이인 말에 유복이가 칠장사의 선생과 병 고쳐준 노인을 생각하며

"이인이면 노인에게라두 딸을 내줄 텐가요?"

하고 물으니 주인은

"취재 보인 담에 노인이라구 딸을 안 준단 말은 못 들었소."

어리뻥뻥하게 대답하였다.

"이인을 사위루 구한다고 칩시다. 그래 장기 잘 두는 것이 이인이란 말이오?"

"장기는 자기가 잘 두니까 한몫 넣었겠지만 그외에 취재 보는 것이 이인의 재주가 아니면 할 수 없답디다. 고대 장난이라구 말씀합디다만 예사 장난 같으면 근 십년 동안에 팔도 사람 몇백명이 와서, 몇백명이 다 무어야 몇천명이 와서 모조리 다 뒤통수를 치구 갔겠소?"

"무슨 취재가 그렇게 어렵단 말이오? 아까 나는 무슨 장난을 시켜본다는 줄루 들었소."

천왕동이가 유복이의 말 뒤를 이어서

"벙어리 놀음을 시켜보구 또 점쟁이 노릇을 시켜본다니 그것이 다 어떻게 하는 것이오?"

하고 물으니 주인이 잠깐 천왕동이를 돌아보며

"총각이 유심히 묻는 것이 의사가 있구먼."

하고 웃고 여전히 유복이를 향하고 말하였다.

"무슨 취재를 어떻게 보는지 그건 우리두 잘 모르우. 말들이 벙어리 놀음을 시켜본다는 둥 점쟁이 노릇을 시켜본다는 둥 합디다. 하여튼지 사흘 동안 취재를 보이는데 거의 다 첫날에 낙제랍디다. 이틀 간 사람두 몇 못 된다니까 사흘까지 다 간 사람은 더 말할 것두 없지요. 작년까지 하난가 둘이 있었답디다."

"사위 취재가 그렇게 어려워서야 그 딸이 어디 시집 가보겠소?"

"그래서 이방의 마누라는 취재구 무어구 다 고만두라구 남편에게 성화를 바친답디다."

"아내가 성화를 바쳐두 듣지 않나요?"

"그러면요, 그 마누라가 딸을 데리구 부엉바위 용추龍湫에 가서 빠져죽는다구까지 야단을 쳐두 듣지 않는다우."

● 어리뻥뻥하다
어리둥절하여 갈피를 잡을 수 없다.
● 잘새
밤이 되어 자려고 둥우리를 찾아드는 새.

"그 사람이 옹고집인가 보우그려."

"그가 고집두 센 사람이지만 당초에 사위 취재를 정할 때 부엉바위 용추 위에 있는 당집에 가서 백일간 치성 드리구 정했답디다. 그래서 천이 천 소리 하고 만이 만 소리 해두 소용없는갑디다."

이야기는 끝이 나지 아니하고 해는 이미 저물어서 동편 하늘에 석양이 비치고 길 옆 나무에 잘새˚가 날아들었다. 주막 앞으로 오고가는 사람들은 방안을 빼끔빼끔 들여다보고 그대로들 지나갔다.

"이야기에 재미를 들여서 너무 오래 앉았었소."

유복이가 가지고 온 두 자 상목으로 먼저 먹은 술값을 셈한 뒤에 천왕동이와 손가를 데리고 미역주막에서 나왔다.

유숙하는 곳으로 돌아오는 길에 유복이가 천왕동이에게

"백가의 집 사위 취재를 더 좀 알아보구 읍내 가는 게 좋으니 내일은 고만두세."

하고 말하니 천왕동이는 말이 없이 고개를 갸우뚱거리다가 나중에

"그걸 알아보드래두 읍내 가서 알아보는 게 좋지 않겠소?"

하고 대답하였다.

"글쎄, 그것두 그래. 그럼 내일 같이 갈까?"

"나 혼자 가서 알아보구 나오리다."

"자네가 묻구 다니면 남들이 웃지 않겠나?"

"누가 취재 보러 간다구 하구 묻소?"

"하여튼지 자네가 물어보긴 좀 계면쩍을 걸세. 나하구 같이 가서 알아보세."

"아무리나 합시다."

유숙하는 집에 와서 저녁밥들을 먹을 때 유복이가 백가의 집 사위 고르는 이야기를 오가 마누라에게 들려주니 오가 마누라는 대번에

"딸을 얼마나 잘 두었기에 사위를 그렇게 굉장하게 고른담. 내가 읍내 가거든 한번 가보아야지."

하고 말하였다.

"색시야 출중하겠지만 선 한번 보는 것도 좋지요."

"선이라니 누가 그 색시에게……."

오가의 마누라가 말을 하다가 중동을 무이고˚ 갑자기 말끝을 바꾸어서

"옳지, 황도령이 생각이 있군."

하고 상글상글 웃으면서 천왕동이를 바라보았다.

"아니오, 장기를 두어보러 간다구는 했지만 취재 보이러 간다구는 한 일이 없소."

천왕동이가 오가 마누라에게 말하는데 유복이가 가로 나서서

"발명할 게 무엇 있나. 이쁜 색시에게 장가들면 좋지."

● 무이다
일을 중간에서 끊어버리다.

하고 천왕동이에게 말하였다.

"그걸 누가 싫다우? 공연한 창피를 사서 당하기가 싫으니까 말이지."

"창피를 당하거나 수가 터지거나 한번 장난삼아서래두 가보는 게지."

"장기만 가지구 취재를 보인다면 창피를 당할 제 당하드래두 한번 가보겠소. 그렇지만 내가 벙어리두 아니구 점쟁이두 아닌데 꼬락서니 흉한 일이나 당하구 보면 오주, 막봉이 같은 것들에게 웃음거리가 될 것 아니오. 더구나 애기 어머니가 알기나 하면 생전 두구두구 놀릴 것이오."

"자네가 무슨 일에든지 우리버덤 냅뜰* 힘이 많은 줄 알았더니 뒤를 여간 사리는 사람이 아닐세그려."

"냅뜰 힘이 많은 사람이면 벌써 장가두 들구 누님 집에서두 나왔을 것이오."

"자네 남매가 백두산에서 나올 때는 길 안 든 생마들 같았드라는데, 그동안 결을 삭이느라구 고생들 많이 했을 테지."

"우리 남매가 백두산 속에서 자랄 때는 둘이 다 생기 덩어리루 자랐는데, 그 생기가 연년이 줄어서 지금은 시르죽은* 이같이 되었소. 누님은 나버덤두 더하니까 옆에서 보기 참혹할 때두 많소."

이야기가 달리 나가게 된 것을 유복이가 도로 거둬들이려고

"자네 내일 읍내를 안 갈 텐가?"

하고 물으니

"같이 가자구 하더니 그동안에 갈 생각이 없어졌소?"

하고 천왕동이가 되물었다.

"아닐세. 자네가 갈 생각이 없느냐고 묻는 말일세."

"같이 가자고 하구 안 갈 리 있소?"

유복이가 무슨 말을 하려고 할 즈음에 오가 마누라가 먼저

"나더러 선을 보라더니 선도 보기 전에 벌써 사위 취재에 갈 테야?"

하고 물어서 유복이가

"아니오, 사위 취재를 어떻게 하나 좀더 자세히 알아보러 가잔

말이오."

하고 대답하였다.

"내가 색시 선보러 가서 그 집 사람에게 물어보면 다 알구 올 텐데 먼저 가서 물어볼 거 무어 있어?"

오가 마누라 말에

"그렇지, 따루 갈 것 없구먼. 사흘 뒤에 같이 가지."

손가가 붙좇아 말하는 것을 듣고 유복이가

"그래두 좋겠네."

하고 천왕동이를 돌아보니 천왕동이는

"장기를 두러 가지 않을 바엔 내일 안 가두 좋으니 생각대루 하우."

하고 먼저와 같이 혼자 간다고 고집 세우지 아니하였다.

• 냅뜨다
일에 기운차게 앞질러 나서다.
• 시르죽다
기운을 차리지 못하다.

백씨 집 사위 취재 이야기는 영천 근방 촌구석에도 아는 사람이 많았다. 그러나 미역 주막쟁이만큼 자세히 아는 사람도 별로 없었다. 천왕동이가 사위 취재에 갈까 말까 속으로 무한 주저하다가 읍내 가서 더 좀 자세히 안 뒤에 작정하리라 마음을 먹고 사흘 동안 해를 지루하게 보내었다. 영천서 읍내로 들어오던 날 객주 잡고 들어앉으며 곧 천왕동이가 오가 마누라를 보고

"오늘 가보실라우?"

하고 물으니 오가 마누라가

"퍽도 급한가베."

하고 웃고 나서

"점심 먹고 가보까?"

하고 의논성 있는 말로 대답하였다.

"오늘은 읍내 돌아다니며 구경이나 합시다."

손가가 말하고

"구경은 나중 하구 색시 먼저 가보구 오시구려."

유복이가 말하는데 오가의 마누라는

"색시 보러 가란 사람이 많으니까 많은 데로 좇을밖에."

하고 천왕동이를 바라보며 상글상글 웃었다.

점심때 지난 뒤에 오가 마누라가 쇠전거리 위에 있는 백이방의 집을 찾아왔다. 바깥 삽작을 들어서니 바깥방이요, 옆을 지나 들어가니 안마당이다. 아랫도리 일하는 여편네들이 중긋중긋 서서 바라보는 중에 오가의 마누라가 치맛자락을 휩싸잡고 마루 앞으로 걸어들어갔다. 열어놓은 안방 머리맡 되창 안에 늙수그레한 여편네가 하나 앉아 있는데 묻지 않아도 주인마누라인 것을 알 수 있었다. 오가 마누라가

"아이구 다리야."

하고 마루 끝에 걸터앉으며

"댁이 퍽 크고 좋구먼요."

하고 집 칭찬으로 말을 붙이니 주인마누라가 내다보며

"어디서 왔소?"

하고 상그럽게 물었다.

"송도서 왔어요."

"성포서 왔어요?"

"아니요, 경기도 송도서 왔어요."

"녜, 송도요. 송도가 여기서 퍽 멀지요?"

"이백삼십리랍디다."

"먼길에 어째 왔소?"

"약물 먹으러 왔어요."

"영천 약물 말이겠지요. 타관 사람들은 영천으로 많이 오는데 여기 사람들은 약물을 먹으려면 흔히 약수산藥水山으로 갑니다."

"약수산 약물이 영천 약물보담 더 좋은가요?"

"나는 먹어보지 않아서 모르지만 말들이 좋다고 합디다. 그런데 우리 집은 어째 찾았소?"

"따님이 있지요?"

"녜, 있어요."

"따님을 하두 잘 두셨다기에 한번 보러 왔소."

"그렇소? 그럼 잠깐 올라앉구려."

오가 마누라가 마루에 올라앉으며 곧 주인마누라도 방에서 나왔다. 오가 마누라가 처음부터 이리저리 살펴보아도 색시가 눈에 보이지 아니하여 색시를 숨겨두고 남의 눈에 보이지 않는가까지 의심하였더니 주인마누라가 마루에 나와 앉은 뒤에 닫힌 건넌방 지게문을 바라보며

"옥련아!"

하고 불렀다. 건넌방 지게문이 열리며 색시가 나왔다. 그 어머니가

"이리 좀 와 앉아라."

하고 말하니 색시는 말없이 어머니 옆에 가까이 와서 앉았다. 오가 마누라는 눈앞이 별안간 환하여지는 것 같았다. 잠깐 동안 정신 놓고 앉았다가 눈 어둔 사람같이 눈을 씻으며 색시를 바라보았다. 얼굴 바탕이 둥근가 하고 보니 갸름한 듯싶고 갸름한가 하고 보니 둥근 듯싶어서 어떻다고 말하기가 어려운데, 맑은 눈은 수정 같고 오똑한 코는 그림 같고 나부죽한 입에 입술은 앵둣빛 같고 도톰한 귀에 귓속은 호두껍데기 같다. 살빛은 눈이요, 살결은 비단이다. 잇다홍 무명적삼에 갈매˙무명치마를 입었는데 매무새까지도 얌전하다. 오가 마누라가 염치없이 파고 보는데 색시는 면괴한 듯 고개를 다소곳하였다.

"내 딸이 어떻소?"

"내가 사내 못 된 게 한이오."

"사내면 저 나이에 장가들겠소?"

"따님이 올에 몇 살이오?"

"스물두살이오."

"사위 취재를 보신다지요?"

"그렇다오."

"취재는 무엇을 보시나요?"

오가 마누라의 묻는 말에 주인마누라가 미처 대답하기 전에 백

이방이 안으로 들어왔다. 이방은 관가에서 늦게 나와 점심 먹으러 들어온 것이었다. 주인마누라가 점심상을 차리는 것을 보고 오가 마누라는 더 앉았기 거북하여 간다고 일어섰다.

오가 마누라가 객주에 와서 보니 천왕동이와 유복이는 바깥 큰방에 나와서 다른 사람들과 이야기하고 앉았고, 손가는 눈에 보이지 아니하였다. 오가 마누라가 바로 안으로 들어가며

"나 다녀왔어."

소리치니 천왕동이가 먼저 방에서 뛰어나와 따라오며

"색시가 어떻습디까?"

하고 물었다. 오가 마누라가 실없이 천왕동이를 속이려고

"색시가 그저 그래." ● 갈매 갈매색. 짙은 초록색.

하고 눈에 차지 않던 것같이 말하니 천왕동이는 곧

"이쁘다는 게 거짓말입디까?"

하고 다그쳐 물었다.

"그저 그렇다니까."

"그저 그렇다구만 해서야 어디 알 수 있소?"

유복이가 그동안에 쫓아왔다.

"나는 한참 될 줄 알았는데 어째 그리 속히 오셨소? 색시를 안 보입디까?"

"아니, 일부러 불러 보여주든데."

"그럼 색시만 보구 곧 오셨구려."

"그랬어."

"색시가 참말 이쁩디까?"

유복이 묻는 말에는 오가 마누라가 실없이 대답하기 어려워서 고개를 끄덕이고

"지금 황도령이 몸이 달아서 묻는 중이야."

하고 천왕동이를 보며 상글상글 웃었다.

"나두 궁금하우. 좀 자세히 이야기하시우."

"우리 방에 들어가서 이야기하지."

하고 오가 마누라가 사처 잡은 방으로 들어오는데 유복이와 천왕동이가 그 뒤를 따라왔다. 방에들 들어와 앉은 뒤에, 오가 마누라가 먼저 유복이를 보고

"손서방은 어디 갔나?"

하고 물었다.

"읍내 구경 나갔소."

"혼자 갔어?"

"같이 가자구 조르는 걸 우리는 오시면 이야기 들으려구 같이 가지 않았소. 어서 이야기 좀 하시우."

유복이의 재촉을 받고 오가 마누라는 색시 보고 온 이야기를 자세히 하고 나서

"내 평생에 이쁜 사람도 더러 보았지만 정말 이쁜 사람은 이번에 처음 보았어. 아무리 유명한 환쟁이를 불러대도 이 색시의 이쁜 모양은 그려내기 어려울걸. 이쁘면 요변스럽기 쉽지만 어찌 그리 천연한지. 누구든지 이런 딸을 둔 사람은 아무 놈이나 내주

고 싶지 않을 것이야."

하고 입에 침이 없이 색시를 칭찬하였다. 유복이가 천왕동이를 돌아보며

"아까 주인의 말대루 하면 사위 취재의 끝날이 좀 어려울 것 같으나 자네가 이쁜 아내를 얻을 복이 있으면 맞혀내지 못하드래두 사위로 뽑힐는지 누가 아나? 불계하구 내일부터 가보게."

하고 권하니 천왕동이는

"어디 끝날뿐입디까. 첫날두 어렵지."

하고 대답하였다.

"사위 취재의 첫날은 무어고 끝날은 무어야? 뉘게 물어봤어?"

하고 오가 마누라가 유복이에게 물었다.

"이 집 주인에게 물어봤소. 대개가 듣던 말과 같습디다."

"참말 벙어리 놀음이니 무어니를 시켜본다든가?"

"그렇답디다. 사위 취재를 사흘 동안 보는데, 첫날은 이방과 마주 앉아서 손으루 갖은 시늉을 내서 서루 의사를 통하는 것인데 말을 해선 못쓰구, 다음날은 장기를 두는 것인데 꼭 이방을 이겨야 쓰구, 끝날은 이방이 남몰래 궤짝 속에 넣어둔 물건을 알아내는 것이랍디다."

"취재가 가지가지 괴상야릇하긴 하구먼. 그렇지만 색시 이쁜 걸 생각하면 취재가 더 어려워도 좋을 것이야."

오가 마누라의 말에 유복이가 대답하기 전에 천왕동이가

"그럼 저의 집에서 늙혀 죽이는 게 수지요."

말하고 나서

"내가 취재 보러 가서 요행으루 사흘까지 다 가게 된다면 그동안 어떻게 할라우? 먼저들 갈라우?"

하고 물어서 유복이가

"그건 걱정 말게. 그동안 우리는 구경 다니겠네."

하고 대답한 다음에 천왕동이는

"우세밖에 더하겠소? 한번 가볼라우."

하고 사위 취재에 갈 뜻을 말하였다.

오가 마누라가 갔다온 뒤 백이방의 집에서는 북새가 한바탕 크게 났다. 처음에는

"지금 왔다간 여편네가 누구야?"

"송도서 온 사람이라오."

"송도 여편네가 우리 집에 왜 왔어?"

"옥련이 보러 왔다오."

이방 내외가 예사로 묻고 예사로 대답하다가

"옥련이는 아무가 와 보자든지 보여주나?"

"보여주면 어떻소?"

"보여주면 어떻다니, 과년한 기집애를 아무나 보여주어?"

"과년한 기집애라고 못 보여줄 것 무어 있소?"

"중놈이 와 보구 업어가두 좋구 도둑놈이 와 보구 뺏어가두 좋단 말이야?"

"집에서 늙혀 죽일 기집애를 업어가면 어떻고 뺏어가면 어떻소? 아무래도 좋지."
내외간에 오고가는 말이 차차로 거칠어져서 나중에는
"저거 미치지 않았나."
"누가 미쳐?"
"말대답 마라!"
"입 두구 왜 말두 못해!"
"주책머리 없이."
"내가 주책이 없어서 딸을 색시로 늙히나배."
이방이 소리를 지르고 이방의 아내는 악을 썼다. 아비의 점심 먹는 것을 보려고 마루에 나왔던 옥련이는 부모의 말다툼이 저 까닭에 나는 것을 보고 돌아앉아서 눈물을 똑똑 떨어뜨리었다. 이방이 받았던 점심상을 밀어내치고 벌떡 일어서서 사랑으로 나가는 길에 그 아내를 한번 발길로 걷어찼다. 이방의 아내가 대번에 남편의 옷을 움켜잡고
"속시원하게 아주 죽여! 나 죽으면 젊은 술장수년 데려다가 살림을 맡길 테지. 어서 죽여!"
하고 대들었다. 이방이 아내의 손을 뿌리치다 못하여 아내의 팔을 후려쳤다. 그 아내가
"잘 친다 잘 쳐! 뉘 망신인가 어디 보까."
하고 이방에게 매어달리는 중에 얹은머리가 풀어졌다. 화가 꼭뒤까지 난 이방이 체면도 생각지 못하고 아내의 머리채를 잡고 내

둘렀다. 이방의 아내는 독이 나서

"죽여, 죽여!"

하며 바락바락 대어들고 이방은 눈이 뒤집혀서

"이년, 이년!"

하며 사정없이 두들겼다. 옥련이가 울면서

"아버지, 이게 무슨 망령이세요."

"어머니, 고만두셔요."

하고 중간에 들어가 끼어서 싸우는 부모를 간신히 떼어놓았다.

이방은 바깥방에 나오며 곧 옷을 갈아입고 다시 길청으로 들어갔다. 길청에 있던 다른 아전들이 이방의 기색이 좋지 못한 것을 보고 서로 눈짓하며 조심들 하는 중에 사령 하나와 관노 하나가 일수가 사납던지 길청 앞 회화나무 밑에서 고누를 두다가 사령이 실수하고 물러달라는 것을 관노가 물러주지 아니하여 물러달라거니 물러주지 않는다거니 다투다가 종내 시비가 되어서 서로 욕질을 하는데, 떠드는 소리가 길청 안에까지 들리었다. 이방이 방에 누웠다가 대청에 나와 앉으며 다른 사령을 불러서 밖에서 떠드는 놈들을 잡아들이라고 일렀다. 나간 사령이 둘을 데리고 들어와서 발명하여 주려고

"장난들 하는데 목소리가 좀 커졌답니다."

하고 말하니 이방이 전 같으면

"함부루 떠드는 법이 어디 있단 말이냐. 이담에는 조심들 해라."

하고 약간 꾸짖고 말 것인데

"이놈들아, 아무데서나 함부루 떠드니 너놈들의 세상이란 말이냐!"

하고 호령을 내놓았다. 사령과 관노가 번갈아가며

"잘못했습니다."

하고 비는 것을 이방은

"너놈들을 말루만 일러서 못쓰겠다. 좀 맞아봐라."

하고 곧 다른 사령을 시켜서 둘을 끌어 엎어놓고 볼기를 십여 개씩 때려 내쳤다. 이방이 종일 길청에서 큰소리 잔소리 하다가 문루 위에서 폐문하는 삼현육각 소리가 날 때 집에를 나와 보니 아내가 방문을 첩첩이 닫고 드러누워서 내다보지도 아니하여 이방은 저녁밥을 바깥방으로 내다 먹고 다시 안에 들어가지 아니하였다.

이튿날 식전에 이방이 일찍 일어나서 소세하고 안에는 들어가 보지도 않고 바로 관가에 들어가서 조사를 보고 늦은 아침때 집으로 나왔다. 이방은 아내에게 너무 과히 한 것을 뉘우치는 마음이 없지 않고 또 아침밥을 사랑에서 쓸쓸하게 먹기 싫은 생각이 있어서 안으로 들어오는데 이방의 아내가 마루에 있다가 방으로 들어가며 방문을 메어꽂듯이 닫으니 이방이

"음."

하고 체증기 있게 입맛을 다시고 나서

"옥련아, 내 아침 내보내라."

하고 곧 도로 바깥방으로 나왔다. 옥련이가 심부름하는 여편네에게 밥상을 들려가지고 나와서 받아놓은 뒤에 바로 들어가려고 하니 이방이

"게 좀 있거라."

하고 붙들었다.

"너 밥 먹었느냐?"

"아직 안 먹었세요."

"너의 어머니두 안 먹었니?"

"네."

"먼저들 먹지 왜 안 먹어."

하고 이방이 수저를 들면서 딸을 보고

"여기 와 앉아서 내 말 좀 들어라."

하고 말하여 옥련이는 상 옆에 와서 살며시 쪼그리고 앉았다.

"어제 내가 한 일이 아무리 홧김이라구 하드래두 잘한 일이 아닌 건 다시 말할 것두 없지만 너의 어머니가 화를 돋워주지 않으면 그런 일이 날 까닭이 있느냐. 대체 너를 낳을 때는 너의 어머니가 먼저 발동을 해서 내가 같이 부엉바위 용왕당에 가서 발원을 했구, 사위 취재 보일 것을 정할 때는 말은 내가 먼저 냈지만 너의 어머니가 좋다구 하구 나와 같이 용왕당에 가서 또 발원을 했다. 안방 다락에 있는 궤짝들 속에 든 것두 너의 어머니 손으루 넣은 것이다. 그래 지금 와서 모두 내가 잘못해서 사위를 못 보는 것처럼 말하니 사람이 기막히지 않느냐. 너의 어머니 말은 사위

취재를 고만두자구 하니, 이거 봐라, 사위를 극택합네 조선 팔도에 소문을 떠들어 내놓고 슬그머니 고만두면 사람의 이목에두 창피하거니와 그버덤두 용왕에게 발원한 것은 어떻게 하니. 용왕을 속이면 뒤에 무슨 재앙이 있을는지 누가 아니. 내가 어젯밤에 잠 한숨 못 자구 이리저리 생각한 끝에 사위 취재 고만두구 안 두는 것을 네 말을 한번 들어보구 작정하려구 맘먹었다. 그래 네 생각엔 어떠냐? 너의 어머니 말대루 고만두는 게 좋겠니? 우리 집안의 큰일이니까 부끄러워 말구 말해라."

이방이 혼자 여러 말을 한 뒤에 그 딸은 겨우

"저는 몰라요."

하고 한마디 대답하였다.

● 편발(編髮)
관례를 하기 전에
머리를 길게 땋아 늘이던 일.

"모르다니, 네 생각을 말하란 말이야."

"제가 무슨 생각이 있세요."

"너두 지금 나이 이십이 넘은 것이 어째 생각이 없단 말이냐?"

"아버지 생각대로 하시지요. 그걸 저더러 물으실 것 무어 있세요."

"아비 생각대루 하다가 편발˙ 처녀루 일평생을 보내게 되면 어떻게 할 테냐. 아비를 원망 않겠느냐?"

"원망이라니요? 아버지, 망령의 말씀이세요."

"그러면 앞으루 삼년만 더 기다려보자. 그래도 사윗감이 나서지 않으면 그때 가서는 사람의 창피구 용왕의 재앙이구 다 돌볼 것 없이 사위 취재를 고만두겠다. 너두 그렇게 알구 있거라."

이방이 말하느라고 밥을 몇술 뜨지 못하였는데 숙랭을 가져오라고 하여 물을 말면서

"인제 고만 들어가서 너의 어머니하구 밥 먹어라."

하고 이르니 옥련이는

"네."

하고 대답하면서도 상 나기를 기다리고 있었다. 이때 심부름꾼 하나가 방문 밖에 와서 기침을 하여 이방이

"누구냐?"

하고 방문을 열고 내다보니 그 심부름꾼이

"밖에 총각 하나가 와서 취재를 보아지라고 합니다."

하고 연통하여 이방은

"내가 지금 밥을 먹으니 잠깐만 기다리라구 그래라!"

하고 일러서 심부름꾼을 내보낸 뒤에 물 만 밥을 건정건정 건져 먹고 상을 치우게 하였다.

이방이 혼자 앉아서 총각을 불러들였다. 총각의 얼굴이 해사하고 이목구비가 단정한데, 그중에 눈의 열기가 심상치 않아 보였다. 전에 사람이 많이 올 때는 이방이 손가락으로 자리를 가리켜서 온 사람을 앉힌 뒤에 곧 취재를 보이고 취재를 보이다가 의사에 틀리기만 하면 곧 손을 내저어서 그 사람을 내보내고 시종 입 한번 뻥끗 아니할 때가 많았는데, 이날은 이방이 한가도 하려니와 마음에 사위 취재를 새로 정한 것 같아서 첫고등에 온 사람을 대할 때와 같이 취재 보기 전에 여러 말을 물었다.

"취재를 보러 왔다지?"

"네."

"성명이 무어야?"

"황천왕동입니다."

"어디 사나?"

"양주 삽니다."

"경기도 양주?"

"네."

"양주가 고향인가?"

"고향은 함경도 갑산입니다."

"먼 데루 이사와서 사네그려."

"네."

"부모가 다 기신가?"

"다 돌아가셨습니다."

"집에는 누가 있나?"

"누님 집에 얹혀 있습니다."

"자네는 집이 없나?"

"네."

"부모의 산소는 양주 기신가?"

"아니요, 백두산 허항령 밑에 있습니다."

"백두산이라니?"

"우리 남매가 다 백두산 속에서 자랐습니다."

"자네 부모가 백두산 속에서 사시다가 돌아가셨단 말인가?"

"네."

"무슨 도를 닦으시려구 백두산에를 들어가셨든가?"

"인간처에서 살기 싫으니까 산속으로 들어가셨든갑다."

"자네 나기는 어디서 났나? 갑산서 났나?"

"아니요, 허항령서 났습니다."

"자네 누님이 어떻게 양주 사람에게루 시집을 오게 되었나?"

"매형이 백두산에를 들어왔다가 만나서 서루 혼인하게 되었습니다."

"자네 부모는 다 돌아가신 뒨가?"

"아니요, 어머니는 살았을 땝니다."

"자네 지금 몇 살인가?"

"서른세살입니다."

"삼십 안일 줄 알았더니 서른셋이나 되었어? 그래 이때 장가를 못 들었단 말인가?"

"그렇습니다."

"자네가 지금 만일 장가를 들면 처가살이두 할 수 있겠네그려."

"처가에 달렸지요."

"우리 집에서 사위 취재 본다는 소문을 듣구 전위해서 왔나?"

"아니요, 장기 잘 두신단 소문은 먼저 들었지만 사위 취재 이야기는 여기 와서 들었습니다."

이방이 또 무슨 말을 물으려고 할 때 천왕동이를 인도하던 심

부름꾼이 방문 밖에 와서 기웃기웃 들여다보다가 이방을 보고

"취재 볼 사람이 또 하나 왔습니다."

하고 연통하니 이방이 미간을 찌푸리며

"먼저 온 분이 아직 끝 안 난 줄 알면 밖에서 기다리게 할 것이지 연통할 게 무에란 말이냐!"

하고 호령기 있이 말하였다.

"하두 오래되어서 끝난 줄 알았습니다."

하고 심부름꾼이 발명하여 이방이

"잔말 마라!"

하고 소리를 지르는데 천왕동이가

"나중 온 사람을 먼저 보이셔두 좋습니다."

하고 물어서 이방이

"그건 왜?"

하고 천왕동이를 돌아보았다.

"다른 사람 취재 볼 때 옆에서 구경하면 못씁니까?"

"구경해두 상관없지."

"그럼 지금 온 사람부터 먼저 보이시지요."

"글쎄 왜 그렇게 하란 말인가?"

"남 보는 것 구경 좀 할라구요."

"남 보는 것 구경해야 신통할 게 없네."

"그래두요."

이방은 천왕동이 말하는 것이 밉지 않아서 한번 빙그레 웃고

심부름꾼을 내다보며 나중 온 사람을 불러들이라고 일렀다.

　심부름꾼이 인도하여 들어온 사람은 얼굴이 가무잡잡한 사람인데 걸음걸이며 몸 가지는 품이 보기에 벌써 졸랑이다. 이방이 말 한마디 않고 손가락으로 윗목 자리를 가리키니 그 사내가 이방의 손가락 끝을 바라보다가 윗목 자리에 책상다리하고 앉았다. 이방이 한손의 엄지 식지 두 가락을 동그랗게 맞붙이어 내들었다. 그 사내가 얼굴을 되들고 눈을 까막까막하다가 한손의 엄지와 식지로는 이방과 같이 동그란 구멍을 만들고 다른 손의 식지 하나를 꼿꼿이 하여 그 구멍을 꿰어질렀다. 이방은 하늘이 둥글다고 하늘이란 뜻을 보인 것인데 그 사내는 과녁 복판을 생각하고 화살로 맞히는 시늉을 낸 셈인지 또는 아이들이 손가락 가지고 욕질하는 것을 생각하고 당치 않은 시늉을 낸 셈인지 그 뜻은 알 수 없으나 이방의 눈으로 보면 하늘을 꿰어지른다는 것이 엄청나게 틀리는 대답이다. 이방이 대번에 상을 찡그리며 나가라고 손을 홰홰 내저었다.

　"틀렸단 말이오?"

　그 사내가 말로 물으니 이방은 말없이 고개만 한두 번 끄덕이었다. 그 사내가 빨딱 일어서서 어깨를 초싹거리고 나가면서

　"제기, 망신만 했네."

하고 군소리하는데, 그것이 천왕동이에게는 남의 일같이 생각되지 아니하였다. 이방이 한구석에 앉은 천왕동이를 중간으로 나앉으라고 손가락으로 자리를 가리켜서 천왕동이가 이방과 마주 대

면하고 앉았다. 이방이 한손으로 수염을 쓰다듬으며 다른 손의 엄지손가락을 치어들어 보이니 천왕동이는 한동안 생각하다가 한손의 새끼손가락을 앞으로 내밀고 다른 손의 손가락 하나로 자기의 볼을 똑똑 두드리었다. 이방의 의사는

"사내가 엄지손가락과 같지?"

하고 물은 것인데 천왕동이가 한 시늉은

"새끼손가락이 여편네요."

하고 여편네가 연지 바르는 흉내로 볼을 두드린 모양이라 대답이 되었다. 이방은 한번 빙그레 웃고 나서 손가락으로 다섯을 꼽아서 내보이니 천왕동이는 별로 지체도 않고 셋을 꼽아서 마주 보였다. 이방의 의사는

"오륜五倫을 아느냐?"

하고 물은 것인데 천왕동이가 한 시늉은 정녕코

"삼강三綱까지 아오."

하고 대답한 것이라 이방은 속으로 은근히 놀랐다. 이방이 도리어 잠깐 주저하다가 혼인이란 것은 각성바지 두 사람이 서로 합하는 것이라는 의사를 보이려고 두 손바닥을 딱 쳐서 마주 붙이니 천왕동이는 선뜻 두 손을 앞으로 내들고 어린애들이 쥐암이 하듯이 손을 여러번 폈다 쥐었다 하였다. 혼인은 백가지 천가지 복의 근본이라는 의사를 보이려고 하는 시늉인 것이 분명하였다. 대답이 빈틈도 없거니와 수월하고 능란하기 짝이 없다. 이방은 놀랍고도 기뻐서

"잘 되었네."

하고 소리를 질렀다.

"인제는 말해두 좋습니까?"

"오늘 취재는 그만 해두 넉넉하니까 말하세."

"사흘 볼 취재를 오늘 하루에 다 끝낼 수 없습니까?"

"왜 그러나?"

"동행들이 나 땜에 공연히 객주에서 묵으니까 말씀입니다."

"객비 땜에 말인가?"

"아니요, 객비는 염려 없습니다."

"객비가 어렵다면 내가 객비는 물어줄 수 있지만 날짜는 줄일 수가 없네. 자네두 소문을 들어 알는지 모르나 사위 취재를 내가 신룡담神龍潭 부엉바위란 곳에 있는 용추 말일세, 용왕에게 발원 하구 정한 것인데 날짜까지두 그때 정한 것이라 지금 줄이구 늘리구 할 수 없네."

이때 사령 하나가 방문 밖에 와서 이방에게 꾸뻑하고

"안전껩서 지금 상주常主를 찾으십니다."

하고 말하였다.

"왜 무슨 일이 났느냐?"

"소인은 자세히 몰라두 서울 갈 봉물˚ 까닭에 찾으시는가 봐요."

"오냐, 곧 들어갈 테니 먼저 가거라."

이방은 사령을 보낸 뒤에 천왕동이를 보고

"내가 관가에를 들어가야겠네. 내일두 늦은 아침때쯤 오게."
하고 말하여 천왕동이는

"그럼 내일 오겠습니다."
하고 곧 일어서 나왔다.

천왕동이가 객주로 돌아와서 문간에 들어서며 곧

"박서방, 박서방!"
하고 부르니 사첫방에서 오가 마누라와 이야기하고 앉았던 유복이가 내다보며

"인제 오나, 어떻게 되었나?"
하고 물었다.

"벙어리 놀음은 썩 잘했소."
"어서 이리 오게. 자세한 이야기 좀 듣세."

● 봉물(封物) 예전에, 시골에서 서울 벼슬아치에게 선사하던 물건.

천왕동이가 바로 사첫방으로 오는 중에 봉놋방 봉당에 나란히 걸터앉았던 손가와 객주 주인이 다같이 뒤를 따라왔다. 천왕동이는 방안에 들어와서 유복이 옆에 가까이 앉고 손가는 주인과 같이 방문 밖에 와서 섰다.

"어서 이야기 좀 자세히 하게."

유복이의 재촉을 받고 천왕동이가 처음 가서 이방과 수작하던 말과 나중 온 사람을 먼저 취재 보이게 하고 구경한 사연을 대강 대강 이야기하니 오가 마누라가 듣고

"나중 온 사람에겐 말 한마디 않고 황도령에겐 여러 말을 물었다니 그것만 보드래도 황도령이 백이방 맘에 든 것을 알 수

있지."

하고 웃었다. 유복이가 엄지가락과 식지가락을 둥그렇게 맞붙여 들고

"그래 이게 무에란 말인가?"

하고 물으니 천왕동이가

"그게 내 생각엔 둥근 장기쪽인 상싶습디다. 그 자식이 장기 두는 시늉이나 냈드면 어떨는지 모를걸 손구락으로 폭 지르니 송곳으로 장기쪽을 뚫는단 말이요, 무어요? 고만 틀려서 쫓겨났지요."

하고 싱글벙글하였다.

"그래 자네는 장기 두는 시늉을 내서 맞았나?"

"내가 옆에서 구경하구 미리 생각해두었을까 봐 그랬는지 내겐 그걸 안 합디다."

"그럼 자네겐 어떻게 하든가?"

"처음에 수염을 쓰다듬으며 엄지손구락을 치어듭디다."

"그건 무슨 뜻일까?"

"자기가 엄지가락이라구 거만 부릴 것이 무어 있소. 생각해보시우. 장기밖에 더 있겠소?"

"그렇지, 각골 이방쯤은 엄지가락이라구 거만 부릴 턱이 못 되니까."

"그래 내가 이렇게 했소."

하고 천왕동이가 새끼손가락을 내밀면서 볼을 똑똑 두드렸다.

"그건 무슨 뜻인가?"

"엄지가락 장기라구 흰 체하다가 새끼가락 장기가 되면 부끄럽지 않으냔 말이지. 이방이 보더니 빙그레 웃습디다."

"대답이 용하게 되었네. 그러구 고만 끝이 났나?"

"아니, 또 있소. 그담엔 이방이 손구락으루 다섯을 꼽아 보이는데, 그게 장기를 한번에 다섯 수씩 본다는 자랑인 듯합디다. 국수 장기라니까 수를 볼라면 십여 수라두 한꺼번에 볼 테지만 예사루두 다섯 수씩은 본다구 자랑하는 모양이기에 나는 일곱 수를 예사루 본다구 다섯 꼽은 손구락에서 두 손구락을 펴서 보였소. 그랬더니 이방이 놀라는 기색이 있습디다."

"의사가 참말 잘 돌았네."

"끝에는 아주 알기 쉽게 이방이 두 손바닥을 마주 부딪칩디다."

"알기 쉽대두 나는 모르겠네."

"장기를 한번 두잔 뜻 아니겠소? 그래 내가 백번이라두 두자구 두 손을 폈다 쥐었다 했소. 그제는 이방이 말루 잘 됐다구 칭찬합디다."

"그러구 끝이 났네그려. 잘 되었네. 아주 잘 되었네."

이때까지 말없이 듣고만 있던 손가가

"첫날 잘 치른 사람은 전에두 더러 있었답디다. 장기를 잘 두니까 내일은 걱정 없지만 끝날이 아무래두 탈이오. 남의 집 다락 세간, 그중에 집안 사람두 못 보게 잠가놓은 궤짝 속에 든 물건을 무슨 수루 알아낸담."

하고 말하니 객주 주인은

"내일두 쉽지 않소. 장기란 게 비기기가 쉽다는데 꼭 이겨야지 비겨두 못쓴다우. 총각이 아무리 장기를 잘 두드래두 국수 장기를 이기기가 어디 쉽소?"

하고 손가 말에 운을 달고 오가 마누라가

"하늘이 정해놓은 연분이면 절로 다 되겠지."

하고 말하니 유복이는

"암, 그렇지요."

하고 오가 마누라 말에 운을 달았다. 유복이가 천왕동이를 보고

"우리는 내일 약수산 약물을 먹으러 갈 텐데 장기 취재가 일찍 끝나거든 자네두 와서 같이 갈라나?"

하고 의향을 물으니 천왕동이가

"나는 약물 고만 먹을라우. 될 수 있으면 내일 종일 이방하구 장기를 두어볼 생각이오."

하고 대답하였다.

이방의 아내가 골이 좀 풀려서 이방과 말을 하게까지 되었다.

이방이 조사 보러 들어가기 전에 조반 요기를 하면서

"오늘 조사가 좀 늦을는지 모르니 나 오기 전에 사위 취재 보러 오는 총각이 오거든 내 방에 들여앉혀두게."

하고 말을 이르니 그 아내가

"그러리다."

하고 대답하였다.

그날 조사가 과연 늦었다. 늦은 아침때가 다 되도록 이방이 나오지 아니하였다. 이방의 아내가 모녀 겸상하여 아침밥을 먼저 먹는 중에 바깥 심부름꾼이 안에 들어와서 이방의 아내를 보고

"취재 보러 온 총각이 밖에 왔는데 어떻게 할까요? 갔다 다시 오랄까요?"

하고 물었다.

"그 총각이 어제 왔든 총각이든가?"

"녜, 어제 와서 오래 있다 간 총각이에요."

"바깥방에 들여앉혀두게."

"안 기신 방에 들여앉혔다가 걱정이나 안 날까요?"

"걱정 말고 들여앉히게."

심부름꾼이 나간 뒤에 이방의 아내는 아침밥을 얼른 먹어치우고 바깥방에서 안으로 들어오는 되창문에 가서 문을 빠끔히 열고 총각의 외모를 한동안 들여다본 뒤에 바깥 심부름꾼을 불러들였다.

"총각이 혼자 앉아 심심치 않겠나? 자네 윗목에 가서 좀 같이 앉았게그려."

"녜, 그리하겠습니다."

"그 총각이 어디 있다든가?"

"타관에서 온 사람이에요."

"글쎄 여기 와서 어디 있는가 말이야?"

"객주에서 묵겠지요."

"어느 객주?"

"몰라요."

"물어보게."

"네."

심부름꾼이 바깥방으로 나간 뒤에 얼마 동안 안 지나서 이방이 관가에서 나왔다. 이방이 바깥방을 들여다보며

"총각, 벌써 왔든가? 내가 아침밥을 먹구 나올 테니 미안하지만 조금 더 기다리게."

하고 바로 안으로 들어와서 아침밥을 부지런히 먹었다.

이방이 사랑으로 나오며 곧 심부름꾼은 밖으로 나갔다. 이방이 윗목에 앉았는 천왕동이를 바라보며

"장기를 두어보까. 이리 올라오게."

하고 말하니 천왕동이는 윗목에 있는 장기판과 장기를 들고 가려고 하였다.

"그건 거기 놔두구 이리 오게."

하고 말한 뒤에 이방이 벽장을 열고 다른 장기판과 장기를 내어놓는데 판은 가래나무요, 장기는 화양목이었다. 이방과 천왕동이가 마주 앉아서 장기를 벌여놓았다. 면수습面收拾이 끝난 뒤에 이방은 자기 둘 수를 보느니보다 천왕동이 두는 수를 보느라고 한참씩 들여다보았다. 장기가 반 판쯤 되었을 때 이방이 장기판에서 물러나 앉으며

"장기 고만두세."

하고 말하였다.

"왜요?"

"자네 장기를 알았으니까 다 둘 것 없네. 내일 오게."

"될 수 있으면 오늘 종일 장기를 두려구 생각하구 왔는데요."

"오늘 관가에 일이 있어서 점심 전에 또 들어갈 테니까 장기 두구 있을 수 없네."

천왕동이가 하릴없이 겨우 장기 반 판 두어보고 객주로 돌아왔다. 동행들은 모두 약수산에 가고 객주에 없었다. 천왕동이가 동행들 뒤를 따라서 약수산을 가려다가 약물 먹으러 가느니 낮잠이나 잔다고 사첫방에 혼자 드러누워서 낮잠 한숨을 실컷 자고 일어났다. 마당에 나와서 해를 치어다보니 점심때가 훨씬 기울었다. 점심 달라기도 겸연쩍으려니와 배도 고프지 아니하여 밖에 나가 바람을 쏘이려고 나가는 중에 객주 주인이 늙수그레한 여편네 하나와 같이 마주 들어오며

"총각, 어디 가우? 이 안손님이 총각을 찾아오셨다우."

하고 말하였다.

"누구신데 날 찾아오셨소?"

"잠깐 말씀할 일이 있어 왔소. 사첫방이 있으면 방으로 들어갑시다."

천왕동이가 낯모르는 여편네를 데리고 다시 방으로 들어왔다. 그 여편네가 객주 주인이 나가는 것을 보고서야 천왕동이를 향

하여

"나는 백이방의 아내 되는 사람이오."
하고 말하여 천왕동이는 깜짝 놀랐다.

"요새 우리 집에 취재 보러 오지 않소?"

"네."

"내가 일러줄 말이 있소."

"무슨 말씀입니까?"

그 여편네가 천왕동이에게로 가까이 다가앉아서 입을 거의 귀에 대다시피 하고 한참 소곤소곤 말한 뒤에 총총히 일어서 나갔다.

약수산 갔던 일행이 다저녁때 돌아왔다. 유복이가 천왕동이를 보고 급한 말로

"장기가 어떻게 되었나, 이겼나?"
하고 물으니 천왕동이는

"아니."
하고 고개를 흔들었다.

"못 이겼어?"

"두다 말았소."

"어째서?"

"반판쯤 두다가 고만 두자구 합디다."

"그럼 어떻게 되나? 내일 취재를 마저 보게 한다든가?"

"내일 또 오랍디다."

"그러면 되었네. 반판은 고사하구 아주 안 두구라두 취재를 잘 본 셈으루 쳐주면 고만이지. 잘 되었네."

"장기를 실컷 둘라구 갔다가 한 판두 다 못 두구 왔으니 분하지 않소."

"분할 거 없네. 이담에 장인이 되거든 실컷 같이 두지."

하고 유복이는 허허 웃었다. 손가가 유복이 다음에 나서서

"이방 장기가 어떱디까? 반판쯤 두었드라두 수는 대개 짐작할 수 있겠지."

하고 말하니 천왕동이가

"대단 세더군."

하고 대답하였다.

"서루 맞둘 장기야?"

"글쎄."

"우리 동네 노인과는 어떱디까?"

"그 장기버덤은 훨씬 셉디다."

"그럼 맞둘 만하겠군. 그런데 어째 두다가 말았을까?"

"그야 낸들 아우?"

"사윗감이 맘에 드니까 취재를 건정으로 보는 게로군."

오가 마누라가 손가 뒤를 이어서

"어제 내가 말하지 않든가베. 수작을 길게 할 때 벌써 이방은 사윗감으로 정한 게야."

하고 말하니 유복이가

"아무리 골라두 저 사람만한 사위를 고르기가 어렵지."
하고 오가 마누라와 손가를 돌아보았다.

저녁밥들을 먹은 뒤에 약수산 갔던 이야기를 이 사람 저 사람이 섞바꾸어 지껄이던 끝에 내일은 동선관洞仙關을 나가 구경하자는 의논이 났다.

"내일은 나두 같이 갑시다."
하고 천왕동이가 말하는데 손가가 다른 사람보다 먼저
"내일 취재는 왜 고만둘 테요? 마저 가보지그려."
하고 말하였다.

"누가 안 간다구 그러기에."
"동선관을 같이 가자니까 말이오."
"취재 보구 와선 같이 못 가나?"
"내일 취재는 요행두 바랄 수 없으니까 가기가 맘에 떨떠름할 테지."
"염려 마라."
"잠근 궤짝 속 물건을 알아내는 수가 무슨 수야?"
"혹 알아낼 수 있을는지 누가 아우?"
"황도령이 당대 이인이신 걸 내가 몰랐구려."
"나를 빈정거리는 모양인가?"
"아니, 빈정거리긴 누가 빈정거려. 이인 아니군 알아내지 못할 걸 알아낸다니까 말이지."
"이인은 못 알아내두 나는 알아낼는지 모르지."

"황도령이 히구저치는군.'"

"쓸데없는 소리 그만 지껄이게."

하고 유복이가 손가를 핀잔주는 바람에 천왕동이까지 입을 다물었다.

오가 마누라는 피곤하여 먼저 누워서 잠이 들고 손가는 봉놋방으로 이야기하러 나간 뒤에 유복이가 내일 취재의 어려운 것을 걱정하니 천왕동이는

"걱정 마우. 장가는 들어놓은 게나 다름없소."

하고 말하였다.

"어떻게 그렇게 믿나?"

"믿는 구석이 있소."

"믿는 구석이 있거든 이야기 좀 하게."

"이야기는 이담에 하리다."

"참말 틀릴 염려가 없겠나?"

"염려 없소."

"그러기만 하면 내 속이 다 시원하겠네."

"내일 두구 보시우."

"저기서 만일 혼인을 완정하자구 하면 어떻게 대답할 텐가?"

"어떻게 대답하다니?"

"형님 내외에게 말하구 와서 완정하겠다구 대답하게."

"누님과 형님에게 말하나 안 하나 마찬가지 아니오?"

"말하나 안 하나 마찬가지지만 혼인 같은 큰일을 형님 내외에

● 히구저치다 뽐내어 설치다.

게 말 안 하구 정하기가 자네 맘엔 섭섭지가 않겠나?"

"내일 가서 봐가며 뒤를 두구 오리다."

유복이와 천왕동이는 그 뒤에도 한동안 다른 이야기들을 하다가 자리에 누웠다. 이튿날 식전에 이방은 조사가 끝나기가 무섭게 집으로 돌아와서 아침밥을 재촉하여 먹어치우고 안방에서 아내와 이야기하였다.

"총각이 올 때가 되었지?"

"어제는 이맘때 전에 왔었든가 보오."

"총각을 보았나?"

"어제 문틈으로 내다보았소."

"사람이 보기에 어떻든가?"

"생기가 있어 보입디다."

"그 눈에 조화가 들었지? 눈에서 반딧불 같은 불이 반짝반짝하데."

"열기가 있습디다."

"가까이 못 봐서 열기라구 하지만 그게 예사 열기가 아니야."

"그럼 눈 속에 참말 불이 있을까요?"

"그 총각이 백두산 속에서 났다니까 그것이 명산 정기겠지."

"백두산이 어디 있는 산이오?"

"함경도와 오랑캐 땅 어름에 있는 산이야."

"그 산이 명산이오?"

"명산이다뿐인가. 조선 팔도 산의 조종祖宗일세. 그 산에는 큰

짐승이 있어두 사람을 해치지 않는다네."

"그 산속에도 사람이 사오?"

"사는 사람이 있단 말은 못 들었어."

"그럼 그 총각이 어떻게 그 산속에서 났단 말이오?"

"그 총각의 부모가 무인지경 산속에 가서 살았다네."

바깥 심부름꾼이 괭이 들고 광채 뒤로 가는 것을 이방이 내다보고

"무얼 하러 가느냐?"

하고 물었다.

"돼지우릿간 시궁을 치러 갑니다."

"그건 지금 안 치면 못 치느냐?"

"지금 마침 다른 일이 없습니다."

"고만두구 밖에 나가 있다가 취재 보러 오는 총각이 오거든 곧 데리구 들어오너라."

"총각이 올 때가 지났는걸요."

"올 때가 지나다니?"

"어저께 그저께 다 댁의 아침이 끝나기 전에 왔었습니다."

"오늘은 늦게 오는 게지. 나가 있거라."

심부름꾼을 내보내고 이방이 아내를 돌아보며

"늦드래두 오긴 오겠지."

하고 말하니 아내가 잠깐 동안 잠자코 있다가

"글쎄요, 오늘 취재가 어려워서 고만둘라는지 모르지요."

하고 대답하였다.

"사윗감은 좋은데."

"좋으면 소용 있소?"

"글쎄 말이야."

"객주로 사람이나 좀 보내보시구려."

"객주두 모르거니와 알드래두 사람까지 보낼 건 없어. 사랑에 나가서 기다려보지."

이방이 사랑으로 나왔다. 천왕동이가 전날 기다리던 대중을 잡고 늦잡도리는˚ 것을 이방은 알 까닭이 없었다. 이방이 여러 차례 방문 밖을 내다보며 고대하는 중에 천왕동이가 심부름꾼을 따라 들어왔다.

"오늘은 늦었네그려."

"네, 좀 늦었습니다."

"무슨 일이 있었든가?"

"식전 일찍 일어나서 이때껏 치성을 드리구 왔습니다."

"치성은 웬일이야?"

"오늘 취재야 치성을 안 드리구 보러 올 수 있습니까?"

"치성을 어디다 드렸나?"

천왕동이는 대답을 않고 싱글싱글 웃었다.

"대답하기 싫은가?"

"이다음 아시지요."

"고만 취재를 시작할까?"

"그리하시오."

"우리가 사위 취재를 보려구 용왕께 발원한 뒤 궤짝 몇 개 속에 몇 가지 물건을 넣어둔 것이 있네."

"들어서 압니다."

"그 궤짝의 개수와 빛깔부터 말하구 그다음에 궤짝에 든 물건들을 차례루 말해보게."

천왕동이가 단정히 앉아서 두 손길을 맞잡았다. 한동안 있다가 외면하고 혼잣말하듯

"흰 궤짝 하나, 누런 궤짝 하나, 붉은 궤짝 하나, 궤짝이 세 개로군."

지껄이고 이방을 바라보며

• 늦잡도리다 늑장을 부리다.

"그렇습니까?"

하고 물으니 이방은 눈을 똑바로 뜨고 말없이 고개만 끄덕이었다.

천왕동이가 다시 외면하고 먼저와 같이

"붉은 궤짝에는 붉은 팥이 세 낱, 누런 궤짝에는 누런 콩이 아홉 낱, 흰 궤짝에는 목화가 열두 송이."

하고 지껄이는 동안에 이방이 말은 고사하고 숨소리도 없이 듣고만 있다가 천왕동이 입에서 마지막 말이 떨어지자마자 벌떡 일어나서 안문을 박차고 맨발로 뛰어들어가며

"여보게 여보게, 사위를 얻었네."

하고 큰 소리를 질렀다.

천왕동이는 혼인 완정을 뒷날로 미루려고 생각하고 왔는데 말

한마디 할 사이 없이 이방이 안으로 뛰어들어가서 곧 사위를 얻었다고 뒤설레를 놓으니 이것이 마음에 마땅치 못하여 열린 되창문으로 안을 들여다보며 불쾌스러운 음성으로

"나 좀 보십시오. 내가 말씀할 게 있습니다."

하고 이방을 불렀다. 이방이 되창문 앞에 와서 천왕동이가 눈살 찌푸린 것을 보면서도 눈치를 모르는 것같이 싱글벙글 웃고 있었다.

"의논할 말씀이 있으니 잠깐 들어오시지요."

"무슨 말인가? 말하게."

"혼인에 대해서 의논할 말씀이 있습니다."

"암, 의논할 말이 있겠지. 차차 의논하세."

"내가 의논할 말씀은 다른 게 아니라 혼인을 이번에 아주 완정하구 가지 못하겠단 말입니다."

"무엇이 어째? 완정된 혼인을 다시 완정하지 못하겠다니 무슨 소린가?"

"누가 완정했어요?"

"누가 완정하다니, 그게 무슨 소린가? 자네가 취재만 보구 혼인을 하지 않을 테란 말인가?"

"혼인하지 않을 테면 왜 와서 취재를 보았겠습니까?"

"그러기에 말이지."

"내가 가서 누님 내외에게 말하구 다시 와서 완정할랍니다."

"자네 누님 내외가 혼인을 말라면 말 텐가?"

"말랄 리가 없지요."

"여보게, 쓸데없는 잔소리 말구 이리 들어오게."

이방이 천왕동이의 손을 잡아끌려고 하였다.

"왜 이러십니까?"

"장모 될 사람 상면 좀 하게."

"이다음에 하지요."

"그저 하라는 대루 하게. 이리 들어오게."

"들어가드래두 신발이나 신어야지요."

"여기 있는 내 신 신게."

"내 신발을 집어가지구 올 테니 손을 놓으시지요."

"그럼 얼른 집어가지구 오게."

이방은 천왕동이의 손을 놓고 자기도 신을 신었다.

이방이 천왕동이의 손을 잡고 안으로 들어오며

"새 손님을 앉히게 마루에 자리 좀 깔게."

하고 소리쳐 말하여 이방의 아내가 심부름하는 계집아이를 불러서 마루에 기직을 깔게 하였다. 이방이 천왕동이를 끌고 마루에 올라와서 자리에 앉힌 뒤에 곧 안방을 향하여

"어서 이리 나오게."

하고 아내를 불러내서 천왕동이와 상면을 시키었다.

"장모는 본래 초례 지낸 뒤에 상면하는 법이지만 사위를 못 봐서 성화하는 사람이라 우선 속 시원하라구 상면을 시키네. 자네 두 아냇감이 어떻게 생겼는지 못 보아서 맘에 궁금할 터이지. 궁

금치 않게 보여줌세."

　이방이 다시 사람을 시키지도 않고 자기가 가서 건넌방 문을 열어놓았다. 처녀가 아랫목 방문 앞에 앉았는데 맞은편을 향하고 앉아서 뒷모양만 보이었다.

　"이편으루 돌아앉아라."

　"아비의 말을 못 들은 체하는 법이 어디 있느냐. 얼른 돌아앉아라."

　처녀가 조금 몸을 옆으로 움직여서 옆모양이 보이었다.

　"바루 앉아라."

　"어서 바루 앉아."

　처녀가 다시 몸을 움직여서 이편을 향하고 앉았다. 그러나 고개를 깊이 숙이어서 가르마가 바로 보일 뿐이었다.

　"병신성스럽다. 고개를 들어라."

　"백년해로할 사람이다. 보기 부끄러울 것 없다."

　이방의 잔소리에 처녀가 고개를 들어서 비로소 그 얼굴이 다 보이었다. 이방이 자리에 와서 앉으며

　"아냇감이 어떤가?"

하고 물으니 천왕동이는 정신놓고 처녀를 바라보며 건성으로

　"녜녜."

하고 대답하였다. 이방은 허허 웃고 이방의 아내는 빙글빙글 웃고 심부름하는 계집아이와 드난하는 여편네들까지 입을 막고 웃었다. 천왕동이는 남들이 웃건 말건 돌보지 않고 처녀만 바라보

는 중에 처녀가 살며시 눈을 거들떠보다가 눈과 눈이 한번 서로 마주치기까지 하였다. 이방이 천왕동이의 어깨를 치면서

"여보게, 나 좀 보게."

하고 소리쳐서 천왕동이는 겨우 고개를 돌이켰다.

"오늘 부엉바위 용왕당에 노구메를 올리구 와서 사위 취재가 끝났다는 방을 써붙일 텐데, 우리 내외 가는데 자네두 같이 가세."

"노구메는 왜 올리시럽니까?"

"용왕이 자네 같은 좋은 사위를 지시해주셨는데 노구메 한 그릇두 안 올려서 쓰겠나."

천왕동이는 혼인 완정을 뒤로 미루려던 처음 생각이 그동안에 가뭇없이 사라져서 노구메를 올리러 가자는데도 싫단 말을 아니 하고

"아무러나 하십시다."

하고 허락하는 말로 대답하였다. 이방이 그 아내에게 용왕당에 나갈 준비를 차리라고 이른 뒤에 천왕동이를 보고

"우리는 바깥방으루 나가세."

말하고 곧 먼저 일어서니 천왕동이는 건넌방 바라보이는 자리를 뜨기가 싫어서 꾸물거리다가 가까스로 몸을 일으켰다. 바깥방에 나와서 앉은 뒤에 이방이 천왕동이더러

"택일두 오늘 아주 하세."

하고 말하니 천왕동이는

"택일이라니 혼인할 날 말인가요?"

하고 물었다.

"그럼 물론 성례할 날 말이지. 택일은 다른 사람을 시켜두 좋지만 용왕당에 가서 노구메 올린 끝에 내 손으루 하겠네."

"날 가릴 줄까지 아십니다그려."

"조금 아네. 내게 좋은 책이 있어."

하고 이방은 벽장에서 책 한 권을 꺼내 들고

"이 책만 볼 줄 알면 무슨 택일이든지 다 할 수 있네."

하고 천왕동이를 내어주니

"나 같은 까막눈이가 볼 줄을 알아야지요."

하고 천왕동이는 책을 받지 아니하였다.

"자네, 글을 못 배웠나?"

"백두산 속에 글방이 있어야지 글을 배우지요."

"장기는 어디서 배웠나?"

"양주 와서 배웠습니다."

"거기 장기 잘 두는 사람이 있나?"

"장기를 두는 사람은 많아두 잘 두는 사람은 없세요."

"전에 과천에 오장기라구 장기 잘 두는 사람이 있었는데, 혹시 가서 두어봤나?"

"오씨에게 배운 장기와는 더러 두어봤습니다."

"오씨에게 배운 사람이 오씨만한 장기가 있을라구."

"제법 두는 사람이 한두엇 있습디다. 그렇지만 말 들으니까 다

오씨만 못하답디다."

"그럴 테지. 장기를 오씨만큼 두기가 쉽지 않거든. 오씨가 나버덤 좀 세었었네."

"장기 한번 두십시다."

"언제 장기 두구 있을 틈이 있나, 용추에 가야지. 이다음에 두세."

"장기는 이내 한번 못 두어보구 가겠네요."

"자네는 소문 없는 국수 장기야. 자네 장기가 과천 오씨버덤 나으면 나았지 못할 것 없데."

이방이 천왕동이와 장기 이야기를 재미나게 하는 중에 그 아내가 되창 앞에 와서

"여보, 좀 나오시오."

하고 불렀다.

"왜 그래?"

하고 이방이 곧 일어서 나가더니 얼마 뒤에

"여보게, 잠깐 들어오게."

하고 천왕동이를 불렀다.

"점심은 좀 늦드래두 갔다와서 먹구 술이나 한잔씩 먹세."

이방이 천왕동이를 데리고 술을 먹고 난 뒤에 이방 내외는 노구메 제구를 심부름꾼 지워서 앞세우고 천왕동이와 같이 부엉바위로 나갔다. 부엉바위는 읍에서 시오릿길이 채 못 되었다. 바위 위 솔밭 속에 있는 용왕 사당에 올라가서 용추를 굽어보고 다시

내려와서 용추물이 넘쳐 흘러나가는 냇가에 새옹˚을 걸고 밥을 짓기 시작할 때 이방이 홀제 아차 소리를 질러서 그 아내가 까닭을 물었다.

"택일할 책을 안 가지구 왔네. 언제 다시 가서 가져오나."
이방이 한걱정하는 것을 보고

"내가 다시 가서 가져오리까?"
하고 천왕동이가 말하였다.

"아니, 고만두게. 심부름하는 사람 보내지."

"그럴 것 없이 잠깐 갔다오리다."

천왕동이는 이방이 말리는 것도 듣지 않고 다시 읍내로 들어갔다. 새옹에 불 지피는 것을 보고 간 천왕동이가 새옹밥이 익기 전에 내왕 삼십릿길을 다녀왔다. 이방은 처음에 거짓말같이 생각하고 천왕동이가 가지고 온 책을 들여다보다가 아내를 돌아보며

"우리 사위가 축지법두 할 줄 아네그려."
말하고 내외 다같이 좋아하였다.

노구메 정성이 끝난 뒤에 이방이 용왕당 앞에 나앉아서 책을 가지고 택일을 하는데 천왕동이는 이방의 아내와 같이 옆에서 구경하고 있었다. 이방이 저고리 고롬에서 필낭을 끄르고 단령團領 소매에서 종이를 꺼내놓더니 행연˚에 먹을 갈아 초필˚에 묻혀 들고 먼저 천왕동이의 생년월일을 천왕동이에게 물어서 적고 다음에 자기 딸의 생월생시를 아내에게 다지어 적은 뒤 책장을 이리 넘기고 무엇을 적고 또 저리 넘기고 무엇을 적었다. 책을 한동

안 뒤적뒤적한 끝에 이방이

"사월 보름날, 이날이 좋은데."

하고 두동싸게 말하며 앞에 앉은 아내를 바라보았다.

"사월 보름이면 지금 십여일밖에 안 남았게? 너무 촉박해서 안 되겠소."

"그 뒤에는 팔월 스무날과 구월 초닷샛날이 좋구 그 안에는 좋은 날이 없네그려."

"그럼 팔월 스무날로 합시다. 햇곡식도 잡히고 그때가 좋겠소."

"글쎄, 팔월루 정할까?"

이방이 의향을 묻는 눈치로 옆에 앉은 천왕동이를 돌아보았다.

"팔월은 너무 늦지 않은가요?"

"혼인 완정 안 하구 간다던 때와는 아주 딴판일세그려."

"혼인을 이왕 정한 바엔 얼른 해치워버리는 것이 좋지요."

"얼른 해치우는 것이 좋지만 사월 보름날은 날짜가 너무 촉박해."

"냉수 한 그릇 떠놓구 절 한번 할 작정이면 오늘두 할 수 있지요."

"체면이 있으니까 초례를 초라하겐 할 수 없네."

"그래두 팔월은 너무 늦어요."

"될 수 있게 혼인날두 용왕께 취품하구˚ 정하세."

- 새옹 놋쇠로 만든 작은 솥.
- 행연(行硯) 여행할 때 갖고 다니는 조그마한 벼루.
- 초필(抄筆) 잔글씨를 쓰는, 작고 가느다란 붓.
- 취품(取稟)하다 웃른께 여쭈어서 그 의견을 기다리다.

이방의 아내가

"용왕께 취품할 도리가 있소?"

하고 물으니 이방이

"도리가 있겠지. 가만있게."

하고 대답한 뒤에 한참 생각하다가 심부름꾼을 불러서 냇가에 가서 납작한 돌을 둘만 집어오라고 하여 심부름꾼이 집어온 돌을 이방이 받아서 물기를 씻어버리고 그 위에 글씨를 썼다.

"하나는 팔월 스무날이구 하나는 사월 보름날일세. 이것을 가지구 용왕께 축원하구 나서 부엉바위에 붙여보세."

하고 이방이 그 아내와 천왕동이를 돌아보았다.

"둘 다 붙지 않으면 어떻게 할 테요?"

　그 아내가 물으니

"그러면 구월 초닷샛날을 다시 붙여보겠네."

이방은 대답하고

"둘 다 붙지 않으면 다시나 붙이지만 만일 둘 다 붙으면 어떻게 하나요?"

천왕동이가 물으니

"그건 정성이 부족한 탓이니까 새루 축원하구 한번 다시 붙여보지."

이방은 대답하였다. 이방이 사당 앞에 나서서 무릎을 꿇고 한동안 입속말로 중얼중얼 지껄이고 부엉바위 위에 나와 앉아서 바위 앞 이마에 날짜 쓴 돌 두 개를 붙이는데 먼저 한 개는 떨어지고 나중 한 개는 붙었다.

"용왕께서 사월에 혼인하라시네."

"아이구, 이거 근두박질할 일이 났구려."

"그대루 지낼 수밖에. 내일부터 준비하면 그동안에 대강 되겠지."

"어떻게 된다고 그러오?"

"안 되드래두 할 수 있나."

이방이 뒤에 와서 섰는 천왕동이를 돌아보며

"자네는 바쁘지 않겠나?"

하고 물으니

"그동안에 양주를 한번 갔다오면 고만이지 바쁠 거 무어 있세요?"

하고 천왕동이는 일이 소원대로 되어서 벙글벙글 웃는 웃음을 금치 못하였다.

부엉바위 나왔던 일행이 읍에 들어올 때 길거리에서 동선관 갔다오는 일행과 서로 만났다. 손가가 천왕동이를 보고

"이 사람아, 남들을 기다리라구 해놓구 어디 다른 데를 간단 말인가."

하고 책망하는데 천왕동이는 유복이를 향하고

"미안하게 되었소."

하고 사과하였다. 이방의 아내가 오가 마누라를 보고

"저 마누라가 요전에 우리 집에 왔다간 이 아니라고."

하고 알은체하여 서로 인사수작하는 동안에 이방이 천왕동이에게

"자네 동행들인가?"

하고 묻고 나서 유복이와 손가를 차례로 인사한 뒤에

"우리 집으루 같이들 갑시다."

하고 끌어서 두 일행이 함께 이방의 집으로 오게 되었다.

천왕동이가 동행들까지 데리고 이방의 집에 와서 점심 저녁 두 끼를 대접받았다. 유복이와 손가가 이방에게 작별할 때 천왕동이도 역시 작별인사를 말하려고 한즉 이방이

"자네는 내일 아침을 내게 와서 먹구 가게."

하고 말하였다.

"내일 식전 일찍들 떠난다니까 올 수가 없을걸요."

"아침을 일찍 시켜놓구 기다림세."

"그럴 것 없세요. 여럿이 같이 먹구 떠나는 게 편하지요."

"그러면 여럿이 다같이 오게."

유복이가 먼저

"천만의 말씀이오."

하고 고개를 외치고 또 손가가 뒤따라서

"오늘두 폐를 많이 끼쳤는데 내일 아침 또 오다니 될 말인가요."

하고 고개를 외쳐서 이방은

"그러면 내가 내일 식전 조사 보러 가는 길에 객주에 들름세."

하고 말하여 작별은 흐지부지하고 객주로 돌아왔다. 이튿날 식전

에 과연 이방이 일찍이 객주에 와서 오가 마누라에게까지 잘 가라고 인사하고 천왕동이를 따로 보고

"혼인 날짜가 급하기두 하려니와 자네는 대사라구 발심 섭력해줄 사람이 별루 없는 모양이니 미비한 것이 있드래두 그대루 오게. 내가 여기서 주선할 건 주선하구 변통할 건 변통해줌세. 아무쪼록 열나흗날 전에 여기를 대어오두룩 하게. 조사가 바빠서 떠나는 건 보지 못하구 가니 잘 가게."

다정한 말로 작별하고 갔다.

봉산서 돌아오는 길에 천왕동이는 청석골을 들르지 않고 양주로 바로 가려 하니 유복이가

"오늘 우리게 가서 쉬어서 내일 나하구 같이 가세."

하고 끌었다.

"같이 가서 할 일이 있소?"

"자네 혼행婚行 떠나는 것을 보러 갈 텔세."

"볼 것두 없겠지만 보구 싶다면 내가 갈 때 잠깐 들러 가리다."

"아니, 그렇지 않아. 내가 보러 가겠네."

오가 마누라까지

"오늘 하루 우리게 와서 묵어간다구 낭패되지 않을 테니까 고집 세우지 말구 같이 가요."

하고 끌어서 천왕동이는 청석골서 하룻밤 지내고 이튿날 유복이와 동행하여 양주로 떠나오는데, 유복이가 전에 없이 큼직한 보따리를 들고 나서서 천왕동이가

"그게 무슨 보따리요?"

하고 물으니 유복이는

"양주 갖다 둘 것일세."

하고 더 말하지 아니하였다.

양주 꺽정이 집에서는 천왕동이가 너무 오래 돌아오지 아니하여 궁금히들 여기던 차인데 의외에 봉산 가서 혼인 정하고 온 이야기를 듣고 꺽정이는

"내 근심 하나가 덜린 폭이다."

하고 너털웃음을 웃고 백손 어머니는

"우리 천왕동이두 장가를 들 날이 있네."

하고 펄펄 뛰다시피 좋아하고 애기 어머니는

"봉산 꾀꼬리가 머리 곱게 빗구 황도령에게로 시집을 오면 양주 꾀꼬리가 서운하겠네."

하고 조롱할 말을 잊지 아니하였다.

"양주 꾀꼬리는 누구요?"

"양주 꾀꼬리는 뒤꼍 느티나무에서 울든 꾀꼬리지, 누구는 다 무어야."

"나는 양주 꾀꼬리두 사람이라구."

천왕동이와 애기 어머니가 실없는 말을 주고받을 때 꺽정이가 옆에서

"쓸데없는 소리 지껄이지 말구 대사 치를 의논이나 하자."

하고 천왕동이를 나무라듯 말하여 두 사람의 실없는 말이 쑥 들

어가고 말았다.

"새옷은 한벌 해 입혀야지. 옷감을 변통해와야겠구나. 요새 옷감은 무엇이 좋은가?"

하고 꺽정이가 말하는 끝에 유복이가 가지고 온 보따리를 갖다가 풀면서 애기 어머니를 보고

"이것이 옷감이 될까, 누님 좀 보시오."

하고 말하여 애기 어머니는

"웬 옷감이야?"

하고 보따리를 푸는 것을 거들어주었다. 유복이가 보따리에서 명주 세 필과 모시 세 필을 꺼내놓으니 백손 어머니가 우선 꺽정이를 바라보면서

"이것만 가지면 옷감 걱정 없겠소."

● 쟁치다
풀을 먹인 명주나 모시 따위를 반반하게 펴서 말리거나 다리다.

하고 좋아하였다.

애기 어머니가 명주와 모시를 번갈아 들고 보면서

"명지도 좋거니와 모시가 곱고 좋군. 황도령이 호사하네."

하고 웃으니 백손 어머니가 그 뒤를 받아서

"무명것만 입든 사람이 갑자기 명지옷 모시옷을 입으면 몸이 부르트겠소."

하고 웃었다.

"모시는 다듬어서 홑두루마기를 짓고 명지는 쟁쳐서˙ 바지저고리를 지으면 좋겠는데 날짜가 급하니까 다 될는지 모르겠네."

"형님이 밤 새어가며 하시면 되겠지요."

"나는 밤새고 자네는 잠자고?"

"나는 무얼 할 줄을 알아야 하지요."

"바지 솔기도 호지 못하나?"

"할 줄 아는 일은 형님이 하라시는 대로 할 테니 염려 마시오."

"바느질을 얼마나 많이 할 텐가?"

"나는 바늘을 들면 갑갑증이 나서 못 견디겠어. 낫살 먹을수록 점점 더하니 별일이야."

"듣기 싫어. 갑갑증이 나면 깃 달다가도 열두 번씩 일어서고 별짓 다 하지."

"깃 달다가 일어서면 옷 임자가 명 짧단 말은 형님이 나를 못 일어나게 하느라고 지어낸 말이지 무어야. 내가 다 알아요."

"잘 알았네. 고만두게. 좌우간 혼인 일을 자네가 한댔자 내 입이 닳아야 할 테니까 나 혼자 하다시피 할 텐데 여러가지 일을 언제 다 하나."

"우리 동생을 형님이 장가들여 주시는 셈치고 애를 좀 많이 쓰시구려."

"애를 써도 될 것 같지 않으니까 말이지."

"그럼 어떻게 하오. 이웃집에 부조일 좀 해달랄까?"

"누구더러 일을 해달래. 그대루 집에서 하지."

하고 꺽정이가 소리를 지르니 백손 어머니는 입을 다물고 애기 어머니는 꺽정이보고

"여게 동생, 이렇게 하면 어떻겠나? 집에 있는 생명지로 겹바

지저고리를 짓고 이 모시로는 진솔두루마기만 하나를 짓세."
하고 의논성으로 말하였다.

"맘대루 하시구려. 그렇지만 무슨 무색이든지 무색을 들여야지 건색˙은 보기 싫소. 그러구 일이 바쁘거든 바지는 고만두구 무명으루 고의를 지어 입게 하시오."

"혼인에는 홑껍데기 고의를 안 입는 법이라네."

"그런 법을 내가 아우? 알아 하시우."

"지금부터라도 곧 일을 시작해야지."

하고 애기 어머니가 백손 어머니를 돌아보며

"여보게, 명지 모시 다 가지구 오게."

말하고 일어서려고 할 때 꺽정이가

"잠깐만 더 앉으시우."

하고 붙들었다.

● 건색(乾色)
가공하거나 손질하지 아니한 본바탕 그대로의 재료.
● 관례보임
관례를 치를 때 하는 옷차림.

"관례는 일간 곧 해야 할 텐데 관례보임˙은 어떻게 하우?"

"혼인옷두 급한데 관례보임을 어떻게 하나? 집에 빨아놓은 옷이나 갈아입게 하지."

"내 옷 새루 지은 것이 있지요? 그걸 줄여 입히면 어떻겠소?"

"해놓은 옷을 뜯어 줄이기가 여간 일 아니야. 그러고 위요로 가자면 새옷 한벌 입어야지."

"내가 위요루 가드래두 새옷은 입어 무어하우. 의관을 갖추지 못할 사람이 추레하게 입었다구 행세가 더 깎일 거 있소?"

"참말로 위요는 다른 사람을 보냈으면 좋겠네. 위요 상객으로 가서 소인을 개올리긴˚ 창피하겠어."

"여느 때는 창피하지 않소?"

하고 유복이가 말깃을 다니

"여느 때보다도 더 창피하단 말이지."

하고 애기 어머니가 대꾸하였다. 꺽정이는 입을 다물고 있다가 유복이를 돌아보며

"너 좀 위요루 가거라."

하고 말하니 유복이가 한참 생각하다가

"언니가 가라시면 가지요."

하고 대답하였다.

"혼행에 인마두 여기서는 얻기가 어려운데, 청석골서 얻어줄 수 있겠니?"

"인마는 고사하구 함과 함속까지라두 청석골서 얻어올 수 있소."

"함과 함속을 누가 빌려주나?"

"송도 가서 사오지두 못해요?"

"그거야 될 수 있니?"

"언니 말이면 늙은이 내외두 싫단 말 않을 게요."

"폐를 끼쳐볼까?"

"폐가 무슨 폐요. 내가 가서 얻어가지구 오리다."

"그러면 네가 먼저 가서 얻어놓구 기다려라. 여기서 열흘날쯤 가두룩 하마."

"그렇게 해두 좋겠지요. 그럼 나는 내일 도루 가겠소."

이튿날 유복이는 청석골로 돌아갔다.

천왕동이가 팔일에 성관하고 십일일에 양주서 청석골로 오고 십이일에 청석골을 떠나서 십사일에 봉산을 대어왔다. 청석골 올 때는 꺽정이와 처남 매부 단둘이 걸어왔고, 봉산 오는 데는 유복이와 신랑, 위요 둘이 다 말을 타고, 견마잡이 두 사람 외에 함질 복수 한 사람까지 따로 데리고 왔다. 신부 집에서 치워놓은 사처에 들어서 밤에 봉치를 보내는데 백이방이 등롱도 한 쌍 얻어주었거니와 홰꾼을 십여명 나눠주어서 홰싸움까지 있었다.

그동안 이방의 집에는 혼인 준비에 안팎이 들썩들썩하였다. 밖에서는 재료를 얻어들인다, 제구를 빌려온다 심부름꾼들이 뻔질 들락날락하고 안에서는 혼인 바느질을 한다, 잔치 음식을 만든다 부조 일꾼들이 종일 버걱버걱 하였다. 이방 상주의 기구器具도 있으려니와 이부자리 같은 대무大廡한 것은 미리미리 준비가 있었던 까닭에 촉박한 날짜에 별로 미비한 것이 없이 다 되었다. 신랑편에서 쓸 혼구婚具까지도 낭패가 없도록 다 얻어놓았다. 이방이 신랑 타고 온 말이 절따마인 것을 보고 와서 부리나케 백따마까지 구해 보내면서 사모관대만은 빌려들일 생각도 먹지 아니하였다. 이방의 아내는 신랑을 한번 사모관대 시켜보고 싶어서 이방에게 청까지 하였으나 상사람은 혼인 때 사모관대를 못하는 것이 국법이라고 이방은 자기네 입는 단령을 입히기로 작정하고 자기의 새 단령 한 벌을 보내는

• 개울리다
상대편을 높이어 대하다.

데, 술띠만은 자기네 거먹빛 대신에 초록빛을 보내게 하였다.

하룻밤을 지내고 나니 사월 보름날 혼인날이다. 아침 뒤에 초례 때를 맞추어서 신랑이 사처에서 떠났는데, 사처가 이방의 집에서 끔찍이 가깝건만 길호사로 봉산 읍내 장거리를 빙 한번 돌아왔다. 신랑이 문앞에 와서 전안*을 마치고 팔밀이의 뒤를 따라 들어와서 초례청에 올라설 때 독좌상 옆에 계집아이가 안고 섰던 수탉이 한번 꼬끼오 하고 울었다. 사람에게 붙들려서 날개도 못 치고 우는 것이지만 꼬끼오 소리가 제법 컸다. 마루에 섰는 이방은 유복이를 보고 길조라고 좋아하고 안방에 있는 여러 여편네들은 이방의 아내를 둘러싸고 희한한 일이라고 치하하였다.

신랑과 신부가 마주 섰다. 신랑의 복색은 이방의 의견을 좇아서 초립을 쓰고 단령을 입고 발에 갖신을 신었고, 신부의 치장은 양반의 집 본을 떠서 족도리를 씌우고 원삼을 입히고 얼굴을 미선尾扇으로 가리어주었다. 신부의 사배와 신랑의 재배로 교배를 마치었다. 신랑 신부를 마주 앉히고 신부를 절 시키던 여편네 하나가 청실홍실 늘인 표주박으로 술을 돌리는데 갖은 덕담을 다 하면서 이편저편으로 세 번씩 왔다갔다하였다. 초례가 이로써 끝이 났다. 신방인 건넌방에 먼저 신랑을 들여앉히고 다음에 신부를 데리고 와서 방합례를 시키었다. 신부를 잠깐 앉혔다가 다시 데려내간 뒤에 신랑은 옷을 갈아입혀서 데려내왔다. 이방이 아랫목에 앉아서 싱글벙글하면서

"내게부터 절 한번 해라."

하고 말하여 사위의 처음 절을 받고 나서

"이는 네게 처당숙이구 이는 네 처외삼촌이구 또 이는 가만있거라, 내게 십촌, 네게 처 열한촌 숙항(叔行) 되는 이다. 절 한번씩 해라."

"저기 앉으신 한호방, 박형방, 이병방, 최공방이 다 네게는 어른이니 차례루 절하구 뵈어라."

하고 사람을 일일이 가리키며 절을 시키었다. 천왕동이가 허리가 아프도록 꾸벅꾸벅 절인사를 마치고 방에 있던 다른 사람들과 모조리 입인사를 하였는데 사람이 많아서 누가 누구인지를 잘 역량할 수가 없었다.

점심 장국을 먹은 뒤에 유복이는 사처로 돌아가고 천왕동이는 신방에서 팔밀이하던 젊은 사람과 같이 이야기하며 반나절을 보내었다. 저녁이 되어서 저녁밥을 먹고 밤이 들어서 밤참을 먹은 뒤에 천왕동이는 꽃 같은 색시와 즐거운 첫날밤을 같이 지내는데, 신방 방문 밖에는 밤중까지 엿보는 사람들이 붙어섰었다. 노총각인 신랑과 과년한 신부가 같이 자는 방을 신방이라고 엿보는 것부터 실없는 사람의 일이거니, 더구나 엿본 광경을 누가 말로 옮기며 붓으로 적을 것이랴. 옛사람들이 단산에 봉황이 넘놀고 녹수에 원앙이 희롱한다고 적은 것도 벌써 온당치 않은 붓장난이라고 할 것이다.

● 전안(奠雁) 혼례 때 신랑이 기러기를 가지고 신부 집에 가서 상 위에 놓고 절함.

천왕동이가 백이방의 집 사위가 된 뒤에 이방 내외의 간청을 받고 꺽정이 내외의 허락을 얻어서 데릴사위로 처가살이를 하게 작정이 되었다. 신부례 일체로 새 내외가 한번 같이 양주를 갔다 왔다. 사위 사랑 장모라 천왕동이가 이방 아내에게 사랑받는 것은 말할 것도 없고 이방과도 옹서간에 의가 좋았다. 이방이 별로 볼일 없을 때는 집에 들어앉아서 천왕동이와 장기를 두었다. 천왕동이는 장기 두라면 열 일을 제치는 사람이고, 이방은 장기 두는 것도 싫지 않거니와 사위를 눈앞에 보는 것이 더욱 대견하여서 밤낮없이 머리를 맞대고 있을 때가 많았다. 천왕동이가 가끔 곡경을 당하는 것은 이방이 사위를 이인으로 여기는 까닭인데, 이방이 의심나는 일을 물을 때에 천왕동이가

"나는 모르겠습니다."

하고 대답하면 이방은

"네가 모를 리가 있나?"

하고 모른단 말을 믿지 않아서 천왕동이는 해혹˚시킬 도리가 없었다. 어느 날 내아에서 구리 수저 세 벌을 잃고 야단이 난 때 이방이 천왕동이를 보고 이야기하고 나서

"그게 뉘 짓이냐? 너는 알겠지?"

하고 물었다.

"제가 어떻게 알아요?"

"네가 알아두 말을 하기 싫다면 모를까, 어째 내게다가 모른다구 말을 하니?"

"정말을 거짓말루 아시니까 말씀을 할 수가 없세요."

"정말이래야 정말루 알지."

"저렇게 말씀할 때는 속이 다 답답합디다."

"내 속이 답답하다."

"글쎄 제가 점쟁이예요? 보지 않은 일을 어떻게 안단 말씀입니까?"

"궤 속 물건은 어떻게 알아냈니?"

"제가 무슨 재주루 그걸 알아냈겠세요?"

"알아냈으니까 재주 아니냐?"

"이때껏 제가 알아낸 줄루만 아십니다그려. 참말 딱하시오."

천왕동이는 마침내 장모가 객주에 와서 가르쳐준 것을 토설하여 이방은 듣고 어이가 없어 한동안 벌린 입을 닫지 못하였다.

"첫날 취재는 어떻게 된 것이냐?"   ● 해혹(解惑) 의혹을 풀어 없앰.

"그건 제가 눈치루 알았지요."

"눈치루 그렇게 용하게 알 수가 있나?"

이방이 손가락으로 말한 뜻을 천왕동이에게 물어보니 천왕동이가 말하는 뜻이 자기의 뜻과 틀려도 여간 틀리지 아니하여 다시 어이가 없는 중에 일곱을 셋으로 짐작한 것을 생각하니 어이가 없다 못하여 도리어 웃음이 나왔다.

"그러구 보면 내가 취재 본 보람은 없다마는 그것두 막비연분莫非緣分이지."

하고 이방은 눙치고 말았다. 천왕동이가 그 뒤로는 곡경을 당하지 아니하였다.

천왕동이가 처가살이한 지 그럭저럭 두어 달 된 때 하루는 이

방이 천왕동이를 보고

"집에서 노느니 무슨 구실을 다녀볼 생각이 없느냐?"

하고 물으니 천왕동이는

"무슨 구실이든지 다니게 해주시면 다니겠습니다."

하고 대답하였다.

"지금 통인이 하나 궐闕이 났는데 넣어주면 다닐 테냐?"

"다닐 테요. 넣어주시오."

며칠 뒤에 천왕동이는 통인으로 뽑히어서 다시 상투를 풀어내려서 머리를 땋고 통인 복색으로 관가에 들어가서 현신을 하였다.

새로 통인이 된 사람은 누구든지 통방通房의 허참˚을 치르는 법이다. 각골 통방의 허참이란 것은 마치 선전관청宣傳官廳의 허참과 같은데, 더 좀 무식스러웠다. 원이 내아에 들어간 틈에 수통인이 상좌에 앉아서 다른 통인들에게 눈짓하여 여러 통인이 천왕동이에게 달려들었다. 영문을 모르는 천왕동이가 처음에는

"왜 이래, 왜 이래!"

하고 별로 항거하지 않다가 방망이질을 당하게 되며 천왕동이는 분이 나서 수통인 이하 여러 통인을 치고 차고 하여 통방에 큰 야료를 꾸며냈다. 야료가 너무 커서 원의 귀에 들어갔다. 원이 동헌에 앉아서 천왕동이와 여러 통인을 잡아내어 약략히 치죄한 뒤에 이방을 불러들여서

"네 사위가 통인보다도 장교감이니 장교를 박도록 해라."

하고 분부하여 천왕동이는 통인 행공˚ 이틀 만에 장교로 옮아서 통방을 나가게 되었다. 털벙거지 남철릭에 복색이 우선 천왕동이 마음에 들고 또 이방 상주로도 올라서지 못하는 동헌 마루에를 올라서는 것이 천왕동이 마음에 좋아서 장교 행공을 착실히 잘하였다.

이리하여 천왕동이는 장인 장모에게 귀염을 받고 아내에게 사랑을 받으며 봉산서 장교를 다니었다.

● 허참(許參)
새로 나아가는 벼슬아치가 전부터 있는 벼슬아치에게 음식을 차려 대접하던 일.
● 행공(行公)
공무를 집행함.

배돌석이

돌석이가 멍구럭에서 큰 돌멩이 한 개를 꺼내서 들고 있다가 호랑이가 아가리를 벌릴 때에 노리고 던졌다. 그 돌덩이가 또 아가리에 들어가 박히니 호랑이는 어훙 소리도 못 지르고 다시 캭캭거리고 간신이 으르렁거렸다. 돌덩이가 눈퉁이에 떨어지고 대가리에 호랑이가 배기다 못하여 천방지축으로 뛰어 내빼는데 돌덩이들이 엉덩이와 볼기짝에까지 떨어졌다.

배돌석이

1

 봉산읍에서 황주읍까지 칠십리에 거의 오십리는 산골길인데 중간에 동선령洞仙嶺이 있고 새남[숨人岩]이 있으니 동선령은 봉산읍에서 삼십리요, 새남은 황주읍에서 삼십리다. 새남 남쪽에서 서남쪽으로 벌려 있는 한철산漢鐵山과 발양산發陽山은 봉산 땅이요, 북쪽으로 더 들어가는 무인지경 산골은 황주 땅이요, 동쪽에 있는 삼봉산三峰山과 서쪽에 있는 정방산正方山은 모두 두 골의 접경이다. 새남 근방에 호랑이 나다닌다는 소문이 있던 중에 황주 읍내 사람 하나가 봉산 읍내 볼일 보러 왔다가 돌아가는 길에 새남 아래서 대낮에 호환을 당하였다. 그 사람의 집에는 늙은 어머니와 젊은 아내가 있어서 이틀 사흘 눈이 빠지도록 기다리다가 마침내 호환에 간 것을 알고 두 고부가 다같이 죽으려고 날뛰는 끝에 그 어머니는 상성이 다 되었다. 그 늙은 여편네가 황주 관가에 들어가서 목사에게 자식 원수를 갚아달라고 애걸복걸하였다.

"늙은것의 정경˙은 가긍하나 범에게 죽은 것을 어떻게 원수 갚는단 말이냐."

"죽은 자식이 아비 없는 유복자올시다. 원수나마 갚아야겠습니다."

"글쎄 유복자 아니라 유복자보다 더한 것이라도 갚을 수 없는 원수야 어떻게 갚느냐. 사주팔자로만 생각하고 고만두어라."

목사의 타이르는 말을 늙은 여편네는 들은 체 아니하고

"제발 덕분에 자식의 원수를 갚아줍소사."

하고 머리를 땅에 끌어박듯이 숙이면서 두 손을 치어들고 빌었다.

● 정경(情景)
사람이 처하여 있는 모습이나 형편.

목사가 한동안 미간을 찌푸리고 앉았다가

"이거 보아라, 징징거리지 말고 말 들어라!"

하고 소리지르니 늙은 여편네는 머리를 들고 목사를 치어다보았다.

"네 자식이 새남서 호환을 당했다지?"

"녜, 새남 아래 두이봉斗伊峰 가는 샛길에 찢어진 갓이 떨어져 있더랍니다."

"그러고 보면 네 자식을 물어간 범이 봉산 범이 아니겠느냐?"

"그건 모르겠습니다."

"봉산 땅에서 물어갔으니 봉산 범이겠지."

"녜."

"범은 사람과 달라서 봉산서 황주로 잡아 넘길 수가 없다. 그러니 네가 봉산 관가에 가서 발괄˚을 해보아라."

황주목사는 약게 두통거리를 봉산군수에게로 밀어버렸다. 그 늙은 여편네가 황주 관가에서 나오는 길로 곧 봉산으로 달려오는데 늙은 여편네의 걸음이라 달음질하다시피 하는 것이 하룻밤은 산길에서 드새고 다음날 다저녁때에야 봉산읍에를 대어왔다. 그날은 어느 큼직한 집에 들어가서 얻어먹고 밤을 지내고 이튿날 식전에 관가를 찾아와서 곧 삼문 안으로 들어가려고 하니 문에 섰던 관노들이 못 들어오게 밀막았다.

"제발 좀 들어갑시다. 봉산 안전께 아들의 원수를 갚아달라러 왔소."

"무슨 원수란 말이오?"

"봉산 호랭이가 내 아들을 물어갔소."

하고 늙은 여편네가 징징 울면서 부적부적 삼문 안으로 들어오는 것을 관노들이 가로막고 실랑이하여 늙은 여편네는 악을 쓰기 시작하였다. 관노들이 동헌에 들릴까 겁이 나서 멀리 끌어내리려고 하니 늙은 여편네는 곧 맨땅에 드러누워서 몸부림을 치며 악을 악을 썼다. 악쓰는 소리가 동헌에까지 들리어서 원이 통인을 불러 알아보라고 분부하여 통인이 동헌 마루에 나서서 급장이˚를 부르고 급장이가 동헌 댓돌에 내려서서 사령을 불렀다. 긴대답소리가 끝나며 관노 하나가 썰썰 기어들어왔다가 얼마 뒤에 도로 나갔다.

"안전이 잡아들이라시우. 어서 일어나우."

관노가 잡아일으킬 사이도 없이 늙은 여편네는 툭툭 털고 일어나서 관노에게 붙들려 들어왔다. 원이 동헌 방문을 열어젖히고 댓돌 밑에 꿇려앉힌 늙은 여편네를 내려다보며

"계집사람이 식전에 관문 앞에 와서 악을 쓰다니, 그런 무엄한 일이 어디 있을꼬!"

하고 호령을 하는데 늙은 여편네는 조금도 겁없이 울며불며 사정을 하소연하였다.

봉산군수가 늙은 여편네의 모호한 말을 듣다가

"네 자식이 새남서 호환에 갔단 말이냐?"

하고 물으니 늙은 여편네는

"녜, 봉산 호랭이가 자식을 물어갔습니다. 그 호랭이를 잡아서 원수를 갚아주십시오."

봉산 호랑이란 말에 힘을 주어 대답하였다.

"그 호랑이가 꼭 봉산 호랑인 줄은 어떻게 아느냐?"

"저의 골 사또께서 일러주셨습니다."

"너의 골 사또는 용하시기도 하다. 그러면 너의 골 사또께 다시 가서 봉산 호랑이가 황주 호랑이와 어떻게 다른가 여쭈어보고 필적으로 적어줍시사고 해서 가지고 오너라."

"늙은것이 언제 다시 갔다옵니까. 사령을 하나 보내주십시오."

"그건 못하겠다."

● 발괄
자기 편을 들어달라고 남에게 부탁하거나 하소연함.
● 급장이
조선시대에 관아에 속하여 원의 명령을 간접으로 받아 큰 소리로 전달하는 일을 맡아보던 사내종인 '급창'을 낮잡아 이르던 말.

"원수를 안 갚아주시렵니까?"

"황주, 봉산에 호랑이가 한둘이 아닐 테니 호랑이부터 분간해야 원수를 갚아주지 않겠느냐?"

"봉산에 있는 호랭이들을 모조리 잡아 죽여주십시오."

"잔말 말고 어서 가서 호랑이 분간하는 법을 알아오너라."

늙은 여편네는 봉산군수의 말을 원수 갚아주기 싫어서 미루는 말로 듣고 불쌍한 백성의 원통한 사정을 돌아보아주지 않는다고 발악을 시작하였다. 군수가 끌어내라 몰아내라 호령은 하지 않고

"관청에서 발악하면 죄 당하는 줄 모르느냐?"

하고 을러대었다.

"죄 당하면 죽기밖에 더하겠습니까. 이 자리에서 죽어도 좋습니다. 의지하고 살던 자식을 앞세우고 살고 싶지도 않고 살 수도 없습니다. 그 자식을 유복자로 낳아가지고 아비 없이 기르느라고 죽을 고생 다했습니다."

늙은 여편네의 발악이 변하여 넋두리하듯 지껄이는 말에 유복자란 말이 군수 귀에 들어가자 군수는 새삼스럽게 상을 찡그리며

"네 자식이 유복자란 말이냐?"

하고 채쳐 묻고

"네, 유복자올시다. 자식이라곤 딸자식도 없고 그것 하나뿐이올시다."

늙은 여편네의 대답하는 말을 듣고서는 갑자기

"네 자식 물어간 호랑이를 꼭 잡아서 원수를 갚아줄 것이니 그

리 알고 나가거라."

하고 말을 일렀다. 늙은 여편네가 치사하는 뜻으로 열번, 스무번 머리를 숙이고 나서 일어서려고 하다가 다시 펄썩 주저앉아서 한번 다리를 부둥켜쥐니 군수가 뜰아래 섰는 사령들을 내려다보며

"다리에 쥐가 나는 게다. 너희들이 좀 주물러주어라."

하고 분부하였다. 늙은 여편네가 한동안 다리를 주물리고 나서 사령을 붙들고 일어설 때 군수가

"인제 나으냐?"

하고 물었다.

"네, 낫습니다."

"오늘 황주로 돌아갈 터이냐?"

"안전께서 원수놈의 호랭이를 잡아주실 때까지 여기 있을 생각입니다."

"여기 친척이나 아는 사람이 있느냐?"

"친척도 없고 아는 사람도 없습니다."

"그러면 네 자식은 뉘 집에를 왔었드냐?"

"남의 심부름을 왔었으니까 뉘 집에를 왔었든지 모릅니다."

"지금 너는 어디 가서 묵을 작정이냐?"

"얻어먹고 돌아다니겠습니다."

"그렇게 고생하느니 황주로 가거라. 호랑이를 잡으면 네게로 보내주마."

"나가보아서 가든지 있든지 작정하겠습니다."

"좌우간 오늘은 여기서 묵겠구나."

"네, 묵겠습니다."

"묵을 데가 없다니 될 수 있느냐. 거기 잠깐 있거라."

하고 곧 옆에 섰는 통인을 돌아보며 이방을 부르라고 분부하였다. 긴대답소리가 난 뒤에 한동안 있다가 이방 백가가 기어들어왔다. 군수가 이방을 보고 늙은 여편네의 정경을 대강 말하고 나서 편히 묵을 만한 곳을 지시하여 주라고 분부하여 이방은

"네네."

대답하고 늙은 여편네를 데리고 나갔다.

동선령과 새남은 평안도 삼십이관 관원 행차가 다니는 길이요, 연경 삼천리 사신 왕래가 지나는 길이라 이 길에서 호환 난 것이 봉산군의 작은 일이 아니다. 봉산군수는 호환 난 것을 알며 곧 읍촌의 사냥꾼들을 관가로 불러들여서 호랑이를 잡도록 하라고 분부하였다. 관령을 받은 사냥꾼들이 동선령과 새남 사이를 뻔질 돌아다닐 뿐 아니라 십리 동안에 목목이 덫을 해놓고 군데군데 함정을 파놓았다. 그러나 육칠일 동안에 개호주 한 마리도 잡지 못하였다. 봉산군수가 늙은 여편네에게 원수 갚아줄 것을 허락하던 이튿날 식전 조사 끝에 이방에게 말을 물었다.

"어제 그 늙은것을 어디서 재웠느냐?"

"소인의 집에서 재웠습니다."

"황주로 도루 간다드냐?"

"호랭이가 잡힐 때까지 안 가구 있겠다구 떼를 쓰다시피 하옵

디다."

"대체 호랑이 잡으란 것은 어떻게 된 셈이냐?"

"지금 잡으려구 애들을 쓴답니다."

"벌써 며칠이냐. 애들을 썼으면 이때까지 못 잡을 리 있느냐! 그대로 내버려두어선 못쓰겠다."

"각별히 신칙을 하오리다."

"아니다, 사냥꾼놈들만 맡겨둘 것 없다."

군수는 곧 수교를 불러서

"건장한 장교를 열만 뽑아서 사냥꾼들을 데리고 호랑이를 잡게 하되 오늘부터 열흘 안으로 잡게 해라. 만일 열흘 한이 넘으면 사냥꾼과 장교는 고사하고 너부터 중책을 당할 것이니 그리 알아라."

하고 영을 내리고 또 군기고軍器庫 감관監官을 불러서

"호랑이 사냥 가는 장교들에게 각각 군기를 내어주어라!"

하고 영을 내렸다. 관속들이 물러나올 때 이방이 넌지시 수교를 보고

"내 사위는 뽑지 말게."

하고 부탁하니 수교는

"백두산 일등 사냥꾼을 빼놓구서 누구를 뽑습니까?"

하고 고개를 외쳤다.

"내 사위가 사냥꾼인지 아닌지 나두 모르는 걸 자네가 어떻게 아나?"

"자기 입으로 이야기를 하니까 알지요. 나뿐 아니라 지금 장청將廳에서 모르는 사람이 없는걸요."

"젊은 아이들의 흰소리를 어떻게 다 곧이듣나."

"그래두 아무 까닭없이 뽑지 않으면 장교들 사이에 뒷공론이 날 것입니다."

"그러면 병탈을 시키까?"

"그렇게 하면 좋겠습니다."

"자네에게 단단히 부탁하네."

"네, 알았습니다. 그런데 안전께서 황주서 온 여편네에게 자식의 원수를 갚아주신다구 허락하셨다지요?"

"그리하셨다네. 그 여편네를 지금 내 집에서 묵이네."

"말씀 들었습니다. 그 여편네가 미친 사람이라지요?"

"외아들을 죽이구 상성이 되었는가 부데. 좀 시룽시룽하데."

"안전께서 처음에는 황주루 도루 보내시려구 하시다가 죽은 자식이 유복자란 말을 들으시구 선뜻 허락을 하셨답디다."

"당신이 유복자라 달리 생각하신 모양이지."

"안전이 유복자신가요?"

"그렇다네."

이방과 수교가 수작을 마친 뒤에 이방은 집으로 나가고 수교는 장청으로 들어갔다.

아침때가 지난 뒤에 수교가 장청에 앉아서 호랑이 사냥 갈 장교들을 뽑는데 물론은 백이방의 사위 황천왕동이가 첫손가락에

꼽히나 이방의 부탁을 받은 깐이 있어서 다른 사람들부터 뽑고 나중에 와서 이면 수습으로 황천왕동이 하고 이름은 부르면서도 병탈하기를 기다리었더니 천왕동이가 네 하고 대답한 뒤에 다른 말이 없었다. 수교가 이방의 부탁을 무이기 어려워서

"자네가 무슨 병이 있다지?"

하고 물으니 천왕동이는

"아니요."

하고 고개를 가로 흔들었다.

"무슨 병이 있다구 자네 장인이 말씀하시데그려."

"꾀병을 하구 호랑이 사냥 나가지 말라구 말씀을 합디다."

천왕동이 말에 동무 장교들은 웃느라고 허리들을 잡고 수교도 억지로 웃음을 참느라고 입을 빼물었다.

천왕동이가 사냥 나갈 장교 열 사람 수에 뽑힌 뒤에 나갈 동무들과 같이 한동안은 장청에서 수교의 지휘를 받고 또다시 한동안은 군기고에 가서 군기들을 고르고 한낮이 기운 뒤에 처가로 돌아왔다. 이방이 안마루에 누워서 딸에게 다리를 주물리다가 사위가 들어오는 것을 보고 일어앉았다.

"배두 안 고프냐?"

"왜 안 고파요? 점심 잡수셨지요?"

"안 먹었다."

"어째 이때까지 점심을 안 잡수셨세요?"

"너 기다리구 있었다."

"그럼 얼른 잡수시지요."

천왕동이가 분분히 신발을 벗고 마루로 올라왔다.

"호랭이 사냥은 어떻게 하기루 했느냐? 그예 병탈을 아니하구 왔느냐?"

"성한 사람이 병이 있다면 누가 곧이듣나요. 사람이 찌만 떨어지지요."

"저런 사람 좀 봐."

"호랭이가 없으면 모를까 있기만 있으면 열흘 안에 잡지요."

"호랭이를 못 잡으면 볼기 맞구 호랭이를 잘못 잡으면 위태하구 그런 데를 무어하러 부득부득 간단 말이냐."

황주서 온 늙은 여편네가 부엌에서 점심 한술을 얻어먹고 그대로 앉아서 동자하는 여편네에게 신세 이야기를 늘어놓던 중에 마루에서 옹서*간 수작하는 말을 귓결에 듣고 벌떡 일어나 쫓아나와서 이방에게 손가락질하며

"이놈아, 네가 나하구 무슨 원수냐. 내 자식 원수 갚아주러 간다는 양반을 왜 못 가게 말리느냐."

하고 악을 썼다. 이방의 아내는 점심상을 보다 말고 소리질러 야단치고 천왕동이는 맨발로 쫓아내려가서 늙은 여편네의 뺨을 한 번 우려주었다.

"뉘게다 함부루 욕설이야! 미친 체하면 가만둘 줄 알구."

"당신에게 욕한 것이 아닙니다. 당신 같은 고마운 양반에게야 욕할 리가 있습니까?"

"아갈머리를 짜개놓을까 부다."

천왕동이가 또 늙은 여편네에게 손을 대려고 할 때

"이애, 성치 못한 늙은것을 가랠˚ 것이 없다. 고만두구 올라오너라."

하고 이방이 천왕동이를 불러올렸다.

"가만히 국으루 있어야 자식 원수를 갚아줄 테야."

천왕동이 말에 늙은 여편네는

"녜녜, 당신 말씀대로 가만히 있겠습니다."

하고 대답한 뒤 다시 부엌으로 들어가려고 하는 것을 동자하는 여편네가 부엌문 앞에 나섰다가

"부엌엔 왜 또 들어올라구 그러우. 방으루 가우."

- 옹서(翁壻)
장인과 사위를 아울러 이르는 말.
- 가래다
맞서서 옳고 그름을 따지다.
- 안담(按擔)하다
남의 책임을 맡아 지다.

하고 가로막아서 늙은 여편네는 자는 처소인 뜰 아랫방으로 내려갔다. 이방의 딸 옥련이가 남편 천왕동이에게 눈을 흘기면서

"공연히 호랭이 사냥 간다고 떠들다가 아버지만 욕보시게 하니 그런 일이 어디 있담."

하고 종알거리니 천왕동이가 옥련이를 돌아보며

"글쎄, 나 까닭에 욕을 보셔서 이런 미안할 데가 없어."

하고 사과하듯 말하였다.

"자네가 욕하라고 시켰나? 자네 까닭이라고 안담˚할 거 무어 있나. 탓하려면 일수 그른 탓이나 하지."

이방의 아내가 말한 뒤에 이방은 허허 웃으면서

"그래, 일수가 그르다. 이애, 어서 점심이나 먹자. 이리루 다가앉아라."

하고 말하여 천왕동이가 앞으로 들어앉아서 장인과 같이 겸상하여 점심을 먹었다.

"군기고에 가서 무얼 골랐느냐?"

"군기고에 들어가 보니까 창이 모두 녹이 났습디다. 그중에서 쓸 만한 것 한 자루 골라냈지요."

"호랭이를 만나거든 아예 혼자 나서지 마라. 아무쪼록 조심해. 매사에 조심하면 낭패가 없는 법이야."

"네, 조심할 테니 염려 마세요."

천왕동이가 점심을 다 먹고 다시 장청으로 들어갈 때 장인 장모가 다 조심하라고 신신부탁을 하는데 아내만은 말 한마디 없이 건넌방으로 들어가더니 방문에 붙어서서 밖으로 나가려는 천왕동이를 손짓하여 불렀다. 천왕동이가 방문 앞에 와서

"왜?"

하고 물으니 옥련이는 말끄러미 남편의 얼굴을 바라보다가 나직한 목소리로

"조심해요."

하고 당부하였다. 천왕동이가 웃으면서

"호랭이에게 물려가지 않을 테니 염려 말아."

대답하고 돌아서 나오는데 아내의 은근한 당부가 마음에 좋아서

장청에를 다 오도록 혼자서 싱글벙글하였다.

장교 열 사람이 떼를 지어 새남으로 몰려나갔다. 열 사람 중에 활이 여덟이요, 창은 둘뿐인데 긴 창을 어깨에 메고 맨 앞에 선 사람이 곧 천왕동이였다. 장교들이 동선령서부터 새남까지 가는 동안에는 사냥꾼들에게 칠팔일간 지난 이야기를 들으며 덫과 함정들을 돌아보고 새남 가서는 사냥꾼들을 한데 모아놓고 앞으로 할 일을 공론하였다.

"이 앞으루두 역시 호랭이가 제발루 와서 덫에 치이거나 함정에 빠지기를 기다리다가는 열흘 안에 호랭이 잡기 틀렸네."

천왕동이가 첫입을 떼자

"그럼 호랭이를 잡으러 돌아다니잔 말인가?"

"호랭이를 잡으려면 서흥 자비령慈悲嶺을 가는 게 제일일세."

"자비령에는 호랭이가 개 싸대듯 한다니까 가기만 가면 하루 한 마리씩 열흘에 열 마리두 잡을 수 있을 게지."

"호랭이 잡는 데는 남의 골을 막 들어가두 일이 없나?"

장교 중에 이 사람이 이 말 하고 저 사람이 저 말 한 다음에

"우리들 사이에두 호랭이를 잡으러 각처루 나가 돌아다니잔 말이 없지 않았지만 공론이 불일不一해서 두이봉만 한번 돌아보구 고만두었소."

"호랭이가 다시 큰길에를 못 나오게 하는 것이 상책이니까 우리가 여기를 떠날 수가 없지요."

"삼봉산이나 정방산 같은 데 가서 호랭이를 튀겨내드래두 황

주 땅으루 내빼면 헛일 아니오?"

"황주루 방위사통˙이나 보내놓구 정방산을 한번 뒤져봤으면 좋겠습디다."

"다른 골 장교들이 병기를 들구 월경하는 것이 여간 일인 줄 아나? 관가의 관자關子루두 될동말동한데 방위사통 가지구 되겠나."

사냥꾼들이 중구난방으로 지껄였다. 천왕동이가 여러 사람을 돌아보며

"요전 호랭이 물려간 사람의 의관이 두이봉 가는 샛길에 떨어져 있드라니 호랭이가 두이봉서 오지 않았으면 발양산이나 정방산서 왔을 것 아니겠나? 그러니 우리가 두이봉을 한번 다시 샅샅이 뒤져본 뒤에 발양산두 가보구 정방산두 가보세. 오늘은 늦었으니 이대루 헤지구 내일은 두이봉 가구 모레는 발양산 가구 글피는 정방산 가구. 정방산 갈 때는 황주루 관자를 얻어 부치든지 사통을 해보내든지 좋을 대루 하세."

하고 말하니 여러 사람들은 다른 말이 없었다.

이튿날 아침때 장교들이 사냥꾼들을 데리고 두이봉에 와서 한낮이 지나기까지 앞뒤로 올려뒤지고 내려뒤졌으나 토끼만 여러 마리 튀겨내고 호랑이는 그림자도 보지 못하였다. 두이봉 아래에서 싸가지고 온 점심밥들을 먹은 뒤에 천왕동이가 사냥꾼 두어 사람과 같이 샘물을 찾아갔다가 샘가에 있는 짐승의 발자국을 보고

"이것이 호랭이 아니라구!"

하고 소리를 지르니 사냥꾼들이 와서 들여다보며

"그렇구먼. 큰짐승의 발자국이오."

"여기는 온 것이구 저기는 간 것이구려."

하고 지껄였다.

"내가 먼저 발자국을 밟아갈 테니 어서 가서 여럿들을 데리구 뒤쫓아오게."

하고 천왕동이가 짐승의 발자국을 자세히 살펴보며 가는 중에 여러 사람이 모두들 따라왔다. 각시바위 근처에 와서는 발자국이 수선하게 많아지더니 바위 아래에 굴 하나가 나섰다. 다른 사람들은 굴 앞에 오기를 주저하는데 천왕동이가 혼자 와서 굴속에서 나는 냄새를 맡아보고

● 방위사통(防僞私通) 아전끼리 주고받던 공문.

"호랭이굴이다!"

하고 소리쳤다. 굴이 아가리는 사람 하나 간신히 기어들 만하고 속은 캄캄하여 밖에서 잘 보이지 아니하였다. 천왕동이가 창을 들이밀어보니 창끝이 굴 뒷벽에 가서 닿았다. 창으로 이 구석 저 구석 쑤시는 중에 큰 괴만큼 한 호랑이 새끼를 세 마리 찔러내고 머리털이 붙어 있는 사람의 대가리까지 하나 꿰어냈다. 이동안에 다른 사람들이 굴 근처에서 찢어진 옷조각들과 부서진 뼈마디들을 찾아냈다. 천왕동이가 다른 장교들과 의논하고 사람의 대가리와 뼈마디와 옷조각을 호랑이 새끼와 같이 먼저 관가로 들여보내고 어디 나간 어미 호랑이가 오기를 기다리는데, 여러 사람들은

모두 굴에서 멀리 가서 숨어 있고 천왕동이는 사냥꾼에게서 환도 한 자루를 얻어가지고 굴속으로 기어들어갔다.

 굴 아가리는 좁아서 사람이고 짐승이고 기어들어올 수밖에 없으나 굴 안은 제법 높고 넓어서 고개 들고 앉기가 거북하지 않을 뿐외라 다리 뻗고 누울 만큼 넉넉하였다. 천왕동이가 굴 안에 들어와서 눈이 어두운 데 익은 뒤에 희미한 빛에 굴 안을 돌아보니 바위 너겁*으로 된 굴이 좌우벽에 들쭉날쭉한 곳이 많은데 한구석에 조그만 선반같이 나온 곳이 있고, 그 위에 호랑이 새끼 한 마리가 엎드려 있었다. 천왕동이가 만만히 생각하고 손으로 붙들려고 하였더니 조그만 것이 앙하고 이빨을 내보이며 앞발로 손등을 할퀴어서 살점이 떨어졌다. 천왕동이가 그 새끼를 환도로 쳐 죽인 다음에 손등에 피 나는 것을 다른 손으로 눌러 막았다. 천왕동이는 아내의 당부와 장인 장모의 부탁을 받고 와서 이때까지 조심 안 한 것이 마음에 미안하여졌다. 호랑이굴에 들어온 것부터 너무 경솔한 짓이거니 생각하고 도로 나가려고 하다가 굴에 들어앉아서 호랑이를 기다린다고 여러 사람들에게 장담한 것이 마음에 거리끼어서 나가기를 주저하는 중에 별안간 굴 앞에서 찬바람이 불어 들어오며 수상한 기척이 있어서 천왕동이는 굴 안침 한편 벽에 몸을 붙이고 앉아서 굴 아가리를 내다보고 있었다. 호랑이가 화등잔 같은 눈으로 굴속을 들여다보고 또 코를 거스르고 굴에서 나는 냄새를 맡았다. 호랑이가 한동안 식식거리며 굴 앞을 왔다갔다하다가 슬그머니 어디로 가버렸다. 천왕동이는 곧 굴 밖으로 나가보고 싶었으나 조심하리라 생각하고 조금조금 기다려보는 중에 호랑이가 다시 굴 앞에 나타났다. 호랑이가 이번에는 뒤로 돌아서서 창대 같은 꽁지를 굴 안에 들이밀어서 휘둘렀다. 천왕동이는 곧 꽁지를 잡아당기고 싶었으나 또 조심하리라 생각하고 가만히 두고 보는 중에 호랑이가 꽁지를 빼가지고 나가서 다시 한동안 굴 앞에서 오락가락하며 식식거리다가 굴 아가리에 꽁무니를 대고 뒤로 뭉그적뭉그적 들어오기 시작하였다. 천왕동이는 호랑이가 다 들어오도록 내버려두었다간 도리어 탈이려니 생각하고 호랑이의 똥구멍을 환도로 내질렀다. 호랑이가 엉겁결에 앞으로 쑥 빠져나가며 천둥 같은 소리를 질렀다. 호랑이 어흥 소리에 각시바위가 들먹하는 것 같았.

호랑이가 달아난 기척을 안 뒤에 천왕동이는 굴에서 기어나와서 여러 사람들을 불러모았다.

- 너겁
돌이나 바위 따위가 놓여 생긴 굴.
- 두남두다
애착을 가지고 돌보다.

"그놈이 칼에 한번 찔리구 아주 멀리 내뺄 리 없지."

"새끼 둔 골두 두남을 두는˙ 짐승이니까 새끼들이 궁금해서 멀리 갔다가두 이리 또 올 것일세."

"우리가 결진을 해가지구 뒤를 쫓아가보세."

장교들과 사냥꾼들이 호랑이 뒤를 밟아오는데 두이봉 중턱 잔솔포기 아래 반몸 지어 누운 것을 보고 아우성들을 치며 쫓아올라가니 호랑이는 정방산 편으로 달아나면서 연해 뒤를 돌아보았다. 장교 한 사람이 천왕동이를 보고

"자네 걸음이면 저까짓 것을 넉넉히 쫓아갈걸?"

하고 앞서 쫓아가라고 부추기듯이 말하니 천왕동이는 조심할 생각이 많은 판이라

"오래 굴속에 쪼그리고 앉았더니 오금이 붙었는지 당초에 걸음이 안 걸리네."

핑계하고 슬금슬금 여러 사람의 뒤로 돌았다. 호랑이가 정방산 옆을 지나서 마늘메로 달아났다. 마늘메는 황주 땅이다. 장교들과 사냥꾼들이 돌아서 내려오는 길에 각시바위 굴에 와서 죽은 새끼 한 마리를 찾아가지고 장교 열 사람은 바로 읍으로 들어왔다.

이튿날 식전 조사 끝에 봉산군수가 황주서 온 늙은 여편네를 불러들여서 거적에 싼 해골과 뼈마디를 내어주며

"네 자식의 것인 것이 십의 팔구 의심없는 모양이니 가지고 가서 장사를 잘 지내주어라."

하고 이르고 또 호랑이 새끼 산 것, 죽은 것 모두 네 마리를 내어주며

"어미 호랑이는 황주로 내빼서 잡지 못하고 새끼들만 잡아왔다. 가지고 나가서 네 맘대로 처치해라."

하고 이른 뒤에 이방을 앞으로 불러서 늙은 여편네를 후하게 노수 주어 보내라고 분부하였다. 그 늙은 여편네가 호랑이 새끼는 산 것 죽은 것의 간을 모조리 내어 씹고 해골과 뼈마디는 노수로 받은 무명 자투리에 싸서 가지고 황주로 돌아갔다.

새끼 잃은 호랑이가 봉산, 황주 두 골로 넘나들며 소동을 일으켰다. 두이봉 근처 동네에서는 호랑이 쫓을 징, 꽹과리를 안 가

지고는 낮에 들일들을 나가지 못하고 마늘메 아랫마을에서는 호망虎網을 치고서도 호랑이 소리에 밤에 잠들을 자지 못하였다. 봉산서는 장교와 사냥꾼들이 가끔 두이봉 근처에를 돌아다니지만 황주서는 장교는 고만두고 사냥꾼 하나가 마늘메까지를 나온 일이 없었다. 호랑이가 황주를 넘보았던지 마늘메에서 시루메까지 들어와서 여러 마을로 횡행하였다. 이 마을에서 도야지를 물어갔다, 저 마을에서 송아지를 물어죽었다, 송구스러운 소문이 자자할 때에 경천역말 늙은 역졸 하나가 오릿골 사는 딸을 보고 온다고 하루 말미하고 가서 이틀이 되고 사흘이 되도록 오지 아니하여 찰방이 오릿골로 사람을 보내보았다. 경천은 금교 속역 열 중의 하나인데, 이때 마침 역에 말썽스러운 사건이 있어서 금교찰방이 경천에 와서 있는 중이었다. 오릿골서 하루도 묵지 않고 떠난 줄을 안 뒤에 찰방의 사람이 오릿골 사람들을 데리고 나서서 두루 널리 찾아오는 중에 논골 근처 후미진 산모롱이에서 호랑이에게 물려죽은 참혹한 송장을 찾았는데, 송장 옆에는 역졸이 쓰는 거먹초립이 떨어져 있었다.

경천역 역졸이 호환에 죽은 뒤에 찰방이 목사를 들어와보고 호랑이를 속히 잡아 없애도록 하라고 권고하니 목사는 찰방의 권고가 아니꼬워서

"내가 자네의 지휘를 받을 사람인가?"

하고 께진 대답을 하였다.

"내 수하의 역졸이 호환에 죽었으니까 말씀하는 것 아니오."

"자네 수하의 역졸이 호환에 죽었으니 자네가 역졸을 풀어서 호랑이를 잡아 없애게그려."

"요전에는 호환 난 곳이 새남이라고 봉산에게로 떠다밀었다드니 이번에는 호환당한 자가 역졸이라고 내게로 떠다미는 모양이오. 떠다미는 수단이 매우 영롱하시오!"

"떠다미는 수단이라니, 그것이 뉘게다 하는 말버릇인가."

"나를 역승˚으로 대접하시오?"

"찰방은 장하니까 그런 말버릇두 좋단 말인가!"

"찰방 같은 미관말직을 웅주거목˚이 세실 리 없지마는 서리 출신과 같은 대접은 받을 수 없소."

각역의 역승은 서리의 적사구근˚으로 시키던 것을 김안로金安 老 이판 때에 찰방이라고 고치고 남행당하˚로 제수하게 되었는데, 이때 벌써 삼십여년이 지났건만 목부사들은 전에 역승에게 하던 기습이 남아 있어서 찰방 대접이 홀할 때가 많았다. 금교찰 방이 증이 나서 곧 수어인사하고 일어나니 황주목사도 애써 붙들지 아니하였다. 찰방이 역으로 돌아올 때 호랑이를 잡아 없애도록 힘써보려고 마음을 먹었다. 자기가 힘쓰는데 목사가 가만히 보고 있으면 황주 일경은 고사하고 인근 읍 백성들까지라도 목사를 비방할 것이고 또 죽은 역졸의 계집자식은 말 말고 다른 역졸들까지라도 자기를 고마워하리라고 생각하였다. 역에 돌아오며 찰방이 곧 역졸 중에 일 아는 자들을 불러들여서 호랑이 잡을 것을 의논하여 보니 역졸의 결찌에 사냥질하는 사람이 두서넛 있다

하나 큰 사냥들은 잘하는 것 같지 않아서 앞잡이로 내세울 만한 일등 사냥꾼을 달리 구하려고 하였다.

"호랑이 잘 잡는 사냥꾼을 너 아는 사람이 없느냐?"

"별루 없소이다."

"너 좀 생각해보아라."

"지금 언뜻 생각나는 사람이 없소이다."

"너두 그러냐?"

"녜."

찰방이 역졸들을 면면이 돌아보다가

"옳지, 이자가 어떨꼬? 호랑이도 잘 잡을까?"

혼잣말하고 나서 하인청을 향하고

"돌석이 게 있느냐."

하고 부르니

"녜."

하고 대답소리가 난 뒤에 한동안이나 있다가 얼굴이 가무잡잡하고 가슴이 딱 바라진 사람이 하인청에서 올라와서 찰방이 앉은 대청 앞 댓돌 위에 올라섰다.

● 역승(驛丞) 조선시대에, 전국에 설치한 역을 관장하던 종구품 벼슬.
● 웅주거목(雄州鉅牧) 땅이 넓고 산물이 많은 고을. 또는 그 고을의 원.
● 적사구근(積仕久勤) 여러 해를 벼슬살이함.
● 남행당하(南行堂下) 음직으로 하는 당하관 벼슬.

찰방이 불러낸 사람은 찰방의 고향 경상도 김해 사람이니 사람이 당차고 다부지기도 하려니와 돌팔매치는 재주가 귀신같았다. 석전군 배돌석이라 하면 고향 김해 외에도 아는 사람이 많았으니, 을묘년에 방어사 김경석金景錫 휘하의 투석대 대정隊正으로 이름을 각진에 드날린 사람이 곧 이 사람이다.

이 사람이 어찌하여 일자반급˙의 출신을 못하고 말았던가. 난리가 끝나서 각군이 호궤를 받던 날 돌석이가 술이 취한 끝에 방어사의 친척 되는 위장에게 칼부림하고 군법에 걸렸는데 방어사가 죽이려고 하는 것을 동향 사람 중군中軍이 힘을 써서 목숨은 보전하였으나, 군사들이 다 타는 상급 무명조차 타지 못하고 맨손으로 고향에 돌아가서 이삼년 지내는 동안에 술망나니란 별명만 듣고 서울로 올라와서 한 반년 떠도는 동안에 굶어서 들피가 나다가 고향 양반이 금교찰방으로 오는데 하인도 아니고 하인같이 따라왔다. 말하자면 전정은 칼부림 싸움 한번으로 요감하고˙ 신세는 한 입 구처區處가 극난하여 동향 연줄로 구구히 얻어먹으러 경천을 온 것이다. 돌석이가 경천 온 뒤로 하루 삼시 밥은 얻어먹으나 밥보다도 더 좋아하는 술을 마음대로 먹지 못하여 술 먹을 벌이를 할 양으로 역졸이나마 박아달라고 찰방에게 청하고 있는 중이라 찰방이

"네가 호랭이를 잡을 수 있겠느냐?"
하고 묻는 말에 들었다 보았다 하고

"소인이 호랭이를 잡아 바치면 호환에 간 놈 대신 역졸 거행을 시켜주시렵니까?"
하고 호랑이 잡는 값부터 작정하려고 하였다.

"호랭이만 잡아오너라."
"역졸은 틀림이 없습니까?"
"그것쯤은 어려울 것이 없다."

"어려울 거 없는 줄은 잘 압니다만 분명한 말씀 한마디가 있어야 호랭이 잡을 기운이 나지 않습니까!"

"그래라. 호랑이를 잡아오면 역졸을 박아주마."

"호랭이가 황주, 봉산으루 넘나든다는데 봉산 땅으루 내빼는 때는 어떻게 합니까? 그대루 쫓아가두 좋습니까?"

"내가 봉산군수에게 사찰로 편지해서 봉산으로 못 가도록 막아달라고 해보마."

"봉산 편에서 막기만 잘 막아주면 호랭이를 꼭 잡아오겠습니다."

"호랭이를 잡으러 갔다가 못 잡아가지고 오면 너도 망신이고 나도 망신이다."

"녜, 염려 없습니다."

"익숙한 사냥꾼을 서너 사람 얻어줄 것이니 데리구 가거라."

"다른 사냥꾼은 없어두 좋습니다만 얻어주시면 데리구 갑지요."

이튿날 돌석이가 사냥꾼 세 사람을 데리고 호랑이 사냥을 떠나는데 찰방이 돌석이를 보고

"대개 며칠이나 걸리겠느냐?"

하고 물으니 돌석이가 한참 생각하다가

"날짜는 정할 수 없습니다. 지금 소인의 겉가량으루 열흘 잡습니다."

- 일자반급(一資半級) 예전에, 보잘것없는 작은 벼슬을 이르던 말.
- 요감(了勘)하다 끝을 막다.

하고 대답하였다.

"오냐, 열흘도 좋다. 그동안 내가 궁금하면 사람이라도 보내볼 터이니 너희들이 가서 숙소를 한 곳에 정한 뒤에 곧 한번 기별해라."

"죽은 놈의 자식이 오릿골 저의 매가妹家루 같이 가자구 합니다."

"그자의 자식두 사냥 간다느냐?"

"녜, 호랭이 잡는 데까지 따라다니겠답니다."

"그러면 사람을 보낼 때 오릿골로 보낼 테니 그리들 알고 가거라."

돌석이와 사냥꾼들이 죽은 역졸의 아들아이를 앞세우고 오릿골로 왔다. 죽은 역졸의 사위는 그 처남아이의 손위라 나이 근 삼십한 장정인데 당가한 살림에 살림 형편이 과히 구차치 않아서 돌석이 일행을 술, 밥으로 진창 대접하였다. 돌석이가 칙사 같은 대접을 받으면서 하는 일은 잔돌, 굵은 돌을 주위다 놓고 하루 몇 차례씩 팔매만 치고 정작 호랑이 사냥을 나서지 아니하여 역졸의 아들아이가 재촉하고 같이 온 사냥꾼들까지 재촉하나 돌석이는 하루 이틀 미뤄나가기만 하는데 그동안에 닷새가 그냥 지나갔다.

역졸의 딸 내외는 주인 된 체면으로 차마 와서 재촉은 하지 못하나 속으로는 다른 사람보다 더 답답하여 내외간에 뒷공론이 많았다.

"사냥 온 사람들이 산에는 갈 생각두 안 먹으니 그게 웬일이오?"

"글쎄, 낸들 알 수 있나."

"그 사람들이 온 제가 벌써 며칠이오, 오늘이 닷새째 아니오?"

"배대정이란 사람이 안 가려구 한다구 같이 온 사람들두 두덜거리데."

"배대정이라구 부르는 걸 보면 대정쟁이 노릇하던 사람 아니겠소. 대정쟁이 출신이 큰 사냥을 어떻게 하오? 토끼 새끼도 잘 잡을는지 모르겠소."

"그 사람이 돌팔매질을 잘 친다네."

"팔매질루 큰짐승을 잡았단 말 들어보았소?"

"듣지는 못했지만 혹시 모르지."

● 당가(當家)하다
집안일을 주관하여 맡다.

"내 생각엔 찰방 나리가 속은 것 같소."

"찰방이 서울서 데리구 온 사람이라는데 어련히 잘 알구 보냈겠나."

"동생 말을 들으니까 찰방 나리가 처음에 불러 물어보구 보냈답디다."

"그래두 아주 허무할 듯하면 보냈겠나."

"그러나저러나 우리 집에서 여러 사람을 무작정하구 두구 먹일 수 없지 않소?"

"며칠만 더 두구 보세."

"며칠 후에는 어떻게 할 테요?"

"가라구 쫓아버리지."

"가만히 두구 보지 말구 사냥 나가라구 말을 좀 하구려."
"내일 안 나가면 말을 좀 하겠네."
주인이 말하려고 벼른 날 이른 식전에 배대정이
"오늘부터 산에를 좀 나가보까."
하고 사냥갈 준비를 차리었다. 잔돌은 차고 다니는 바랑만 한 주머니에 넣고 굵은 돌은 주인집에 있는 외멍구럭에 담아서 역졸의 아들에게 맡기면서
"너는 이것을 메구 내 뒤를 따라오너라."
하고 말을 일렀다.
"돌덩이는 산에 가면 쌔버렸는데 왜 무거운 것을 메구 가자시우?"
"닷새 동안 손에 익힌 돌들이다. 잔말 말구 가지구 가자."
"호랭이를 창으루 잡지 않구 돌덩이루 잡으실라우?"
"창으루 잡든지 돌덩이루 잡든지 잡기만 하면 고만 아니냐."
"돌덩이에 호랭이가 잡히나요?"
"얼뜬 호랭이는 잡힐는지 누가 아느냐? 가서 보구 말을 해라."
돌석이가 창 하나를 들고 앞에서 가고 아이가 돌멍구럭을 메고 그 뒤를 따라가고 사냥꾼들이 각기 창을 메고 중간에 늘어서 가고 주인과 동네 사람 넷이 여러 사람의 점심밥을 걸머지고 뒤에서 몰려갔다. 마늘메서 시루메로 들어가며 호랑이의 발자국은 많으나 정작 호랑이는 구경도 못하고 도로 내려오다가 먹골 근처에서 점심들을 먹는데 먹골 나무꾼 하나가 와서 방금 소학골 산속

에서 호랑이를 보았다고 말하여 총총히 점심들을 먹어치운 뒤에 그 나무꾼까지 데리고 소학골로 들어왔다. 나무꾼이 보았다는 자리에 호랑이가 있지 아니하여 근방을 뒤지는 중에 시냇가에 있는 조그만 장등* 위에 큰 송아지만 한 것이 누워 있는 것을 일행 중에 한 사람이 먼저 보고 손가락질하여 가리켰다.

 서쪽에는 정방산성이 가로막혔으나 산성을 끼고 남으로 도망할 수가 있고 동쪽에는 새남으로 내뺄 길이 있다. 돌석이가 사냥꾼 세 사람은 새남 편으로 보내서 호랑이가 내뺄 목을 지키게 하고 오릿골 동네 사람들과 먹골 나무꾼은 몽둥이들을 들고 정방산 편으로 가서 호랑이가 못 가게 아우성을 치라고 일렀다. 여러 사람들이 나뉘어 간 뒤에 한동안 착실히 있다가 돌석이가   • 장등 산마루. 역졸의 아들을 데리고 호랑이의 대가리 있는 편으로 가서 장등을 타고 호랑이 누운 곳으로 내려가는데 창은 아이를 들리고 돌멩구럭은 자기가 어깨에 메었다. 풀을 헤치고 한 걸음 두 걸음씩 가까이 들어가는데 호랑이가 낮잠을 자다가 깨었던지 부스스 일어나서 앞뒤 다리를 펼 수 있는 대로 펴서 허리를 잘록하게 하고 주홍 같은 아가리를 벌릴 대로 벌리었다. 돌석이가 이것을 보자 얼른 돌맹이 하나를 손에 들고 쫓아들어가며 팔매를 치니 그 돌덩이가 호랑이 아가리에 들어가 박혔다. 호랑이가 돌을 뱉으려고 대가리를 흔들면서 각각거릴 때에 돌덩이가 연주전같이 연거푸 대가리 위에 떨어졌다. 호랑이는 아가리에 돌덩이를 문 채 새남 편으로 달아났다.

돌석이가 아이와 같이 호랑이 뒤를 쫓아올 때 앞에 사냥꾼 세 사람이 있는 것을 믿었더니 호랑이는 멀리 내빼서 눈에 보이지 않고 목 지키러 온 세 사람은 새남 가는 길에서 오락가락하고 있었다.

"어디루 갔소?"

돌석이가 장등에서 내려다보며 소리쳐 물으니 세 사람이 다같이 쫓아올라와서 그중에 앞선 한 사람이

"호랭이가 이리루 왔소?"

하고 도리어 물었다.

"이리루 오다니, 호랭이 오는 것두 못 봤단 말이오?"

"우리는 못 봤는걸."

"목은 알뜰하게 잘 지켰다. 예끼 순 밥 빌어다 죽 쑤어먹을 자식들 같으니."

돌석이가 골이 나서 욕질을 하니 그중에 한 사람은 반죽이 좋아서

"밥으루 죽을 쑤면 느루먹구˚ 좋지그려."

하고 이죽거리고 한 사람은 성깔이 있어서

"호랭이는 자기가 놓치구서 왜 우리보구 욕질이야! 우리가 만만하니까 잿골에 말뚝 박긴가."

하고 중얼거리고 남은 한 사람은 성미가 부드러워서

"우리가 사냥질이 서툴러서 목을 잘 본다는 게 알량하게 보았소. 용서하구 그놈이 멀리 내빼기 전에 쫓아가나 봅시다."

하고 돌석이의 눈치를 보았다.

"호랭이는 벌써 봉산 갔겠소."

"새남까지나 가보구 옵시다."

"제기!"

하고 돌석이가 먼저 새남 편으로 걸음을 떼어놓으니 사냥꾼 세 사람이 서로 돌아보면서 아이와 같이 돌석이의 뒤를 따라왔다. 새남을 거의 다 와서 난데없는 아우성소리가 들리더니 호랑이가 이편으로 뛰어오다 말고 가로새어 내빼려고 하였다. 돌석이는 이 것을 보고 일변 돌주머니를 벌리며 일변 호랑이를 앞질러가서 돌팔매 한 개로 호랑이의 한편 눈을 맞혔다. 호랑이가 앞발로 저의 눈퉁이를 허비는 동안에 다시 돌팔매 한 개로 호랑이의 다른 편 눈을 마저 맞혔다. 돌덩이가 아가리에 들어박히듯이 돌이 눈 속에 들어박히지는 아니하였으나 호랑이는 눈이 아파서 뜨기가 어렵던지 두 눈을 다 감고 아가리만 딱딱 벌리며 어흥 소리를 질렀다. 아가리에 들어박혔던 돌덩이는 어느 틈에 빠져 없어졌다. 돌석이가 멍구럭에서 큰 돌멩이 한 개를 꺼내서 들고 있다가 호랑이가 아가리를 벌릴 때에 노리고 던졌다. 그 돌덩이가 또 아가리에 들어가 박히니 호랑이는 어흥 소리도 못 지르고 다시 칵칵거리고 간간이 으르렁거렸다. 돌덩이가 눈퉁이에 떨어지고 대가리에 떨어져서 호랑이가 배기다 못하여 천방지축으로 뛰어 내빼는데 돌덩이들이 엉덩이와 볼기짝에까지 떨어졌다. 돌석이가 멍구럭의 돌덩이를 한 개 남기지 않고 다

• 느루먹다 양식을 절약해서 예정보다 더 오랫동안 먹다.

던진 뒤에 아이를 돌아보며 창을 달라고 하니

"호랭이가 인제는 잘 내빼지도 못하게 되었으니 내가 쫓아가서 창으루 찔러 잡아보리다."

아이가 창을 가지고 호랑이를 쫓아가는데 사냥꾼들도 따라갔다. 눈은 뜨지 못하고 아가리는 다물지 못하는 병신 호랑이를 새남 뒤에 와서 아이와 사냥꾼 셋이 찔러 잡았다. 봉산서 나온 장교와 사냥꾼 한 떼가 호랑이 잡은 데 와서 보고 경천서들 왔느냐고 묻고 호랑이 아가리에 돌덩이 박힌 까닭을 물어서 아이가 돌석이 뒤에 따라다니며 눈으로 본 것을 자초지종 다 이야기하니 여러 사람의 눈이 돌석이게로 모여들었다. 봉산 사냥꾼 한 사람이

"댁이 어디 사람이오?"

하고 물어서 돌석이가

"경상도 김해 사람이오."

하고 대답하자 젊은 장교 한 사람이 돌석이 앞으로 가까이 오며

"전에 전라도 난리 치러 간 일이 있소?"

하고 물었다.

"을묘년에 영암까지 갔었소."

"성명이 배돌석이 아니오?"

돌석이가 젊은 장교를 유심히 보면서

"진중에서 나를 보셨소?"

하고 물으니 젊은 장교는

"아니오."

하고 고개를 외치며 상글상글 웃었다.

돌석이가 젊은 장교의 성명을 물었다. 황천왕동이란 돌석이 귀에 생소한 성명이라 돌석이가 고개를 흔들며

"나는 모르겠는데……."

하고 다시 입속으로 그 성명을 뇌어보는데, 그 장교는 여전히 상글거리고 있었다.

"대체 나를 어디서 만나봤소?"

"지금 여기서 만나봤소."

"처음 만나지요?"

"이다음 만나면 구면이지만 오늘은 초면이오."

"그럼 그렇지, 전에 본 사람을 몰라보두룩 내 눈이 무딜 리가 있나. 그런데 나를 처음 보면서 성명을 어떻게 먼저 아시우?"

"팔매질 선성을 들었든 까닭에 어림치구 물어봤소."

"내 선성은 뉘게 들으셨소?"

"임꺽정이란 이를 만나본 일이 있지 않소?"

"임꺽정이 임꺽정이, 그가 수염 많은 검객 아니오?"

"검객이 무어요?"

"검객이 무어라니, 칼 잘 쓰는 사람 말이지요."

"칼두 잘 쓰지만 힘이 천하장사요."

"내가 영암 진중에 있을 때 한번 잠깐 만나보구 이야기는 별루 못해봤소. 그래 그 사람에게 내 말을 들으셨소?"

"그가 우리 누님의 남편인데 전장에 갔다와서 댁 이야기를 많

이 합디다."

"그럼 이봉학이란 사람두 친하겠구려."

"네, 서루 알지요."

"이봉학이가 지금 어디 있나요?"

"지금 제주 가서 벼슬살이한답디다."

"제주 가서 무슨 벼슬살이를 할까? 제주목사는 아닐 테구."

"현감이랍디다."

"현감이오? 그러면 대정이나 정의로구먼요."

"네, 정의현감이랍디다."

"남은 내 동갑에 원 나간다더니, 그 사람은 잘되었군. 영암 있을 때는 그 사람이나 내나 다 같은 대정이었소."

"서울 양반 하나가 뒤를 보아주는갑디다."

"그렇겠지요."

두 사람의 수작이 지루하여 다른 사람들은 둘씩 셋씩 풀밭에 가서 주저앉았다. 천왕동이가 이것을 보고

"오늘은 고만 작별합시다. 수이 한번 봉산으루 놀러오시우. 장청버덤 백이방 집으루 찾아오시는 것이 좋소. 백이방 집이 내 처가요."

하고 말하여

"네, 꼭 놀러가리다."

돌석이가 천왕동이와 작별하고 사냥꾼들과 같이 죽은 호랑이를 떠메고 오다가 정방산 편으로 간 사람들을 불러온 뒤에 오릿

골 사람들 시켜 떠메게 하고 오릿골로 내려왔다. 큰 오릿골 작은 오릿골은 말할 것 없고 나무꾼이 소문을 퍼쳐서 먹골서까지 호랑이 구경들을 쏟아져 왔는데, 오는 사람마다 호랑이를 보고는 반드시 호랑이 잡은 돌석이까지 보고 갔다. 이날 마침 찰방이 좋은 술을 보내주어 돌석이가 사냥꾼들과 같이 밤들도록 술을 먹고 이튿날 늦은 아침때에야 오릿골서 떠나서 경천으로 돌아오는데 오릿골 사람 십여명이 돌석이를 전후로 옹위하고 왔다.

찰방이 호랑이를 받아놓고 황주목사를 무안 줄 마음이 급하여 그날 저녁때 바로 호랑이 잡아온 사연을 전갈하는데

"호랑이를 잡아오라고 사냥꾼 너덧 사람을 보냈더니 보낸 지 이레 만에 오늘 잡아왔습니다고. 호랑이가 벌써 썩기 시작해서 그대로 더 두면 가죽을 못쓰게 되겠기에 한번 구경도 못 시켜드리고 곧 거피去皮를 시켰습니다고."

전갈하인에게 말을 일러보냈더니 목사가 그 하인에게

"호랑이는 구경 못 시켜주시나마 호랑이 잡은 사냥꾼들을 곧 한번 보내줍시사고."

답전갈하여 찰방이 이튿날 돌석이와 다른 사냥꾼들을 읍으로 들여보냈다. 황주목사가 호랑이 잡은 이야기를 자세히 물어본 뒤에 목사의 체면을 지키느라고 돌석이에게 무명 한 필, 다른 사냥꾼들에게 무명 반 필씩 상급을 주었다.

돌석이가 다른 사냥꾼들과 같이 상급을 받아가지고 황주 관가에서 나오는 길에 낯모르는 늙은 여편네 하나가 돌석이의 소매를

잡고 저의 집으로 가자고 매달렸다.

"알지두 못하는 사람을 붙들구 집으루 가자니 웬일이오?"

"당신네가 호랭이를 잡으셨다지요?"

"호랭이 잡은 이야기를 들을라구 집으루 가잔 말이오?"

"호랭이 잡은 양반은 우리 은인이신데 우리 집을 그대루 지나가셔서야 되니까. 잠깐만 가십시다."

길가에서 보고 섰던 사람 하나가

"그 할머니가 외아들을 호환에 보내구 실성한 이요."

하고 말하니 늙은 여편네는

"미친 놈들의 눈깔엔 성한 사람두 미쳐 보이는가 부다."

하고 성을 내고

"저깟놈들의 말 곧이듣지 말고 어서 같이 가십시다."

하고 돌석이를 끌었다. 돌석이가 늙은 여편네를 따라가보고 싶은 마음이 없지 않아서

"어떻게 할라우?"

하고 다른 사냥꾼들을 돌아보니

"생각대루 하우."

"우리더러 물어볼 거 있소?"

"아따, 가봅시다."

하고 대답을 하여 돌석이는 사냥꾼들과 같이 늙은 여편네의 뒤를 따라왔다. 늙은 여편네가 집에 와서 삽작 안에 들어서며

"이애, 방에 있니?"

하고 소리치고 손들을 안방에 들여앉힌 뒤에 또

"이애, 어디 있니?"

하고 소리치더니 한참 만에 소복한 젊은 여편네가 집 뒤꼍에서 나왔다. 늙은 여편네가 대뜸

"너는 왜 밤낮 뒤꼍에 가서 사니?"

나무라고 다음에

"내가 호랭이 잡으신 은인들을 뫼시고 왔다. 들어와서 보여라."

방으로 불러들였다. 늙은 여편네가 돌석이와 다른 사냥꾼들을 돌아보며

"저애가 내 며느립니다."

하고 면면이 절을 시키었다. 그 며느리가 나이는 이십오륙세쯤 되어 보이고 얼굴은 해반주그레하였다.

"점심을 얼른 지어라."

늙은 여편네가 며느리를 내보낸 뒤에

"술들 잡수시겠지요?"

하고 물어서 사냥꾼 한 사람이

"없어 못 먹습니다."

하고 대답한즉

"손님들만 두고 나는 갈 수 없고 어떻게 하나!"

하고 한걱정하다가 말대답한 사냥꾼더러

"술을 좋아하시는 말씀이니 미안하지만 술 좀 받아가지고 오실라오? 좁쌀을 떠드릴게."

하고 청하였다. 손님들만 두고 갈 수 없다고 손님을 심부름 보내려고 하는 것이 성한 사람의 일이 아니다. 그 사냥꾼이 웃으면서

"내가 술집을 모르니 어떻게 하우?"

하고 말한 다음에 돌석이가

"우리들만 있을 것은 걱정 말구 주인이 가서 받아오시우."

하고 말하니 늙은 여편네는

"그럼 내가 얼른 갔다오지요."

하고 일어서 나갔다. 돌석이가 젊은 과부를 불러들이고 싶으나 차마 그대로 들어오라고는 말하기 어려워서 부엌 편을 내다보며

"물 한 그릇 주시우."

하고 말을 붙이었더니 젊은 과부는 대답이 없이 물사발을 들고 와서 방안에 들여놓았다. 젊은 과부가 고개는 다소곳하게 가지나 곁눈질을 자주 하는 것이 정이 잘 움직일 여편네 같았다. 젊은 과부가 몸을 돌리기가 무섭게 사냥꾼들은 서로 옆구리를 찌르며 픽픽 웃었다. 뒤에 점심상을 들여오고 내갈 때도 젊은 과부는 쉴새 없이 곁눈질을 하는데, 그 곁눈이 많이 가는 곳은 끼끗하게 생긴 사냥꾼 한 사람이었다. 돌석이가 이것을 짐작하고 슬그머니 불쾌한 생각까지 없지 않았다. 이날 의외의 점심 대접을 받고 돌아온 뒤 돌석이는 젊은 과부에게 마음이 있어서 일부러 읍에 가서 그 집을 찾아다니었다. 맥없이 놀 때는 자주 가고 역졸을 다니게 된 뒤에는 틈틈이 갔다. 젊은 과부도 돌석이 오는 것을 싫어하지 아니하여 두세 번 와서 서로 무람없이 말하게 되고 네댓 번 와서 서

로 희영수를 주고받게 되고 열 번 안 와서 둘이 관계가 생기었다.

  시어미 되는 늙은 여편네가 이것을 알고도 야료할 생각을 아니하고 도리어 조용히 돌석이를 보고

"죽은 아들 대신 나까지 보아주실 테요, 어쩔 테요?"

하고 종주먹 대듯이 말을 하여 돌석이는 선선히

"내가 곧 아들 노릇을 하리다."

하고 허락하였다. 실성한 어머니가 생긴 것은 좋을 것이 없으나 젊은 아내 생긴 것이 좋았다. 돌석이가 아내 얻고 구실 얻은 것이 구기본˙하면 호랑이의 덕을 본 셈이었다.

  돌석이가 젊은 과부를 아내로 얻은 뒤에 과부의 집을 경천역말로 이사시키고 살림을 시작하였다. 어느 날 아침 뒤에 돌석이가 역 마구간에서 말을 솔질하는데 아내가 쫓아와서 타관 손님이 왔다고 연통하여 솔질을 건정건정 다 하고 분분히 집에 와보니 황천왕동이가 수양모와 이야기하고 앉았었다.

● 구기본(究其本)
어떤 사실에 대하여
그 근본을 캐어봄.

"이게 누구요?"

"놀러오마 하구 그렇게 안 오는 법두 있소?"

"놀러갈 맘이 없는 게 아니지만 그동안은 좀 바빠서 못 갔소."

"그동안 구실 다니구 장가들구 또 살림 차리구 바빴겠소. 지금 이 할머니께 대강 이야기 들었소."

"내 집 찾느라구 애쓰지나 않았소?"

"찰방 기신 데루 찾아가는 중에 마침 이 할머니를 만나서 바루

이리 왔소."

돌석이가 밖에 있는 아내를 내다보며

"손님을 점심 대접이나 좀 해야지."

말하는 것을 듣고 천왕동이가 웃으면서 말하였다.

"신접살림에 무슨 손님 대접할 것이 변변할라구. 일이 없거든 나하구 같이 봉산으루 갑시다."

"일은 없지만 매인 몸이니까 맘대루 어디 갈 수가 있소?"

"찰방께 가서 말미를 좀 얻구려."

"가드래두 점심을 먹구 갑시다. 점심두 안 먹구 길을 갈 수 있소?"

돌석이가 천왕동이를 붙들어서 점심을 함께 먹은 뒤에 찰방에게 들어가서 이틀 말미를 얻어가지고 천왕동이와 같이 봉산으로 놀러왔다. 천왕동이 혼자만 같으면 해가 높이 있어 왔을 것이지만 돌석이가 있어서 해진 뒤에도 길을 내처 걸어서 초경이 지난 뒤에 천왕동이의 처가에 들어왔다. 이방은 사랑을 내주고 이방의 아내는 음식을 장만시키었다. 천왕동이 아내만은 남편이 역졸 같은 것을 손으로 데리고 왔다고 잔소리하는 것을 이방의 아내가

"온 손이 돌팔매로 호랑이 잡은 사람이란다. 예사 역졸이 아닐 게다. 황서방이 취할 곳이 없는 사람을 사귈 리가 있느냐?"

하고 딸을 타일러서 잔소리를 못하게 하였다. 저녁으로 밥상은 속히 나갔고 밤참으로 술상은 늦게 나갔는데 밥상에는 고기반찬이 여러가지 놓였었고 술상에는 준한 맑은술이 양푼으로 놓였었

다. 천왕동이와 돌석이는 밥상을 받고서도 이야기, 술상을 대하고서도 이야기, 이야기가 별로 그치지 아니하였다. 밥상을 받을 때까지도 서로 하오하던 말이 어느 틈에 하게로 변하여서 술상을 대할 때는 십년 숙친熟親한 이나 다름이 없었다. 돌석이가 술이 거나하게 취하였을 때

"이 세상에 돌팔매로 사위 취재 보는 데는 없나? 나두 장가나 좀 잘 들어보게. 여보게, 취재 보던 이야기 더 좀 자세히 하게. 재미있네."

하고 웃으니 천왕동이는

"아내 있는 사람이 왜 또 장가는 들구 싶다나?"

하고 웃었다.

"헌기집 만나서 사는 것이 숫색시 장가드는 것만 한가."

"숫색시두 하룻밤 지나면 헌기집이지."

"하룻밤이 좋은 밤이거든."

"여보게, 실없는 말 고만두구 자네 난리 치러 갔던 이야기나 좀 자세히 듣세."

"자네 자형에게 들었을 테지."

"자형이 무엔가?"

"누님의 남편이 자형 아닌가."

"매부 말인가?"

"매부는 손아랫누이 남편이지."

"까다로운 문자말을 누가 아나."

"그래 자네 누님 남편이 지금 무엇 하나?"

"무엇 할 것 있나. 집에서 놀지."

"아까운 인재가 썩네."

"역졸이나 장교를 다니면 썩지 않는 셈일까."

"되지 못한 구실아치는 집에서 노는 팔자만두 못하지."

"자네는 잘했으면 이봉학이만큼 출신했을 것 아닌가."

"나는 고생을 팔자에 타고난 사람이야. 전장에 나가기 전에두 고생으루 살았지만 전장에 갔다와서는 갖은 고생을 다 했네. 지금두 고생이지 무엔가."

"난리 치구 와서 줄곧 고향에 있었나?"

"고향에 있었네."

"경상도 끝에서 어떻게 황해도 구석까지 불려왔나?"

"거지바람이 불어서."

"거지바람이 무슨 바람인가?"

"얻어먹으러 왔단 말이야."

그다음에 돌석이는 평생의 고생한 것을 닭울녘까지 곤한 줄도 모르고 이야기하였다.

2

우리 고향 김해서는 사월 파일부터 오월 단오까지 석전질이 큰 구경거리라 내가 조그마서부터 석전질 구경에 재미를 들여서 장래 유명한 석전군이 되어보려고 일찍이 돌팔매를 치기 시작했네. 밥 먹을 줄도 모르고 팔매만 치러 다니니까 팔매질이 잠깐 늘어서 불과 일이년 안에 동무 아이들 중에서 팔매질로 대장 노릇을 하게 되고, 사오년 지나 여남은살 된 뒤에는 팔힘이 모자라서 어른만큼 멀리 치지 못할 뿐이지 맞히는 데 들어서는 어른에게도 질 것이 없었네. 열세살인가 열네살에 내가 한번 읍내 사정에 가서 편사便射 쏘는 것을 보고 돌팔매를 활 쏘듯 해보려고 내 자작으로 방법을 만들어가지고 삼년 동안 팔매를 공부했네. 그 뒤로는 돌주머니만 차고 나서면 도둑놈도 무섭지 않고 호랑이도 무섭지 않고 눈앞에 무서운 것이 없었네. 지금은 오히려 이십년 전만 못한 셈이지. 그렇지만 연골에 배운 재주라 아무리 오래 팔매를 안 치다가도 이삼일 동안 손이 뻑

● 계적(繼蹟) 조상이나 부형의 훌륭한 업적이나 행적을 본받아 이음.

뻑한 것만 풀리면 도루 제 자욱이 들어서네. 내가 몸에 가진 재주란 것이 팔매질 외에는 아무것도 없네. 억지로 말하려면 말 잘 타는 것이나 재주라고 할까, 그러나 남보다 나을 것이 있어야지. 우리 아버지가 김해 남역南驛서 역졸을 다닌 까닭에 내가 말을 탈 줄도 알고 거둘 줄도 아네. 그렇지만 아버지의 거먹초립 계적●할 줄은 꿈에도 생각하지 못한 일일세. 우리 아버지가 생존했을 때까지는 내가 석전판에나 뛰어다니고 석전 없을 때는 팔매질이나 공부하고 빤빤히 놀고먹었네. 일하기 싫은 것보다도 의붓어머니에게 미움 바치느라고 집에서 놀면서도 여간해서 빗자루도 손에 잡지 않았네. 나를 낳은 어머니는 돌 전에 돌아가고 의붓어머니

손에서 눈칫밥으로 자랐는데, 어렸을 때는 하루돌이로 매를 맞아서 몸에 생채기가 가실 날이 없었네. 하도 몹시 맞으니까 나중에는 어린 맘에도 맞아죽기밖에 더 하겠느냐 악이 나데. 악이 늘어가니까 매는 점점 더 맞았지. 내가 천생이 사람이 좋다는 것은 아니지만 악하고 독해지기는 의붓어머니 덕인 줄 아네.

내가 석전군으로 나설 때부터 매는 안 맞게 되었지만 맘은 하루도 편할 날이 없었네. 더구나 스물한살 장가든 뒤로는 집에만 들어가면 생으로 골머리가 지끈지끈 아파서 별로 집에 붙어 있지 아니했네. 스물일곱살 되던 해 이월에 아버지가 급한 병으루 갑자기 돌아가시고 보니 의붓어머니와 아내를 먹여살릴 것이 내 담책擔責이 아니겠나. 그런데 나는 그동안 홧김에 배운 술이 골에 박여서 하루 세끼 밥은 굶어도 하루 한번 술은 안 먹고 못 배길 지경이 되었네그려. 농사도 할 줄 모르고 장사도 할 줄 모르는 위인이 술에 정신이 빠졌으니 두 식구는 고만두고 단 한 식구라도 먹여살릴 주제가 되나. 의붓어머니와 아내가 방아품을 팔아서 먹고살았네. 아내 명색이 사람은 못생긴 것이 그중에 염량*이 있어서 아버지 돌아간 뒤부터 차차로 의붓어머니에게 불쾌스럽게 굴더니 나중에는 마구 해내기를 식은 떡 떼어먹듯 하네그려. 의붓어머니는 어머니 아니며 시어머니는 어머니 아닌가. 그대로 두고 볼 수가 없데. 버릇을 좀 가르치려고 해보았지만 안 되겠어서 삼년 겨우 나고 쫓아버렸네. 그 뒤 이삼년 동안 모자 살림을 하던 끝에 의붓어머니가 마흔여덟살 먹은 중늙은이로 어떤 놈한테 미쳐서 후살이를 갔네. 김해 사람들은 내가 의붓어머니를 구박해서 후살이를 보냈다고 말하지만 그것은 나를 모함하는 말이고, 의붓어머니가 내 주정은 많이 받았네. 우리 아버지 돌아간 뒤부터 의붓어머니와 모자간에 정이 있이 지냈고 또 내가 의붓어머니 방아품으로 먹고사는 터인데 왜 후살이 가라고 구박했겠나. 그렇게 말하는 것이 미친 놈들이지. 내가 그런 말 하는 놈들하고 싸움도 여러번 했네. 의붓어머니가 후살이 간 뒤에는 내가 살림을 걷어치우고 남의 집으로 떠돌아다니다가 을묘년에 투석대에 뽑혀서 전라도를 가게 되었는데, 전라도 갈 때는 고향에 다시 돌아올 맘을 먹지 않았었네.

    진중에 가서 처음에는 명색 없는 군졸로 설움도 많이 받았지만 나중에 동향 사람 중군의 천거 ● 염량(炎凉)
선악과 시비를 분별하는 슬기.

로 방어사 앞에서 재주를 드러낸 뒤 투석대의 대정이 되고 이봉학이와 겨룸하여 각진에 이름을 드날린 뒤 방어사의 애호를 받게 되었는데, 그때는 난리만 끝나고 보면 곧 만리전정이 눈앞에 터질 것 같았네. 방어사가 재주를 알아주고 중군이 매사에 두둔하니까 진중에서 배대정 배대정 하고 떠받드는 사람도 많았지만 시기하는 사람도 적지 않았네. 그중에 방어사의 일가 위장 한 사람이 나를 보면 공연히 눈을 곱게 뜨지 아니하데. 아무리 위장이라도 그까짓 자식을 내가 알 바가 있나. 저는 저고 나는 나로 지냈네. 난리가 끝나고 삼군이 호궤를 받던 날 그 자식이 일부러 우리 술 먹는 데 와서 나를 보고

"인제는 김해로 도루 가서 석전군 노릇을 다시 할 텐가?"

"내가 김해부사나 해가면 자네를 만나보겠네."

하는 소리마다 사람의 배리가 꿰져서 가만히 듣고 있을 수가 있어야지. 술김 골김에 내가 그 자식을 칼로 찔러넘겼네. 그 자식을 죽이고 대살代殺당할 작정을 하고 함부로 찔렀네. 옆에 있던 사람들이 붙잡고 매달리지 않았더면 그 자식이 죽고 말았을 것일세. 위장을 중상시킨 죄목으로 내가 효수를 당하게 되었는데 중군이 힘을 안 써주었더면 이 목이 그때 떨어졌을 것일세. 효수하는 법을 자네 아는가? 처음에 북소리가 꽝 하고 나면 죄인을 잡아내서 윗도리의 옷을 벗기고 얼굴에 회칠을 하고 화살로 두 귀를 꿰어가지고 군중에 회술레를 시키고, 그다음에 북소리가 또 꽝 하고 나면 죄인의 상투를 풀어서 줄로 표미기˚에 매어달고 도수刀手들이 잘 드는 칼을 들고 전후좌우로 둘러서고, 그다음에 북소리가 마지막 꽝 하고 나면 죄인의 목이 땅에 떨어지네. 내가 하마터면 이 꼴을 당할 뻔했네. 그래도 효수하는데 화살을 두 귀에 꿰지 않고 망건 뒤에 찔러주데.

이봉학이는 효수당하게 되었을 때 참으로 귀까지 꿰었었네. 그 사람은 남방어사 부하에 있었는데 남방어사가 북문 싸움에 참혹히 봉패한 뒤에 영암서 퇴진하려고 퇴진령을 놓으니까 이봉학이가 방어사 앞에 들어가서 적군을 버리고 퇴진하는 것이 부당한 일인데 더구나 지금 패진한 끝에 퇴진하면 남의 치소˚를 받을 터이니 퇴진령을 거두라고 말마디나 좋이 했더라네. 남방어사가 고집이 무서운 위인이라 자기가 한번 정한 일이면 백이 백 소리를 하고 천이 천 소리를 해도 귀 한번 기울이지 않는 터인데 이봉학이의 말을 듣고 놓은 영을 거둘 리가 있나. 말한 이봉학이가 어림없는 사람이지. 당장에

"방자스러운 놈 같으니. 네가 죽고 싶으냐!"

호령을 서리같이 하고 곧 중군에게 분부하여 대정 이봉학이는 군령을 거스르고 군심을 동요시키는 죄가 용서할 수 없으니 즉각으로 효수하라고 했드라네. 그런데 그날이 마침 나라 제사 파젯날이라 중군이 그 사연을 말하여 이튿날 행형行刑하기로 되었는데, 소문이 퍼져서 가수성장으로 있던 전주부윤 이윤경이란 양반이 듣고 그날 밤에 친히 남방어사를 가보고 이봉학이의 목숨을 살려주라고 간청하다시피 말하다가 코를 떼이었다데. 이튿날 식전 아침에 이봉학이를 구경 효수시키려고 거조를 차리어서 회술레까지 끝나고 상투를 매어달 즈음에 어떤 장사 하나가 이봉학이를 뺏어가지고 가뭇없이 어디로 내빼서 남방어사가 펄펄 뛰고 영암 성중을 집뒤짐했지만 어디 있어야 잡지. 남방어사가 퇴진해간 뒤에 들으니까 이봉학이를 뺏어간 장사는 임꺽정이고 이봉학이와 임꺽정이를 감추어준 양반은 이윤경 이부윤이라데.

• 표미기(豹尾旗) 조선시대에 쓰던 표범 꼬리가 그려진 군기. 이 기를 세워둔 곳에는 함부로 드나들지 못했다.
• 치소(嗤笑) 비웃음.

이야기가 가로새었네. 내 이야기를 해야지. 내가 그때 효수는 겨우 면했으나 전정은 다 망치고, 생각하니 기가 막히데. 남들은 고향 간다고 좋아들 하는데 나 혼자 갈 데를 못 정해서 근심하는

중에 고향에서 같이 온 투석군 한 사람이 같이 가자고 지성으로 권하데그려. 그 사람의 권을 받지 않으니 어디 다른 데 갈 데가 있어야지. 그래 할 수 없이 다시 고향으로 돌아가게 되었네.

나는 고향이라고 발을 들여놓아야 집도 절도 없는 사람이니 다른 데 갈 데 있나. 같이 오자던 사람의 집에 가서 몸을 부치고 있었네. 처음 몇달 동안은 그 사람의 부모형제들이 내색없이 대접을 잘하더니 열흘 고운 꽃이 없다고 날이 갈수록 차차로 처음과 달라지데. 내색이 달라지고 대접이 달라지는 것을 모르는 체하고 참고 지내려니까 그 사람의 부모 되는 바깥늙은이 안늙은이가 나들으라고 빗대놓고 욕설까지 하는데 작은아들이 나무 아니 해온다고

"개새끼는 도둑 지키구 달기새끼는 홰를 친다. 사람의 새끼가 왜 놀구 처먹는단 말이냐! 싹수없는 자식이 못된 것은 잘 보구 배우는구나."

수족 성한 거지가 얻어먹으러 왔다고

"사족이 멀쩡하게 성한 녀석이 어디 가 무슨 일을 못해서 얻어먹는단 말이냐. 우리 집에서 공밥 잘 먹인다는 소문이 났드냐?"

이런 소리를 하루에도 몇번씩 듣게 되니 아무리 비위를 잘 파는 사람이라도 그 집에 더 있을 수가 있든가. 그래서 내가 어느 농가에 가서 머슴을 들었네. 그러나 전에 모 한 포기 꽂아본 일 없는 사람이 갑자기 머슴살이를 하자니 고생은 고생대로 되고 일은 일대로 안 되데. 일년을 지낸 것도 주인의 집 인심 덕이라고

말할 수 있네. 머슴살이 일년 한 뒤에 한 반년 동안 이집저집으로 돌아다니며 진대˙를 붙였는데, 남들이 술 먹는 데를 가서 술을 뺏어먹는 것은 오히려도 예사지만 밥 먹는 데 가서 밥까지 뺏어 먹었네. 내가 본래 싸움을 잘하는 사람이 아주 개차반 노릇을 할 작정이니까 남이 대수롭지 않게 피침한 소리를 하더라도 가만히 듣고 있나? 당장에 싸움을 걸지. 싸움이 조금만 커지면 칼로 내 가슴을 긋거나 내 살점을 어여내거나 해서 구경하는 사람이 눈을 가리도록 무지스러운 짓을 하는 까닭에 나한테 싸움하러 덤비는 놈이 별로 없었네. 그러니까 내가 가는 데 쫓을 놈도 없고 내가 달라는 걸 안 줄 놈도 없을 것 아닌가. 내 뒤에는 손가락질이 떠날 때가 없었겠지. 망나니라는 둥 개고기라는 둥 하는 조명을 내 귀로도 많이 들었네. 철없는 조그만 아이놈들이 나를 보고

● 열흘 붉은 고운 꽃이 없다
한때는 성하고 잘 되는 것 같지만
오래가지 못하고 변해버린다는 뜻.
● 진대
남에게 달라붙어 떼를 쓰며
괴롭히는 짓.

"돌이돌이 배돌이 일에는 베돌이 술에는 감돌이 싸움에는 차돌이."

하고 놀리기까지 하였네. 사람의 꼴이 어떻게 되겠나. 아주 망했지. 이렇게 망한 놈 노릇할 때 어느 날 읍내 사는 김도사 댁이란 양반의 집에 불려가게 되었네. 내가 작죄한 일이 있더라도 양반 무서울 것 없는데 작죄한 일이 없으니까 안 갈 까닭이 있나. 가서 잘하면 술잔이라도 얻어먹고 오려니 하고 갔네. 급기야 가보니 서방님이라는 자는 집에 없고 아씨라는 이가 중문간으로 불러들여서 안방문을 열고 내다보며 말을 묻데.

"자네가 성명이 배돌석인가?"

"네, 그렇소이다."

"자네가 지금 나이 몇 살인가?"

"서른다섯살이올시다."

"처자가 없다니 참말인가?"

"네, 없습니다."

"그러면 자네 내 집에 와서 비부쟁이˚ 노릇을 하지 않을라나?"

내가 그 말을 듣고 속으로는 곧 이것이 웬 떡이냐 하고 생각하였지만 대답이 얼른 안 나와서 주저주저하고 있자니까 아씨란 이가

"여기 섰는 이 애를 좀 들여다보구 대답하게."

하고 마루 위에 섰는 계집종을 가리키는데, 그 계집이 이목구비가 분명하게 생겼데.

"이 애가 지금 나이가 스물다섯인데 첫 서방이 죽은 뒤 삼년이 지났네. 내가 마땅한 사람을 하나 얻어주려고 물색하는 중에 누가 자네 말을 하데. 다른 사람 시켜서 자네 의향을 물어보아도 좋을 테지만 물어보랄 사람도 만만치 않고 나도 자네를 한번 보고 친히 물어보려고 덮어놓고 불러왔네. 그래 자네, 맘이 있나 없나?"

"이런 황감한 처분이 어디 다시 있겠습니까."

"내 집에 와서 비부를 들겠단 말이지?"

"네."

"그러면 내일 아침에 정화수 상이라도 놓고 초례를 지내고 곧 집에 와서 있도록 하게."

"네, 그렇게 하겠습니다."

"술 한잔 내보내줄 게니 먹고 갔다 내일 식전 다시 오게."

"네, 황송합니다."

나는 김도사 집 비부쟁이 노릇하게 되는 것이 투석대 대정 첩지를 받을 때만큼이나 맘에 좋았네.

내가 비부 노릇하게 된 것이 작년 늦은 봄 일일세. 우리게 늦은 봄에는 노인도 홑것을 입는데 그때 나는 짠짓국같이 된 겹옷을 입고 있었고 갓은 파립이고 망건은 파망이니 아무리 남의 집 비부쟁이라도 장가 명색을 들러 가며 그 꼴을 하고 ● 비부쟁이 계집종의 남편. 야 갈 수 있나. 만만한 데 한 군데 가서 홑것 한 벌을 우격다짐으로 뺏고 또다른 데 한 군데 가서 성한 관망을 억지로 빌렸네. 홑것을 입고 관망을 쓰고 이튿날 식전에 김도사 집에를 가는데 일찍이 오란다고 너무 일찍이 가서 사랑 대문도 아직 열어놓기 전이데. 대문 밖에 초가 행랑 두 채가 있는데 한 채는 비었고 한 채는 사람이 들었데. 사람 든 행랑 앞을 왔다갔다하자니까 사내가 내다보고

"당신이 배대정 아니오? 이리 들어오시우."

하고 부르기에 대문 열 때까지 기다리고 있으려고 그 행랑으로 들어갔네.

"대단 일찍 오셨구려."

하고 그 사내가 인사하는 말이 너무 일찍 온 것을 웃는 것 같아서 나는

"어제 도사 댁 아씨께서 일찍 오라셨는데……."
하고 우물쭈물 대답했네.

"이쁜 아내를 얻게 되어서 맘에 좋겠구려."

"홀아비가 기집이 생기니 좋지 않겠소?"

"기집이라두 이만저만한 기집이오? 이 읍내 일판에 둘두 없는 일색인데, 댁에 와서 비부 들려구 몸살하는 사람이 얼만지 모르우. 당신이 움 안에 떡 받았소.'"

"글쎄 내가 꿈을 잘 꾼 모양인가 보오."

"그러나 비부 노릇하자면 일이 많소."

"일이 무엇무엇이오?"

"날마다 하는 일이 앞뒤 마당 쓸구 나귀 거두구 푸성귀 가꾸구 심부름 다니구. 이 댁 안팎심부름이 여간 많지 않소."

이 자식이 제가 할 소임까지 내게다가 쓸어맡길 생각이 있어서 미리 이런 말을 하나 부다 짐작하고 나는

"양반님네 하라는 대루 하면 고만 아니겠소."
하고 대답하였더니

"암 그렇지요. 그렇지만 양반이 시키는 일을 고지식하게 다 하자면 오뉴월 긴긴 해에두 낮잠 한잠 자지 못하우. 이 댁 도사 나리 생전에는 일이 지금버덤 몇배가 더 드세서 견디다 못해서 도망한 사람까지 있었소."

돌아간 김도사가 사람이 어떻게 까다롭던지 인근 읍에까지 소문이 나도록 유명해서 서울 사람이 경망한 사람을 애박艾璞이라고 하듯이 우리 김해 사람은 까다로운 사람을 김도사라고 말했네.

"돌아간 이 댁 도사 나리같이 유명짜한 분 밑에선 하인 노릇하기 어려웠을 게요."

"지금 서방님은 아버지와 팔팔결 달라서 사람이 좋은 편입니다."

"서방님이 어제는 댁에 안 기십디다그려."

"함안 조참판 댁에 가셨는데 내일모레나 오실 게요."

"서방님두 안 기신데 아씨 맘대루 비부를 들이시오?"

"아씨가 시집올 때 데리구 온 몸종이니까 아씨 맘대루 비부를 들이지요."

● 움 안에서 떡 받는다 이편에서 구하지도 않았는데 뜻밖에 좋은 물건을 얻었음을 이르는 말.

"아무리 아씨가 친정에서 데리구 온 종이라두 서방님이 오셔서 딴말씀이 없겠소?"

"딴말씀하면 소용 있소? 그 사람이 벌써 당신의 아내가 된 것을 도루 뺏겠소, 어떻게 하겠소?"

"나를 나가거라 마라 할는지 누가 아우?"

"댁 아씨란 이가 사내 볼 쥐어지르게 똑똑한 양반이오. 서방님이 꿈쩍 못하우."

"그렇기나 하면 다행이오."

"아씨가 서방님 안 기신 틈을 타서 쌈 잘하기로 소문난 배대정을 비부루 골라 들이실 제 어련히 생각하셨겠소."

"서방님이 안 기신 틈을 타서 나를 비부루 골라 들이시다니, 무슨 까닭이 있소?"

"까닭은 나두 모르우."

"비부쟁이에 무슨 까닭이 붙은 것 같구려."

"까닭이 있거나 없거나 당신이 이쁜 아내만 데리구 살게 되면 고만 아니오?"

이때 사랑 대문 열리는 소리가 나서 그 하인이 아내와 같이 안으로 들어가는데 나도 그 뒤를 따라 들어갔네.

안중문에 들어가서 문안을 하니 아씨란 이가 내다보며

"신랑이 너무 일찍 왔군."

하고 웃고 나서

"서방님이 안 기신 때니 사랑 마루에 올라가 앉았게."

하고 말하여 나는 사랑으로 나와서 덧문 닫힌 큰사랑 앞마루에 올라앉았네. 얼마 뒤에 탈망에 관을 쓴 양반 한 분이 큰사랑 건너편에 있는 작은사랑에서 나와서 나를 흘금흘금 바라보더니 가까이 와서

"무어하러 온 사람인데 주인양반 안 기신 사랑 마루에 와서 앉았어?"

반말로 말을 묻데. 어떤 양반인지는 모르나 나는 얼른 일어나서

"이 댁에 비부 들러 온 사람이올시다."

하고 공손히 대답했네.

"언제 서방님이 말씀이 기셨든가?"

"아니올시다. 아씨께서 오라셨습니다."

"옳지, 아씨께서 오라셨어? 그러려니."

그 양반이 고개를 젖혀들고 코웃음을 치는 모양이 말웃음 흡사하데. 말웃음이 끝날 때에 사내 하인이 세숫물을 가지고 와서 마루 끝에 놓으니 그 양반이 곧 관을 벗고 앉아서 손을 물에 잠그고 국수 같은 때를 밀면서 하인에게

"애기더러 나와서 식전 글 좀 읽으라게."

하고 말하데. 알고 보니 그 양반은 선생 양반이고 작은사랑은 글방 사랑이데. 팔구세 된 주인 애기가 안에서 나오고 고만고만한 동네 아이 네댓이 책들을 끼고 온 뒤에 하늘천 따지 소리와 맹꽁징꽁 소리에 글방 사랑이 한동안 떠들썩하데. 식전 글이 끝난 뒤에도 한참 있다가 아침이 되고 아침이 지난 뒤에도 얼마 있다가 초례를 지내게 되었는데 말이 초례지 명색뿐일세그려. 정작 초례 지내는 동안은 잠깐이었네. 사랑 마당에 멍석 깔고 멍석가에 병풍 치고 병풍 앞에 정화수 상 놓고 남녀가 다 입은 옷 입은 대로 정화수 상 앞에 마주 서서 절 한번씩 하고 나니 초례가 끝이 났네. 계집은 참말 얼굴이 얌전하데.

대문 밖에 비어 있는 행랑이 우리 새 내외의 거처할 곳이라 그 행랑에서 첫날밤을 지내는데, 내가 계집 옆에 가까이 앉아서 이 말저말 물어보아야 계집은 얼굴을 숙이고 대답 한마디 아니하데.

"이 사람, 부끄럼이 숫색시버덤 더 많은 모양일세그려."

웃어도 대답이 없고

"자네가 벙어린가? 내 말이 말 같지 않은가, 어째 대답이 없나?"

나무라도 대답이 없기에 내가 그 숙인 얼굴을 치켜들고 보니 두 눈에 눈물이 글썽글썽하데. 첫날밤에 눈물 흘리는 까닭을 대라고 내가 종주먹을 대지 않았겠나. 계집이 부대끼다 못해서 나중에 한다는 말이

"남의 속은 알아 무얼 할라오?"

하고 톡 쏘데.

"남의 속이라니, 백년해로할 내외가 어째 남인가."

"백년해로는 다 무어야. 이놈 내주면 이놈하고 살고 저놈 내주면 저놈하고 사는 신세에 백년해로? 쥐똥 같은 소리 마오."

계집이 봉한 입이 떨어지더니 말이 제법 싸게 나오데.

"이 사람, 그게 무슨 소린가?"

"남의 집 종 된 게 분하단 말이야."

"종 된 게 분해서 지금 눈물이 났나?"

"그럼, 통곡을 해도 속이 시원치 않은데."

"차차 봐가며 속량해 나가세그려."

"나는 속량도 싫고 아무것도 싫소."

"남의 종 된 게 분하다며 속량하는 게 어째 싫어?"

"나는 죽고 싶은 맘뿐이오."

"그런 맘을 내버리구 우리 잘살아보세."

하고 내가 뺨을 대고 비비려고 하였더니 계집은 오만상을 찡그리

며 떠다밀고, 그외에도 계집이 하도 쌀쌀히 굴어서 치마 앞에 찬 바람이 도는 것 같데. 주먹다짐까지는 안 했지만 몇번 계집의 입에서 아야 소리가 나왔네. 남의 계집을 억지로 보듯이 하고 하룻밤을 지내는 중에 내가 계집의 첫눈에 들지 못한 줄을 속으로 짐작하였네.

이튿날 식전에 문안하러 안에 들어갔더니 아씨가 나를 불러들여서 앞에 세우고 계집 대접을 잘해라, 계집 버릇을 잘 가르쳐라, 중언부언 말을 이르는데 또라지게˙ 해라를 하데. 나는 새삼스럽게

'인제 비부쟁이가 되었구나.'

생각하며 내 몸을 돌아보았네. ● 또라지게 당돌하고 또렷하게.

내가 비부 든 지 사흘 되던 날 낮에 주인 서방님이란 분이 함안서 돌아왔네. 나중에 나귀 뒤에 따라갔던 상노아이놈에게 말을 들으니 일백이십리 길을 갈 때도 이틀에 가고 올 때도 이틀에 왔다고 하데. 그때 나는 마침 안 뒷간의 거름을 채마머리에 있는 두 엄더미로 퍼옮기는 중이었는데 서방님 오셨단 소리를 듣고 분주히 우물에 나와서 손발을 씻고 내 방에 가서 의관을 차리고 서방님을 보이러 들어갔네. 사랑에 들어가니 서방님이 안에 들어간 뒤요, 또 안에 들어가니 서방님이 사당방에 들어간 뒤라 나는 안 중문간에서 얼마 동안 서성거리었네. 서방님이 사당방에서 나와서 큰옷을 벗고 안대청 북창 앞에 앉아서 점심 반찬 만드는 아씨를 바라보며 웃고 이야기하는 중에 내가 안마당으로 걸어들어갔

네. 서방님이 그때까지 내 말을 듣지 못하였든지 내가 들어가는 것을 보고

"저게 누구야?"

하고 소리를 지르데. 내가 댓돌 아래 들어가 서서 내 입으로

"비부 배돌석이 현신드리오."

하고 하정배를 하였네. 서방님이

"비부?"

하고 한마디 뇌고서는 성난 눈으로 아씨를 바라보는데 아씨는

"엊그제 새로 들인 비부쟁이오."

하고 천연스럽게 말하데. 서방님은 얼굴이 희고 곱고 아씨보다 훨씬 젊데. 실상 나이는 서방님이 내 동갑 서른다섯이고, 아씨가 다섯살 맏이라는데 보기에는 적어도 십년은 틀리는 것 같데. 나는 서방님과 아씨를 번갈아 보고 섰는데 서방님은 아랫입술을 악물고서 아씨를 노려보고 아씨는 반찬을 만들면서 서방님의 눈치를 살펴보데.

"여보, 집안에 새 사람을 들이는데 내 말두 들어보지 않구 맘대루 한단 말이오?"

"내가 무얼 맘대로 했단 말씀이오. 비부는 나더러 골라 들이라고 허락해주지 않았소."

"누가 허락을 했어?"

"정신이 그렇게 없으시오? 날짜를 대리까?"

"내가 그런 말을 했다기루서니 무엇이 그리 급해서 나 없는 동

안에 사람을 들인단 말이오."

"언제부터 벼르던 일인데 급히 했다고 걱정이시오?"

"언제부터 벼르던 일을 왜 내가 집에 있을 때는 못했소?"

"왜 못해요, 무서워서 못해요? 내가 무슨 굽죌 일이 있습디까?"

"내가 잠깐 집에 없는 것을 다행으루 여길 제는 영영 집에 없었으면 좋겠지."

"아무리 처자에게라도 억탁으론 말씀하지 마시오."

"무엇이 억탁이야? 그래 내가 집에 없기를 다행으루 여기지 않았어? 않았거든 않았다구 말해!"

"누가 다행으루 여기도록 맨들랍디까?"

아씨가 서방님에게서 외면하면서 나를 보고

"너는 고만 나가거라."

하고 말하여 나는 밖으로 나오다가 내외간 말다툼하는 말이 궁금해서 안중문간 안에서 발을 멈추었네.

"비부를 들이더라두 사람이나 골라 들여야지."

"그래서 내가 당신께 골라 들이시랬지요. 나같이 안방구석에 들어앉았는 사람더러 고르라고 해놓으시고 지금 와서 무슨 말씀이오?"

"아무리 들어앉았드래두 배가가 양순치 못하단 말은 들었겠지."

"석전질을 잘하구 대정이란 벼슬을 했단 말은 들었소. 비부쟁이로 과하지 않소?"

"망나니니 개고기니 별명이 있는 자야. 과하긴 무에 과해!"

"사람은 부리기에 달렸습니다. 아무리 고약한 사람이라도 내가 실수 없고 저를 잘 대접하면 휘어 부립니다."

"그자가 좋지 못한 사람인 줄까지 알구서 일부러 얻어들였단 말이지?"

"좋지 못한 사람인 줄 알고서야 왜 내가 손때 먹여 기르다시피 한 기집을 내주겠소. 당치 않은 말씀 마시오."

"거짓말 고만두어!"

서방님의 말소리가 그치며 곧 사랑으로 나오는 신발소리가 나서 나는 얼른 먼저 밖으로 나와버렸네.

그 뒤 얼마 동안은 서방님이 나보고 말도 변변히 아니하더니 차차로 심부름을 시키기 시작하여 달포 지난 뒤부터 사랑 잔심부름 외에 서방님 심부름을 내가 도맡아 하다시피 되었네. 심부름을 잘했다고 칭찬은 별로 듣지 못하였으나 잘못했다고 꾸지람은 날마다 받았네. 내가 성미를 죽이면 부처님이지만 생사람으로 갑자기 부처님 되기가 어디 쉬운가. 당치 않은 꾸지람을 받을 때는 잠자코 있지 않고 좀 들어섰네.

"양반의 집에 있으려면 버릇부터 배워야 한다."

"재하자˙는 유구무언이라니 양반에게 말대답 못하는 법이다."

이런 말은 개떡 같지만

"네가 한번 양반 무서운 줄을 알아야겠다."

"조금 잘못하면 귀양갈 테니 그리 알아라."

속에 뼈 있는 말도 한번 아니고 여러번 들었네. 김도사 때부터 있는 하인은 동자치의 서방인데 동자치 서방이 내 덕에 신역이 편해졌네. 이 자식이 편하거든 가만히나 있지 않고 맘에 꽨 듯싶어서 이렇게 해라 저렇게 해라 나를 가르치니 내가 그걸 잘 받겠나. 내가 눈만 곱게 안 떠도 움찔하는 위인이니까 싸움까지는 한 일이 없지만 사이는 좋지 못했네. 어느 날 식전에 내가 넓은 안팎 마당을 다 쓸고 허리가 꼿꼿해서 방에 나와 잠깐 누워 있는데 동자치 서방이 와서

"서방님이 화초 옮겨 심그신다구 들어오라시어."

하고 부르데. 사람이 화가 나서 견딜 수 있든가. ● 재하자(在下者) 손아랫사람.

"이 자식아, 너는 손목쟁이가 부러졌니? 화초두 못 심그게."

"왜 내게다 골을 내어. 서방님이 부르신다는데."

"서방님만 내세우면 제일이냐, 이 자식아?"

"그저 말하지, 왜 이 자식 저 자식 해."

"이 자식이."

하고 내가 방에서 뛰어나가며 곧 이를 악물고 대어드니 동자치 서방이

"아서, 아서."

하고 손을 내저으며 뒷걸음질을 치데. 내가 홧김에 한번 귀때기를 우려주었더니 대번에 울상을 하고

"배대정, 왜 이러우. 내가 무얼 잘못했소?"

하고 두 손을 얼굴 앞에 내들고 흔드는데 그 꼴이 우스워서 나는 더 손댈 생각이 없어졌네.

"서방님께 가서 곧 들어간다구 말해."

"그리하우, 그리하우."

동자치 서방이 간 뒤에 다시 방에 들어가서 허리를 펴고 사랑으로 들어가니 서방님은 사랑방 문을 활짝 열어젖히고 사랑방에 앉았고 동자치 서방과 동네 하인 두엇은 사랑 마당에 웅긋중긋 서서 있데. 서방님이 나를 보더니 곧 동자치 서방과 동네 하인들에게

"저놈 끌어다 댓돌 아래 꿇려라."

하고 호령하데. 나를 상투 잡아 끌어다가 맨땅에 꿇어앉힌 뒤에 서방님이 내려다보며

"이놈! 부르러 내보낸 사람에게 어째 손찌검했느냐?"

"또 양반이 부르면 즉시 들어올 것이지 실컷 자빠져 있다가 들어온단 말이냐!"

호령이 서리 같으나 나는 발명할 생각이 없어서 입을 꽉 다물고 있었네.

"너 같은 놈은 매를 좀 맞아야 한다."

하고 하인들더러 멍석을 말아들여라, 매를 꺾어오너라 야단을 치데. 내가 어렸을 때부터 맷집 좋기로 남에게 둘째 안 갈 사람이지만 멍석말이 매맞기는 이때가 평생 처음일세. 안에서 계집들이 내다보고 글방에서 아이들이 내다보고 창피하기라니 이루 다 말

할 수가 없었지.

"소인이 잘못했습니다."

항복한 뒤에

"이번은 용서하나 이다음에 다시 그런 일이 있으면 별반거조˚를 낼 테니 그리 알구 있거라."

으름장을 받고 나왔네. 나의 계집 명색은 그동안 없는 정도 날 만큼 같이 살았건만 내가 매맞고 방에 나와 누운 뒤에 안에 있고 나와보지도 않고, 저녁 뒤에 나와서도 가엾단 말 한마디 없고 도리어 뾰로통하고 있데. 당장에 곧 박살을 내고 싶었으나 나는 꿀꺽 참고 고만두었네.

내외간에 탐탁하지는 못하나마 그럭저럭 살아가는 중에 반년이 지나서 구시월 깊은 가을이 되었네. 김도사 집 추수가 볏백 좋이 되는 까닭에 도조바리˚가 날마다 들어오는데, 마질은 내가 혼자 하고 말몫˚은 동자치 서방과 둘이 반분하였네. 나 혼자 차지해야 좋을 것을 남에게 나눠줄 까닭이 없지만 전에도 그렇게 했다기에 경위를 묻지 않고 그대로 하였네. 도조를 홉사까지 영악하게 받아들이었더니 밀린 도조 채출은 고사하고 묵은 빚 추심까지 나를 시켜서 나는 아귀다툼과 주먹다짐을 하루에도 몇번씩 할 때가 많았네.

• 별반거조(別般擧措)
특별히 다르게 취하는 조치.
• 도조바리
남의 논밭을 빌려서 부치고 논밭을 빌린 대가로 해마다 내는 벼(도조)를 말이나 소의 등에 실어 나르는 것.
• 말몫
지주와 소작인이 타작한 곡식을 나눌 때, 마당에 처져서 소작인의 차지가 되는 곡식.

첫가을부터 안의 가을일이 바쁘다고 계집이 밤중까지 안에서 안 나오는 때가 종종 있더니 가을일이 끝난 뒤에는 도리어 심하여서 초저녁에 나와 있다가도 나 잠든 틈에 다시 안에 들어가서 닭까지 울리고 나오는 때가 더러 있었네. 이런 때는 계집의 입에서

"언제 깨셨소? 늦었으니 어서 자고 내일 일찍 일어납시다."

"일에 부대껴서 사람이 곤해 죽겠소."

이런 말이 나오는데 말소리에 정이 똑똑 떨었네. 어느 날 낮에 내가 빚 추심하러 나가 돌아다니다가 술잔을 얻어먹고 들어와서 저녁밥을 먹는지 마는지 하고 쓰러지며 곧 잠이 들었다가 밤중쯤 잠이 깨어서 옆을 더듬어보니 계집이 없데그려. 다른 때 같으면 쓴 입맛이나 다시고 다시 잘 것인데 그날 밤은 계집이 옆에 없는 까닭으로 잠이 잘 오지 아니하여 몸을 이리 뒤척 저리 뒤척 하며 갖은 몹쓸 생각을 다 하는 중에 방문이 부스스 열리더니 계집이 살그머니 자리에 와서 눕는데 부스럭 소리도 별로 없이 누울 제는 옷 입은 채 눕는 모양이데.

"또 안에 들어갔었나?"

"잠이 깨셨소?"

"어디 가 있었나? 안인가, 사랑인가?"

"사랑에를 내가 왜 가 있단 말이오?"

"고만두게. 나두 다 짐작하네. 언제든지 내 눈에 들키는 날은 좋지 못할 게니 그리 알게."

"무슨 소린지 난 모르겠소."

"나는 바지저고리만 다니는 줄 아나. 내가 이 집에 오던 첫날부터 눈치를 다 알았네."

"글쎄 무어요?"

"꼭 말을 들어야 속이 시원하겠나?"

"공연히 사람을 의심하지 마오."

"의심? 의심은 벌써 지나갔네."

"같이 살기가 싫거든 그저 싫다고 하오."

"자네가 나를 싫다니까 걱정이야."

"누가 싫다구 말합디까?"

"말루 하면 숫제 낫게."

"전에 없이 왜 공연히 트집이오?"

"전에는 참았지. 참는 것도 한이 있어."

"나를 잡아먹고 싶거든 잡아먹우. 맘대로 하오."

"왜 내가 사람 먹는 사람인가."

계집이 훌쩍훌쩍 울기 시작하여 나는 달래서 데리고 자고 이튿날 아침에 안에 들어가서 아씨를 보고

"요새 안에 일이 바쁩니까?"

하고 물으니 아씨가

"왜?"

하고 내가 묻는 것을 괴상히 여기데.

"소인의 기집을 늘 밤일을 시키시니까 말씀이에요."

"언제 밤일을 시켰단 말이야?"

"우선 어젯밤에두 소인의 기집이 밤중이 지나서 나왔습니다."

아씨는 눈썹이 쌍크래지고 한동안 말을 못하다가

"잘 알았다. 이후에는 내가 밤에 일을 시키려면 너를 불러서 들여보내라고 이를 테니 네 기집이 네 말 안 듣고 들어오는 때는 다리를 분질러놓아도 좋다. 서방 노릇하는데 그만 일을 못하게 하랴."
계집이 듣는데 이런 말을 하데. 나는
 "네, 알아 하겠습니다."
하고 계집을 한번 흘겨보고 나왔네. 그날 낮에 아씨가 계집을 방망이로 싸다듬이해놓고 그날 밤부터 아기를 아버지 사랑에 내보내 재우는데 서방님은 꿀꺽 소리도 못한 모양이데.

 계집이 그 뒤로는 초저녁에 나오고 밤에 다시 들어가는 일이 없었네. 겨울밤에 혹시 사랑에 손님이 와서 안에서 밤참을 해낼 때는 아씨 말씀이 있은 뒤에 내가 들여보내고 손님이 가기 전에 아씨가 내보내는 까닭에 계집은 그전 행실을 하지 못하였네. 한 겨울을 말없이 지내고 해가 바뀌어서 정초 놀 때에 어느 날 동자치 서방이 저녁 마실을 같이 가자고 와서 끄는데 나는 까닭도 없이 모피*할 생각이 나서 선뜻 일어나지 아니하다가 술 먹을 데가 있단 말을 듣고 어슬렁어슬렁 따라갔네. 한 집에 가서 보니 동네 사람 네댓이 모여앉아서 쇠머리 도르리*를 하는데 정작 술이 없데그려. 우리가 덧붙이기로 한축 들어서 우리 몫으로 막걸리 동이를 얻어다가 쇠머리 안주로 먹고 난 뒤에 투전을 하자는 공론이 나서 노름이 시작되었는데, 나는 노름을 즐기지 않는 까닭에 꾼에 들지 아니하였네. 노름판 옆에서 건밤을 새울 맛이 없어서 나는 먼저 일어서려고 하였더니 동자치 서방이 두어 판 더 뽑아 보고 같이 가자고 붙들어서 주저앉아 구경하였네. 두어 판이라고 말하던 것이 열 판이 넘어도 동자치 서방이 투전장을 놓지 않데. 나는 먼저 간다고 붙드는 것을 뿌리치고 나왔네.

집에 거의 다 왔을 때 삽작 앞에 검은 그림자 같은 것이 나섰기에 발을 멈추고 자세히 살펴본즉 검은 것이 사랑 편으로 움직이더니 대문 열리는 소리가 나는 듯하며 곧 눈에 보이지 아니하데. 내가 얼른 달음박질로 쫓아가보니 사랑 대문은 닫아걸리고 사방은 괴괴한데 대문 안에 아무 기척이 없데. 내가 진작 얼른 쫓아오지 못한 것을 후회하고 또 조금 일찍이 돌아오지 못한 것을 후회하면서 내 방으로 들어왔네. 등잔불이 없어 방안이 캄캄한데 화로에 불씨조차 없어서 할 수 없이 손으로 더듬더듬 더듬었네.

- 모피(謀避)
피하려고 꾀를 냄.
또는 그렇게 하여 피함.
- 도르리
여러 사람이 음식을 차례로 돌려가며 내어 함께 먹음.

"인제 왔소? 나는 깜짝 놀랐소."

"불을 왜 껐나?"

"지금 끄지 않았소?"

"누가 껐단 말이야?"

"나는 끄지 않았는데 잠든 동안에 절로 꺼졌구려."

"기름은 부어놨나?"

"기름 부어놓았소. 아마 심지가 빠진 게요."

"불씨까지 죽였네그려."

"불씨는 숯이 없어서 못 묻었소."

나는 계집이 대답하는 말을 들어보려고

"지금 오면서 보니까 방에서 시꺼먼 것이 하나 나가니 그게 무언가?"

하고 물었더니 계집은

"시꺼먼 것이 무어란 말이오?"

하고 생청으로 잡아떼데.

"그것이 우리 집에서 나가서 사랑 대문 안으루 들어가데."

"헛것을 보지 않았소?"

"인도깨비를 본 모양일세."

"인도깨비가 무슨 도깨비요?"

"관 쓴 도깨비야."

"그래 그것이 우리 집에서 나가더란 말이오? 아이구, 무서워라."

하고 계집이 내게 착 달라붙데. 내가 속으로

'요년!'

하면서 한번 허허 웃고 계집과 같이 누웠네. 서방님이란 자가 그동안 아씨 단속에 꿈적을 못하다가 인제 나 없는 틈을 타서 행랑 출입을 시작한 모양이라, 내가 한번 제독˚을 단단히 주려고 속으로 별렀네.

그 뒤 사오일 지나서 보름 대목장날 장 구경을 나갔다가 옛날 남역서 살 때 이웃하여 살던 사람을 만나서 술잔을 나누고 헤어질 제 그 사람이 한번 놀러오라고 말하기에 내가 그리하마고 대답하였네. 대답할 때 그 사람에게 놀러가고 싶은 생각 외에 딴생각이 있었네. 그날 밤에 계집더러 내일은 창원 가서 아는 사람 좀 찾고 하룻밤 묵어서 모레 오겠다고 말하고 이튿날 식전에 사랑에 들어가서 서방님에게 하루 말미를 말하여 첫말에 허락을 얻고 또 안에 들어가서 아씨께 말하고 아침 먹은 뒤에 창원 간다고 떠나서 남역으로 놀러나갔네.

 남역에 나가서 술 먹고 종일 놀다가 저녁밥까지 먹고 읍내로 돌아와서 달빛 아래 성을 끼고 돌아다니다가 찬바람에 언 몸을 녹이려고 성 밑에 있는 아는 술집을 찾아들어갔네. 이때쯤은 전과 달라서 다음날 곡식으로 갖다 갚는다고 하면 술을 외상으로 얻어먹을 수 있었네. 집에를 아무쪼록 늦게 가려고 맘먹은 까닭에 술집 뜨뜻한 방에 밑질기게 앉아 있다가 한밤중이나 된 때에 비로소 일어섰네. 달빛은 밝고 인적은 고요하나 아는 사람을 혹시 만날는지 몰라서 될 수 있는 대로 고샅길을 걸어왔네. 집에 가까이 오며부터 발을 가만가만 떼어놓고 앞을 두루 살펴보았네. 행랑채에는 통히 불빛이 없는데 사랑 대문은 빠끔히 열리어 있데. 내가 열린 대문을 보고 속으로

　'옳다, 내 꾀에 빠졌다.'

생각하고 바로 우리 방을 들이치려다가 의봉*으로라도 연장 하나를 찾아 가질 겸 사랑 동정을 한번 보고 나오려고 대문 앞에 와서 대문짝을 몸으로 밀어 조금 더 열고 들어와서 보니 작은사랑

● 제독(制毒)을 주다
상대편의 기운을 꺾어서 감히 다른 마음을 먹지 못하게 하다.
● 의봉
의빙(依憑)의 속어.
어떤 힘을 빌려 의지함.

은 캄캄하고 큰사랑은 불이 있데. 마루 끝과 댓돌 위에 서방님 신발이 없는 것을 보고도 나는 잠깐 주저하다가 들키면 도적놈 누명 쓸 작정하고 큰사랑 윗목의 지쳐놓은 덧문을 열고 방안으로 들어갔네. 아랫목에 있는 서방님 자리는 비어 있고 벼룻집 앞에 아기만 누워 자데. 벼룻집이 내 눈에 뜨일 때 무슨 생각 하나가 번개같이 나서 나는 벼룻집에 있는 필묵을 집어서 몸에 지니고 사랑에서 나왔네. 사랑 광에 가서 도끼를 찾아 들고 또 무슨 줄이나 바가 없을까 하고 생각하다가 동자치 서방에게 튼튼한 쇠바가 있는 것을 생각하고 동자치 행랑방으로 나와서 바를 찾아 가진 뒤에 우리 행랑으로 왔네. 우리 행랑이란 것이 부엌 한 칸, 방 한 칸인데, 방에는 뒤에 조그만 들창이 있고 앞에 외쪽 되창이 있을 뿐이라 앞되창으로 들이치면 방안에 있는 사람은 독 안에 든 쥐와 다름이 없었네. 내가 가만히 봉당 앞에 들어와서 귀를 기울이고 방안에서 숨소리가 나는 것을 엿듣다가 왼손에 들었던 바 사리를 되창 앞에 탁 내던지며 바른손에 도끼를 꼬나 잡고 봉당 위로 뛰어올라와서 되창문을 왈칵 열어젖혔네.

"이년, 어떤 놈을 데려다가 끼구 자빠졌느냐?"

"연놈의 모가지를 한 도끼루 다 찍어놓을 테다!"

마당에 가득한 달빛이 열어놓은 창문으로 우려들어서 방안에 불이 없어도 희미하게 보이는데 머리까지 뒤어쓴 이불 속에 두 몸이 다 한 줌만큼 뭉친 것을 짐작하고 볼 수 있데. 내가 바를 집어서 팔에 걸치며 곧 방안에 들어섰네. 이불을 벗기고 사내부터 잡아 일으키니 사내는 사지만 벌벌 떨고 깩 소리도 못하데.

"이놈, 네가 웬 놈인데 남의 기집을 가로차느냐?"

도끼날로 바를 쓸 만큼 끊은 뒤에 도끼를 발밑에 놓고 밧동강으로 사내를 뒷결박지우는데 계집이 그동안에 일어나서 살그머니 도끼를 집으려고 하데. 내가 이것을 보고 발길로 계집을 차버린 뒤에 다시 도끼를 집어서 바를 또 한 동강 내가지고 계집마저 끌어다가 뒷결박을 지웠네. 계집종이 사내 양반보다 맹랑해서 떨기는 떨면서도 가만히 있지 않고 결박지우는 손을 입으로 물어떼려고 애를 쓰데. 둘을 뒷결박지우고도 바가 많이 남아서 남은 바로 남녀의 두 몸을 한데 친친 감아놓았네. 사내 양반이 그동안 정신을 차린 모양이라 떨리는 목소리나마 똑똑하게

"돌석이, 내야."

하고 말하데. 나는 번연히 알면서도 누구인지 모르는 체하고

"내라니, 누구냐?"

하고 나직이 꾸짖었네.

"나를 몰라? 나야."

"아니, 서방님이 아니오? 서방님 이게 무슨 짓이오?"

"잘못되었네."

"가만있소. 불 좀 켜놓구 끌러주리다."

"불 켤 것 없이 끌러주게. 자네가 무슨 청을 하든지 내가 다 들어줄 테니 얼른 끌러주게."

"불 켜놓구 이야기합시다."

내가 열어젖힌 채 있는 되창문을 닫은 뒤에 화로에 가서 불씨를 파냈네.

등잔불을 켜놓고 보니 남녀가 다 감주 먹은 괴 상*을 하고 고개를 들지 못하는데, 계집은 그래도 빤빤스러워 보이나 서방님이란 자는 쥐구멍을 못 찾아 걱정인 모양이데. 내가 퍼더버리고 앉아서 서방님을 보고

"긴말할 거 없이 내가 청하는 일은 무엇이든지 다 들어주겠소?"

"왜 대답을 안 하우?"

서방님의 고개가 끄덕끄덕하는 것을 보고

"그렇게 한단 말이오?"

하고 다그쳐 물으니 서방님의 고개가 또다시 끄덕끄덕하데.

"그러면 첫째 계집을 속량해주구, 둘째 계집이 일평생 먹구살 만큼 천량을 나눠주우."

"그렇게 하겠소, 못하겠소? 고개만 끄덕이지 말구 말루 대답하우."

서방님 입에서 겨우

"그렇게 하겠어."

한마디 말이 떨어진 뒤에 나는 곧

"그러면 이 자리에서 수표를 써내우."

하고 내 몸에 지닌 필묵을 내놓고 서방님의 바른손 하나만 빼놓아주었네. 내게 있던 백지 한 장을 꺼내서 서방님 앞에 펴놓고 사

기그릇에 먹을 갈아서 붓에 묻히어 서방님을 주었더니 서방님이 붓을 들고 대를 보고 또 촉을 보고 하다가 내 얼굴을 바라보는 눈치가 사랑 벼룻집에서 가져온 것인 줄을 아는 모양이데.

"자, 수표를 쓰우."

"사랑에 들어갔다 왔지?"

"딴소리 말구 어서 쓸 것이나 쓰우."

서방님이 한동안 망설이다가 쓰기 시작하여 두서너 줄 죽 내려쓰고 붓을 놓으려고 하기에 내가

"다 썼소? 다 썼거든 수장˚을 지르든지 수결을 두든지 하우."

하고 말하여 서방님이 수결까지 두고 붓을 놓았네.

"사연을 한번 새겨 읽어보오."

"배돌석이 처 금순이는 몸값 없이 속량하여 주고 논밭 이십 두락을 허급許給할사 연월일 김도사댁."

● 감주 먹은 괴 상
감주(젓국)를 몰래 훔쳐먹다 들킨 고양이처럼 겸연쩍고 불안해하는 모습. 먹지 못할 것을 먹었을 때 찌푸린 얼굴을 비겨 이르는 말.
● 수장(手章) 손도장.

"이십 두락두 좋소."

"인제 고만 끌러주게."

"그러우."

나는 곧 동인 것을 끌러주려고 하다가 수표가 미심스러운 생각이 나서

"잠깐만 더 참구 기시우."

하고 빼주었던 바른손까지 다시 동여놓고 서방님에게 받은 수표를 글 아는 사람에게 가서 보이고 오려고 행랑에서 나오는데 아

무리 동여놓기는 단단히 하였지만 사람의 일을 혹시 몰라서 부엌 뒤에 있던 나무토막을 들어다가 방문에 버티어놓고

'이만하면 방안에서 몸뚱이루 떠다밀어도 열지 못할 게다.' 생각하고 나왔네. 사랑 선생은 설 쇠러 집에 가서 아직 오지 않았고, 누가 좋을까 속으로 이 사람 저 사람 고르다가 진서 잘 보는 동네 일좌를 찾아갔네. 일좌가 자는 것을 급한 일이 있다고 깨워가지고

"이것 좀 보아주."

하고 어둔 밤에 홍두깨로 수표를 펴서 눈앞에 들이미니

"이게 무언가?"

일좌가 눈을 비비면서 한동안 들여다보고

"자네 큰일났네."

하고 흔동하데.

"무슨 큰일이 났소?"

"자네 무슨 짓을 했나?"

"당신더러 말씀이지, 내 기집이란 것이 안에서 밤중까지 안 나오기에 부르러 들어가본즉 그년이 안에 있는 게 아니라 사랑에서 서방님께 수청을 듭디다. 내가 서방님보구 몇마디 좋지 않게 말씀했더니 서방님이 무안 김에 계집을 속량해준다구 수표를 써줍디다. 속량해준다는 말이 여기 쓰여 있지 않소?"

"속량? 속량이 다 무언가! 자네가 사랑에 들어와서 도둑질했다구 귀양 보낸다구 쓰이어 있네."

"무어요? 도둑질했다구! 기막힌 소리 다 듣겠소. 내가 까막눈이라구 속였구려."

"여보게, 이까짓 거 진작 찢어버리게."

"서방님께 도루 갖다 드릴 테요."

"내가 보아주었다구 말 말게."

"염려 마우. 공연한 일루 단잠을 깨워서 미안하우."

나는 일좌에게 인사하고 한달음에 행랑으로 돌아왔네.

마당에 들어오며 보니 남녀가 봉당 앞에 나와서 동그라졌는데 몸은 동인 채 있고 방문이 열어젖힌 것같이 열리어 있는데 나무토막은 퉁기어졌데. 동그라진 남녀를 방으로 끌어들이고 열려 있는 방문을 안으로 닫은 뒤에 내가 남녀를 다 잡아먹을 것같이 노려보았네. 나의 무식한 것을 다행으로 여기고 거짓 수표를 써준 서방님이란 자는 곧 잡아먹어도 시원치 못하데. 내가 멍석말이 매를 맞을 때 호령 들은 말이 귓속에 박혀 있어서 나는 처음에 대뜸

● 수죄(數罪)
범죄 행위를 들추어 세어냄.

"이놈, 네가 네 죄를 아느냐!"

호령기 있게 말하고 그다음에

"내가 네 사랑에 가서 붓, 먹 가져온 것이 도둑질이란 말이냐!"

"논밭 이십 두락? 요놈, 낯간지러운 놈 같으니."

수죄˚하여 말하는데 서방님이란 자는 눈을 감고 안 듣는 체하고 계집은 운명하는 사람같이 턱을 까부르데.

"너 같은 놈은 좀 죽어봐라."

이 말이 내 입에서 떨어지자 계집이 먼저
  "사람 죽인다."
하고 소리를 질러서 내가 얼른 걸레를 집어서 계집의 입을 틀어막는데 서방님이란 자가 따라서
  "살인이야!"
하고 고성을 치기에 방구석에 있든 헌 버선짝으로 서방님의 아가리까지 틀어막았네. 이때 내가 참말로 남녀를 다 죽여버리고 싶은 생각도 있었지만 그까짓 것들을 죽이고 내 목숨을 내놓기가 싫어서 잔생이 곤욕만 보이고 말려고 맘을 먹었네.
  "소위所爲를 생각하면 죽여두 싸지만 내가 손에 피를 묻히기가 싫어서 죽이지는 않는다."
  죽이지 않고 어떻게 곤욕을 보일까 생각하는 중에 문득 자자' 해줄 생각이 났네. 자자를 할라니 바늘도 없고 송곳도 없어서 주저하다가 서방님이란 자가 옷고름에 장도 찬 것을 보고 그 장도를 옷고름에 달린 채 잡아떼었네. 칼날을 끝만 뾰조록이 남기고 옷고름으로 감아서 손에 쥐고 먼저 계집더러
  "네년의 눈이 사내를 홀리게 생겼으니 눈에다 치장을 더 내주마."
말하고 곧 대들어서 한손으로 머리채를 잡아서 고개를 벌떡 젖힌 뒤에 한손만 가지고 일변 칼끝으로 눈자위를 돌려 쑤시며 붓으로 먹을 칠해넣었네. 계집의 두 눈에 왕방울을 쑤시어 만들고 나서 그다음에 서방님이란 자에게

"네놈은 계집을 좋아하니 이마에 하나 붙여줄 것이 있다." 말하고 한손으로 상투를 잡고 한손으로 이마 위에 계집의 밑구녕 모양을 쑤시어 만들었네.

"모양이 어떠냐? 너희들끼리 서루 봐라. 자, 나는 어디루든지 갈 테니 너희들 연놈이 맘놓구 같이 살아라."

그 뒤에 나는 동여놓은 남녀를 그대로 두고 밖으로 나왔네. 달은 아주 서쪽으로 기울어지고 닭은 홰를 잦치는데 새벽바람이 차기가 살을 에이데. 나는 어디로 갈 작정을 못한 까닭에 한동안 찬바람을 무릅쓰고 밖에서 서성거리다가 이왕 도적놈 소리를 들은 바에는 길양식이나 훔쳐가지고 떠나려고 생각하고 사랑 뒤로 들어가서 안뒷담을 넘어 안으로 들어갔네. 개가 짖고 내닫다가 난 줄 알고는 짖지 않고 꼬리를 치데. 내가 안광에 들어가서 자루를 찾아가지고 독에 있는 쌀을 자루에 퍼넣는데 안방 지게문 여는 소리가 나서 나는 깜짝 놀라 독 뒤에 몸을 숨기고 있었네.

● 자자(刺字)
얼굴이나 팔뚝에 홈을 내어 죄명을 먹칠하여 넣던 일.

"광문이 어째 열렸을까? 그년들이 어젯밤에 광문도 안 닫고 나간 게로군."

아씨란 계집이 광 앞으로 오다가 말고 종종걸음을 쳐서 부엌 뒤로 가는 것이 새벽 뒤보는 버릇이 있다더니 뒷간 가기가 급하든 모양이데. 나는 태평 맘을 놓고 쌀을 한 자루 넣어서 어깨에 엇메고 안중문을 열고 나오다가 아씨를 보고 간단 말 한마디 하고 갈 생각이 나서 다시 돌쳐서서 안뒷간 앞으로 들어갔네.

아씨가 신발소리를 듣고 먼저

"그게 누구냐?"

하고 묻는데 내가 쌀자루를 부엌 뒤에 놓고 나가서

"돌석입니다."

하고 대답했더니 아씨는 무서운 생각이 났든지 엉 소리를 지르고 말이 없다가 얼마 만에야

"웬일이야?"

하고 말하데.

"잠깐 말씀할 일이 있습니다."

"무슨 일인지 이따 와선 말 못해?"

"급한 일입니다."

"무슨 급한 일이야?"

아씨가 곧 부스럭부스럭하면서

"저리 좀 비켜라."

말하기에 뒷간에서 나오려는 줄 알고 나는 곧 옆으로 비켜섰으나 나오지는 않고 다시 또 말을 묻데.

"급한 일이 무슨 일이냐?"

"서방님이 행랑에 나와 기십니다."

"그래 나더러 행랑으로 나가잔 말이냐?"

"아니오. 둘이 붙어앉았는 꼴을 나가 보시면 눈에서 불이 나실 겝니다."

"그러기에 누가 그 꼴을 보고 싶다느냐. 네가 지금 급하게 내

게 와서 고자질하는 뜻이 무어냐?"

"제가 삼씨오쟁이를 짊어지구˙ 하소연할 데가 아씨밖에 더 있습니까?"

"사내녀석이 기집 하나를 잘 거느리지 못하고 밤낮 딴짓을 하게 한단 말이냐?"

"아씨는 제가 못난 줄루 아십니다그려."

"그렇지 무어야?"

"그럼 잘난 아씨는 왜 서방님을 밤낮 딴짓하게 하시오?"

"내게다 오금을 박는 게냐?"

"오금 좀 백혀두 좋지요. 실상 내가 이놈의 더러운 꼴을 보는 것이 아씨 덕 아니오."

● 삼씨오쟁이를 짊어지다
아내의 간통으로
남의 웃음거리가 되다.

"잘 알았다. 고만 나가거라."

"그러지 않아두 하직하구 가겠습니다."

"하직하구 가다니?"

"비부쟁이 노릇 고만 할랍니다."

"서방님이 너 온 것을 아셨느냐?"

"아시다뿐인가요?"

"그런데 그저 행랑에 계시단 말이 될 말이냐?"

"내가 행랑에 붙들어 두었습니다."

"붙들어 두었어? 어떻게?"

"궁금하거든 나가 보시지요. 내가 광에 있는 쌀독에서 길양식을 좀 퍼가지고 가니 간 뒤에 도둑놈 소리나 마십시오."

"지금 곧 갈 테냐? 잠깐만 기다려라."

아씨가 그제야 뒷간에서 나와서

"나하고 같이 행랑에 나가서 시비를 가리고 가든지 말든지 맘대로 해라. 자, 나가자."

하고 앞서가려고 나서다가

"나는 시비를 다 가렸으니까 행랑에 다시 갈 것 없습니다."

내 말을 듣고는 내 앞으로 대어들며 떨리는 말소리로

"네가 사람 죽였구나."

하고 말하데.

"내가 서방님을 죽인 줄 아십니까? 아닙니다. 염려 마십시오."

"행랑까지 나하고 같이 가자."

"내가 행랑에를 못 갈 것두 없지만 아씨 혼자 가 보시는 게 좋습니다. 내가 서방님을 죽이구 도망하는 것 같으면 안중문 밖을 나서기 전에 급살을 맞아 죽겠습니다."

"그래도 나는 너하고 같이 갈 테다."

"나하고 같이 가다니, 내게 맘이 있어 하는 말씀이오?"

"무엇이 어째?"

"내가 지금 어디루 갈지 모르는 사람이 같이 갈 수 없소."

하고 아씨의 손을 잡아당겨서 입을 한번 맞추었더니 아씨는

"애구머니."

하고 땅바닥에 펄쩍 주저앉데. 그래

"인제 나는 가우."

하고 말한 뒤 곧 쌀자루를 집어들고 나왔네. 나는 그날 새벽 김해 고향을 하직하고 서울로 올라와서 이삼 삭 동안 백사지에서 죽을 고생 다 했네. 호구할 도리가 없는 판에 마침 아는 양반이 금교찰방으로 오게 되어서 나는 자원하고 하인 일체로 따라왔었네.

3

 백이방의 집안 식구는 일어난 지 벌써 오래고 사랑을 빼앗기고 안방에서 잔 이방까지 일어난 뒤 한참 되었건만 사랑에서 자는 사위와 손은 한밤중만 여기고 자는지 코고는 소리가 밖에까지 들리었다. 이방이 자기 아내를 보고
 "이애가 늦잠을 굉장하게 자는군. 아마 가서 깨워야 일어날 모양일세."
하고 사위를 깨우러 나가려고 하니 그 아내가
 "내가 어젯밤에 닭 운 뒤에 누웠는데 그때까지도 사랑에서는 웃고 지껄이는 소리가 납디다. 밤을 밝히지나 않았는지 모르겠소. 좀더 자게 깨우지 말고 내버려둡시다."
하고 이방을 나가지 못하게 말리었다.
 "조사는 어떻게 하구?"
 "하루 좀 비어먹으면 어떻소?"
 "늦잠 자구 조사를 안 보면 쓰나."
 "이따 들어가서 병탈을 해주시구려."

"젊은애들이 하룻밤쯤 새웠기루 조사에 병탈을 한단 말인가. 나는 전에 이틀 밤씩 내리 새우구두 조사 때 남버덤 먼저 들어갔었는데."

"고만두시오. 나는 다 보았소."

"다 봤으니 내가 거짓말인가."

"잠깐 눈 붙이고 일어날 테니 깨워달라고 말해놓고 깨운다고 주먹다짐하던 이는 누군가요?"

"에 이 사람."

옥련이가 조반상을 들고 이방이 앉았는 방안으로 들어오다가 부모가 수작하는 말을 듣고 상을 얼른 아버지 앞에 갖다 놓으며 고개를 옆으로 돌이키고 웃으니 이방은

"너의 어머니 말은 거짓말이다. 곧이듣지 마라."

하고 웃고 이방의 아내는

"황서방이 혹시 깨워달라고 네게 부탁하는 때가 있드래도 아예 가까이 가서 흔들어 깨우지 마라. 잘못하다가 주먹다짐을 받을는지 누가 아니?"

하고 웃었다. 이방이

"딸자식 듣는 데 남편을 하자하는 법이 어디 있담."

아내를 나무라고 이방의 아내가

"내가 무슨 하자를 했소?"

남편에게 말대답한 뒤 옥련이는

"고만 깨우지요."

하고 저의 남편을 깨우자고 말하는데

"어제 하루에 황주를 도다녀오고 게다가 밤을 새웠으니 곤하지 않겠니? 늦잠 좀 자게 가만두지 깨울 거 무어 있니?"
그 어머니가 말리었다. 이방이 조반 먹고 조사 보러 들어간 뒤에 이방의 아내는 심부름하는 사람들을 사랑 가까이 가서 떠들지 못하게 할 뿐 아니라 앞뒤 처마 위에서 째째굴거리는 참새들까지 쫓아주게 하였다.

천왕동이가 식전잠을 달게 자고 일어날 때 돌석이도 잠이 깨어서 같이 일어났다.

"대단히 늦었지?"

"글쎄, 모르겠네."   ● 하자하다 흠을 잡아 말하다.

천왕동이가 사랑 앞문을 열고 밖을 내다보니 날이 마침 몹시 흐려서 해가 떴는지 안 떴는지 알 수가 없었다.

"해가 아직 안 떴을까?"

"이때까지 해가 안 떴을 리가 있나."

"글쎄, 조사 때가 지난 것 같애. 나를 와서 깨웠을 텐데 깨우는 것두 모르구 잤을까?"

"설마 깨웠으면 몰랐을까. 자네 깨우는 소리가 났으면 내라두 잠이 깼겠지."

"잠깐 안에 들어가보구 나옴세."

천왕동이가 안으로 난 되창을 열고 들어서 보니 안이 쓸쓸한 품이 사람이 없는 것과 같았다.

"이거 웬일인가?"

천왕동이가 안마루 앞에 들어올 때 장모는 안방에서 내다보고 아내는 건넌방에서 나왔다.

"장인 혼자 조사 보러 들어가셨나요?"

"자네 깨우신다는 것을 내가 못 깨우시게 했네."

"왜 그러셨세요?"

"어젯밤을 통이 새웠지?"

"까닭없이 조사에 빠지면 탈인데요."

"병탈해주신댔으니 염려 말게."

천왕동이는 머리를 긁적긁적하는데 옥련이는 남편의 겸연쩍어하는 모양을 보고 방그레 웃고 있었다.

"무에 우스워, 사람두."

천왕동이는 아내가 웃는 것을 보고 뿌루퉁해하는데

"저런 사람이 단잠 든 걸 깨우면 참말 가만히 아니 있을 게야."

옥련이는 부모의 이야기를 다시 생각하고 허리를 잡고 깔깔 웃었다.

"간이 뒤집혔나 허파에 바람이 들었나."

"못할 소리 없구려."

"그럼 왜 그렇게 웃나? 웃는 까닭을 대게."

"대라 마라 하고 누구를 딱딱 얼러."

"어디 보세."

"벼르면 무섭겠네."

"사내가 늦잠 잤다구 깔깔거리구 웃는 법이 어디 있담."

"자네가 늦잠 잤다구 웃는 것이 아닐세."

하고 웃으며 내다보던 장모가 말하였다.

"장모두 두둔 마시구 걱정 좀 하십시오."

"내가 아까 실없는 이야기를 했드니 그애가 식전 내 웃네."

"무슨 이야기를 하셨소?"

"전에 자네 장인이 밤을 새우고 새벽에 누워서 막 잠이 든 것을 조사 보러 가라고 내가 깨우다가 주먹다짐 받은 것을 이야기했네."

천왕동이가 아내를 돌아보며

"주먹다짐 받을까 봐 오늘 안 깨웠네그려. 나는 그런 때 업어줄 테니 염려 말구 깨우게."

하고 웃으니 옥련이도

"내가 어린앤가, 업어주게."

하고 웃었다.

"자네 세수 아니하나?"

"왜 아니해요."

"세숫물을 내보내줄까?"

"그러세요."

"얼른 나가 세수하고 해정하게."

"식전 술은 조금만 내보내주세요."

천왕동이가 장모와 이야기하고 곧 사랑으로 나와서 세수를 마치고 돌석이와 같이 해정술을 먹는 중에 이방이 조사 보고 돌아와서 안으로 난 되창을 열고 들여다보며 돌석이에게 밤사이 인사를 말하니 돌석이는 일변 천왕동이와 같이 일어서며 일변 이방의 인사에 대답하였다.

"어서 앉아 자시게."

이방이 돌석이에게 말하는 것을

"다 먹었습니다."

천왕동이가 중간에서 대답하고 이방이 안으로 들어올 때 천왕동이는 뒤를 따라 들어왔다.

"어젯밤에 그 손하구 무슨 이야기를 그렇게 오래 했니?"

"그 사람의 소경력 이야기를 들었습니다."

"무슨 소경력이 그렇게 많든가?"

"기막힌 이야기를 다 들었습니다."

"호랭이 잡은 이야기냐?"

"아니에요."

"그럼 무슨 이야기야?"

이방이 안방에 들어와서 앉은 뒤에 천왕동이는 양반과 계집을 자자시킨 이야기와 양반 여편네 욕보인 이야기를 대강대강 옮기어 들리었다.

"간통한 남녀를 등시포착해서 죽이지 않구 자자했단 말은 금시초문이다."

이방의 말끝에

"기집년이 눈자위에 자자를 하고 얼굴을 어떻게 들겠소? 죽는 신세만 못하지."

이방의 아내가 뒤를 달았다.

"눈에 왕방울은 오히려두 낫지, 그 양반의 꼴을 생각해보게. 그야말루 죽느니만 못하지."

"자자한 건 생전 가시지 않소?"

"가죽이나 벗겨내면 없어질까, 저절루는 가실 리 없지."

"자기 남편을 그 꼴을 만들고 그 여편네 맘이 어떨까."

"그 여편네두 봉변이지만 그 봉변은 표나 없지."

"양반의 여편네가 그런 일을 당했으면 자처해 죽을게요."

"자처해 죽을 여편네두 있겠지만 아닌보살하구 살 여편네가 더 많을걸."

장인 장모의 수작하는 말이 끝난 뒤에 천왕동이가 마루로 나오는데 옥련이가

"사랑에 온 손이 흉악한 사람이오. 그런 사람하구는 상종하는 것이 좋지 않소."

하고 말하니 천왕동이는

"염려 말게."

하고 웃고 바로 사랑으로 나갔다.

이날 아침 뒤에 돌석이가 경천으로 돌아가는데 천왕동이가 작별할 때

"나두 종종 갈 테지만 자네 틈 있는 대루 자주 놀러오게."

하고 당부하였다. 천왕동이의 당부가 없더라도 좋은 친구를 만나고 좋은 술을 먹는 것이 싫을 까닭이 없는 일이라 돌석이가 그 뒤 한 달에 한두 번씩 봉산으로 놀러왔다. 돌석이가 올 때에 이방의 아내는 사위의 낯을 보아 술, 밥을 대접하나 딸이 불긴하게˙여기는 손이라 대접이 자연 소홀하였다. 밥상의 반찬까지도 맘들여 해놓는 것이 적고 술상에 술이 부족하여도 없다고 핑계하고 더 내보내지 않는 때가 많았다. 천왕동이가 이 눈치를 안 뒤에는 돌석이가 오면 흔히 술집으로 끌고 다니었다.

어느 때 돌석이가 놀러와서 천왕동이가 젊은 계집 있는 술집에 가서 술자리를 벌이고 대접하는데, 젊은 계집이 천왕동이를 보고 처시하 사람이니 판관사령˙이니 실없이 조롱하여 천왕동이가 술김과 골김에 계집의 뺨을 한번 호되게 쳐서 계집이 부어오르는 뺨을 손으로 덮고 방성통곡까지 하게 되니 술자리가 깨어지지 않을 수 없었다. 천왕동이는 다른 술집을 찾으려고 하는데 돌석이가 술을 그만 먹자고 우겨서 이방의 집으로 돌아오는 길에 두 사람이 서로 지껄였다.

"사내가 처가살이는 안 할 거야."

"자네 같은 처가살이면 나는 내 집 열 내놓구 바꾸겠네."

"처가살이 못해본 사람의 말일세. 아무리 좋은 처가래두 내 집만 할 수 있나."

"자네 아내가 봉산 일색이라데그려."

"일색인지 절색인지 그건 모르지만 추물은 아닐세."

"나를 한번 상면시켜 주지 않을라나?"

"그것두 내 집만 같으면 벌써 상면시켰지 자네 말을 기다리겠나?"

"자네 처가에서 친구들 상면하는 걸 좋아 않는가?"

"양반의 집 딸자식같이 내외를 시킨다네."

"나는 이날 이때까지 일색을 구경 못한 사람이라 자네 아내를 한번 구경했으면 눈이 넓어지겠네만, 자네 처가에서 상면 안 시키는 거야 할 수 있나."

"내가 우기면 할 수야 있지."

"자네 좀 우겨볼라나?"

"글쎄, 가보세."

천왕동이가 처가에 들어와서 돌석이를 사랑에 들여앉히고 곧 안으로 들어왔다. 옥련이가 건넌방 문 앞에서 바느질을 하다가 신발소리를 듣고 방문을 열고 내다보았다.

"그 손을 보냈소?"

"장인은 관가에 들어가셨나?"

"손을 보냈느냐니까 내 말은 대답 않고 딴소리야."

"손은 사랑에 있네."

"또 끌고 왔구려."

"여보게, 사랑으루 나가서 상면 좀 하세."

"누가 상면하고 싶답디까?"

● 불긴(不緊)하다
꼭 필요하지 아니하다.
● 판관사령
감영이나 유수영의 판관에 딸린 사람이란 뜻으로, 아내가 시키는 대로 잘 따르는 남자를 놀림조로 이르는 말.

"하구 싶지 않드래도 내가 하라면 하는 게지."

"술이 취했구려."

"잔소리 말구 이리 나오게."

천왕동이가 아내의 손을 잡았다. 천왕동이는 아내를 끌어내랴거니 옥련이는 남편의 손을 뿌리치랴거니 실랑이하는 중에 이방의 아내가 안방에서 마루로 나와서

"무얼 그러나?"

하고 물으니 천왕동이가 아내의 손을 놓고 장모 앞으로 가까이 갔다.

"사랑에 좀 나가자구 했드니 안 나가려구 뻭쓰는구먼요."

"왜 사랑에는 나가자나?"

"손하구 상면 좀 시킬라구요."

"상면하기 싫다는 거 억지로 시킬 것 무어 있나."

"아내를 상면시켜 주마구 말했는걸요."

"아무리 장난이라도 너무 상없이 하지 말게."

"상없이 할 리가 있나요."

옥련이가 건넌방에서

"상없이 않는 건 무어야. 나는 지금 손목이 아파 죽겠는데."

하고 소리를 질러서 천왕동이는 입맛만 다시고 섰는데 이방이 밖에서 들어왔다.

이방이 말을 묻고 나서 제잡담하고

"나하구 같이 사랑으루 나가자."

하고 천왕동이를 끌고 나왔다. 돌석이가 일어나서 인사를 마친 뒤에 이방이 천왕동이를 가리키며 돌석이에게

"저애가 제 아내를 자네하구 상면시킨다구 했다지?"

하고 묻더니

"우리네 집에서는 여편네가 내외를 해서 아무리 남편하구 친하게 지내는 사람이라두 잘 보지 않네. 우리네 집안 범절이 사대부나 다름이 없는 까닭에 홍살문 안 사대부란 소리를 듣네그려."

아니꼬운 소리를 많이 하고 나서

"기왕 상면시킨다구 한 바에는 상면시킬 것이지만 딸이 지금 몸이 성치 않으니 이다음 상면하게."

뒤를 조금 풀어서 말하였다. 돌석이가 하룻밤 묵어가려고 작정하고 왔었는데 이방의 아니꼬운 소리를 들은 뒤에 묵을 생각이 없어져서 내일 식전 볼일이 있는 까닭에 밤 도와서라도 가야 한다고 총총히 일어섰다. 천왕동이는 돌석이를 붙들어 재우고 싶은 마음이 없는 게 아니지만 겸연쩍은 생각에 굳이 붙들지 못하고 섭섭하게 작별하였다. 저녁밥을 먹을 때 이방의 아내가 천왕동이보고

"그 손이 섭섭하게 알고 가지나 않았나?"

하고 물어서

"내가 우선 섭섭하니까 그 사람은 말할 것두 없겠지요."

하고 천왕동이가 대답하자 옥련이가 곧

"섭섭할 것도 많아."

하고 뒤받았다.

"가깝지도 않은 데 사는 사람이 다저녁때 가게 되니 섭섭지 않아? 지금 새남두 다 못 갔을 거야."

"그런 좋은 친구를 붙들어 재우지 않고 누가 보내라든가."

"내가 보내구 싶어 보낸 줄 아나?"

"역졸 나부랭이를 친구로 사귀면 행세가 깎인다고 그렇게 말해도 내 말은 말 같지 않게 여기니까."

"역졸은 저의 어머니 뱃속에서 나올 때부터 역졸인가. 너나 할 것 없이 할 수 없으면 역졸이라두 다니지 별수 있나."

"부자가 대대로 역졸을 다닌다니 근본이 역놈이지 무어요?"

"근본 가지구는 사람을 말하지 못하네. 내가 사람을 많이 보진 못했지만 당대에 영웅호걸이라구 할 만한 인물은 거지반 다 근본이 하치않은 모양인데. 다른 사람은 고만두구 우선 보게, 우리 매부만한 인물이 지금 양반에 있을 듯한가. 지금 양반은커녕 그전 양반에두 없을 것일세. 전에 조재상이란 양반이 잘났었다지만 그 양반두 우리 매부의 선생님께 배웠다네. 우리 매부의 선생님두 근본으루 말하면 고리백정이구 갖바치야. 갖바치에서 생불이 나구 쇠백정에서 영웅이 나는 걸 보게, 근본을 가지구 사람을 말할 건가. 아무리 소견 없는 여편네라구 하드래두 황천왕동이의 아내 노릇을 하려면 이만 일은 짐작해야 하네."

옥련이는 할 말이 없어서

"긴 사설 고만 하고 어서 밥이나 잡수시오."

남편의 얼굴을 바라보며 한번 방긋 웃고 그다음에는 이방이 사위를 데리고 수작하였다.

"네 말대루 하면 사람을 사귀는 데 근본을 보지 않드래두 인물은 보아야 하지 않느냐?"

"인물은 물론 보아야지요."

"인물은 어떻게 보느냐?"

"어떻게 보다니요? 눈으루 보구 인물을 알지요."

"인물을 보는데 신수두 보구 기상두 보구 행동두 보구 재주두 보구 여러가지 보는 것이 있지만 이것저것 다 고만두구라두 상 하나는 보구 사귀어야 낭패가 없다. 그렇기에 옛날 유명한 사람은 대개 다 상 보는 법을 짐작해서 지인지감˚이 있단 칭찬들을 들었다. 내가 아는 것은 없지만 배돌석이 상이 잘 죽을 사람의 상이 아니더라. 얼굴은 반상˚이구 눈은 사목蛇目인데 사목이란 뱀의 눈이야. 그런 사람은 친하게 사귀는 게 불긴하니라."

● 지인지감(知人之鑑)
사람을 잘 알아보는 능력.
● 반상(叛相)
모반을 할 인상.

"그렇다구 하드래두 이왕 사귄 사람을 까닭없이 끊는 수야 있습니까?"

"내가 지금 절교하란 말이 아니라 그걸 짐작해두란 말이다."

"녜, 알았습니다."

그 뒤에 한동안 돌석이가 놀러오지 않고 천왕동이도 찾아가지 않아서 서로 적조히 지내는 중에 청석골 박유복이가 천왕동이를 보러 왔다가 돌석이의 이야기를 듣고 이봉학이와 교분 있는 사람이니 한번 찾아본다고 말하여 천왕동이가 같이 가기로 하는데, 이방이 관가에 말미를 얻어주고 이방의 아내가 길에서 요기할 흰무리를 쪄서 주었다. 천왕동이와 유복이가 식전에 조반을 먹고 떠나서 오다가 흰무리로 점심 요기하고 해가 한나절이 훨씬 기운 뒤에 경천역말을 들어왔다. 돌석이네 집에 와서 보니 삽작이 닫히고 집안이 괴괴하였다. 천왕동이가 삽작을 흔들면서
"배대정."
"배서방."
"돌석이."
갖가지로 불러보았으나 안에서 대답이 없었다.
"이 사람이 집에 없는가 보오."
"역졸 모여 있는 데 가 있겠지. 그리 가보세."
"그 사람의 수양어머니와 아내는 있을 텐데 도무지 기척이 없으니 웬일일까?"
천왕동이가 다시
"할머니!"
하고 불러보고 또
"아주머니!"
하고 불러보았다. 닭 한 마리가 어디서 꼬댁꼬댁 할 뿐이요 사람의 소리는 조금도 나지 않더니 건넌방 옆문이 부스스 열리면서 사내 하나가 봉당으로 나왔다. 그 사내가 키는 후리후리하고 얼굴은 끼끗하였다. 유복이는 돌석이의 앙가바틈한˚ 키와 가무잡

잡한 얼굴을 본 일이 없는 까닭에 그 사내를 돌석인 줄 여기고 천왕동이더러

"주인이 집에 있네그려. 낮잠을 자다가 일어난 모양일세."
하고 말하니 천왕동이가 아니라고 고개를 외쳤다. 천왕동이는 그 사내가 낯이 익으나 전에 어디서 본 것이 잘 생각나지 않아서 유심히 바라보면서 말을 물었다.

"배대정이 집에 없소?"

"녜."

"어디를 갔소?"

"사신행차를 뫼시구 평안도 갔소."

천왕동이는 엊그제 봉산서 중화˚하고 간 북경 가는 사신행차를 생각하고 고개를 끄덕이었다.

● 앙가바틈하다
짤막하고 딱 바라져 있다.
● 중화(中火)
길을 가다 점심을 먹음.

"아주먼네두 집에 없소?"

"녜."

"댁은 누구요?"

"나는 동네 사람인데 이 집 할머니가 읍내 들어간다구 집 좀 보아달라구 해서 와서 있소."

"배대정의 아낙네두 읍내 갔소?"

"녜."

그 사내가 건넌방 편을 홀낏 돌아보았다.

"배대정이 언제쯤 오겠소?"

"나두 모르겠소."

"오늘내일간 오겠소?"

"글쎄요."

천왕동이가 그 사내에게 묻는 말을 그치고 돌아서서 유복이와 의논하였다.

"어떻게 할라우?"

"글쎄, 어떻게 했으면 좋을까?"

"지금 해가 너무 기울었는데 돌아갈 수 있겠소?"

"이 사람아, 자네는 갈 테지만 나는 못 가겠네."

"갈 수두 없구 묵을 수두 없구 난당한˚ 일이구려."

"그럴 것 없이 황주 읍내 들어가서 하룻밤 과객질하세."

"황주 읍내 들어가면 과객질 안 하구두 잘 데가 있소."

"그러면 더 말할 것 없이 황주 읍내루 들어가세."

"그리합시다. 내일 한번 다시 들러서 안 왔거든 봉산으루 오라구 말이나 일러두구 갑시다."

천왕동이가 유복이를 데리고 경천역말서 황주 읍내로 들어와서 아는 사람의 집에서 하룻밤 숙식하고 이튿날 아침 뒤에 다시 경천역말로 나오는데 황주 성문 밖을 나서서 얼마 오지 아니하여 늙은 여편네 하나가 머리에 곡식 자루를 이고 가는 것을 만났다. 천왕동이와 유복이가 서로 이야기하며 늙은 여편네의 옆을 지나오는 중에 그 늙은 여편네가

"이게 누구시오? 어디 갔다오시오?"

천왕동이를 보고 알은체하였다. 천왕동이에게 말을 붙인 늙은 여

편네는 돌석이의 수양어머니다.

"어제 읍에 와서 지금 나가는 길이오?"

하고 천왕동이가 물으니

"어제 읍에서 나를 보셨구려. 보고도 모른 체하셨단 말이오? 지금도 내가 먼저 인사를 아니했드면 그대로 지나가셨겠지."

하고 늙은 여편네가 당치 않은 사설을 하였다.

"읍에서 보았으면 왜 인사를 아니했겠소. 공연한 책망 하지 마우."

"그럼 내가 어제 읍에 들어온 것을 어떻게 아셨소?"

"어제 집 보는 사람이 말합디다."

"집 보는 사람이라니, 누구 말이오?"

● 난당(難當)하다 당해내기 어렵다.

"어제 이 손님을 뫼시구 집에 가니까 아무두 없구 젊은 사내 하나가 집을 봅디다그려."

"우리 집에를 갔었소?"

"배서방을 전위해서 찾아온 길이오."

"그럼 우리 집에서 주무시고 기다리시지요."

"주인 없는 집에서 어떻게 잔단 말이오."

"주인이 없드라도 내나 집에 있었드면 붙들어 주무시게 할걸."

늙은 여편네는 괴탄하고 나서 유복이를 가리키며 말하였다.

"저 손님은 어디서 오셨소?"

"송도서 오신 손님이오."

"송도서 전위해서 배서방을 보러 오셨소?"

"내게 왔다가 배서방 말을 듣구 한번 만나보러 오셨소."

"사신행차를 뫼시고들 갔는데 다른 사람들은 중화서 돌아오고 배서방은 대동까지 가게 되었답디다. 대동을 갔드라도 오늘은 올 듯하오."

"오늘은 일찍이 올까요?"

"그동안 왔는지도 모르지요. 얼핏 나가봅시다."

늙은 여편네는 유복이와 천왕동이의 뒤를 따라왔다. 늙은 여편네가 너무 떨어지는 것을 유복이가 보고 딱하게 생각하여

"머리에 인 자루가 무거워 보이는구려. 우리가 가지구 갈게 이리 주시우."

하고 곡식 자루를 달라고 말하니 늙은 여편네가 입으로는

"미안해서 어떻게 하라구요."

하고 말하면서도 자루를 머리 위에서 내리니까 유복이가 받기 전에 천왕동이가

"나를 주우."

하고 얼른 받아 옆에 끼었다.

"좁쌀이오."

"전에 읍내 살 제 남에게 꾸어주었던 것을 인제 가서 받았소. 나는 내버려둔 것인데 며느리가 가서 받아오라고 성가시게 굴어서 어제 부대끼다 못해 나왔었소."

"며느리는 어째 읍에 두구 혼자 나오시우?"

"며느리를 읍에 두다니, 뉘 며느리 말이오? 우리 며느리는 집

에 있지요. 어제 집에서 못 보셨소?"

"글쎄 아무두 없구 젊은 사내가 집을 보드라니까."

"그애가 마실 갔든가, 어째 집에 없었을까?"

늙은 여편네의 말을 듣고 천왕동이는 유복이를 돌아보며 머리를 살래살래 흔들었다.

"젊은 사내가 어떻게 생겼습디까?"

"얼굴은 희여멀겋구 키는 큰 킵디다."

"아랫말 김서방이로군."

"나두 어디서 본 사람 같습디다."

"호랭이 사냥 갔을 때 보셨겠지. 그 사람이 사냥꾼이오."

"옳지 옳지, 새남서 한번 보았군."

"김서방이 우리 집에 자주 놀러오지요."

"이야기 고만하구 길이나 빨리 걸읍시다."

천왕동이와 유복이가 늙은 여편네와 같이 동행하여 돌석이 집에 와서 보니 돌석이는 아직 돌아오지 않고 돌석이 아내만 혼자 집에 있었다. 돌석이 아내가 인사할 때 얼굴이 붉어지는 것을 보고 천왕동이는 유복이를 돌아보며 입을 비쭉 내밀었다.

천왕동이와 유복이가 돌석이 집 안방에 들어앉아서 술대접까지 받고 한나절이 지나도록 기다리다가 돌석이가 오지 않는 것을 보고 봉산으로 돌아가자고 공론하였다.

"더 늦으면 우리 가기만 고생될 모양이니 고만 일어서세."

"그럽시다. 말이나 일러두구 갑시다."

돌석이 오거든 만나고 가라고 늙은 여편네는 한사하고 붙드는데 말미 얻은 날짜가 있어서 불가불 가야 한다고 천왕동이가 떼치고 일어서며 말하였다.

"박서방이 우리게서 수일 더 묵을 테니 그동안에 한번 놀러오라구 내 말루 전하시우."

"박서방이라고 하면 누군지 알겠소?"

"송도 박서방이라면 알 테니 염려 마우."

"그렇게 말하리다."

늙은 여편네가 건넌방 쪽을 향하고

"이애, 손님들 가신단다."

하고 소리친 뒤에 잠시 대답을 기다리다가

"그동안에 또 어디를 갔군."

하고 혀를 찼다.

늙은 여편네가 혼자 삽작 밖에까지 나와서 천왕동이와 유복이가 가는 것을 보고 도로 집으로 들어가려고 할 때 아랫말 김가의 아내가 허둥지둥 쫓아왔다.

"웬일이오?"

"그애 아버지 여기 와 있지요?"

"아니오."

"아니가 다 무어요? 내가 알구 왔는데."

"안 왔으니까 안 왔다지, 온 걸 내가 기일 까닭이 있소?"

"요새 밤낮 이 집에 와서 산답디다그려."

"요새 자주 오지만 오늘은 안 왔소."

"안 오다니 말이 되나. 어디 들어가 봅시다."

"들어와 보구려."

김가의 아내가 집에 들어와서 안방과 건넌방이 모두 빈 것을 보고는

"당신 며느리 어디 갔소?"

하고 물어서 늙은 여편네가

"나도 모르우."

하고 대답하니 김가의 아내는 곧 눈이 샐쭉해지며

"연놈 다 어디 숨겨놓고 날 속여!"

하고 늙은 여편네의 턱살을 치받치려고 하였다.   • 됩다 도리어.

"이년의 여편네가 미쳤나."

늙은 여편네는 뒤로 물러서고

"미친 것이 됩다˚ 나더러 미쳤대. 나가서 행길을 막고 물어봐, 누가 미쳤나."

김가의 아내는 앞으로 대어들었다.

"이년아, 대들지 마라."

늙은 여편네가 김가의 아내를 떠다미니

"늙은것이 뉘게다 손을 대!"

김가의 아내는 늙은 여편네의 머리를 움켜쥐었다.

"화냥년아, 놓아라! 안 놓을 테냐!"

"누가 화냥년이야. 며느리 화냥질시켜먹는 것이 화냥년이지,

누가 화냥년이야."

"누가 며느리를 화냥질시켜먹드냐?"

늙은 여편네와 김가의 아내가 서로 시악˙을 써가며 머리채를 마주 잡고 끄들었다. 싸움이 어우러져서 서로 안고 자반뒤집기를 해가며 손톱으로들 할퀴고 입으로들 물어뜯었다. 이웃 사람들이 하나씩 둘씩 모여들어서 싸움을 뜯어말리고 싸움하는 까닭을 물었다.

"까닭도 없이 저년이 내 집에 와서 안방 건넌방 수탐˙을 해보고 내게다 선손을 거니까 내가 가만히 있어? 내가 늙어서 저년을 병신을 못 맨들었지. 아이구, 분해 죽겠네."

늙은 여편네는 헐헐하고

"며느리를 화냥질시키는 늙은 잡것이 됩다 나더러 화냥년이라고 욕을 하니 사람이 분해서 살 수 있소?"

김가의 아내는 씨근씨근하였다. 이웃 사람들이 한데 모여 서서 수군수군 지껄일 때

"이게 다 웬 사람들이야?"

하는 말소리가 들려서 여러 사람이 돌아보니 집주인 배돌석이가 삽작 안에 들어섰다.

"웬일들이오?"

하고 묻는 돌석이 말에 이웃 사람 하나가

"싸움을 말리러 왔소."

하고 대답하니 돌석이는 수양모와 김가 아내의 꼴을 번갈아 바라

보고 나서

"싸움을 말려놓았거든 고만들 가시우."

하고 이웃 사람들을 돌아보았다.

"이리 와서 내 말 듣게. 어서 이리 와."

수양모가 부르는 것을 돌석이는 역증난 소리로

"가만히 좀 있수."

하고 대답한 뒤에 이웃 사람들이 삽작 밖으로 나가는 것을 보고 섰는데, 쪼그리고 앉았던 김가의 아내가 일어나서 여러 사람 뒤를 따라 나가려고 하니 돌석이가 쫓아와서

"게 좀 있다 나중 가우."

하고 앞을 가로막았다. 이웃 사람들이 또 무슨 구경거리나 있을까 생각하고 삽작 밖에 나가서 흩어져 가지 아니하니 돌석이가 삽작께로 나와서

● 시악(恃惡)
자기의 악한 성미로 부리는 악.
● 수탐(搜探)
무엇을 알아내거나 찾기 위하여 조사하거나 엿봄.

"왜들 안 가구 여기 있소? 어서들 가우."

하고 눈까지 부라려서 모두 쫓아버리고 삽작문을 닫아걸고 들어왔다.

"우리 방으루 들어가서 이야기합시다."

하고 돌석이는 수양모와 김가의 아내를 끌고 안방에 들어와서 방문까지 닫고 앉았다. 돌석이가 먼저 수양모를 보고

"어째 싸움이 났소?"

하고 물어서 늙은 여편네가 까닭 없는 일에 죽을 욕을 보았다고 중언부언 하소연하는데, 김가의 아내가 자기 잘못이 없는 것을

발명하려고 말가리˚를 드니

"당신 말은 나중 들을 테니 잠깐 가만히 있수."

하고 돌석이가 눌렀다. 수양모의 하소연이 되씹는 말이 많은 것을 참고 듣다 못하여

"인제 다 알았으니 고만두우."

하고 끝을 무질뜨리고

"자, 당신 말을 들읍시다."

하고 돌석이가 김가의 아내를 향하고 앉았다. 며느리 간 곳을 일러주지 않고 모른다고 속이니까 자기가 골이 났다, 자기를 떠다박지르니까 머리채를 잡은 것이지 자기가 선손 건 것이 아니다, 김가의 아내가 발명을 부산하게 하니 돌석이가

"그까짓 말은 듣지 않아두 좋소."

하고 막고

"내가 말을 물을 테니 묻는 대루 대답만 해주우."

하고 말하였다.

"당신 남편이 우리 집에 놀러오는 데 의심나는 일이 있소?"

"처음에는 친구 집에 놀러오는 줄만 알았으니까 의심 낼 까닭이 없지요."

"그러면 어째 의심이 나기 시작했소?"

"지금은 의심할 것두 없소."

"의심할 것두 없이 안 일이 무어요?"

"친구 집에 놀러다니는 것이 아닌 줄을 알았어요."

"어떻게 알았소?"

김가의 아내가 말을 할까 말까 망설이는 모양이 있는 것을 보고 돌석이가 앞으로 나앉으며

"왜 말 안 하우?"

"말 못하겠소."

하고 표독스럽게 말하다가

"아는 것을 바른 대루 말하면 내가 웅용 조처를 할 테니까 염려 말구 말하우."

하고 슬그머니 달래었다.

"그애 아버지가 어제 낮에 집에서 나가서 밤새도록 들어오지 않았소."

● 말가리
말의 갈피와 조리.
또는 말의 줄거리.

"그래서?"

"밤에 내가 온 동네를 다 찾아다녔소."

"그래 우리 집에 와서 찾았소?"

"내가 이 집 울 밖에 와서 밤중까지 붙어섰었소."

"어째 들어와 보지는 않았소?"

"삽작이 닫아걸려서 못 들어왔지요."

"치운데 고생했구려."

"치운 줄두 몰랐구요."

"방에서 지껄이는 소리가 잘 들립디까?"

"말은 들리지 않지만 목소리야 몰라요?"

"삽작을 떼어젖히구 들어올 생각 안 하구 그대루 갔단 말이오?"

"울 밑에 개구멍 뚫고 싶은 생각은 많았지만 이를 악물고 참았소."

"무던하우."

돌석이는 비양스럽게 말하고 곧 수양모를 돌아보며

"김서방이 어젯밤에 우리 집에서 잤소?"

하고 물었다.

"나는 읍내 가서 자구 왔어."

"읍내는 어째?"

"전에 꾸어주었던 곡식을 받으러 갔었어. 가서 받아오라고 어지간히 성가시게 굴어야지."

돌석이는 고개를 끄덕이며 서글픈 웃음을 웃었다.

돌석이는 한동안 미간을 찌푸리고 앉아서 간통한 계집을 어떻게 처치하면 좋을까 생각하였다. 죽이자니 분풀이가 안 되고 그렇다고 자자 같은 것으로 망신 줄 계집도 못 되었다. 돌석이가 말없이 앉았는 것을 보고 김가의 아내가

"인제 나는 갈 테요."

하고 일어서니 돌석이는

"좀 가만히 있수."

하고 손을 잡아 주저앉히고 나서 수양모를 돌아보며

"대체 이년의 기집이 간 데가 어디요?"

하고 물었다.

"나도 몰라. 내가 정말로 몰라서 모른다고 했는데 저년의 여편

네는 숨기느니 속이느니 하고 내 머리채를 들었다니까."

"한 집안에서 어디 가는 것두 모르구 있었단 말이오?"

"나는 방안에서 손님 대접하느라고 몰랐어."

"손님은 누구요?"

"봉산 황서방이 송도 박서방이란 이하고 같이 왔다갔어."

"언제 왔다 언제 갔단 말이오?"

"그 사람들이 어제 왔드래. 어제 왔다가 집에 사람이 없으니까 읍으로 들어갔었드래. 내가 오늘 식전에 읍에서 나오다가 길에서 만나서 같이 왔어. 술대접하고 만나보고 가라고 한사하고 붙들어도 황서방이 말미 얻은 날짜가 있어서 가야 한다고 고집을 세우니 어떻게 더 붙들 수가 있어야지."

"그래 그 사람들 술대접하는 동안에 살그머니 어디루 갔단 말이오?"

"술상 낼 때까지는 집에 있었어."

김가의 아내가 말끝을 달아서

"그게 어느 때쯤 되오?"

하고 물으니 늙은 여편네는 아직 골이 덜 풀렸던지 말에 대답하지 아니하였다. 김가의 아내가 무료하여 혼잣말하듯이

"둘이 어디로 같이 간 게요."

하고 말하니 돌석이가

"그건 어떻게 아우?"

하고 물었다.

"이 울 밖에 와 섰는 것을 보고 온 사람이 있소."

"둘이 같이 울 밖에 나선 것을 본 사람이 있단 말이오?"

"아니오. 그애 아버지가 이 울 밖에 와서 기웃거리더라오. 그 말을 듣고 내가 부리나케 쫓아왔소."

"놈팽이하구 싸우러 왔다가 애꿎은 늙은이하구 싸웠구려."

"그러지 않아도 대판으로 싸움을 했소. 새벽에 들어왔을 때 대번 싸움을 거니까 이따가 이야기한다고 말하고 이불을 푹 뒤집어 쓰고 눕더니 코가 비뚤어지도록 자고 일어납디다. 일어나는 길로 싸움을 시작해서 여간 싸우지 않았소. 나중에 내가 조목조목 들이댔더니 그제는 잘못했다고 개개빌고˙ 다시는 이 집에 발그림자를 안 한다고 맹세까지 합디다. 그 말을 곧이듣고 그만저만 두었더니 그렇게 말한 입술의 침이 마르기도 전에 이 집에 와서 울 밖에서 기웃거리드라니 사람이 분통 터지지 않겠소."

김가의 아내가 한참 지껄이고 나서 입에 침을 돌리는데 늙은 여편네가 물끄러미 바라보다가

"젊으신네 맘에 분하긴 하겠소. 그렇지만 사내란 건 대개 홀레수캐거니 생각하고 분한 맘을 삭이시오. 그러고 그런 사내는 아모쪼록 내놓지 말고 집에 붙들어두는 것이 미덥고 좋습니다."

하고 말하니 김가의 아내는

"사내를 무슨 수로 집에 붙들어두오? 닭의 새끼니 발목쟁이를 붙잡아매오, 어떻게 하오?"

늙은이의 교훈을 뒤받아 말하고 돌석이는

"나는 분을 삭이자면 어떻게 생각해야 좋소? 기집이라구 생긴 것은 모두가 흘레 암캐거니 생각하리까?"
여편네를 훌 걸어 욕하였다.

"분만 삭일 수 있으면 그렇게 생각해도 좋지."
하고 늙은 여편네가 선웃음치는 것을 돌석이가 손을 내저어 제지하고 귀를 기울였다. 이때 밖에서 삽작문을 삐걱삐걱 흔드는 소리가 났다.

돌석이가 밖에 나와 보니 계집이 와서 삽작문에 붙어섰다. 돌석이가 말소리 거칠지 않게 예사로

"어디 갔다 인제 오나?"
하고 말하며 삽작문을 열어주었다. 계집이 고개를 숙이고 할낏할낏 눈치를 살피는데 돌석이 눈에 살기가 보여서 겁이 나던지 선뜻 들어오지 못하였다.

• 개개빌다
죄나 잘못을 용서하여 달라고 간절히 빌다.

"어서 들어오게."
하고 돌석이가 재촉하여 계집이 지수굿하고 있던 얼굴을 빤빤스럽게 치어들고 되반들거리며 들어오더니 돌석이가 삽작문을 닫아거는 동안에 쪼르르 건넌방으로 들어갔다. 돌석이가 건넌방에 들어와 서서 계집을 내려다보면서

"안방으로 건너가세."
하고 말하니 계집이 녜 대답하고서도 좀처럼 일어나지 아니하여

"어서 일어나!"
하고 돌석이가 큰 소리를 내었다. 계집이 마지못하는 모양으로

일어나려고 할 즈음에 돌석이의 수양모가 안방에서 건너왔다.

"너 어디를 갔다왔니?"

"오쟁이네 집에 가서 떡방아 찧어주고 왔어요."

돌석이가 계집의 말을 듣고

"옳다, 옳아. 한 놈에게는 오쟁이 지우구 한 놈하구는 찰떡같이 붙어다녔구나."

마치 남의 일을 빈정거리듯이 말하는 것을 계집은 들은 체 아니하고 늙은 여편네를 바라보며

"어머니, 낙상하셨소? 얼굴에 생채기가 많이 났으니 웬일이오?"

하고 딴전하였다.

"그것두 네년 때문이다."

돌석이가 소리를 꽥 지르고 연달아 무슨 말을 하려다가 안방문 여닫는 소리가 나는 것을 귓결에 듣고 지게문을 열치고 내다보더니

"내 말두 안 듣구 어디를 가려구?"

하고 분분히 밖으로 쫓아나갔다.

"누군가요?"

"아랫말 김서방네다. 어젯밤에 김서방이 집에 와서 잤다지?"

"그년의 여편네가 그런 소리를 합디까? 그년의 여편네 미쳤구먼요."

"오늘 낮에도 김서방이 집에 와서 너하구 같이 나갔다며?"

"그년의 여편네가 거짓말이 난당일세."

"너는 거짓말이라고 하지만 네 남편이야 거짓말로 알 것이냐? 너보고 야단을 치거든 발명도 고만두고 그저 잘못했다고 빌어라. 비는 게 제일 좋은 수다."

"빌고 말고 할 건 무어 있어요? 귀밑머리 풀어준 남편인가? 오다가다 만난 터수에 살기 싫다면 갈라서지 걱정 없어요."

"이애, 지각없는 소리 작작 해라."

돌석이가 김가의 아내를 끌고 건넌방으로 들어와서 한옆에 주저앉힌 뒤에 계집에게로 가까이 오며 곧 머리채를 잡아 치켜세웠다.

"이년아, 누구를 속이려구 거짓말이냐! 네가 바른 대루 말 아니하면 몸에 매밖에 돌아갈 게 없다. 바른 대루 말을 할 테냐?"

"놓아요, 놓아요."

"잘못한 일 잘못했다구 말하구 빈다구 그랬어."

"어머니는 나가서 저녁밥 좀 지으시우."

"손찌검 않겠다는 말을 들어야 내가 나갈 테야."

"이년이 바른 대루 말한다면 손찌검할 리 없소. 내가 창피해서 왁자하게 안 할 테요."

"그래그래, 왁자하면 창피하지."

늙은 여편네가 돌석이보고 말하고 또

"이애, 바른 대루 말하면 용서한다니 바른 대루 말하렴."

며느리보고 말하였다. 늙은 여편네는 돌석이가 머리채 놓고 앉는 것을 본 뒤에야 저녁밥을 지으러 나갔다.

"김가가 어젯밤에 여기서 잤다지?"

계집의 고개가 수그러졌다.

"상관된 지가 오래겠구나."

계집의 고개가 조금 가로 흔들리었다.

"오래지는 않드래두 어제가 처음은 아니겠지?"

계집이 홀제 고개를 들고

"잘못했으니 용서하시오."

하고 목구멍에서 끌어당기는 소리로 말하였다.

"예끼 순 더러운 년."

하고 돌석이가 계집의 얼굴에 침을 뱉으니 계집이 치맛자락으로 얼굴을 가리고 돌아앉아서 홀짝홀짝 울기 시작하였다. 돌석이가 김가의 아내를 보고

"저년이 임자의 남편하구 서루 눈맞은 제가 오래요. 우리하구 같이 처음 저년을 만났을 제, 그때 벌써 연놈의 눈치가 다 수상했었소."

하고 말한 다음에

"지금 나는 저년을 아주 속시원하게 임자의 남편에게 내줄 생각이 있는데 어떻겠소? 임자의 말부터 좀 들어봅시다."

하고 말하니 김가의 아내가

"나는 어떻게 하라구요?"

하고 질색을 하였다.

"한 사내 두 기집이 같이 잘살면 고만 아니오?"

"어떻게 같이 잘살 수가 있나요?"

"잘 못 살아두 할 수 없지."

"그렇게 말고 다시 잘 생각하세요."

"그럼 어떻게 했으면 좋겠소?"

"그런 짓들만 다시 못하게 해주세요."

"그런 짓들을 다시 못하게 하자면 연놈을 다 죽여버려야겠소그려."

"그러면 이거고 저거고 말할 것도 없게요."

"죽이지 않구야 그런 짓들을 다시 못하게 할 수가 있소?"

"아주 단단히 다짐을 받으면 되지요."

"다시 않는다구 맹세까지 하구 돌아서는 길루 곧 쫓아왔다며. 그런데 다짐받아 무슨 소용 있겠소."

"배서방이 다짐을 받으면 그리 못하겠지요."

"옳아, 배서방은 무서우니까 그리 못할 법하거니. 그렇지만 좀 덜 생각했소. 연놈이 배서방이 무서운 줄 알았으면 애당초에 그런 짓 할 생의를 할 리가 있소?"

"그래도 안 그래요."

"그러나저러나 나중에 다같이 모여 앉아서 이야기해봅시다."

"그러면 내가 지금 가서 데리고 오리다."

"가서 데리구 올 것 없이 여기서 오두룩 기다리시우."

"올는지도 모르는데 기다리고 있세요?"

"올 테니 염려 말구 기다리시우."

"언제 올까요?"

"언제 오든지 오두룩 기다리시구려."

"그렇게 기다리고 있느니 얼른 가서 데리고 오지요."

"임자는 볼모니까 가지 못하우."

"볼모라니요?"

"아무 소리 말구 있어 보우."

김가의 아내는 눈이 둥그레지며 다시 말을 못하였다. 돌석이와 김가의 아내가 여러 말 수작하는 동안에 계집은 이따금 건성으로 코만 들이마시다가 수작이 그친 뒤부터 연해 어깨를 들먹거리며 흑흑 느끼는 소리까지 내었다. 돌석이가 콧방귀를 뀌면서

"어디 우는 낯바대기를 좀 보자."

하고 계집의 어깨를 잡아 돌려앉혔다. 계집이 몸은 돌려앉히는 채 돌아앉았으나 낯은 치맛자락으로 폭 싸다시피 가리었다. 돌석이가 이것을 보고

"낯바대기 좀 들구 앉아라."

말하고 한동안 있다가

"인제 부끄러운 줄을 알구 낯을 들지 못하느냐?"

말하였다. 나중 말이 제법 부드럽게 들리어서 계집은 차차 용서 길로 들어가는 줄 알고 치맛자락으로 눈물을 이리 씻고 저리 씻고 하다가 슬며시 낯을 내놓았다.

어느덧 해가 다 져서 지게문 틈으로 들어오던 햇발이 없어지고

바로 방안이 어둠침침하여졌다. 돌석이가 방문을 열고 밖을 내다보며

"저녁밥이 어떻게 되었소?"

하고 물으니 수양모 늙은이가 부엌에서 마주 내다보며

"다 되었네. 어디서 먹으려나? 건넌방으로 들여갈까?"

하고 물었다.

"아무 데서나 먹읍시다. 어서 가져오시우."

"불을 켜야겠지?"

"봉당에 화톳불을 놓구려."

늙은 여편네는 돌석이 말대로 화톳불을 놓은 다음에 저녁밥을 가지고 건넌방으로 들어왔다. 저녁밥을 두루거 ● 두루거리 두루 한데 어울림.
리*로 같이들 먹는데 돌석이는 김가의 아내를 권

하고 늙은이는 며느리를 권하였다. 며느리와 김가의 아내가 모두 몇술 뜨지 않고 나앉는 통에 늙은이 역시 운이 떨어져서 전의 반만큼도 먹지 못하고 술을 놓았는데 돌석이만은 자기 밥 다 먹고 남의 밥까지 더 먹었다. 저녁밥이 끝난 뒤에 늙은이가 돌석이를 보고 가장 의논성 있이

"저 댁은 고만 보내세."

하고 김가의 아내를 보내자고 말하다가

"같지 않게 참견할 생각 마우."

돌석이에게 몰풍스럽게 핀잔을 받았다. 늙은이가 무료하여 한동안 말없이 앉았다가 생각해보니 분하던지

"내가 무얼 잘못했나, 내게까지 골낼 게 무어냐? 먼길 갔다와서 곤할 테니까 일찍 자게 할라고 말했지, 참견인가? 또 참견이라도 그만 말에 같지 않다고 핀잔하는 건 너무 심해. 밤새두룩이라도 붙들고 앉았지 누가 말리어."
하고 중얼거리었다.

"내가 어머니한테 골낼 까닭이 있소? 노여워 마시우."

"그러기에 말이지."

"김가놈이 오거든 두 기집을 함께 내줄 작정이오."

"두 기집이라니?"

"저까짓 더러운 년을 누가 다시 데리구 살겠소."

"인심 좋군. 기집을 훌훌 남 내주게."

"내가 안 데리구 살 바엔 내주지 무어하우."

"내가 사내 같으면 미워도 안 내주겠네."

"나는 미워서 내줄라구 하우."

"내준다는 건 말뿐이지, 데려갈 놈은 어디 있고 따라갈 년은 어디 있어."

"사람 같지 않은 것들이 좋아할는지 누가 아우?"

"만일 참말 데려가면 어떻게 할 테야?"

"어떻게 할 거 무어 있소. 고만이지."

"사내가 남의 기집을 뺏을망정 제 기집을 남에게 뺏긴단 말이 될 말이야."

"쓸데없는 훈수 말구 고만 안방으루 건너가시우."

"그러지 않아도 설거지하러 나갈 테야."

늙은 여편네가 나가서 저녁 설거지를 하는 동안에 두 계집이 다 입 한번 뻥끗 아니한 건 다시 말할 것도 없고 돌석이까지 입을 봉한 사람같이 말 한마디 않고 앉아 있었다. 돌석이가 나중에 졸음이 와서 기지개를 켜고 눈을 비비면서

"이놈이 아니 오나?"

하고 혼잣말하니 밖에 있는 늙은이가 귀 밝게 듣고

"내가 가서 불러가지고 올까?"

하고 나섰다.

"고만두어요."

"왜 고만두어?"

"설거지 다 했거든 안방에 들어가서 가만히 기시우."

돌석이가 곧 계집을 향하고 앉아서

"김가가 오면 너를 주어 보낼라구 했드니 아니 오니 네가 김가에게루 가거라."

하고 말하니 계집은 말대꾸 안 하고 김가의 아내가

"갈 사람이나 고만 보내주시오."

하고 말하였다.

"임자는 못 가우. 여기서 나하구 같이 잡시다."

"별 망측한 소리를 다 듣겠네."

"무에 망측하우. 기집 바꿈밖에 더 되우?"

김가의 아내가 이 말을 듣고 벌떡 일어나 지게문을 박차고 뛰

어나가려고 하니 돌석이가 얼른 와서 뒤로 끼어안아다가 방구석에 동댕이치듯이 하여 주저앉힌 뒤에 시렁에 얹힌 이불을 내려서 아랫목에 펴놓으며 곧 김가의 아내를 우격다짐으로 끌어다가 누이려고 하였다. 한동안 아이구지구 소리와 우당퉁탕 소리가 같이 났다. 돌석이가 김가의 아내를 잔뜩 끼고 누워서 머리맡에 앉은 계집더러

"너는 너 좋아하는 놈한테루 가거라."

하고 말하는데 계집은 분하기보다 우습기가 더하고 부끄러운 맘보다 해괴스러운 생각이 더 많아서

"어디 가 자지 못해서 발채 잠자고 있을까."

하고 말대답하였다.

"이년아, 아가리 찢어놓기 전에 어서 나가거라."

돌석이가 소리를 지르자 계집은 후닥닥 뛰어 일어나서 밖으로 나가며 지게문을 메어박듯이 닫았다.

김가가 저의 계집이 돌석이 집에 잡혀 있는 줄을 알고 삽작 밖에 와서 동정을 살펴보았다. 봉당의 화톳불은 거의 다 꺼져가고 건넌방은 캄캄하고 안방에만 등잔불이 켜 있는데 화롯불을 끼고 두 여편네 마주 앉았는 그림자가 방문에 비쳐 보이었다. 김가가 삽작문을 몇번 흔들어보다가 집 뒤로 돌아와서 울 밑에 개구멍을 뚫었다. 수숫대 울타리가 해가 묵어 다 삭아서 구멍 뚫기는 힘이 들지 않았으나 버석버석 소리는 나지 않을 수 없었다. 김가가 울 안에 들어와서 안방으로 가까이 가려고 할 즈음에 방문 여닫치는

소리가 나서 안방 굴뚝 뒤에 가만히 붙어서 있었다. 돌석이의 수양모가 관솔불을 손에 들고 나와 돌아다니다가 김가 섰는 굴뚝 뒤로 돌아오니 김가가 들켜나기 전에 미리 앞으로 나서서 나직이

"할머니."

하고 불렀다.

"아이구머니, 이게 누구야?"

"나요."

"김서방 아니라구?"

"네, 그렇소."

"어디로 들어왔어? 울 넘어 들어왔군. 삽작을 열어달라지 그게 무슨 짓이야."

늙은이가 김가를 사살할 때 안방에 있는 돌석이의 아내가 굴뚝 뒤에서 나는 말소리를 듣고 부리나케 쫓아나왔다.

"이게 누구야?"

"내지 누구야."

"어디로 들어왔소?"

"어디로 들어왔든지 그건 나중 알구 이리 와서 내 말 좀 들으우."

계집이 늙은이를 보고

"어머니, 관솔을 날 주고 먼저 들어가시우."

"김서방하구 같이 안방으로 들어가 이야기하자꾸나."

"떠들지 말고 먼저 들어가세요."

"무슨 일이든지 일을 크게 맨들면 뒤탈이 많은 법이야. 공연히 긁어부스럼 맨들지 마라."

"내가 무슨 일을 맨들어요? 아무쪼록 일없도록 할 테니 염려 말고 들어가세요."

"내가 먼저 들어갈 테니 너도 곧 들어오너라. 어디로 가지 마라."

늙은이가 돌아서 간 뒤에 계집은 김가에게 와서 바짝 붙어서서 얼굴을 치어다보며

"알고 왔소?"

하고 명토없이 물었다.

"무얼 알구 와?"

"둘이 끼고 자는 걸 알고 왔느냐 말이오."

"둘이 끼고 자다니?"

"모르고 왔구먼. 어디 잠깐 앉아서 이야기합시다."

계집이 둘레둘레 돌아보다가

"부엌으로 들어갑시다."

하고 김가를 끌고 부엌 안으로 들어와서 관솔불은 부뚜막 위에 놓고 잎나무를 깔고 둘이 나란히 붙어앉았다.

"아까 낮에 아내 자랑을 너무 하더니 자랑 끝에 불이 붙었소."

"낮에 여기 와서 야료를 했다지? 지금까지 여기 있지?"

"여기 있지 어디 가. 둘이 끼고 잔다니까."

"참말이야?"

"내가 언제 거짓말합디까. 연놈이 펄쳐놓고 끼고 뒹구는 꼴은 사람이 눈으로 차마 볼 수가 없습디다."

"건넌방에서 자겠지?"

하고 김가가 벌떡 일어서는데 계집이 치어다보며

"지금 막 들이칠 테요? 아까 낮에는 돌팔매 맞아 죽을까 봐 겁을 내더니 지금은 겁이 안 나오?"

하고 조롱하듯이 말하였다.

김가가 잠깐 동안 입술을 깨물고 섰다가 다시 앉아서

"나 혼자 맨손으로는 어려우니까 내가 얼른 갔다올 테야. 그동안에 떠들지 말구 내버려두어. 등시포착으루 연놈을 다 죽이면 우리 둘이 거침새없이 같이 살겠네."

하고 계집의 귀에 속삭이니 계집이 서슴지 않고

"그럼 얼른 가서 단단히 차리고 오시우."

하고 당부하였다.

"늙은이에게두 눈치 보이지 말어."

김가가 말하고 곧 일어서 나간 뒤에 계집은 안방에 들어와서 김가를 잘 말하여 보냈다고 늙은이를 속이었다. 한동안 다른 이야기를 하다가 늙은이가 고만 자자고 말하여 이불 하나를 고부같이 덮고 누웠을 때 별안간 삽작 부서지는 소리가 나며 곧 여러 신발소리가 들리었다.

안방의 고부가 일시에 이불을 젖히고 뛰어 일어났다. 문틈으로 밖을 내다보니 삽작을 부수고 마당으로 들어오는 사람이 수효가 근 십명인데, 손에 무엇을 든 사람도 한둘이 아닌 성불렀다. 영문 모르는 늙은이가 벌벌 떠는 것은 말할 것도 없거니와 김가가 사람 몰고 온 것을 짐작하고, 김가가 연놈을 죽이고 거침없이 같이 살겠다고 할 때 단단히 차리고 오라고 당부까지 한 계집이 역시 사시나무 떨듯 떨었다.

건넌방 문이 펄떡 열리며

"너희놈들이 다 누구냐?"

돌석이의 야무진 말소리가 들리고 마당에서 발을 구르며

"이놈아, 내 기집 내놔라."

김가의 볼멘 말소리가 들리었다.

"오, 김가놈이냐? 네 기집은 고사하구 내 기집까지 다 내주마."

"남의 기집을 펼쳐놓구 데리구 자두 아무 일이 없을 줄 아느냐?"

"남의 기집을 몰래 와서 데리구 자면 아무 일이 없겠구나."

"네놈하구 말다툼하러 온 줄 아느냐, 이놈아."

"네가 여러 놈을 끌고 왔나 부다만 내 손에 돌주머니 들었다. 열 놈, 스무 놈 가지고는 내게 범접을 못할 테니 숫제 다른 놈들을 다 보내구 너만 남아서 나하구 이야기하자. 내가 창피해서 일을 왁자하게 하구 싶지 않다."

"이놈아, 돌주머니 가졌다면 어떤 개아들놈이 겁낼 줄 아느냐?"

"참말루 하룻강아지 범 무서운 줄 모르는구나. 여기서 보이는 너희놈들의 대가리 여섯을 삽시간에 모조리 깨어놓을 테니 구경 좀 하려느냐."

김가가 저의 결찌와 동무를 여섯 사람 끌고 온 까닭에 김가까지 치면 사람 수효가 일곱이건만 한 사람은 뒤에 가려서 돌석이 눈에 보이지 않았던 것이다. 한 사람에게서 자, 소리가 나자 여러 사람에게서 으악 소리들이 났다. 별빛 아래 시커먼 그림자들이 좌우 쪽으로 쫙 갈라지며 한 패는 바로 건넌방 앞문을 들이치고 한 패는 봉당으로 올라와서 건넌방 지게문을 들이쳤다. 앞문을 들이치는 패 중에서 하나가 아이쿠 하고 나가자빠질 때 건넌방 안에서

"이년 봐라! 이년아, 인내라. 안 낼 테냐, 이년아!"
돌석이의 급한 말소리가 나더니 쿵쿵 벽이 울리는 중에

"나를 죽여도 돌주머니는 안 줄 테다."
김가 아내의 악쓰는 소리가 났다. 돌석이가 돌주머니를 김가의 아내에게 빼앗긴 모양이다.

"옳다, 들이쳐라!"
건넌방의 앞문과 지게문이 모두 와지끈와지끈 부서졌다.
"저 벽에 붙어섰다."
"아니다, 저 구석에 섰다."
"마구 치지 마라. 우리 손으루 죽여선 못쓴다."
"죽이구 살리는 건 김서방에게 맡기세."
여러 사람이 뒤떠드는 끝에

"이놈 봐라."

"내뺀다."

급한 소리들이 연거푸 났다. 돌석이가 붙드는 사람을 뿌리치며 곧 앞문께 섰는 사람을 발길로 내차고 밖으로 뛰어나갔던 것이다. 여러 사람이 우르르 마당으로 몰려나가는데 그중에 한 사람은 안방으로 뛰어들어왔다. 늙은이와 며느리가 서로 끼고 앉아서 떠는 것은 본 체도 아니하고 그 사람이 곧 관솔에 불을 당겨가지고 나가서 화토바탕에 불을 놓았다. 마당 안이 환하여졌다. 여러 사람이 이리저리 찾는 중에 돌석이가 장독대 옆에서 나섰다.

"저기 있다."

여러 사람이 몽치를 휘두르며 쫓아가다가 아이쿠지쿠 소리들을 지르며 뒤로 나가자빠지는데 김가는 어느 틈에 살그머니 장독대 뒤로 돌아가서 돌석이의 정수리를 뒤에서 내리치려고 몽치를 둘러메었다.

돌석이가 방에서 튀어나오며 바로 장독대로 달려온 것은 장독대 옆에 돌이 많은 까닭이었다. 땅에 박힌 돌을 더듬어 뽑느라고 한참 엎드려 있다가 여남은 개 좋이 손모아놓고 일어났었다. 여러 사람이 보고 쫓아올 때 앞으로 들어오는 사람의 면상을 노려보느라고 김가가 뒤로 도는 것은 미처 눈살피지 못하였다가 뒤에서 나는 인기척에 놀라서 얼핏 한옆으로 비켜설 때 왼편 어깨가 지끈하였다. 정수리를 노리고 내리친 김가의 몽치가 어깨에 떨어진 것이다. 돌석이가 엉겁결에 장독대 위로 뛰어올랐다. 한참 동안 독 하나를 끼고 돌면서 김가의 몽치를 피하다가 장독대에서 뛰어나오는 길에 조그만 항아리 하나를 번쩍 들어서 김가에게 내던졌다. 던지는 솜씨가 유다른 사람이라 항아리가 김가의 머리에 맞아 깨어지며 그 속에 들었던 장물이 쏟아졌다. 김가가 장독 앞에 펄썩 주저앉는 것을 보고 돌석이는 다시 장독대 위로 올라와서 발길로 복장을 찼다. 김가가 자빠진 뒤에 김가의 몽치로 김가의 대가리를 내리쳤다. 한번 치고 두 번 칠 때까지 김가의 입에서 아이쿠 소리가 나오더니 세번째 치며 소리조차 없어졌다. 소리 없어진 것이 죽은 표이거니 짐작하면서도 돌석이는 한번 더 치고 두 번 더 치고 세 번까지 더 쳐서 김가의 대가리를 여지없이 마아놓고야 손을 그치었다. 돌석이가 죽은 김가를 내버리고 돌 맞고 자빠진 사람에게 와서 몽치 하나를 갈아 쥐고 안방으로 들어갔다.

  돌석이의 모양이 독살난 삵과 같았다. 계집은 고사하고 수양모까지 돌석이의 모양을 보고 진저리를 쳤다.

  "이년! 너두 김가 따라 저승으루 가거라."

하고 돌석이가 곧 몽치로 계집을 패기 시작하였다. 말리려고 붙드는 수양모는 허깨비같이 떠다박지르고 살려달라고 비는 계집은 김가와 같이 해골을 바수어 죽이었다. 돌석이가 건넌방으로 건너와서 방구석에 쓰러져 있는 김가의 아내를 보고

  "돌주머니를 뺏어간 까닭에 내가 죽을 욕을 보았다. 너두 죽여 버릴 테니 그리 알아라."

하고 을러메었다. 그러나 김가의 아내는 머리를 여러번 몹시 벽에 부딪뜨리고 정신을 잃은 채 쓰러져 있는 사람이라 겁낼 까닭이 없었다.

"데리구 잔 값으로 살려줄까."

돌석이가 싱끗 웃으며 김가의 아내에게 와서 품에 지닌 돌주머니를 뒤져 가지고 밖으로 나가려다가 말고 헌 의복을 찾아내서 피묻은 옷과 바꾸어 입는데 왼편 팔이 쓰기 거북하여 그제야 비로소 만져보니 어깨가 상하고 저고리 안에 피까지 배었었다.

이웃 사람들이 돌석이 집에 야단난 것을 계집 까닭으로 싸움이 벌어졌나 생각하고 구경삼아 모여들었다가 사람이 늘비하게 자빠진 것을 볼 뿐 아니라 사람 죽는 소리가 나는 것을 듣고 각기 흩어져가서 소문을 내놓기도 하였거니와 눈퉁이 코뚱이에 돌을 맞고 자빠졌던 사람들이 정신을 차린 뒤에 뿔뿔이 도망해가서 뒤설레를 떨었다.

"살인났다."

"배돌석이가 살인했다."

소문이 삽시간에 돌아서 경천역말이 아닌 밤중에 발끈 뒤집혔다. 찰방의 분부로 동임들이 나서서 동네 사람을 지휘하였다. 동네 사람들이 돌석이 집에 몰려와서 전후좌우로 둘러싼 뒤에 장정 역졸 오륙명이 삽작 안으로 들어왔다. 돌석이가 바깥 기척이 수상한 것을 듣고 돌주머니를 한손에 들고 건넌방에서 내다보며

"너놈들은 또 누구냐?"

하고 소리지르니 앞선 역졸 하나가

"배서방, 자네가 무슨 일을 저질렀나. 지금 찰방 나리께서두 아시구 역증이 나셨네. 이리 나오게. 우리하구 같이 가세."
하고 온언순사˙로 말하였다.

"너희들이 날 잡으러 온 모양이구나. 그렇지만 내가 잡혀가구 싶어야 잡혀가지."

"공연히 거센 체 말구 순순히 같이 가세."

"잔소리 말구 돌 하나 받아라."

돌석이의 손이 번뜻하며 그 역졸의 앞이마가 돌에 터져서 아이쿠 하고 주저앉았다. 역졸들은 이것을 보고 고만 뺑소니들을 쳐서 밖으로 나갔다.

● 온언순사(溫言順辭)
따뜻하고 부드러운 말씨.

전후좌우에서 일어나는 아우성을 들으면서 돌석이는 도망질할 차림을 차리었다. 머리를 수건으로 동인 다음에 거먹초립을 쓰려다가 쓰지 않고 발로 짓밟아 망가지르고 허리띠를 졸라매고도 여편네의 허리끈으로 저고리를 눌러 덧매고 바짓가랑이의 오금 밑을 바짝 동이고 짚신감발을 가뜬하게 하였다. 돌주머니를 허리에 차고 돌 댓 개는 손에 들고 건넌방에서 나서며

"한 개 받아라."
마당으로 내려오며

"한 개 또 받아라."
삽작께로 나오며

"한 개 더 받아라."
돌팔매 세 번에 삽작 밖에 나와도 앞을 막는 사람이 없었다.
 돌석이가 뛰기 시작한 뒤에 뒤에서
"내뺐다!"
"쫓아라!"
고함치는 소리가 굉장하였다. 그러나 부모 죽인 원수가 아닌데 돌팔매에 대가리 깨어질 것을 헤지 않고 돌석이를 뒤쫓을 사람이 없었다. 여러 사람들이 한데 모여 서서 호랑이 쫓듯이 아우성들만 질렀다. 돌석이가 뒤쫓는 사람이 없는 것을 보고는 찬찬히 큰길로 걸어서 봉산을 향하고 갔다. 밤길이 더딜 뿐 아니라 경천서 나설 때 밤이 이미 깊었던 까닭에 동이 환하게 틀 때 돌석이는 새남을 지났다. 돌석이가 전날 저녁밥을 든든히 먹었건만 새남 지날 때부터 시장기가 몹시 들더니 동선령 내려올 때쯤은 허리가 착 꼬부라져서 걸음을 걸을 수가 없었다. 그대로 봉산 읍내까지 대어갈 가망이 없어서 돌석이는 가까운 촌가를 찾아들어갔다. 촌사람의 안타까운 아침밥을 나눠 먹고 요기는 되었으나 몸이 갑자기 천근같이 무거워지며 앉아 있기도 가빠서 돌석이는 한숨 자고 일어나려고 마음을 먹고 염치 불고하고 밥 먹은 자리에 쓰러졌다. 돌석이가 한번 쓰러진 채 이내 정신을 놓고 앓는 소리 하였다. 그 집 주인이 민망하기는 짝이 없으나 정신 모르고 앓는 사람을 어떻게 할 수 없어서 그대로 내버려둔 까닭에 돌석이가 하루 낮 하룻밤을 정신없이 죽도록 앓고 이튿날 식전 돌 만에야 간신히 정신을 차리고 일어앉았다. 돌석이 욕심에는 하루쯤 더 누워 있고 싶었으나 가기를 조이는 주인이 시각이 민망하여하는 것을 보고 밥물 한두 모금으로 곡기한 뒤에 주인에게 치사하고 촌가에서 나서는데 아랫도리가 허전허전하여 작대기 하나를 얻어서 지팡이삼아 짚었다.

중병 치른 사람같이 쉬엄쉬엄 걸어서 봉산 읍내 삼십리 못 되는 길을 한나절이 지나도록 걸어왔다. 돌석이가 봉산으로 오기는 황천왕동이에게 와서 피신하려는 것이 아니고 박유복이를 만나서 따라가려는 것이라 천왕동이야 장청에 출사하여 만나든 못 만나든 백이방의 집에 가면 유복이의 행지를 알려니 생각하고 바로 쇠전거리로 올라오는데 거리에서 장교 두 사람과 마주쳤다. 장교 두 사람 중에 한 사람은 천왕동이의 반연으로 한두 번 만나서 인사까지 한 사람인데 돌석이를 보고 인사도 아니하고 옆에 동무에게 한두 마디 귓속말을 하더니, 주왕사를 손에 든 낯모르는 장교가 돌석이 앞에 와서

"배대정이 아니오?"

하고 물었다.

"누구시오?"

"나는 살인죄인을 잡으러 나온 장교요."

돌석이가 살인죄인이란 말을 듣고 얼굴빛이 변하여지자

"아따 이놈아, 줄 받아라."

하고 그 장교가 주왕사로 돌석이를 묶는데 돌석이 아는 장교도

얼른 와서 거들었다. 돌석이는 항거할 기운도 없고 항거할 사이도 없어서 곱게 묶이었다.

"나를 왜 묶소?"

"어제 황주서 공문이 와서 다 알았다, 이놈아."

돌석이는 고개를 숙이고 다시 말을 묻지 못하였다. 봉산군수가 경천 살인범인 배돌석이 잡혔단 말을 듣고 즉시 형장을 갖추고 잡아들여서 대강 문초한 뒤에

"오늘은 늦었으니 내일 새벽에 황주로 압송하도록 하고 옥에 내려 가두어라."

하고 분부하여 돌석이는 큰칼을 쓰고 옥에 갇히게 되었다. 황주서 공문이 온 것은 전날 저녁때요, 봉산서 장채'가 풀린 것은 이 날 식전이다. 천왕동이가 여러 장교들 틈에 서서

"경천 살인범인 배돌석이가 봉산으로 도망한 형적이 있으니 기찰하여 잡아달라."

는 황주 공문의 사연을 들을 때 속으로

'이 사람이 간통한 남녀를 죽였구나. 봉산으로 온다면 내게로 오겠지.'

생각하고 마중삼아 기찰하러 나갈까 고만둘까 자저하다가 마침내 모피하고 장청에 남아 있었다. 해가 점심때 다 된 뒤에 손님이 있어 나가겠다고 수교에게 사정하고 처가에 나와서 유복이와 같이 술 먹고 있는 중에 장교 한 사람이 일부러 와서 돌석이가 잡힌 것을 통기하여 주었다.

"어디서 잡혔어?"

"장터에서 잡혔다네."

"지금 어디루 갔나?"

"관가루 들어갔네."

천왕동이가 장교에게 말 묻던 것을 그치고 유복이를 돌아보며

"내가 잠깐 가보구 오리다."

하고 그 장교와 같이 나서서 관가로 들어갔다.

돌석이가 문초받는 동안 천왕동이는 삼문 안에서 서성거리다가 돌석이가 옥으로 끌려갈 때 옥까지 따라가며

"간통한 기집 사내를 죽인 것이 큰 죄 될 리 없으니 안심하게."

"여기 있는 동안 옥바라지는 내가 맡아 해줄 테니 염려 말게."

● 장채
비상시에 관가가 동원하여 파견하던 장정.

이런 말로 위로를 해주었다. 천왕동이가 처가에 와서 옥바라지를 시키려다가 처가 식구가 모두 돌석이를 좋아하지 않는 까닭에 하느니 못하느니 말이 많을 것 같아서 아는 객줏집에 부탁하고 처가로 돌아오니 장인 백이방이 사랑에서 유복이를 데리고 돌석이의 일을 이야기하는 중이었다.

"내가 관가에서 나올 때 네가 어디 있나 물어보니까 먼저 갔다구 하기에 집에 와 있을 줄 알았더니, 옥에까지 따라갔다 오느냐?"

장인이 묻는 말에 천왕동이는 간단히

"네."

대답하고 곧

"옥사가 어떻게 될까요?"

장인에게 물었다.

"지금도 이야기하다 말았다만 돌석이는 죽는 사람이다."

"죽다니요? 그 사람이 살인을 했드래두 대살당할 살인이 아닌데요."

"돌석이의 초사招辭루 보면 간부간부姦婦姦夫를 죽였다구 하지만 아무리 간부간부라두 등시포착이 아니면 살인죄를 면치 못하는 법인데, 더구나 김가의 기집을 간통하는 중에 김가가 온 것을 죽였다구 하니 이것이 간부가 본부를 죽인 것으루 볼 것이지 어디 본부가 간부를 죽인 것으루 볼 것이냐. 돌석이가 대살을 아니 당할 수 없지."

"꼭 죽을까요?"

"꼭 죽지."

"귀양두 될 수 없을까요?"

"귀양 안 된다."

"돌석이가 죽는다면 억울한 죽음 아닌가요?"

"살인자 사死가 대경대법˙이니까 억울할 것 없지."

"어떻게 죽지 않두룩 해주실 수 없습니까?"

"살옥이란 법문대루 하지 별수가 없는 게다. 검시관의 발미˙나 감사의 제사˙는 고사하구 상감께서 내리는 판부˙두 법문에 없는 일은 못하신다."

"법문으루 봐서 돌석이가 꼭 죽는단 말씀이지요?"

"의심이 붙을 데가 없다."

"그럼 저걸 어떻게 하나요?"

하고 천왕동이가 상을 찌푸리고 유복이를 돌아보았다. 한동안 지나서 이방이 안으로 들어간 뒤에 천왕동이가 유복이에게로 가까이 다가앉으며

"내가 오늘밤에 옥에 가서 돌석이를 꺼내서 도망을 시킬까 보우."

하고 가만히 말하니 유복이가 고개를 가로 흔들었다.

"친구가 억울하게 죽는 것을 그대루 내버려두면 그게 사람이오?"

"여보게, 가만히 있게. 내가 자네 대신 가서 돌석이를 빼가지구 청석골루 데리구 가겠네."

"그럼 우리 둘이 같이 갑시다."

"자네는 같이 가선 안 되네. 탈옥시킨 죄를 나 혼자 뒤집어써야 대신 가는 보람이 있지 않은가."

천왕동이가 무슨 말을 하려고 할 즈음에 심부름꾼이 저녁상을 가지고 나와서 나오던 말을 삼켜버리고 말았다.

저녁이 끝난 뒤에 천왕동이와 유복이는 다시 돌석이 탈옥시킬 일을 쑥덕공론하는데, 천왕동이는 같이 가자거니 유복이는 혼자 간다거니 서로 고집을 세우느라고 다른 공론까지 잘 되지 아니하였다. 나중에 천왕동이가

● 대경대법(大經大法)
공명정대한 큰 원리와 원칙.
● 발미(跋尾)
검시관이 살인의 원인과 경과 따위를 조사하여 조사서에 적어넣는 의견서.
● 제사(題詞)
관부에서 백성이 제출한 소장이나 원서에 쓰던 관부의 판결이나 지령.
● 판부(判付) 임금에게 올라간 안을 임금이 허가하던 일.

"옥문 열쇠두 내가 훔쳐와야 할 테구 옥사쟁이두 내가 붙들어 놓아야 할 테니까 같이 가야 일이 되우."

하고 말하니 유복이는 한참 생각하다가

"그러면 도무지 일을 달리 꾸미세. 내일 새벽에 황주루 압송한다니 압송하는 길에서 뺏어가지구 가겠네."

하고 말하였다.

"압령해가지구 가는 사람이 많으면 어떻게 할라우?"

"많이 가기루 열이 가겠나, 스물이 가겠나. 비록 열, 스물이 간 대두 염려 없네."

"글쎄, 그렇게 하는 게 좋을까?"

"그렇게 하는 것이 이리저리 다 좋으니 고만 그렇게 작정하세."

돌석이를 옥에 가서 빼놓자는 공론은 그대로 흐지부지하게 되었다.

이튿날 새벽에 봉산 장교 세 사람이 돌석이를 압령하여 가지고 황주로 떠나가는데, 유복이는 장교들보다 한 걸음 앞서 떠나갔다. 천왕동이가 돌석이 가는 것을 보러 나갔을 때 돌석이에게 귀띔을 해주고 싶었으나 이목에 거리끼어서 그저 안심하라고만 말하여 주었다. 천왕동이가 장청에 들어와서나 처가에 나와서나 남의 눈에 수상하여 보이도록 한 곳에 안절부절을 못하였다. 해가 한나절이 다 되도록 아무 소식이 없어서 천왕동이는 속으로 조바심을 하다가 동선령까지 잠깐 나가보고 오려고 아무더러 말도 아니하고 나섰다. 읍에서 십리쯤 나왔을 때 장교 세 사람이 서로 붙들고 읍으로 돌아오는 것을 보고 천왕동이가 속으로

'옳다, 잘 되었구나.'

하고 다행히 여기면서 장교들 앞에 가서는 겉으로

"이게 웬일인가?"

하고 놀라는 체하였다. 장교들 말이 동선령 못미처서 어떤 놈이 길에 나서서 압송 죄인을 두고 가라고 하여 그놈을 잡으려고 하다가 셋이 다 미간에 대꼬챙이를 맞고 쓰러졌는데, 그동안에 그놈이 와서 죄인을 끌고 산으로 도망하였다 하고 미간의 상처도 가리키고 대꼬챙이도 내보이었다.

"큰일났네. 얼른 읍에 들어가서 관가에 사연을 아뢰게."

봉산군수가 장교들이 낭패 본 사연을 듣고 그 장교들을 중장으로 치죄하고 일변 다른 장교들을 불러서 그 두 놈을 해전에 잡아 바치라고 엄령하였다. 그날 해전은 고사하고 이틀 사흘이 지나도 잡지 못하여 장교들만 죽어났다. 며칠 동안 장교들이 애매히 매를 맞는 중에 천왕동이가 살옥 죄인 돌석이와 친분이 있을 뿐 아니라 천왕동이가 까닭없이 중간까지 가서 낭패 보고 오는 장교들과 같이 왔단 말이 군수 귀에 들어가서 군수가 천왕동이에게 치의하고 엄형으로 심문하게 되었다. 천왕동이가 전후 사실을 직토直吐하여 중죄인 도주시킨 죄로 옥사를 겪게 되었는데, 이방이 백방으로 주선하였으나 마침내 죄를 면치 못하고 제주도로 귀양을 가게 되었다. 천왕동이가 옥에 갇히는 날부터 이방의 집이 난

가亂家 된 것은 다시 말할 것도 없고 양주 껵정이 집에서도 봉산 기별을 들은 뒤로 집안에 수색愁色이 가득하였다. 껵정이는 봉산 와서 묵어가며 옥사의 결말을 기다리다가 제주로 귀양가게 되는 줄을 이방의 탐지로 미리 안 뒤에 자기도 이봉학이를 만나볼 겸 같이 간다고 집에 말하려고 양주로 오는 길에 청석골을 잠깐 들렀더니 돌석이는 자기 까닭에 천왕동이가 화 당하는 것을 미안하다 말하고 유복이는 봉학이를 만나러 제주까지 같이 가지 못하는 것을 섭섭하다 말하고 오가 늙은이와 곽오주와 길막봉이는 천왕동이를 가서 위로하지 못하니 말이나 해달라고 부탁들 하였다. 껵정이가 양주 가서 행장을 차려가지고 다시 봉산 간 뒤 수일 후에 천왕동이는 귀양길을 떠나게 되었는데, 혼인한 지 칠팔 삭 동안에 이삼일간을 서로 떨어져본 적이 없는 아내와 이별할 때 내외의 간장이 다같이 녹았다.

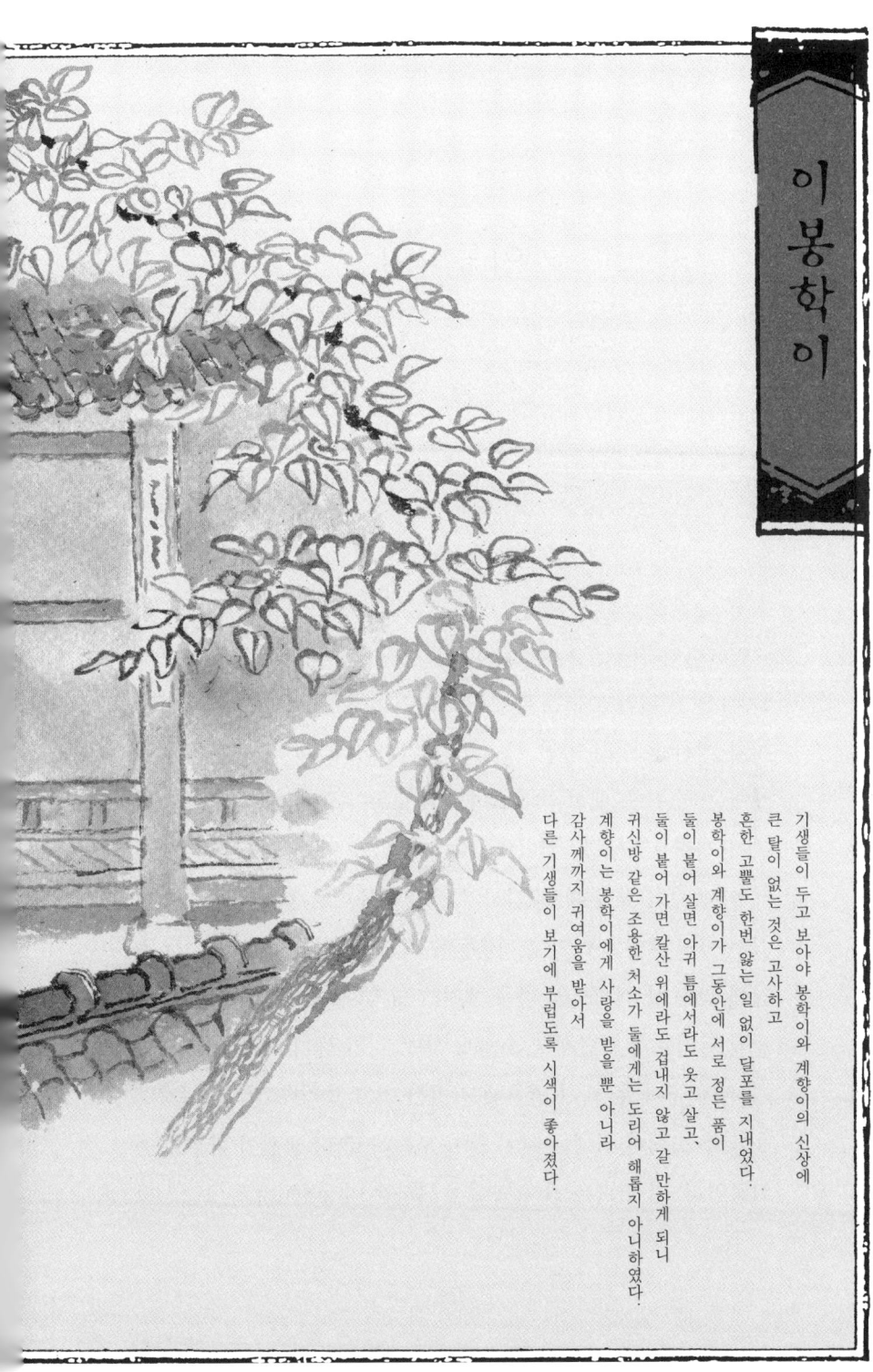

이봉학이

기생들이 두고 보아야 봉학이와 계향이의 신상에 큰 탈이 없는 것은 고사하고 흔한 고뿔도 한번 앓는 일 없이 달포를 지내었다. 봉학이와 계향이가 그동안에 서로 정든 품이 둘이 붙어 살면 아귀 틈에서라도 웃고 살고, 둘이 붙어 가면 칼산 위에라도 겁내지 않고 갈 만하게 되니 귀신방 같은 조용한 처소가 둘에게는 도리어 해롭지 아니하였다. 계향이는 봉학이에게 사랑을 받을 뿐 아니라 감사께까지 귀여움을 받아서 다른 기생들이 보기에 부럽도록 시색이 좋아졌다.

이봉학이

1

 이윤경이 김주金澍 대代로 전라도관찰사가 되어서 전주에 부임할 때 난리 뒤라고 모든 일에 제폐하기를 힘썼으나, 이 길이 부임이자 개선凱旋이라 자연 기구가 볼 만하였다. 새 감사가 전주 입성하는 날 부중 백성들이 남녀노소 모두 뒤끓어 나와서 십리 밖까지 사람으로 성을 쌓았다. 오마작대˚의 마군馬軍이 선진으로 맨 앞에 오고 그 뒤에 새 감사가 전날 부윤으로 출전할 때 데리고 갔던 여러 백명 광대가 오색옷들을 입고 춤을 추며 오는데, 그 중간에 악수 한 패가 길군악을 울리고 그 뒤에 오색 깃발이 바람에 펄펄 날리는데 호남제군湖南諸軍 사명기˚가 높이 떠서 오고 사명기 뒤에 군사 두 패가 전후에 갈라서고 그 중간에 감사가 융복˚을 갖추고 백마 위에 두렷이 앉아 오는데 말 탄 군관이 좌우로 옹위하였다. 이 군관은 감사 덕에 호사하는 비장들이다.

감사가 오른편을 돌아보며 무슨 말을 이르니 비장 하나가 말 위에서 몸을 굽실하고 말을 옆걸음 걸려 감사 가까이 들이세우며 말머리 하나쯤 뒤떨어져 따라갔다. 감사가 좌우 산천을 가리키며 말하는데 그 비장은 연해 몸을 굽실거리었다. 구경꾼 중에 이것을 보고 서로 돌아보며 속살거리는 사람들이 있었다.

"그 비장 해사하게 생겼네."

"흰 얼굴에 까만 수염이 이쁘장스러웨."

"예방비장인 것 같애."

"어째서?"

"사또의 가까운 일가거나 친척이길래 특별히 친하게 하시지."

"다른 비장들은 등채만 짚었는데 그 비장, 어깨에 활을 메었네그려."

"활만 메었나, 전동까지 메었네."

그 비장이 감사의 일가도 아니요, 친척도 아니요, 또 예방비장도 아닌 이봉학인 줄은 구경꾼들이 알 까닭이 없었다. 감사가 지나간 뒤에는 신연˙ 갔던 아전들과 마중나온 기생들이 걸으며 타며 따라오고 그 뒤에는 중군이 군사를 거느리고 후진이 되어 맨 뒤에 쫓아왔다. 선진에서 후진까지 거의 일 마장에 뻗쳤는데 앞뒤에 군사가 오느니만큼 기구가 예사 감사 도임할 때보다 더 으리으리하였다.

이윤경이 감사로 도임한 뒤 각 비장들에게 소임을 분배하여 맡

● 오마작대(五馬作隊)
오열종대로 편성한 기마대.

● 사명기(司命旗)
조선시대에, 각 군영의 대장이 휘하의 군대를 지휘하는 데 쓰던 군기.

● 융복(戎服)
철릭과 주립으로 된 군복.

● 신연(新延)
도나 군의 장교와 이속들이 새로 부임하는 감사나 수령을 그 집에 가서 맞아오던 일.

기는데, 이봉학이에게는 공방工房이 차례에 돌아왔다. 비장으론 공방을 맡겼으나 이윤경이 특별히 봉학이를 사랑하는 까닭에 예방비장이 받아먹을 조석朝夕을 봉학이게 내주게 하였다. 각도 감사의 조석은 의례로 똑같은 상이 두 상인데 한 상은 예방비장의 차지다. 워낙은 감사 먹을 음식에 독이 들까 조심하여 먼저 맛보게 하는 것이지만, 사실은 예방비장이 감사와 똑같은 조석을 먹는 셈이었다. 예방비장이 자기 차지의 조석을 공방에게 앗기고 겉으로는 다른 기색이 없었으나 속으로는 봉학이를 미워하는 마음이 없지 않고, 예방비장 외에 다른 비장들도 시기하는 기색이 없지 않았다. 그러나 봉학이가 사람이 상략하고˚ 행동이 민첩하여 다른 비장들이 귀찮아하는 일을 일쑤 잘해주는 까닭에 간신히 규각˚이 나지 않고 지내었다. 하루는 예방비장이 감사 앞에 가서

"형방, 공방 두 비장이 방 하나를 같이 쓰옵는데 근래 형방에 일이 많아 한방 쓰기 불편하다 하오니 어찌하오리까."

하고 품하니 감사가

"다른 방 하나를 치워주게그려."

하고 분부하였다.

"치워줄 방이 만만치 않소이다. 외따로 떨어져 있는 폐방한 방을 수리해주면 어떠하오리까?"

감사가 한동안 말이 없다가

"아무리나 그래 보게."

하고 허락하였다.

폐방되었던 방은 선화당˚과 다른 비장들 방에서 초간하게˚ 떨어져서 좀 호젓한 것이 흠이나, 방이 쓸모있고 좌처가 아늑하고 뒤꼍에 좋은 대숲이 있어서 달 밝은 밤과 눈 쌓인 아침의 경치가 좋았다. 이런 방이 어찌하여 오래 폐방이 되었던가. 이 방에 좋지 못한 내력이 있다. 고형산高荊山 고판서 전라감사 때 예방비장이 이 방에 거처하였는데, 그 비장의 수청기생이 무당의 딸이라 굿을 좋아하여서 저의 집 이웃에 큰굿이 있단 말을 듣고 잠깐 볼일이 있다고 핑계하고 나갔다가 굿구경에 반하여 밤을 새우고 들어왔더니 비장은 혹시 따로 보는 사내가 있는가 의심하고 눈이 빠지게 나무랐다. 기생이 무정지책을 받고 독살이 나서 비장이 선화당에 올라간 틈에 이 방에서 목을 매어 죽었다. 기생이 죽은 뒤에 비장이 공연히 시룽시룽하여져서 감사에게 꾸중도 많이 들었으나 날이 갈수록 점점 더 심하여 아주 실성한 사람같이 되고 말았다. 어느 날 밤에 동무 비장 한 사람이 병을 물으러 찾아갔는데, 그 비장이 진정으로 사정하는 말이

"추월이년이 내게 와서 밤낮 붙어 있으니 사람이 살 수 있나. 그년이 지금 어디 잠깐 나갔지만 곧 또 올 것일세. 그년을 어떻게 좀 쫓아주게."

하고 눈물까지 머금었다. 추월이는 죽은 기생의 이름이었다. 동무 비장이 그 말을 듣고 어이없어할 사이에

"저기 들어오네."

● 상략하다
성격이 막힌 데가 없고 싹싹하다.
● 규각(圭角)
말이나 뜻, 행동이 서로 맞지 아니함.
● 선화당(宣化堂)
각 도의 관찰사가 사무를 보던 정당.
● 초간(稍間)하다
한참 걸어가야 할 정도로 거리가 조금 멀다.

죽은 기생 추월이가 방구석에서 솟아 나오더니 흰 이를 내보이고 해해 웃으면서 차츰차츰 앞으로 나오는 것이 동무 비장의 눈에도 분명히 보이었다. 동무 비장이란 사람이 마침 겁쟁이라 으악 소리를 지르고 밖으로 뛰어나갔다. 겁쟁이 비장이 하룻밤 떨고 앓고 이튿날 감사께 사연을 여쭈었다. 감사가 그제야 예방비장의 병이 약으로 고칠 병이 못 되는 줄을 알고 우선 다른 비장 방에 데려다가 여러 사람과 같이 자게 하였더니 같이 자는 사람들도 모르는 틈에 그 방으로 뛰어가고, 그다음에 여러 사람들을 그 방에 가서 데리고 자게 하였더니 사람이 방에 부쩨지 못하도록 날뛰었다. 감사의 단속이 있는 줄을 안 뒤로는 그 비장이 밤낮 없이 방문을 닫아걸고 들어앉아서 웃고 지껄이었다. 감사가 그제는 여러 비장들을 시켜 방문을 부수고 들어가서 그 비장을 억지로 끌어내다 놓고 동으로 뻗은 복사나무 가지로 사정없이 두들기게 하였다. 그러나 그 비장의 얼굴에 생채기만 내었지 귀수鬼祟는 떼어주지 못하였다. 고감사는 자기가 슬기주머니라고 자긍하도록 꾀가 많던 양반이라 이만 일을 처리할 꾀가 없을 리 없었다. 감사가 한 꾀를 생각하고 준비를 시키는데, 말하면 귀신이 먼저 안다고 말 않고 시켜서 감사의 분부를 거행하는 사람들도 영문을 알지 못하였다. 어느 날 그 비장의 방 근처에 굿판을 차리고 늙은 무당 젊은 무당을 모아들여서 밤에 큰굿을 시키었다. 굿이 시작된 뒤에 닫아걸린 그 비장의 방문이 자주 열리었다 닫히었다 하더니 굿이 두세 거리 지난 뒤부터 방문이 아주 열리고 말았다.

그 비장이 넋잃은 사람같이 앉았는 것을 여러 비장들이 와서 보고 이 사람 한마디 저 사람 한마디 말을 물었다.

"방문을 어째 열어놓았나?"

"그년이 굿구경 나갔어."

"대체 방문은 왜 닫나?"

"내가 닫나? 그년이 닫지."

"밖에 좀 나가보지 않으려나?"

"그년이 저 없는 동안에 어디를 나가면 와서 죽인다구 그랬어."

"굿구경 나간 지가 오랜가?"

"내가 어디루 갈까 봐 그러는지 처음에는 잠깐잠깐 나갔다 들어오더니 고대 나가서는 아직 들어오지 않았네."

이때 감사가 좌우에 부축을 받고 마당으로 들어오니 여러 비장이 예방비장을 끌고 마당으로 뛰어나왔다. 감사는 다른 말 없이 곧 예방비장을 포정문 밖으로 끌어내가라고 분부하였다. 포정문 밖에는 하루 여러 백리 가는 노새와 뒤꼭지 두세 뼘씩 되는 하인들이 마침 등대하고 있다가 예방비장을 노새 등에 올려앉히고 튼튼한 바로 떨어지지 않을 만큼 동여맨 뒤에 곧 노새에 채찍질을 하였다. 고감사의 꾀가 들어맞아서 예방비장은 무사히 서울로 올라갔으나 예방비장 있던 방은 귀신의 울음소리가 밤마다 나서 귀신방이란 별명이 생기고 그 뒤부터 폐방이 되어버렸던 것이었다.

귀신방 내력이 생긴 때부터 벌써 사십여년이 지났건만 아직도

감영 하인들 입에 추월의 이름이 오르내리었다. 어스름 달밤에 흰옷자락이나 번뜻하면

"아이구, 추월이가 나왔다."

궂은비 오는 밤에 박쥐라도 찍찍하면

"이크, 추월이 우는 소리가 났다."

무서움 타는 위인들이 방에서 꼼짝 못하는 건 말할 것도 없고 소위 장력 있단 위인들도 귀신방 근처에 감히 가지 못하였다. 이 까닭에 이때 전라 감영 하인들은 한턱 먹기 내기들 할 때 어둔 밤에 귀신방에 가서 기둥에 쪽지를 붙이고 오거나 마당에 말뚝을 박고 오는 것이 내기 조건으로 어려운 것이었다. 어느 때 사령 하나가 동무의 술을 빼앗아 먹을 욕심으로 말뚝을 박고 온다고 장담하고 가서 옷자락이 말뚝에 껴서 박고 일어나다가 헉 하고 나가자빠진 것을 동무들이 끌어온 일까지 있었다.

봉학이가 수하에 두고 부리는 통인 아이가 조용한 틈에

"공방 나리, 지금 아무 일두 없으십니까?"

하고 봉학이 앞에 와 서서 할 말이 있는 기색을 보이었다.

"무슨 할 말이 있느냐?"

"녜."

"무슨 말이냐?"

"지금 수리하는 방이 나리 가서 기실 방이라지요?"

"그렇단다."

"나리, 그 방으루 가시지 맙시오."

"왜?"

"나리는 아직 모르십니까? 그 방이 귀신방입니다."

"귀신방이라는 게 다 무어냐?"

"그 방 내력은 세상에서 모르는 사람이 없습니다."

"우선 내가 모르는걸."

"나리는 전주를 갓 오셨으니까 모르시지요."

"그럼 네 세상이란 말은 곧 전주란 뜻이구나."

"추월이 귀신 이야기는 감영 안에서만 알 뿐이 아닙니다. 부중에서 모르는 사람이 없답니다."

"추월이 귀신이란 게 그 방에 있는 귀신이냐?"

"녜, 기생 추월이 죽은 귀신입니다."

"어디 이야기 좀 해라. 들어보자."

이십살도 못 된 아이놈이 사십여년 전 일을 저의 눈으로 본 것 같이 이야기한 다음에 감영 하인들이 어둔 밤에 내기하는 것까지 다 이야기하였다. 봉학이가 통인의 이야기를 들은 뒤에 귀신방이라고 안 가려고는 생각하지 아니하나 예방비장의 심청만은 좋지 않게 생각하였다. 이때 마침 예방비장이 봉학이 있는 데로 오는 것을 통인 아이가 보고

"저기 예방 나리 오십니다."

하고 얼른 물러갔다. 봉학이가 예방비장의 심사를 걸어보려고 마음을 먹고 있다가 예방비장이 와서 방에 들어서자

"내가 할 말이 있드니 마침 잘 오셨소."

하고 마주 일어섰다.

"할 말이 무슨 말인가?"

"난 새루 수리하는 방으루 안 가겠소."

"갑자기 딴소리가 웬일인가?"

"딴소리 될 것두 없소."

"아무 소리 없이 자기가 역사까지 시키드니 홀제 지금 와서 안 가겠단 말이 말이 되나."

"귀신방에를 누가 가기 좋다겠소."

"지각없는 통인놈이 지껄이는 소리를 곧이듣구 가느니 안 가느니 창피하지 않은가?"

"기생 귀신에게 붙들려서 굿이나 하게 되면 그 꼴은 어떻게 되우?"

"글쎄, 기생 귀신이란 게 다 무어야?"

"기생 귀신이 추월이 귀신이라오."

"자세히두 아네그려."

"당신은 몰랐소?"

"그까짓 종작없는 말을 알구 모르구가 어디 있나."

"당신이 그 방으루 가구 지금 당신 쓰는 방을 나를 주구려."

"우리 처소라구 우리 맘대루 바꾸구 말구 할 수 있나. 사또 처분이 내리셨으니까 자네가 그 방으루 안 가지 못할 겔세."

"고만두우. 내가 사또께 품해보겠소."

"아까 여기 섰던 통인놈을 오금을 끊어놔야겠네."

"그놈이 무슨 죄 지었소?"

"그놈이 주둥이를 놀려서 말썽을 만들어놓지 않나."

"그놈이 그런 이야기를 한 것이 죄라구 치구라두 누가 당신더러 치죄해달랍디까?"

예방비장이 푸 하고 나가다 말고 돌아서서

"그래 참말 사또께 품할 텐가?"

하고 물으니 봉학이는

"글쎄, 좀더 생각해보구요."

하고 빙그레 웃었다.

감사 이윤경이 사람이 자상하여 하정을 잘 살피는 까닭에 여러 비장들이 봉학이 시기하는 눈치를 알고 다른 비장들을 한번 조용히 타이르려고 마음먹고 있는 중에 어느 날 경기전慶基殿 장원墻垣이 퇴락한 곳이 있단 말을 듣고 봉학이는 봉심하러 내보내고 다른 비장들은 선화당으로 불러올렸다. 비장들이 선화당 마루에 늘어서는 것을 감사가 방으로 들어들 오라고 말하였다. 감사가 아랫목에 앉아서 윗간에 들어선 비장들을 바라보며

"조용하게 물어볼 말이 있어서 자네들을 불렀네."

하고 말하니 여러 비장은 말없이 몸들만 굽실굽실하였다.

"이봉학이와 같이들 지내보니 사람이 어떻든가?"

감사의 묻는 뜻을 몰라서 비장들이 서로 돌아보며 대답을 못하니 감사가 다시

"사람이 좀 방자스럽지 않든가?"

하고 물었다. 비장 하나가 먼저 입을 열어서

"활재주가 출중하옵다구 사람까지 출중하란 법은 없습지요."

하고 말하자 그 뒤를 달아서 어떤 비장은 소견없이

"사또께서 통촉합시는 바와 같이 이봉학이가 사람이 좀 방자스러운 편이외다."

말하고 어떤 비장은 능청스럽게

"이봉학이가 당돌하거나 방자하다구 하옵드라두 고금에 드문 명궁이 아니오니까. 그만 흠절은 흠절이라구 할 것두 없을 것 같소이다."

말하고, 비장 중에 가장 나이 많은 예방비장은 나중에 나서서

"이봉학이가 전버덤 좀 아기똥해진˙ 까닭에 그간에 혹 눈에 거치신 일을 보셨는지 모르오나 사람이 상략해서 한두 번 준절히 이르시기만 하면 곧 고칠 것이외다."

하고 말하였다. 다른 비장들 말하는 동안 빙그레 웃는 것 같은 감사의 얼굴이 예방비장 말할 때 엄숙하게 변하더니

"이 사람, 봉학이보담 자네에게 먼저 이를 말이 있네."

위풍 있는 말소리에 예방비장의 고개가 벌써 앞으로 숙었다.

"봉학이 처소로 수리하는 방이 사십여년 폐방한 방인 줄은 자네도 잘 알겠지?"

"네."

"그 방을 봉학이 주자고 한 것이 무슨 뜻인가?"

"무슨 다른 뜻이 있겠습니까. 방이 쓸 만한 것이 없어서."

"무엇이 어째!"

감사의 호령기 있는 말이 예방비장의 말끝을 무질러뜨리었다. 예방비장은 곧

"황송하오이다."

하고 앞이마에 땀을 흘리고 다른 비장들도 얼굴에 혈색이 없어졌다.

"내가 자네 소견을 모를 줄 아나? 내 앞에서 되지 못하게 발명할 생각 말게."

감사가 말을 끊고 잠깐 동안 여러 비장을 둘러보았다.

"여보게, 자네들 생각해보게. 예방은 내 집안 사람이니 말할 것도 없고 자네들로 말하드래도 다 영암서 처음부터 끝까지 나와 사생동고한 사람들 아닌가. 내가 사정私情으로 부하들에게 후박*을 둔다면 어찌해서 이봉학이를 자네들보담 더 애호할 리가 있겠나. 자네들도 그만 요량은 있어야 하지 않나. 이봉학이 같은 미천한 인물을 내가 특별히 장발해주려는 것은 한갓 인재를 아끼는 맘뿐이 아니고 이다음 또 해적이 침범하는 때 나랏일에 유조有助할까 생각하는 까닭이니 자네들도 아모쪼록 내 뜻을 받아서 이봉학이를 애호해주도록 하게. 자네들이 나를 덜 알거나 덜 믿지 아니하면 이봉학이를 시기할 까닭이 없을 줄 아네. 다들 내 말을 알아들었나?"

"황송하오이다."

● 아기똥하다
말이나 행동 따위가 매우 거만하고 앙큼한 데가 있다.

● 후박(厚薄)
후하게 구는 일과 박하게 구는 일.

"사또 분부를 명심하오리다."

여러 비장들이 굽실거리는 틈에 예방비장도

"소인들이 생각이 부족하온 탓이외다."

하고 여러 차례 굽실굽실하였다. 여러 비장이 감사의 명을 받고 물러갈 때 예방비장이 뒤에 떨어져 우물우물하다가

"봉학이의 방은 어떻게 하오리까?"

하고 다시 품하니 감사가

"고만두고 나가게."

하고 다른 말을 더 하지 아니하였다.

봉학이가 경기전 장원 퇴락한 곳을 봉심한 뒤에 경기전에서 가까운 내사정內射亭에 가서 한량들이 활 쏘는 것을 구경하다가 마음에 드는 활 하나를 빌려가지고 전후 세 순을 쏘는데, 첫 순은 자청하여 쏘고 둘째 순은 활 임자의 청으로 쏘고 셋째 순은 여러 한량에게 졸려서 쏘았다. 세 순이 다 같은 오중˚이라도 살을 꽂는 곳은 다 각각 달랐다. 첫 순에는 과녁 네 귀와 복판에 다섯 살을 벌려 꽂고, 둘째 순에는 무고˚ 위에 다섯 살을 일자로 꽂고, 셋째 순에는 똥때˚까지 여섯 살을 과녁 복판에 모아꽂았다. 봉학이로 보면 이것쯤은 자랑거리도 되지 못하건만 한량들은 귀신같은 재주라고 놀라서 혀들을 내둘렀다. 한량들이 봉학이를 술대접하려고 술집으로 끄는 것을 봉학이가 오늘은 공사로 나온 길이라 술 먹고 있을 수 없다고 사피하고˚ 내사정에서 바로 감영으로 들어왔다. 봉학이의 봉심하고 온 사연을 감사가 들은 뒤에

"봉심하고 바로 오는데 이렇게 늦었느냐?"
하고 물어서
"내사정에서 한량들이 활을 쏩기에 서너 순 쏘구 왔소이다."
봉학이가 바로 말씀하였더니
"봉심 나간 사람이 한만히 활을 쏘고 있었단 말이냐? 사람이 지각이 그럴 수가 있느냐!"
꾸중이 내리었다. 봉학이가 비장 거행 두 달 만에 처음으로 감사께 꾸중을 들었다.

그날 저녁 폐문 후에 봉학이가 다른 비장들과 같이 선화당에 올라와서 감사께 저녁 문안하고 함께 물러가려고 할 때 감사가
"봉학이는 게 좀 있거라."
하고 말씀하여 봉학이가 미진한 꾸중을 들을 줄로 알고 속으로 걱정스러웠더니 다른 비장들이 다 물러간 뒤에
"이리 좀 가까이 들어서라."
감사의 말소리부터 우선 다정스럽게 들리었다.
"네 처소로 수리하는 방이 내력 있는 방인 것을 너 아느냐?"
"대강 들어서 아옵니다."
"그 방에 가서 거처하기가 맘에 싫지 않으냐?"
"싫을 것 없소이다."
"그렇겠지."
감사가 빙그레 웃으며 고개를 끄덕끄덕하였다.

● 오중(五中)
화살 다섯 발을 쏘아 다섯 번을 다 맞힘.
● 무고(武告)
무과에서 과녁의 표시를 나타내던 것.
● 동때
여벌로 갖고 있는 마지막 화살.
● 사피(辭避)하다
사양하여 거절하고 피하다.

"하인들은 그 방에 참말 귀신이 있는 것같이 말하옵디다."

"그건 종작없는 하인들뿐 아니다. 내가 부윤으로 있을 때 김감사께도 그런 말씀을 들었다. 훌륭한 방을 사십여년간 폐방하고 못 쓰다니 전라 감영의 수치다. 내가 여기 있는 동안 그 방을 쓰기 시작하여야 할 터인데 지금 그 방을 싫게 생각 않고 거처할 만큼 담기 있는 사람이 별로 없다. 내 생각에는 나 빼놓으면 너밖에 없을 것 같아서 네 처소를 그 방으로 옮기게 한 것이다."

"황송하오이다."

"그 방 수리가 거의 다 되었다지?"

"녜, 내일이면 문창호까지 다 끝난답니다. 일하는 것들이 해만 설핏하면 일을 못하는 까닭에 날짜가 의외루 많이 걸렸습니다."

"내일 바로 처소를 옮기겠느냐?"

"녜, 옮기겠소이다."

"그외에 네게 말을 일러둘 것이 있다."

하고 감사가 말을 다시 고치어서

"내가 너를 애호하여 준다고 믿고 방자스러우면 죄책을 더 중하게 당할 것이니 각별 조심해라. 네가 근본이 미천한 것만큼 남들이 업수이여기기 쉬우나 남이야 업수이여기든 말든 내 앞만 닦으면 고만이니 아모쪼록 뉘게든지 공손하고 더욱이 다른 비장들과 의좋게 지내도록 해라."

아버지가 아들을 가르치듯이 말을 일러주었다. 감사의 말이 귓속에 박히는 것보다도 뼛속에 박히어서 봉학이는 눈물까지 머금었다.

"고만 물러가거라."

감사의 명을 받고 봉학이가 비장청으로 물러나올 때,

"나 빼놓으면 너밖에 없다."

감사의 말을 생각하고 곧 그 밤으로라도 처소를 옮기고 싶은 맘이 있었다.

이튿날 봉학이가 방을 옮기려고 할 때 예방비장이 와서 보고

"방을 아직 옮기지 말게."

하고 말리었다.

"왜 옮기지 말라시오?"

"사또 처분이 다시 내리기까지 기다려보게."

"어젯밤에 사또 분부를 들었으니까 오늘 곧 옮길 테요."

"사또께서 오늘 옮기라시든가?"

"옮기라십디다."

"알 수 없는 일일세."

"무에 알 수 없단 말이오?"

"나는 어제 사또께 꾸중을 들었네."

"무슨 꾸중을 들었소?"

"자네 처소 까닭에 꾸중을 들었어."

"사람을 은사주검* 시키려구 하니 꾸중 들어 싸지요."

"은사주검을 시키다니 그게 무슨 소린가?"

• 은사주검
은밀히 남을 죽도록 하는 일.

"그 방에 가면 죽는단 말을 내 귀루두 몇번 들었소."

예방비장은 봉학이의 말을 듣고 얼굴이 붉어졌다. 예방비장이 봉학이를 미워하는 까닭에 귀신방으로 처소를 옮기게 하려고 은근히 애를 썼지만 죽이려고까지 미워하는 것이 아니던 터에

"그 방을 봉학이 주자고 한 것이 무슨 뜻인가?"

감사의 날카로운 말에 가슴이 찔리어서 거심이 좋지 못한 것을 깨닫고 뉘우친 뒤라

"그 방이 맘에 뜨악하거든 옮기지 말구 고만두게. 내가 사또께 다시 품함세."

하고 정답게 말하는데 봉학이는 예방비장의 눈치를 살펴보며

"아니, 고만두시우."

하고 손까지 내저었다. 봉학이와 벗하는 형방비장이 마침 옆에서 듣다가

"내 생각엔 좋은 수가 하나 있구먼."

하고 말하니 봉학이가

"무슨 좋은 수?"

하고 형방비장을 돌아보았다.

"북문 밖에 용한 장님이 있다네. 그자를 불러다가 옥추경˙이나 한번 읽히구 방을 옮겨 들게."

"실없는 소리 고만두게."

"이 사람, 자네는 모르네. 귀신 쫓는 데는 옥추경이 제일이라네."

"옥추경이구 금추경이구 고만두어, 이 사람아."

"그러다가 기생 귀신이 참말 나오면 어떻게 할 텐가?"

"수청 들이지 걱정인가."

"자네가 나하구 한방 쓰느라구 기생 수청을 못 들여서 성화가 났네그려."

"자네는 기생을 쇠배˙ 싫어하니까."

"까마귀가 오디를 싫다기가 쉽지 사내자식이 누가 기생을 싫다겠나. 그렇지만 기생 귀신까지 수청 들이구 싶어하는 사람은 자네 하나뿐일 걸세."

"실없는 조롱은 고만두구 참말 수청기생이나 하나 골라주게."

"가만있게. 내가 기생 독차지한 뒤에 이야기하세."

● 옥추경(玉樞經)
소경이 외워 읊는 도가 경문의 하나.
● 쇠배 전혀.

"동관同官 대접으루 수노에게 분부 한번 해주면 어떤가?"

"그건 어렵지 않지만 죽은 기생 산 기생이 서루 시새워서 쌈질을 하게 되면 자네가 틈에 끼여서 죽지두 못하구 살지두 못할 테니 걱정 아닌가."

형방비장의 웃음의 소리에 봉학이와 예방비장이 다같이 웃었다.

봉학이가 방을 옮긴 뒤에 바로 선화당에 올라와서 감사께 처소 옮긴 것을 아뢰니 감사는 말없이 고개를 끄덕이었다. 봉학이가 물러가란 명령을 기다리고 섰을 때 감사가 통인의 방을 향하고

"이리 오너라."

하고 사람을 부르니 대답소리가 나며 곧 통인 하나가 방에서 나

왔다. 감사가 통인에게

"다락 구석에 세워둔 환도를 이리 내오너라."

분부하고 나서 봉학이를 돌아보며 말하였다.

"내가 환도 한 자루를 줄 테니 갖다가 머리맡에 걸어두어라."

"활을 머리맡에 걸어놓았소이다."

"검기劍氣가 벽사˚를 한다기에 환도를 갖다 걸란 말이다."

"황감하오이다."

통인이 감사의 분부를 좇아서 환도를 봉학이에게 갖다 주니 봉학이는 두 손으로 받아들고 감사가 앉은 자리를 향하여 허리를 굽히었다.

봉학이의 새 방은 아래윗간 사이를 장지로 막은 이칸 마루방인데 아랫간에는 골방이 뒤로 붙어서 쌍창이 앞으로 났을 뿐이나 윗간에는 앞쌍창 외에 뒷되창이 더 있고, 아랫간은 짚을 깐 위에 멍석을 깔고 멍석 깐 위에 기직자리를 깔아서 화롯불 피우고 낮에 앉고, 이부자리 펴고 밤에 잘 만하나 윗간은 마루청 위에 바로 기직자리를 깔아서 밑에서 나오는 찬바람만 막을 뿐이고, 아랫간에는 등 뒤 벽장 위에 횃대가 걸리고 머리맡 쌍창 두껍닫이 위에 감사가 준 환도가 걸리고 또 발채 골방문 옆에 활과 전동이 걸리었으나 윗간에는 벽에 군데군데 대못이 박히었을 뿐이고, 아랫간에는 방구석에 탁자가 놓이고 탁자 앞에 재판이 놓이고 재판 위에 촛대와 화로와 요강이 늘어놓였으나 윗간에는 아무것도 놓인 것이 없었다. 아랫간은 자못 아늑한 맛이 있고 윗간은 밤낮 썰렁

할 뿐이라 같은 방에 장지 하나 사이가 딴세상같이 달랐다. 봉학이가 처소를 옮기던 날 통인 아이가 낮에는 와서 거행을 하여도 해진 뒤에는 뫼시고 있을 수 없다고 사정하여 봉학이가 해진 뒤에는 다른 처소로 가라고 허락한 까닭에 봉학이는 귀신방에서 혼자 자게 되었다.

 선화당에서 퇴등령退燈令이 내린 지 벌써 오래다. 봉학이는 감사께 저녁 문안을 여쭙고 와서 촛불을 밝혀놓고 혼자 동그마니 앉아 있었다. 원악도로 귀양온 것 같은 생각은 없지 아니하나 무서운 생각은 꼬물도 없었다. 귀신이나 도깨비를 이야기만 많이 듣고 눈으로 한번도 본 일이 없어서 궁금한 마음에 기생 귀신이 나오기를 은근히 기다리었다. 이때나 저때나 하고 기다리는 중에 뒤곁 대숲에서 우수수 소리가 나며 무슨 발짝소리가 들리는 듯하여

● 벽사(辟邪)
요사스러운 귀신을 물리침.

 "인제 나오는가 보다."
봉학이가 혼잣말하며 장지문을 바라보고 있었다. 한동안이 지나도 아무 기척이 없고 장지 틈으로 들어오는 찬바람이 촛불만 흔들었다. 불후리를 돌려서 바람을 가리려고 봉학이가 앞으로 나앉을 즈음에 윗간에서 창문이 덜커덕하였다. 봉학이가 벌떡 일어나서 장지를 밀어젖히고 내다보니 앞쌍창과 뒷되창이 다 닫힌 채 있었다. 문풍지가 바람에 떠는 소리를 듣고 봉학이가

 '바람인 게다.'
생각하면서도 귀신이 방구석에서 나온단 이야기를 생각하고 우

두머니 방구석을 바라보고 섰다가 장지를 도로 닫고 자리에 와서 앉았다. 그 뒤에는 대숲의 바람소리와 문풍지 떠는 소리 외에 이따금 골방에서 쥐소리가 날 뿐이었다.

"에이, 자야겠다."

봉학이가 혼잣말하고 골방에서 이부자리를 꺼내는데 쥐 한 마리가 뛰어나왔다. 이부자리를 펴놓은 뒤에 쥐를 잡으려고 봉학이가 재판 뒤와 탁자 밑을 골고루 살펴보았으나 쥐가 어디 가서 숨어 있는지 골방으로 도로 들어갔는지 눈에 다시 뜨이지 아니하였다. 봉학이가 화로의 숯불을 다독거려 묻은 뒤에 이불 속에 드러누워서 촛불을 입으로 불어 껐다. 캄캄한 속에 한동안 눈을 뜨고 있다가 잠이 들기 시작하여 어슴푸레 잠이 들었을 때 누가 이불 위를 더듬는 것 같아서 잠이 도로 깨었다. 아래에서 살살 기어오는 것이 있는 듯하여 슬며시 손을 빼가지고 있다가 가슴께로 올라올 때 이불 위를 덮쳐 누르니 찍 소리 하며 손 사이로 빠져나가는 것이 쥐다. 봉학이는 불을 켜고 잡으려다가 귀찮은 생각이 나서 그만두고 다시 잠을 청하였다. 잠이 들었을 때 쥐가 또 이불 위로 올라와서 손을 이불 밖에 내놓고 기다리다가 꽉 움켜잡으니 이번에는 찍 소리 대신에 아야 소리가 나고 손에 잡힌 것이 쥐가 아니요, 보드라운 계집의 손이었다. 봉학이가 깜짝 놀라서 살펴보니 이쁜 기생 하나가 옆에 와서 앉았는데 얼굴이 전에 많이 본 것같이 눈에 익었다.

"네가 추월이냐?"

"나리는 추월이만 아시오?"

"그럼 네가 누구냐?"

"내가 누군지 몰라서 물으시오?"

"나는 잘 모르겠다. 나 자는 방에 어째 들어왔느냐?"

"나리가 혼자 주무시기 고적하실 듯하기에 들어왔지요."

봉학이가 기생을 데리고 잤다. 꿈이 깨어서 눈을 떠보니 날이 벌써 환하게 다 밝았다. 너무 늦지나 않았나 생각하고 벌떡 일어나서 아랫간 덧문을 다 열어놓았다.

봉학이가 일어나며부터 식전 내 여러 사람에게 아침 인사를 탐탁하게 받았다. 감영 하인들은 죽을 경우에 살아난 사람처럼 아는 눈치고, 다른 비장들은 한번 액회를 면한 것같이 치는 모양이고, 감사까지 밤사이 무양한* 것을 기뻐하는 기색이 현연하였다. 감사가 각 비장의 아침 문안을 받을 때 전 같으면 여러 비장의 얼굴을 한번 죽 돌아보며 고개나 끄덕이고 말 것인데, 이날 봉학이에게는 특별히

• 무양(無恙)하다
몸에 병이나 탈이 없다.

"밤에 잘 잤느냐?"

하고 묻고 육방관속들의 조사가 끝난 뒤에 감사가 비장들을 돌아보다가 다시 봉학이에게

"외딴 처소에 혼자 자기가 고적치 않드냐?"

하고 물었다. 봉학이는 감사가 물어주시는 것이 황감하여 그저 네네 대답만 하는데 예방비장이 옆에서

"고적하지 않을 리가 있습니까."

하고 봉학이를 위해서 말하였다.

　각 비장들이 감사 앞에서 물러나올 때 형방비장이 예방비장에게 귓속말하고 봉학이를 바라보며 싱글싱글 웃었다. 봉학이가 낮에 방에 앉아서 방 수리 맡아 시킨 아전을 불러다가 새로 수리한 방에 쥐구멍이 있으니 역사를 허수히 시킨 탓이라고 꾸지람하는 중에 방자 하나가 와서

　"어떤 한량이 와서 뵈입자구 합니다."

하고 말하여 봉학이는 꾸지람을 대강 하고 그치고 찾아온 한량을 불러들이게 하였다. 그 한량은 전일 내사정에서 봉학이를 술대접하려고 먼저 설도하고˙ 나중까지 간청하던 사람인데, 이 사람이 이날 자기 집에 혼인술이 있다고 청하러 온 것이었다. 봉학이가 그 한량의 인정을 떼치기가 어려워서 감사께 들어가서 외출 허가를 물은 뒤에 그 한량을 따라나갔다.

　봉학이가 혼인집에 가서 여러 한량들과 같이 잔칫술을 취토록 먹고 다저녁때 감영으로 들어오는데, 취중에 발길이 전에 있던 처소로 향하였다. 형방비장청 가까이 왔을 때 기생 한 떼가 몰려나가는 것을 보고

　"이년들, 점고 맞으러 들어왔드냐?"

하고 길을 가로막으니 어떤 기생은

　"네, 점고 맞고 나갑니다."

하고 해해 웃고 어떤 기생은

　"점고는 엊그저께 초하룻날 맞았습니다."

하고 입을 비쭉하였다.

"나 없는 틈에 왔다 나가! 이년들, 자 나하구 같이 도루 들어가자."

봉학이가 두 팔을 벌리고 들어오니 기생들은 하나씩 둘씩 살짝살짝 옆으로 빠져나갔다. 봉학이가 간신히 기생 하나를 붙들어가지고 비장청 안으로 들어왔다. 형방비장과 예방비장이 기생 하나를 데리고 앉아서 이야기하다가 봉학이를 보고 이야기를 뚝 그치었다.

"옳지, 한 마리는 남아 있구나. 네년은 가두 좋다."

하고 봉학이가 붙들어가지고 오던 기생을 놓아버렸다.

"자네 술 취했네그려."

• 설도(說道)하다
도리를 설명하다.

예방비장의 말에

"네, 술을 많이 먹었소."

고개를 끄덕하고 또

"혼자 다니며 잘 먹었다? 어디 보자."

형방비장의 말에

"내가 한턱 낼까."

껄껄 웃고 봉학이는 방에 들어와서 턱 드러누우며

"자네 무릎 좀 빌리세."

하고 기생의 무릎을 끌어당겼다.

봉학이가 잠깐 잠이 든 동안 기생이 무릎 대신 퇴침을 베어주고 살며시 일어나서 봉학이가 벗어버린 갓을 말코지에 집어 걸고 예방, 형방 두 비장에게 눈으로 인사하고 밖으로 나갔다. 그 기생은 이름이 계향桂香이니 전날 전라 감영의 행수기생˚이던 계랑桂娘의 친동생이다. 계랑은 젊으신 실록實錄 포쇄관˚의 간장을 녹여서 서울까지 이름이 났던 명기였으나, 계향은 자색과 가무가 형에 미치지 못하고 고임성과 붙임새가 형만 같지 못하여 형의 뒤를 이을 만한 명성은 없을망정 그 대신에 사람이 침착하고 단정하고 기생으로 기생의 티가 없어서 보는 사람의 눈에 따라서는 일대 명기 형보다 가취할˚ 장처˚가 도리어 많았다. 전 등내 김감사 적에 병방비장이요, 중군이던 사람이 양기 좋은 것을 큰 자랑으로 여기던 왈짜이었는데, 어느 때 여러 기생을 데리고 쾌심정快心亭에 천렵을 나가서 천어川魚회로 술을 먹고 취한 김에 호기를 내어서 남들 보는 데서 기생들을 모조리 행실내려 들다가 셋째 기생에게 개행실이라는 욕을 먹고 흥이 깨어지도록 풍파를 일으킨 일이 있었다. 그때 셋째 기생은 다른 사람이 아니요, 곧 계향이었다. 계향이가 술 취한 중군에게 맞고 차이고 머리를 줌으로 뽑히었건만 끝끝내 항거한 까닭에 그 뒤로 조˚ 있는 기생이란 칭찬도 듣고 다기진˚ 계집이란 지목도 받게 되었다. 이때 계향이의 나이 스물이 넘어서 지각은 더 날 나위 없이 다 나고 눈은 가당치 않게 높아서 문벌 좋고 지모 비상한 감사 이윤경 외에는 천하 명궁이란 이비장 봉학이를 인물로 칠 뿐이고 다른 비장은 안중에도 두지 아니하였다.

계향이가 나간 뒤에 봉학이가 잠은 곧 깨었으나 술이 아직 덜 깨어서 감사께도 가 보입지 못하고 저녁밥도 변변히 먹지 못하였다. 봉학이가 그대로 형방비장청에 눌러 있다가 저녁 문안 때에 여러 비장 틈에 섞여서 선화당에를 올라갔다. 감사는 봉학이가 술 취했던 것을 알고 있는 터이라 봉학이를 보고

"오늘 잘 놀고 왔느냐?"

하고 물은 뒤에

"술을 먹지 말라는 것이 아니되 너무 과히 먹고 실태失態가 있어서는 못쓰는 법이다."

하고 말을 일렀다. 봉학이가 황송하여 고개를 숙이고 섰다가 다른 비장들과 같이 물러나올 때 예방비장이

"내 방에 좋은 술이 있으니 같이들 가서 한잔씩 먹구 헤어지세."

하고 여러 사람을 끄는데 봉학이만은 싫다고 사양하였다.

"자네는 해정으루 먹어야 하네."

"사또께서 과도하게 먹지 말라구 분부하셨으니까 낮에처럼만 먹지 말게."

"자네 안 가면 우리까지 못 얻어먹기가 쉬우니까 자네가 한턱 내는 셈으루 같이 가세."

이 비장 저 비장이 받고채기로 지껄이는 것을 봉학이는 낮에 술에 곯아서 먹을 수 없다고 고사하고 혼자 처소로 와서 불을 켜 놓고 잠시 앉았다가 잘 채비를 차리려고 할 때, 예방비장 이하 여

● 행수기생
조선시대에, 관아에 속한 기생의 우두머리.
● 포쇄관(曝曬官)
서적 말리는 직책.
● 가취(可取)하다 쓸 만하다.
● 장처(長處) 장점.
● 조(操)
깨끗이 가지는 몸과 굳게 잡은 마음.
● 다기지다
마음이 굳고 야무지다.

러 비장이 술과 안주와 잔과 술 데울 그릇을 통인과 방자들에게 한 가지 두 가지씩 들려가지고 떼를 지어 몰려왔다.

"하나를 빼놓고 먹을라니 맛이 있어야지."

"이렇게 가지구까지 왔는데두 안 먹을 텐가?"

"술을 어서 데워라."

"상을 여기 갖다 놓아라."

"이놈아, 너는 왜 어리둥절하구 섰느냐."

"초롱불을 꺼라, 이애야."

여러 사람이 떠드는 바람에 호젓하고 휘휘하던 방이 갑자기 우꾼하고 들썩하였다. 봉학이가 여러 비장에게 부대끼다시피 하여 수십 배 좋이 먹고 술에 감겨서

"인제 나는 고만 못 먹겠소."

하고 자리에 쓰러지니 예방비장이 통인, 방자들 시켜서 기명˙ 등속을 모두 거두고 방까지 대강 치운 뒤에 여러 비장과 함께 일어섰다.

"우리 가네."

"잘 가게."

"일어날 거 없네."

여러 사람들이 다 간 뒤에 봉학이가 정신을 차려 이불을 끌어 덮고 불을 끄려고 할 때 장지문이 소리없이 열리며 하얀 계집의 얼굴이 눈앞에 나타났다.

봉학이가 게슴츠레한 눈을 비비고 장지 틈의 하얀 얼굴을 바라

보다가

"네가 추월이냐?"

하고 소리질러 물으니 입을 가로 벌리고 웃는지 이를 앙상거리는지 하얀 이가 보일 뿐이요, 대답은 없었다.

"왜 대답을 않느냐?"

"내가 추월이요. 겁나지 않소?"

"쥐 밑구녁 같은 소리 마라."

"내가 사십여년 동안 사내다운 사람을 못 만났드니 인제 잘 만났소."

"잘 만났으니 수청을 들 테냐?"

"나리 같은 사내에겐 수청 들어도 좋지만 우선 이야기할 일이 있으니 좀 일어나 앉으시오."

• 기명(器皿)
살림살이에 쓰는 그릇을 통틀어 이르는 말.

"이야기할 일이 있다? 지금은 내가 곤해서 자야겠는데, 내일 밤에 다시 오너라."

"자고 싶거든 자구려. 누가 말리겠소."

촛불이 바람에 후려서 밝았다 어두웠다 하는 중에 하얀 얼굴 뒤에 똑같은 하얀 얼굴 하나가 나왔다 들어갔다 하는 것을 봉학이가 바라보고

"네 뒤에는 또 누구냐?"

하고 물었다.

"내 뒤에요?"

"네 뒤에 얼굴바닥이 하얀 년은 누구냔 말이냐. 네 동무냐?"

"아이구머니."

계집 하나가 새된 소리를 지르고 아랫간으로 뛰어들어오며 누워 있는 봉학이를 덮쳐누를 듯이 주저앉았다. 봉학이는 계집이 처음 윗간에 나타날 때보다 도리어 더 놀라서 이불을 박차고 일어앉으며 계집을 떠다밀었다. 계집이 뒤로 밀려나갔다가 다시 앞으로 대어들며 두 손으로 봉학이의 손을 잡는데, 그 손이 차기가 얼음장 같았다.

"귀신의 손은 정말 차구나."

봉학이가 손을 뿌리치려고 하니

"나리, 나는 귀신 아니오."

계집은 더욱 단단히 달라붙었다.

"귀신 아니구 무어냐?"

"사람이오. 계향이오."

"계향이?"

하고 봉학이가 계집의 얼굴을 들여다보았다.

"옳지 알았다. 어젯밤에 내가 네 무릎을 비고 잤구나."

"어젯밤이 무어요, 아까 저녁때요."

"내가 술이 취했어두 정신은 멀쩡하다. 네가 어젯밤에두 왔었지, 무슨 소리냐!"

"안 왔어요."

"그래 어젯밤에 나하구 같이 자지 않았어?"

"아니오, 아니오."

"아니라면 고만둬라. 내가 우기기 싫다. 오늘 밤부터 같이 자자."

계집이 봉학이의 손을 놓고 대번에 뒤에 와서 누우며 이불을 끌어당겨 얼굴까지 덮었다.

"치마나 벗구 누워라."

"장지나 좀 닫으시오."

"이년 보게. 나를 심부름시키지 않나."

봉학이가 장지를 닫고 와서 계집의 옆에 누웠다.

"윗간에 무어 있습디까?"

"있기는 무에 있어. 빈방이지."

"기집이 없어요?"

"웬 기집이 또 있어. 기집 사태 났드냐?"

"아까 보셨다며."

"아까 본 게 너지 누구야."

"나 말고 또 보셨다구 했지요."

"그랬든가?"

"나리를 속이려다 내가 되려 속았구려."

"나를 속이려구 했다? 이년 보아, 네 이름이 무엇이, 계향이랬지?"

"계향이, 이름이 좋지요?"

"추월이버덤은 낫다."

"하필 왜 그 이름에다 갖다 대요?"

"추월이, 추월이두 부르기는 좋은 이름이다."

"그 이름 부르지 마시오."

"추월이가 촉휘냐?"

"촉휘는 무슨 촉휘야. 부르면 나올까 보아 말이지."

"나오면 걱정이냐? 내가 양옆에 하나씩 끼구 자지."

"풍류남아시구려."

"너는 절대가인이냐?"

하고 봉학이가 입을 계집의 볼에 대려고 하니

"아이, 술냄새."

하고 계집이 벽을 향하여 돌아누웠다.

"술냄새가 싫거든 윗간으로 나가거라."

"윗간에는 나가기 싫은걸."

"내가 윗간으로 나가랴?"

"그럼 나도 윗간으루 나갈 테야."

"아양 고만 부리구 이리 돌아누워라."

봉학이가 품안에 계향이를 끌어안고 하룻밤을 지냈다.

예방비장이 형방비장과 한자리에 앉아서 여러 기생들을 불러들여 늘어세우고

"지금 너희들 중에서 공방 나리의 수청을 하나 정할 텐데, 이것이 우리의 자의가 아니구 사또의 분붑시니 자원할 사람이 있거든 앞으루 나서거라."

말하고 한동안 기다리다가 앞으로 나서는 기생이 없는 것을 보고 기생을 하나씩 앞으로 불러내서 뜻을 물을 때에 다른 기생들은 모두 입을 모으고 온 것같이

"귀신방엔 가기 싫습니다."

"귀신방엔 능장棱杖을 맞아도 못 가겠습니다."

"귀신방은 말만 들어도 몸에 소름이 끼칩니다."

귀신방이 싫다고 왼고개들을 치는데 계향이 혼자 싫단 말을 아니 하였다. 계향이가 다른 기생들보다 귀신방을 덜 꺼리는 담기도 있거니와 다른 기생들보다 봉학이의 인물을 더 믿는 소견이 있었던 까닭이다. 계향이가 귀신방에 와서 봉학이에게 수청을 들게 된 뒤 다른 기생들 사이에는 뒷공론이 많았다.

● 촉휘(觸諱)
공경하거나 꺼려야 할 이름을 함부로 부름.

"계향이가 다기진 기집이야."

"그년이 다기진 체하다가 혼이 나구 말 게다."

"그렇지. 그년의 다기가 얼마나 가겠니?"

"귀신방에서 탈없이 지내면 그게 변이지 무어야?"

"큰 탈 나지 두구 보아라."

기생들이 두고 보아야 봉학이와 계향이의 신상에 큰 탈이 없는 것은 고사하고 흔한 고뿔도 한번 앓는 일 없이 달포를 지내었다. 봉학이와 계향이가 그동안에 서로 정든 품이 둘이 붙어 살면 아귀 틈에서라도 웃고 살고, 둘이 붙어 가면 칼산 위에라도 겁내지 않고 갈 만하게 되니 귀신방 같은 조용한 처소가 둘에게는 도리어 해롭지 아니하였다. 계향이는 봉학이에게 사랑을 받을 뿐 아

니라 감사께까지 귀여움을 받아서 다른 기생들이 보기에 부럽도록 시색이 좋아졌다. 무슨 놀이에든지 계향이가 빠지면 감사가 일부러 찾아서 불러가고 무슨 상급이든지 계향이 몫이 적으면 감사가 특별히 후히 주게 하였다. 봉학이는 다시 말할 것도 없고 계향이까지 감사의 특별한 두호斗護를 받게 되니 인정을 사려는 사람이 혹간 귀신방을 꺼리지 않고 밤저녁에 찾아오게 되어서 봉학이와 계향이가 불긴하게까지 생각할 때도 이따금 없지 아니하였다. 어느 날 낮에 눈이 오고 밤에 달이 떠서 경치 좋은 밤에 감사가 앞쌍창을 열어놓고 밖을 내다보다가 술을 가져오라 하여 두서너 잔 혼자 마시고 술 치던 수청기생을 돌아보고 웃으면서

"지금 공방비장 처소에 갔다올 수 있겠느냐?"

하고 물으니 그 기생이 달이 대낮같이 밝은 것을 믿고

"네."

하고 대답하였다.

"그러면 주전자에 남은 술을 이비장에게 갖다 주고 오너라."

기생이 주전자의 술과 접시의 포쪽을 양손에 갈라 들고 공방비장청을 향하고 오는데 멀찍이서 바라보니 계향이가 혼자 툇마루 기둥에 기대어서 달을 치어다보는 것 같았다. 이비장과 같이 나서지 않은 것을 괴상히 생각하며 그 기생이 앞으로 더 나가서

"계향아."

하고 불렀다. 계향이는 간 곳 없이 없어지고 기둥 위에 달빛만 푸르렀다. 그 기생이 갑자기 정신이 아찔하여 눈 위에 주저앉으며

소리를 지르는 줄도 모르고 질렀다. 방안에서 선잠이 들었던 봉학이와 계향이가 앞마당에서 나는 외마디 소리에 놀라 일어나서 옷들을 대강 주워 입고 방문을 열고 내다보았다. 봉학이가 마당에 내려와서 눈 위에 주저앉은 기생을 끌어올릴 때 계향이도 내려와서 거들었다. 봉학이와 계향이는 앞기둥에 달빛이 어린 것을 얼보았으리라고 말하나, 그 기생은 추월의 귀신을 본 줄로 여기고 봉학이와 계향이의 말을 믿으려고 하지 아니하였다. 이런 일이 한번 있은 뒤로 밤저녁에 혹간 오던 사람도 통이 발그림자를 끊어서 봉학이 처소는 밤이면 사랑하는 남녀가 실없이 가댁질˚하기 만판 좋았다.

계향이가 낮에는 시중 들고 밤에는 수청 드느라고 봉학이 옆을 떠날 새가 별로 없어서 전에 가깝게 지내던 사내들과는 자연히 멀어졌다. 계향의 집 대령待令 한량이라고 조명이 나도록 계향이에게 축일逐日 놀러오던 젊은 한량도 운수 좋아서

• 가댁질 아이들이 서로 잡으려고 쫓고, 이리저리 피해 달아나며 뛰노는 장난.
• 선자통인(扇子通引) 부채를 진상하기 위해 백성에게서 대를 거두는 일을 하던 구실아치.

사흘에 한번 나흘에 한번 얼굴을 대하게 되었으니, 이따금 찾아다니던 사내들은 한달 두 달에 민빛 한번 보지 못하는 사람도 많았을 것이다.

계향이와 전날 관계 있던 사내로서 얼굴이라도 가끔 보는 사람이 둘도 아니고 오직 하나 있었으니, 통방의 어른인 수통인이 곧 그 사람이었다. 수통인은 나이 근 삼십한 사람인데 끌어올렸던 머리를 다시 땋아내리고 통인 거행하는 것은 선자통인˚의 소임

을 한번 맡아보려는 데 큰 욕심이 붙어 있었다. 선자통인이 진상선자進上扇子 만들 대밭을 잡으려고 승교바탕을 타고 각군으로 돌아다닐 때

"그 대밭 좋다."

말 한마디에 대밭을 쑥밭으로 변할 수 있는 까닭에 꺼끄렁 볏섬 하는 집 대밭에 가서 좋다 소리만 내놓으면 대밭을 아끼는 주인이 볏섬으로 통인의 입을 막았다. 선자통인을 한번 잘 지내면 땅 마지기가 좋이 생기니 통인들이 누구나 다 이 소임을 욕심내고, 욕심내는 사람이 많으니 통인들이 제각기 다 청촉길을 뚫었다. 수통인이 이듬해에는 십상팔구 틀림이 없으려니 믿으면서도 중간에 어떤 방해꾼이 나설는지 몰라서 계향이를 조용한 틈에 만나기만 하면 뒤를 잘 보아달라고 신신당부하였다.

어느덧 해가 바뀌어서 정초가 되었다. 하루 석후에 예방비장이 각 비장들을 자기 방에 모아가지고 윷판을 차렸다. 봉학이가 처음에 계향이를 데리고 왔었으나 중간에 계향이가 두통이 난다고 앉아 있기를 괴로워하여 먼저 가서 자라고 보내고 윷판을 마치고 밤참을 먹고 나중에 혼자 처소로 돌아오게 되었다. 처소에 가까이 왔을 때 봉학이는 방문에 두 사람의 그림자가 어른거리는 것을 바라보고 부지중에 발을 멈추었다. 머리 얹은 것은 계향이가 분명하고 머리 땋은 것은 총각인 듯한데, 두 그림자가 붙었다 떨어졌다 하는 것이 아무리 보아도 수상스러웠다. 봉학이가 발짝소리 없이 뜰아래까지 들어가서 방안에서 수작하는 말을 한동안 엿

들었다.

"머리 아픈 사람 누워 있지도 못하게 무슨 장난이야."

"왜 그렇게 톡톡 쏘나. 구정舊情은 여신如新 하구 신정新情은 여구如舊하게 지내세그려."

"식자識字가 소눈깔일세."

"이비장은 무식쟁이지?"

"유식쟁이 부럽지 않아."

"이번 사또 과만˙ 때까지 기다려보세."

"사또 과만 때를 기다리면 어떻게 할 테야?"

"사또가 갈리면 이비장두 갈 테니까 말일세."

"남의 걱정 그렇게 하다가 머리 빠지겠네."

"내 머리가 묵사발이 되기루 자네가 무슨 걱정인가."

● 과만(瓜滿)
벼슬의 임기가 끝나는 시기를 이르던 말.

"말하기도 귀찮으니 고만 가요."

"내가 가면 혼자 있기 무섭지 않겠나? 이리 오게. 한번 끌어안아나 보세."

"손을 치워!"

"너무 그러지 말게."

"조신하게나 앉았어."

봉학이가 가만히 몇걸음 나가서 신발소리를 내며 큰기침을 하니 방안에서는 부산하였다. 수통인이 윗간 구석에 섰는 것을 봉학이가 앞으로 불러내서 호령기 있는 말로

"너 어째 여기 와 있느냐?"

하고 물으니 통인이 얼른

"나리 보입구 청할 말씀이 있어서 왔습니다."

하고 둘러대었다.

"언제 왔드냐?"

"온 지 얼마 안 됩니다."

"무슨 급한 청이 있어서 밤중에 왔느냐?"

"조용한 틈을 타서 오느라구 온 것이 좀 늦었습니다. 급한 청은 아니올시다."

"네놈 데리구는 더 말할 것 없으니 고만 가거라."

"네, 안녕히 주무십시오."

"이다음에 네가 또 나 없는 틈에 왔다가 내 눈에 들키는 날이면 다리뼈를 분질러놓을 테니 그리 알아라."

"네, 황송하오이다."

수통인이 황망히 나간 뒤에 봉학이는 고개 숙이고 앉았는 계향이를 돌아보며 말없이 일어나더니 벽에 걸린 환도를 떼어내려서 날을 뽑아 앞에 놓았다.

봉학이가 처음 장가들 때 주혼主婚하는 외조모가 색시 당자의 인물보다도 색시 부모의 양반을 취해서 혼인한 까닭에 봉학이의 아내는 얼굴이 면추도 못 되고 사람이 둘하여서˚ 당초에 봉학이 마음에 들지 못하였다. 외조모 생전에는 외조모가 성사를 삼아서 내외간을 억지로 붙이어주고 외조모 작고한 뒤에는 딸 하나가 거멀못*이 되어서 내외간이 간신히 벌어지지 않았는데, 지난해에 그 딸이 죽어서 봉학이가 전장에 나오기 전 몇달은 아내와 별로 접어接語도 않고 지냈다. 봉학이가 가끔 교하를 가고 싶어하는 것은 그곳에 있는 외조모 산소에 다녀올 마음이지 아내를 보고 싶은 생각은 꿈에도 없었다. 더구나 계향이와 같은 신통이가 생긴 뒤로 소박데기 아내는 염두에도 둘 까닭이 없었다. 봉학이로 보면 계향이와 사랑을 주고받는 것이 생외의 처음 보는 재미라 계향에게 온 마음을 다 기울여서 끝끝내 같이 살 것을 생각하는 중인데, 뜻밖에 창에 비친 그림자를 볼 때 수청기생의 난잡한 짓을 곧 정실 아내의 부정한 행실과 같이 여겨서 등시포착으로 남녀를 다 죽이고 싶도록 몸의 피가 끓었다. 뜰아래에서 남녀의 수작 몇마디를 엿들은 뒤에 끓던 피는 적이 가라앉았으나 계향이를 한번 조련질해둘 생각이 난 까닭에 엄포로 칼까지 뽑아놓고 앉아서

* 둘하다 둔하고 미련하다.
* 거멀못 나무 그릇 따위의 터지거나 벌어진 곳. 또는 벌어질 염려가 있는 곳에 거멀장처럼 겹쳐서 박는 못.

"계향아."
하고 부르니 계향이는 대답 대신에 눈을 들어서 바라보았다.
"네가 다른 데 가서 무슨 짓을 하든지 그건 내 알 바 아니나 통인놈 따위를 내 방으루 끌어다가 내 자리를 더럽히는 것은 내 얼굴에 똥칠하는 게 아니냐?"
"아니올시다."
"아니면 무어냐?"
"제 말씀을 다 듣고 꾸중하세요."

"되지 못한 발명 듣기 싫다. 내가 통인놈과 기집 다툼은 안 할망정 네 죄는 그대루 용서할 수 없다."

"제가 죄지은 일이 없습니다."

"듣기 싫다는데 발명이 무슨 발명이냐. 얼른 이리 와서 목을 늘이구 칼을 받아라."

봉학이가 칼을 들고 계향이를 노려보았다.

"나리께서 죽으라시면 죽겠습니다. 그러나 제가 죽는 것이 제 죄도 아니고 나리 잘못도 아닙니다. 아마도 추월이 귀신이 저를 동무로 데려가려고 작희하는 것이올시다."

계향이 앞으로 나와 앉으며 소매로 눈을 가리었다.

"네가 죽은 뒤에 추월이와 부동이 되면 이 방은 영영 폐방이 될 모양이니 방이 아까워서 어디 너를 죽이겠느냐."

봉학이가 슬며시 칼을 집에 꽂아서 옆에 놓았다.

"너를 죽이지는 않겠다. 그러나 이후는 내 앞에 두기 싫으니 네 집으루 나가거라."

"나리, 죽여주세요. 제가 나리 옆을 떠나느니 나리 손에 죽겠습니다. 제가 나리 손에 죽는 것이 진정 소원입니다."

"죽이지 않는다니까 되려 발악이냐! 이러구저러구 더 말할 것 없다. 지금 곧 네 집으루 나가거라."

"저는 나리가 이렇게 매정하실 줄 몰랐습니다."

계향이의 눈에서 눈물이 듣거니 맺거니 하였다.

"네가 내 손에서 죽는 것이 소원이냐?"

"진정 소원입니다."

"내 손에서 사는 것은 소원이 아니냐?"

계향이가 눈물에 젖은 눈을 들고 보니 봉학이 입가에 웃음이 떠돌았다.

"나리!"

하고 계향이가 품으로 달려드니 봉학이는 말없이 팔을 벌려 끌어안았다.

이와같은 작은 풍파가 있은 뒤로 봉학이와 계향이 사이에 사랑이 날로 더 깊어지며 사랑의 따뜻한 기운이 귀신방의 쓸쓸한 바람을 몰아내서 밤에 오는 사람들까지 무서운 생각 없이 입을 벌리고 웃게 되고 방 이름도 차차 변하여서 줄곧 귀신방이라고 부르던 하인들까지 공방비장청이나 또는 공방청이라고 부르게 되었다.

● 작희(作戲)하다 방해를 놓다.

2

봉학이의 주장主將 이윤경이 전라감사로 승탁昇擢될 때 직함이 전라도관찰사 겸 병마수군절도사뿐이라 도내 병사, 수사는 휘하에 들지 아니하였는데 이듬해 봄에 나라에서 순찰사 직함을 더 주어서 병수사 이하 제장諸將을 전제專制하게 되었다. 주장의 권한이 커지면 비장의 기세가 오르는 것은 정한 일이다. 각 비장이 다 좋아하는 중에 특별히 병방비장인 중군은 자기의 직함이 돋친 것같이 바로 의기가 양양하였다. 병방비장이 어깻바람이 나게 다니는 것을 예방비장은 눈 거칠게 보았던지 같이 앉았는 다른 비장들을 돌아보고
"중군은 요새 잠시두 가만히 앉아 있지 않아."
하고 말하여
"다 같은 중군이라두 순찰사 영문營門 중군이 좋거든요."
"그 사람, 자기 말이 요새는 밥맛을 모른다든걸."
"밥두 안 먹구 어깨 으쓱거릴 기운이 어디서 나노."
이 사람 한마디 저 사람 한마디 지껄일 때 봉학이는 잠자코 앉아 있었다. 장난꾼인 형방비장이 말참례에 끌어넣으려고
"이번 순찰사 직함에 차함˙과 실함˙이 같이 난 것을 자네 아는가?"
하고 물으니 봉학이가
"몰라."
하고 가볍게 대답하였다.
"자네 따위가 그걸 알겠나. 내가 가르쳐줌세. 이번에 사또께서는 순찰사 차함을 하시구 중군이 순찰사 실함을 했느니."
하고 형방비장이 허허 웃는데 봉학이와 다른 비장도 따라서 웃었다.
을묘년에 제주목사로서 방어사가 되어 출전하고 전공으로 전라병사가 된 남치근이 새 순찰사의 약속을 받을 겸 치하하려고 감영에 올라왔을 때 기가 높은 중군이 같지 않은 일로 병영 장교

하나를 결곤하는데 남병사에게 품할 것을 잊었었다. 감영 중군이 병사에게 말 한마디 없이 병사의 수하 장교를 결곤하였으니 병사 맘에 좋을 리 없었다. 남병사가 말마디나 하려고 중군을 불렀는데 중군이 핑계하고 가지 아니하였다. 한번 불러 가지 않고 두 번 불러 가지 아니하였더니 남병사가 화가 나서 병마절도사의 기구로 잡아갈 거조를 차리며 일변 감사에게 전갈을 하였다. 감사가 남병사의 전갈을 받고 곧 중군을 불러서 꾸짖어 보낸 뒤에 따로 쪽지편지를 남병사에게 보내었다. 남병사가 중군을 뜰아래 세우고

"감영 중군으로 내 수하의 장교를 치죄 못한다는 것은 아니되 내 말 없이는 못할 일이고, 감영 중군이 아무리 장한 사람이라도 내가 부르면 한번 와서 볼 것이지 종내 핑계하고 오지 않는 법이 어디 있단 말이냐!"

- 차함(借啣) 실제로 근무하지 않고 벼슬의 이름만 가지던 일.
- 실함(實啣) 실제로 일정한 직을 맡아 근무하는 벼슬.

하고 호령하였다. 성정이 엄하고 혹독하기로 유명한 남병사 손에 중군이 큰 곤욕을 당하지 않고 용서를 받은 것은 감사의 쪽지편지 덕이었다.

한 달포 지난 뒤에 연해沿海 각읍에서 왜선이 근해에 출몰한다고 보장이 뻔질 떠서 감사는 일변 각읍에 관자하여 인심이 소동되지 않도록 하라고 신칙하고, 일변 평소에 미타히 본 중군을 갈고 봉학이를 병방비장을 시켜 중군이 새로 나기 전 중군 일을 보게 한 뒤 봉학이에게 군사 백명을 뽑아주어서 연해 각읍을 돌게

하였다.

봉학이가 행군할 준비가 다 되었을 때 감사가 봉학이에게 영을 내리었다.

"갈 때는 금구, 태인, 정읍, 장성, 광주, 나주를 거쳐 영암에 가서 기일간 두류하며 적정賊情을 탐문하고, 영암서 해남, 강진, 장흥, 보성, 낙안, 순천을 차례로 돌고, 올 때는 순천서 곡성, 남원, 임실을 지나오되 왕래에 군사를 단속하여 민간에 작폐가 없게 하고, 군량 이외에 지방 관원에게 침책이 없게 하라. 만일 적병과 접전하게 되거든 형편에 따라 병사, 수사나 또는 각 진관鎭管 도호부사의 지휘를 받으라."

봉학이가 감사의 영을 받은 뒤에 군사를 거느리고 곧 전주를 떠나서 영암 삼백이십리를 나흘 만에 왔다. 지난해 여름 난리에 영암성중은 병화兵火를 면한 까닭에 인가가 조밀하나 성밖은 사방이 다 초목만 무성하여 병화의 자취가 눈에 새로웠다. 봉학이가 남방어사진이 승전하던 향곳말과 패진하던 북문 밖을 나와 볼 때 자연 감창한 맘이 없지 못하여 전망사졸戰亡士卒을 한번 제 지내주려고 생각하고 영암군수에게 말하였더니 군수가 두말 않고 찬동하고 여러가지로 힘을 빌려주었다. 제단은 북문 밖에 모으고 제물은 주과酒果로 차리고 또 제일祭日은 택일하였다. 택일한 날 석후에 봉학이가 부하 군사와 본군本郡 공형을 데리고 북문 밖에 나와서 제사 지내는데, 선비들도 십여명이 나와서 참사參祀하였다. 위패 앞에 제물을 벌여놓은 뒤에 봉학이가 분향하고 좌수座首가 축문 읽고 다함께 곡하는데 봉학이만은 진정으로 우는 울음을 한동안 그치지 아니하여 다른 사람들까지 새삼스럽게 처량한 빛이 얼굴에 떠돌았다.

봉학이가 사오일 동안 영암서 두류하며 사방으로 탐문하여도 적선이 해상에 출몰한다는 소식뿐이라 해남으로 내려가려고 제사 지낸 이튿날 군사들에게 길 떠날 준비를 시키고 군수에게 작별하러 들어갔더니, 장흥 득량도得良島 근방에 적선 두세 척이 나타났다고 장흥서 기별 온 것을 군수가 말하여 주었다. 봉학이가 즉시 나와서 행군하여 떠나는데 해남으로 안 가고 바로 장흥으로 내려왔다. 장흥은 지난해 적변에 부사 한온韓蘊이 출전하였다가 전망하고 다시 해남현감이던 변협邊協이 요행히 해남을 보전한 공으로 부사가 되어 온 곳이다. 변부사가 득량의 적선 소식을 듣고 왜적이 만일 침범하면 성이나 잃지 않고 지키려고 성 지킬 도리

● 감창(感愴)하다
어떤 느낌이 가슴에 사무쳐 슬프다.
● 공형(公兄)
각 고을의 세 구실아치인 호장, 이방, 수형리를 이름.

만 생각하나, 병력이 오히려 약한 것을 근심하고 있던 차에 명궁으로 소문난 이봉학이가 물고 뽑은 듯한 군사 백명을 거느리고 오니 변부사의 기쁜 마음은 이루 말할 수 없었다.

봉학이가 장흥 입성하던 날 저녁때 왜적이 하륙下陸하였단 소문이 나며 온 성중이 곧 술렁술렁하였다. 봉학이가 부사를 보고 왜적이 깊이 들어오기 전에 나가서 치는 것이 상책이라고 말하여 보았으나, 부사는 성을 지키고 있는 것이 옳다고 고집하여 할 수 없이 그대로 고만두고 이튿날 식전에 부사를 만나서 자기의 부하

만 데리고 나가서 적병의 형세를 보고 오겠다고 말하고 군사들 아침을 든든히 먹여가지고 포구로 끌고 나가는데 길에서 성안으로 피란 들어오는 피란꾼들을 많이 만났다. 피란꾼들의 말을 들으니 왜적들이 삼삼오오로 떼를 지어 포구 근방 촌가로 돌아다니며 노략질을 낭자히 하는 모양이라 봉학이가 군사를 급히 몰고 쫓아가서 각촌을 뒤지기 시작하였다. 왜적들이 봉학이의 군사를 보고 거지반 다 배로 도망하는데, 나중에 이십여명 한 떼가 관군을 넘보고 도망 않고 접전하다가 봉학이 활에 헛나가는 살이 없어서 반 넘어 살을 맞아 죽고 그 나머지는 목숨을 도망하였다. 봉학이가 군사를 몰고 왜선 매인 해변까지 쫓아나갔으나 왜선이 벌써 해상으로 떠나가서 가는 배 뒤만 멀리서 바라보고 발을 굴렀다.

봉학이가 적의 머리 벤 것은 변부사에게 맡기고 장흥서 떠나는데 길은 강진, 해남을 빼놓고 바로 보성으로 가는 것이 편하나 감사의 영이 소중하여 강진 지나 해남까지 갔다가 되쳐올 작정하고 강진으로 향하였다. 봉학이가 삼십리 강진읍에 와서 군사를 머물러두고 필마로 병영에 나가서 남병사께 문후하였다. 남병사가 감영에 왔을 때 봉학이는 잠깐 승안˙만 하였지 뫼시고 담화한 일이 없는 까닭에 이날 비로소 지난 일을 말하고 사죄하니 남병사가 석연치는 못하나 구일舊日 부하로 대접하여 하룻밤을 붙들어 묵히기까지 하였다.

봉학이가 이튿날 읍에 돌아와서 현감을 만나러 동헌에 들어가니 현감이 책방을 데리고 바둑을 두다가 바둑판을 한옆에 밀쳐놓고 봉학이를 맞아들였다. 난리 소문으로 민심이 소란한 때 현감이 한가히 바둑 두고 있는 것이 마음에 괘씸하여 봉학이는 자리에 앉으며 곧

"보아하니 바둑을 좋아하십니다그려."

하고 빈정거리듯 말하였다.

"바둑을 둘 줄 아시오?"

"넷 놓구 따먹을 줄은 알지요."

"한번 두시려오?"

"싫소."

"바둑이란 맘공부가 되는 것입니다."

● 승안(承顔) 웃어른을 만나뵘.

"바둑 가지구 도적두 막을 수 있소?"

"도적은 활 쏘는 사람이 막을 테지요."

"아무 걱정이 없으십니다그려."

"병사가 가까이 기신데 무슨 걱정이 있겠소."

"민심을 안정시키는 것두 병사또가 하실 일일까요?"

"강진 일경은 민심이 안연하니 염려 마시오."

"어제 병영에서 들으니까 가리포加里浦 백성들은 요새 밤잠을 못 잔답디다."

"그럴는지 모르지요. 그렇지만 육십리 밖에 앉아서 첨사僉使가 할 일을 대신해주는 수야 있소?"

"그렇겠소."

봉학이가 현감하고 더 말하다가는 속이 터질 것 같았다.

"고만 사처루 나가겠소."

"내일 떠나시겠소?"

"녜, 떠나지요."

"해남으루 가시겠소?"

"가리포 한번 가보구 해남으루 가겠소."

"가리포서 해남으루 가실라면 뱃길루 가시겠소그려."

현감의 눈치가 강진읍으로 다시 오지 않기를 바라는 모양이라 봉학이는 짓궂이

"아니오, 길이 있는데 배를 탈 까닭이 있소? 이리 다시 오지요."

하고 말하였다.

이튿날 봉학이가 군사를 끌고 가리포로 내려오니 때마침 적선 사오 척이 가리포 앞바다에 들어와서 첨사가 수영과 병영으로 보장을 띄우고 성문을 닫고 있는 중이었다. 봉학이가 입성하여 군사들 요기를 시키자마자 왜적이 하륙하여 성을 치러 들어왔다. 봉학이는 조금만 늦게 왔더면 첨사와 앞뒤로 왜적을 칠 수가 있었는데 일찍 와서 일이 틀렸다고 후회하여 말하나, 첨사는 수하의 군사만으로는 주회˙ 삼 마장밖에 안 되는 작은 성도 지키기가 넉넉치 못하던 터에 봉학이의 군사가 마침맞게 왔다고 천우신조같이 여기었다. 첨사가 봉학이와 더불어 성 지킬 방법을 의논할 때 봉학이가 앞으로 들어오는 왜적을 자기에게 맡기라고 말하여

봉학이는 성 앞문을 지키고 첨사는 성 뒷문을 지키게 되었다.

봉학이가 자기 부하 백명 중에 사수 이십명을 성 위에 벌려세우고 사람 하나에 화살 이십여 개씩 나누어주고 자기는 다른 군사들 틈에 걸상 놓고 걸터앉아서 화살 백 개를 옆에 놓았다. 봉학이가 가지고 온 화살은 수가 많지 못하나 성중에 있는 화살이 많아서 얼마든지 더 쓸 수 있었다. 그러나 봉학이는 화살을 아끼어서 적이 가까이 들어오기 전에는 활을 쏘지 말라고 사수에게 명령하여, 성밖에 왜적이 새까맣게 몰려들어오며 불질을 탕탕 하는데 성 위에는 사람이 없는 것같이 조용하고 깃발만 바람에 나부끼었다. 왜적의 아우성소리가 성 밑에서 나는 것같이 가까워졌을 때 성 위에서 북소리가 나며 화살이 성밖으로 날아 나   • 주회(周回) 둘레. 가는데 화살이 북소리와 함께 그치지 아니하였다. 사수들의 화살은 한데 떨어지는 것이 많고 또 빗맞는 것이 많았으나 봉학이의 화살은 하나가 나가면 반드시 적병이 하나씩 꺼꾸러졌다.

봉학이가 옆에 놓인 화살을 반도 채 다 못 써서 적병이 뒤로 물러나가기 시작하였다. 봉학이가 적의 퇴진하는 것을 보고 성문을 열고 나가서 뒤쫓으려다가 퇴군하는 적을 뒤쫓을 때는 복병을 조심하여야 한다고 들은 말이 있는 까닭에 적의 복병이 있을까 염려하여 고만두었다. 적이 멀리 가서 눈에 보이지 않은 뒤에 군사 몇십명을 성밖에 내보내서 죽은 적의 머리를 베어오라 하였더니 적이 퇴진할 때 머리를 잘라간 것이 많아서 베어온 머릿수가 십여 개밖에 안 되었다. 성 앞문에서는 적의 머리를 십여 개나마 얻었지만, 성 뒷문에서는 한 개도 얻지 못하여 첨사가 봉학이를 볼 때 부끄러워하는 기색이 있는 것을 봉학이가 보고

"한 성을 둘이 같이 지키는 터에 적의 머리를 가지구 네것내것 할 거 있습니까."

하고 말하여 첨사는 좋아하였다. 날이 저물고 저녁밥이 다 되어서 봉학이가 첨사와 같이 저녁상을 받았는데, 첨사가 반주를 더 가져오라고 말하는 것을 봉학이는 고만두라고 말리었다.

"몇잔씩만 더 합시다."

"반주는 고만 하구 얼른 밥 먹구서 밤 지낼 준비를 차리시지요."

"밤 지내는데 무슨 준비를 차릴 것이 있소?"

"내가 작년에 영암서 지내보니까 왜적이 밤을 타서 엄습을 일쑤 잘합디다. 달 밝은 때는 막기가 오히려두 낫지만 오늘 밤같이 달두 없는 때는 적병이 줄을 매거나 사다리를 놓구 성으루 기어올라와두 성 위에서 감감히 모르구 있게 됩니다."

"죽도竹島 소산 일등 좋은 화살이 많이 있으니 준비 걱정 마시오."

"아무것두 보이지 않는 어둔 밤에 살을 함부루 쏘아 내던지기가 아깝지 않습니까. 지금 순찰 사또께서 수성장守城將으루 영암성을 지키실 때 쓰시던 방법이 있으니 그대루 준비해두십시다."

"어떤 방법이오?"

"끓는 물을 끼얹구 불꾸러미를 내던지구 돌덩이, 기왓장, 사금

파리를 내려치는 것입니다."

"그만 준비는 힘들 것이 없소."

저녁상을 물린 뒤에 첨사는 군사와 백성들을 시켜서 작고 큰 돌덩이와 기왓장, 도깨그릇 깨어진 것을 주워모아서 여러 무더기를 만들어놓고 백성들 집에 집집이 끓는 물을 준비하라 일러두고, 길고 짧은 홰를 많이 만들게 하였다. 긴 홰는 켤 것이요, 짧은 홰는 던질 것이었다. 첨사의 군사와 봉학이의 군사를 떼떼로 나누어서 앞뒤로 성을 돌게 하고 첨사와 봉학이도 번갈아 나가서 순시하기로 하였는데, 밤이 이경이 지나도록 아무 기척도 없었다. 순시를 마치고 들어온 첨사가

"공연히 헛준비를 했는가 보오."

하고 말하니

"비 오기 전에 짚 이어서 낭패될 거 있습니까."

하고 봉학이는 대답하였다. 첨사와 봉학이가 같이 앉아 이야기하는 중에 삼경이 되어서 봉학이가 순시하러 나가려고 할 즈음에 왜적이 성 밑에 왔다고 앞성에서 급한 기별이 들어왔다. 첨사가 시급히 취군을 시키고 봉학이와 같이 앞성으로 쫓아오는 중에 뒷성에서 같은 기별이 와서 봉학이는 첨사와 군사를 나누어가지고 뒷성으로 달려왔다.

앞뒤 성에서 아우성을 치니 성을 넘으려던 왜적이 들킨 줄을 알고 한편에서 불질을 하며 한편에서 성으로 기어올랐다. 그러나 성 위에서 돌덩이와 기와쪽을 던지고 불꾸러미를 떨어뜨리고 끓

는 물을 퍼부어서 왜적이 좀처럼 성 위에까지 올라오지 못하였다. 왜적이 낮에와는 달리 뒤쪽으로 뒷성으로 많이 몰려왔는데, 돌무더기와 끓는 물 그릇은 앞성으로 많이 날라가서 뒷성에서는 쓰기가 부족하였다. 봉학이가 근처 백성들 시켜서 매운재와 똥오줌을 퍼나르게 하여 성 아래로 끼얹었다.

삼경에 들어온 왜적이 날 샐 때에 비로소 물러가서 성안에서 군사나 백성 할 것 없이 하룻밤을 반짝 새우게 되었다. 아침때가 지난 뒤에 왜적이 다시 들어와서 성을 에워싸고 치는데, 어제 낮과 밤 두 번 다 이利를 못 보아서 분병憤兵이 되었던지 기세가 사나웠다. 무서운 불질이 성벽의 돌을 부수고 성문에 구멍을 뚫었다. 성 위에서는 믿느니 활인데 방패가 줄달아서 사람을 가리고 방패 틈에서 불질을 하는 까닭에 화살이 사람을 맞히기 어려웠다. 첨사와 봉학이가 피로한 군사들을 동독하여˚ 막기를 힘썼으나 적병은 마침내 성 밑에까지 들어와서 좌우로 흩어져서, 한편에서는 성을 부수고 들어오려 하고 한편에서는 성을 타고 넘으려고 하였다. 성 위에서는 덩이돌을 내려굴리고 끓는 물을 끼얹었다.

성안 백성들의 여편네까지 다 나섰건만 막는 손이 모자라서 성벽 한 곳이 헐리기 시작하였다. 이 기별을 듣고 첨사는 어찌할 줄을 모르는데 봉학이가 군사 사오십명을 몰고 급히 쫓아와서 창칼 가진 군사는 헐리는 곳 좌우에 숨겨두고 활 가진 군사는 헐리는 곳 정면에 벌려세웠다. 성이 헐어지며 적병이 뛰어들어오다가 앞에서 가는 화살에 넘어지고 좌우에서 나가는 창과 칼에 꺼꾸러졌다. 봉학이가 재목과 돌로 헐린 곳을 막으려고 근처 백성들을 불러서 지휘하는 중에 적병이 다시 떼로 몰려들어오는데, 앞장선 적장 하나가 갑옷과 투구로 몸을 단단히 하여 방패가 없어도 화살을 겁내지 않았다.

봉학이가 대우전大羽箭을 시위에 먹여 들고 잠깐 노리고 있다가 투구 차양 아래 내놓은 한편 눈을 쏘아 맞혔다. 적장이 눈에 꽂힌 살을 빼서 내던지며 천둥같이 소리를 지를 때 입이 잠깐 드러나자, 대우전 또 한 개가 그 입을 꿰었다. 넘어지려는 적장을 뒤따르던 적병들이 붙들고 도망하여 나가려고 하니 봉학이가 사수들을 휘동麾動하여 앞으로 나가며 어지럽게 쏘아서 적장 외에 적병 여럿을 꺼꾸러뜨렸다. 그러 · 동독(董督)하다
감시하며 독촉하고 격려하다.

나 칼 든 적병들이 비켜나며 곧 불질하는 적병들이 나타나서 사수 칠팔명이 불을 맞고 쓰러지는데, 봉학이 옆에 가까이 있던 사수가 두셋이나 쓰러졌다. 한동안 불과 화살이 오고가고 하다가 불이 그치며 적병이 물러갔다.

봉학이가 일변 성 헐린 곳을 막게 하고 일변 쓰러진 사수를 돌아보는데, 된불 맞은 죽은 송장은 처치하게 하고 선불 맞고 죽지 않은 사람은 구호하게 하였다. 그 뒤에 봉학이가 성 위에 올라와서 성 밖을 바라보니 적병들이 해변으로 몰려나가는 것이 무엇에 쫓겨서 도망하는 것 같아서 웬일인가 의심하며 다시 멀리 바라보니 기치가 보이고 인마가 보이고 얼마 뒤에 북소리가 들리고 나

팔소리가 들리었다. 첨사에게로 가려고 성에서 내려오는 길에 첨사가 마주 쫓아오며

"구원병이 왔소."

하고 소리치고 봉학에게 와서 손목을 덥석 잡으며

"인제 우리가 살았소."

하고 한숨까지 내쉬었다. 첨사는 바로 성문을 열고 구원 오는 인마를 맞아들이려고 하는 것을 봉학이가

"참말 구원병인지 혹시 적병인지 확실히 안 뒤에 성문을 여십시다."

하고 말리고 첨사와 같이 와서 군사를 모아 대오를 정제整齊하여 성 앞문턱에 머물러놓고 다시 첨사와 같이 성문 위에 올라가서 아래를 내려다보니 호남병마절도사 기가 벌써 성 가까이 들어왔다. 전라병사 남치근이 친히 병마를 통솔하고 온 것이었다. 봉학이가 그제야 성문을 열게 하고 첨사와 둘이 군사를 거느리고 성 밖에 나가서 남병사를 맞아들였다. 병사가 입성한 뒤 봉학이가 첨사와 같이 병사를 뫼시고 서서 지난 싸움을 말씀하던 끝에

"소인의 생각에는 수륙水陸이 합세하오면 적선을 무찌를 수가 있을 것 같사온데, 어떠하올지."

하고 말씀하니 남병사는 틀을 지으면서

"명일 오시에 이 앞바다에서 수륙합공하자고 수사와 약회約會하고 온 길이다."

하고 말하였다.

이튿날 낮에 남병사가 장졸을 거느리고 해변으로 나오니 우수사가 두대박이˙큰 배 십여 척을 끌고 오시를 대어왔으나 적선이 미리 다 도망하여 승전고를 울리며 가리포성으로 들어왔다.

이번 싸움에 죽은 왜적이 전후에 백 몇십명이 되건만 머리 벤 것은 칠십여 개밖에 안 되었다. 왜적의 머리는 병사에게 바치고 봉학이 부하의 죽은 사람은 상여로, 상한 사람은 승교바탕으로 바로 전주로 돌려보내었다. 병사와 수사가 각각 떠난 뒤에 봉학이는 부하 팔십여명을 거느리고 해남으로 떠나갔다. 봉학이가 해남을 갈 때는 강진읍을 다시 들르지 않았으나 해남서 올 때는 강진읍에 중화참을 대었다. 현감이 외면수습˙으로 나와 마중하고 하루 묵으라고 만류하는 것을 봉학이는 앞길이 바쁘다고 장흥 나와 숙소하였다. 변부사가 그동안 봉학이가 맡긴 왜적의 머리를 감영으로 올려보냈는데, 그 회편에 봉학이에게 온 편지들을 부사가 맡아두었다가 내주었다. 봉학이가 진서로 편지 볼 만한 공부가 없는 까닭에 편지들을 품에 지니고 사처에 와서 군중의 서사書寫 맡아보는 사람을 불러다가 앞에서 읽히는데, 읽어서 모를 말은 새기게까지 하였다. 감사의 사찰에는 무예를 믿고 경적하지˙말라는 경계와 도처에 민심을 안돈시키도록 힘쓰라는 부탁이 있고, 예방비장 서간에는 안부 외에 전공이 혁혁한 것을 치하한다는 말이 있었다. 서사가 예방비장의 서간을 접어놓고 다른 서간을 들 때 봉학이가

- 두대박이
두 개의 돛대를 세운 배.
- 외면수습(外面收拾)
겉치레로 하는 수습.
- 경적(輕敵)하다
적을 얕보다.

"그건 뉘 편진가?"

하고 물으니 서사는

"속을 봐야 알겠습니다."

하고 겉봉을 뜯고 간지 속을 빼었다. 편지 비두에 대번

"남들은 그대에게 치하 편지를 하는 모양이나 나는 치위˙편지를 할까 생각하네."

엉뚱한 말이 나왔다.

"그게 대체 뉘 편진가, 형방비장의 편진가?"

서사가 연월일 끝을 찾아보고

"네, 그렇습니다."

하고 대답하였다.

"치위라니 그게 무슨 소린가? 어서 아래를 보게."

"그대에게 왜적의 머리 수천 급을 주며 계향이 한 몸과 바꾸어 달라는 사람이 있으면 어찌하겠는가? 나는 아네. 그대가 바꾸어 주지 않을 것을. 아니 한 몸은 고사하고 살 한 점과도 바꾸지 않을 것을."

서사가 새기는 사연을 듣고 봉학이는

"실없는 조롱 편질세그려. 저저이 새길 것 없이 대강만 일러주게."

하고 말하였다.

"새 부윤이 그동안 도임하였는데 사람이 온당치 않다는 말, 부윤이 계향이를 수청 들이려고 하는데 계향이가 거역하였다는 말,

계향이가 부윤에게 매를 맞고 지금 누워 있다는 말, 이런 말입니다."

"그 편지는 고만 접어두구 남은 편지 한 장이나 마저 보게."

"이 피봉皮封두 형방비장 글씨올시다."

"어째 편지를 한번에 두 장씩 한담. 실없는 사람이로군."

서사가 피봉을 뜯고 보니 간지에는 언문으로 '고목''이라고 쓰이어 있다.

"이것은 언문입니다."

"언문이야? 이리 내게."

계향이 고목에 형방비장의 피봉은 계향이가 남의 눈가림으로 써달란 것인 모양이었다. 새로 도임한 전주부윤이 계향이의 죽은 형 계랑과 전에 연분이 있던 까닭에 형의 생각으로 아우를 찾아서 수청 들이려고 하는데, 계향이가 한사코 거역하여 매까지 죽도록 맞고 옥에 갇히었다가 형방비장의 주선으로 집에 나와서 장독을 치료하게 되었다는 사연이 고목에 장황히 쓰이어 있었다. 봉학이가 속으로 화는 났지만, 서사 소시所視에 조심하여 내색하지 않고 편지들을 집어 간수하였다.

● 치위(致慰)
상중이나 복중에 있는 사람을 위로함.

● 고목(告目)
아랫사람이 윗사람에게 쓰는 보고서나 편지.

이튿날 봉학이가 부하를 거느리고 장흥서 떠나서 그날은 오십 리 보성 와서 숙소하고 다음날은 팔십리 낙안 와서 숙소하고 또 그 다음날은 오십리 순천 와서 숙소하였다. 봉학이가 해변 골을 다 돈 뒤에 전주로 회정하는데, 이제는 길을 재촉하여 순천서 떠나서 육십리 잔수역潺水驛 중화하고 또다시 육십리 곡성 읍내 숙소하고 곡성서 사십리 남원 와서 부사를 만나보느라고 지체되어 중화한 뒤 칠십리 임실 와서 숙소하고 임실서 전주 칠십리는 점심때 조금 겨워 들어왔다. 봉학이가 장흥서 떠난 지 엿새 만에 사백팔십리 길을 돌아온 것이다.

감사가 좌기하고 앉은 뒤에 봉학이가 부하 팔십여명을 거느리고 군례로 보입고 물러나와서 부하를 흩어서 각각 집으로 돌려보낼 때 가리포 싸움 소문을 들어 아는 군사들의 부모 처자 형제가 모두 나와서 자식이나 남편이나 아비나 또는 형제가 무서운 싸움에 죽지 않고 살아온 것을 울며 웃으며 반기는데 봉학이만은 이와같이 반기어주는 사람이 하나도 없었다. 봉학이는 외로운 생각과 부러운 마음이 가슴에 가득 차서 흩어져가는 군사들을 우두머니 바라보고 섰을 때 옆에서

"나리."

하고 부르는 소리가 났다.

돌아보니 계향이라, 봉학이가 곧 끌어안고 싶은 것을 여러 사람의 눈이 거리끼어서 억지로 참고 고개만 끄떡이었다. 봉학이는 아까부터 눈물을 억제하고 있던 터에 계향이가 눈물 흘리는 것을 보고 눈물이 곧 나올 것 같아서

"내 처소에 가 있거라."

하고 한마디 말한 뒤에 얼른 돌아섰다. 형방비장이 어디 있다가 앞으로 대어들며

"이 사람, 울지 말게."
하고 웃으니 봉학이가 계향이를 가리키며
"자네 서모더러 하는 말인가?"
하고 슬며시 욕으로 대답하였다.
"자네가 순천 가서 욕하는 것을 배워가지구 왔네그려."
"욕두 배우는 데가 따루 있나?"
"순천, 영광이 욕의 본향이라네."
"순천, 영광 사람이 자네 말을 들으면 참말 욕하겠네."
봉학이가 형방비장과 같이 웃고 지껄이며 감영 안으로 들어올 때 계향이도 뒤를 따라 들어왔다.

봉학이가 낮에는 선화당과 비장청으로 왔다갔다하다가 해를 지우고 저녁밥은 감사의 분부로 선화당 대청에서 다른 비장들과 같이 먹고, 석후에는 감사를 뫼시고 서서 몸으로 겪은 일과 눈으로 본 일과 귀로 들은 일을 대강 다 말씀하고 이내 감사께 저녁 문안을 마친 뒤에 비로소 처소로 내려왔다. 봉학이의 처소는 전에 있던 곳이니 공방에서 병방으로 소임이 바뀐 뒤에도 감사의 말씀으로 처소만은 옮기지 아니하였었다. 호젓한 처소에 계향이가 혼자 촛불을 돋우고 앉았다가 봉학이를 맞아들였다.

"저녁밥은 어디서 먹었느냐?"
"여기서 먹었세요."
"집에서 들여왔드냐?"
"나리가 통인에게 전갈까지 해 보내주시고 웬 딴말씀이세요?"

"나는 그런 일이 없는데, 실없는 형방이 어주전갈을 시킨 모양인가."

"이번에 참말 형방 나리 덕을 많이 보았세요."

"새 부윤 영감에게 수청을 들었으면 아무 일두 없었지, 누가 거역하라드냐?"

계향이가 봉학이의 얼굴을 빤히 보다가

"나는 사람 아닙니까?"

하고 입술을 깨물었다.

"기생에 수절이 당한가."

"누가 수절했다고 말씀해요?"

"수절 안 하면 아무 놈에게나 수청 들 것 아니냐?"

"기생은 정도 없나요?"

"기생의 정이란 장마 때 물같이 갈래없이 흐르는 것이지."

"너무하십니다."

계향의 눈에서 눈물이 방울지어 떨어졌다. 봉학이가 손수건으로 눈물을 씻어주며

"눈물 여린 사람하구는 실없는 소리도 못하겠다."

하고 끌어안아서 무릎에 올려앉히는데 계향이가 상을 찡그리며 알긋알긋하고 앉았다.

"장독이 났다드니 아직 낫지 않았구나."

봉학이가 매맞은 자리를 옷 위로 만져보며

"천하에 몹쓸 놈두 다 많다."

하고 부윤을 욕하였다.

"나는 나리를 다시 못 보입고 죽는 줄 알았세요. 그 무지스러운 매를 한번 더 맞았드면 죽었지 별수 없을 게요."

"네가 죽었드면 부윤두 잇속 없지."

"나리, 인제부터는 어딜 가시든지 나를 데리고 가세요."

"오냐, 네 맘만 변치 마라."

봉학이와 계향이가 자리 보고 누운 뒤에 베개 위에서도 서로 속살거리느라고 단야短夜에 닭까지 울리었다.

봉학이는 계향이의 분을 한번 풀어주고 싶으나 관작*에 눌려서 부윤을 걸지 못하고 부윤은 계향의 고집을 그예 꺾어보고 싶으나 체면에 걸려서 봉학이와 다투지 못하여 얼마 동안 아무 갈등이 없이 지내었다. 그동안에 감사가 가리포 전공戰功을 위에 장계하였더니 감사와 병사와 수사에게는 각각 관디차를 하사하고, 가리포 첨사에게는 가자은전*이 내리고, 이봉학이에게는 종육품 병절교위秉節校尉 직첩이 내리고, 군사들에게는 매인每人에 무명 두 필씩 상급이 내리었다.

* 관작(官爵) 관직과 작위를 아울러 이르는 말.
* 가자은전(加資恩典) 근무 성적이 좋은 관원의 품계를 올려주고, 나라에서 은혜를 베풀어 내리던 특전.
* 포진(鋪陳) 바닥에 깔아놓는 방석, 요, 돗자리를 통틀어 이르는 말.

감사가 봉학이의 데리고 갔던 군사들과 유족을 불러모아서 나라 상급을 나눠준 뒤 주육酒肉으로 호궤하고 영하營下의 대소관원을 따로 진남루鎭南樓에 모아가지고 큰 잔치를 벌이었다. 기구가 장하거니 포진*이 범연하랴. 누 안에는 꽃 같은 자리를 펴고 누 밖에는 구름 같은 차일을 쳤다. 자리 위에는 관원이요, 차일

속에는 풍악이다. 감사는 혼자 높이 앉고 부윤과 도사는 모로 앉고 각 비장은 감사가 특별히 자리 주어 검률檢律, 심약審藥 같은 적은 관원들과 한옆에 몰려앉아서 광대놀이와 기생 가무를 구경들 하였다. 술상이 들어와서 여기저기 늘어놓인 뒤에 술상머리에 기생들이 앉아서 잔을 드릴 때 권주가들을 불렀다. 병방비장 봉학이가 말하자면 이 잔치의 주인이라 봉학이의 수청기생 계향이가 기생 중에 제일 세가 났다. 감사까지도 웃으며

"계향아, 내게 와서 술 한잔 쳐라."

하고 부르는데 부윤만은 부르지 아니하였다. 계향이가 부르지 않는 데 가서

"술 한잔 치오리까?"

하고 이쁜 체할 까닭이 없어서 부윤의 자리는 빼놓고 돌아다니었다. 부윤이 술이 거나하게 취하였을 때 부르지 않은 것은 생각지 않고 빼놓고 다니는 것만 괘씸히 여겨서 계향이를 불러다가 상머리에 앉히고 도끼눈을 뜨고 바라보았다.

"이년, 너 어째 내게 와선 술 한잔 안 치느냐!"

"술 치란 말씀 언제 하셨습니까?"

"내 말을 기다렸다! 오냐, 그럼 술을 쳐라."

계향이가 마지못하여 술 한잔을 쳐서 드린 뒤에

"인제 저리 가겠습니다."

하고 일어서려고 하니 부윤이

"내가 가란 말 하기 전엔 못 간다."

하고 꾸짖어서 주저앉히었다.

"네 눈엔 이비장 외에 사람이 없느냐?"

부윤의 씨까스르는 말을

"녜, 그렇습니다."

계향이가 천연스럽게 대답하였다.

"이년, 지금 한 말 다시 한번 해봐라. 발칙스러운 년 같으니."

부윤의 언성이 높았다. 봉학이는 벌써부터 부윤의 자리를 자주 돌아보는 중에 부윤의 높은 언성을 듣고 얼굴빛이 변하였다. 계향이를 부윤 앞에 더 오래 두는 것이 불긴하거니 생각하는 감사가 부윤을 바라보며

"여보 영감, 술이 취했소그려."

하고 말하니 부윤이 얼른 단정하게 앉으며

"아니올시다."

하고 대답하였다.

"계향이가 무얼 잘못했소?"

"아니올시다."

"아니라니?"

"그년이 발칙스럽게 말대답을 합니다."

감사가 곧 계향이를 불러다가 앞에 세우고 부윤 영감에게 말대답하였다고 몇마디 호령한 뒤에 밖으로 내보냈다. 잔치가 파하기 전에 감사가 먼저 일어나고 부윤과 도사가 다음에 일어났다. 각 비장 외에 적은 관원들이 큰길에 나와서 감사를 보내고 또 한번

누 아래 내려와서 부윤과 도사를 보내고 다시 새로 한판을 차리려고 누 위로들 올라갈 때 봉학이는 계향이를 찾아서 데리고 올라가려고 슬그머니 뒤에 떨어졌다. 봉학이가 계향이를 찾는 중에 홀제 앞 행길에서 계향이의 악쓰는 소리가 났다.

　봉학이가 달음질로 행길에 나와본즉 사령 둘이 계향이의 양편 팔죽지를 잡아끄는데, 계향이는 아니 끌려가려고 바둥거리며 악을 쓰는 중이었다.

　"이놈들, 기생 놓구 게 섰거라!"
하고 봉학이가 소리를 지르니 사령 둘이 계향이를 놓지도 않는 대신 끌지도 못하였다.

　"이놈들, 냉큼 놓지 못하느냐!"
　사령들이 서로 돌아보며 슬며시 팔죽지들을 놓자, 계향이가 곧 봉학이게로 달려와서 손에 매달리며 울음을 내놓았다.

　"울지 마라. 남보기 창피하다."
　"나리, 내가 잡혀가서 그 몹쓸 매를 또 맞으면 나는 죽소."
　봉학이가 사령들을 보고
　"너의 원님이 이 기생을 잡아오라드냐?"
하고 물으니 사령들이 함께
　"네."
하고 대답하였다.
　"이 기생은 내가 잡혀보낼 수 없으니 그리들 알구 가거라."
　"소인들이 그대루 가면 본관 사또께 죄책을 당합니다."

"무엇이 어째! 너희놈들이 죄책을 면하려구 잡아가야겠단 말이냐? 잡아갈 수 있거든 잡아가봐라."

이때 마침

"이비장."

하고 형방비장이 부르는 소리가 들려서 봉학이는 누 위를 향하고

"지금 곧 올라가네."

하고 소리쳐 대답한 뒤 다시 사령들을 바라보며

"다리뼈들을 퉁겨놓기 전에는 못 가겠느냐!"

하고 을러댄 뒤에야 사령들이 저희끼리 서로 보고

"그대루 가세."

"탈났네."

하고 말하며 돌아서 갔다.

부윤이 동헌에 앉아서 계향이 잡아오기를 기다리는 중에 사령들이 빈손으로 들어오는 것을 보고

"잡아오란 기생년은 어떻게 했느냐?"

하고 호령을 내리니 사령 하나는 그저 잡아잡숩시오 하는 모양으로

"네."

대답하고 또 사령 하나는 천연덕스럽게

"계향이를 잡았습니다."

대답하였다.

"잡아왔으면 어디 있느냐?"

"잡았다가 뺏겼습니다."

"뺏기다니, 뉘게 뺏겼단 말이냐?"

"감영 이비장이 뺏어갔습니다."

"슬그머니 잡아올 것이지 누가 떠들고 잡아오라드냐?"

"소인들은 떠든 일 없습니다. 그년이 악을 써서 비장이 듣구 쫓아왔습니다."

"이놈들아, 내가 잡아오랬지 뺏기고 오라드냐!"

부윤이 곧 형틀과 매를 들이라고 하여 두 사령을 각각 매 십여 개씩 때리고

"너희 두 놈이 사흘 안에 계향이를 잡아 대령해야 망정이지 그렇지 않으면 너희놈 볼기에 살점이 남지 않을 테니 그리 알아라." 하고 분부한 뒤 삼문 밖으로 끌어 내치게 하였다.

계향이가 여느 때도 밤낮 봉학이 처소에서 살다시피 하는 사람이 진남루 아래서 혼나고 온 뒤로는 감영 안에만 파묻혀 있었다. 본관 사령들이 공연히 계향이의 집 근처로 빙빙 돌다가 사흘을 지내고 억울한 매를 전보다 호되게 맞고 다시 사흘 한을 더 얻어 가지고 나올 때 두 사령은 서로 지껄였다.

"우리가 무슨 죈가?"

"그 망한 개새끼년 하나 까닭에 우리 둘은 맷복이 터졌네."

"사흘돌이루 매를 맞구 사람이 견디나. 어떻게든지 그년을 잡아야지."

"그년은 감영 안에 파묻혀 있구 우리는 감영 안에 들어갈 수

없으니 어떻게 하나."

"그럼 나는 오늘부터 집에 나가서 누워 있다가 사흘 후에 매나 맞으러 들어올라네."

"그나마 잡으러나 다녀봐야지 언제까지든지 무한정 매만 맞구 살 텐가."

"잡지두 못할 걸 잡으러 다니느라구 헛수고까지 하구 매를 맞을 것 무엇 있나."

"가만있게. 그년을 감영 안에서 꾀어내서 잡아보세."

"꾀어낼 수가 있겠나?"

"생각하면 좋은 수가 나오지그려."

"나는 열흘 굶구 생각해두 좋은 수가 나올 것 같지 않은데."

"여보게, 내 말 듣게."

한 사령이 입을 동무 사령의 귀에 가까이 대고 몇마디 소곤소곤 말하니 동무 사령이

"되었네, 되었어."

하고 손뼉을 치며 좋아하였다.

계향이의 집은 한번 날려 잇는 데도 이엉이 오륙십 마름씩 드는 초가로 큰 집이나 집에 있는 식구는 단출하여 안에는 계향이 외에 살림해주는 늙은이와 부리는 계집아이가 있고 밖에는 행랑살이하는 사람 내외가 있을 뿐인데, 계향이가 집에 없으면 놀러 와서 떠드는 손님도 없는 까닭에 집안이 항상 사람 없는 집같이 조용하였다. 진남루 놀잇날 계향이가 집에 나와서 옷 갈아입고

간 뒤 연 나흘 동안 감영 안에서 먹고 자고 집에는 한번도 나오지 아니하였다. 조석밥은 집에서 들여가는데 계집아이가 감영 안을 드나들었다.

이날 저녁때가 다 되어서 동자하는 여편네는 부엌에서 밥을 짓고 늙은이와 계집아이는 마루에서 반찬을 장만하는 중에

"할머니, 저녁 반찬은 좀 소북소북 담으시오."

"왜?"

"저녁에는 이비장 나리가 초벌 요기하신다고 아씨하구 같이 잡술 때가 많습디다."

"이비장 나리가 사람이 재미있는 게야."

"재미있다뿐이오? 반찬을 집어서 아씨 입에 넣어주기까지 하신다오."

"그 맛에 감영 안에서 조석을 자시는구나."

"아씨가 참 이비장 나리께 반하셨어요."

"나는 그게 걱정이다."

"무엇이 걱정이에요?"

"한 사내만 가지고 죽자 살자 하면 다른 사내들이 좋아하니?"

"좋아 안 해도 고만이지요."

"요전같이 죽도록 매를 맞아도 고만이야?"

"참말 요새 사령들이 와서 아씨 안 나오셨느냐고 물을 때는 맘이 송구스러워요."

"돌아간 형님만 같으면 비장, 부윤 할 것 없이 한손에 넣고 놀

리련만 그런 수단이 있어야지."

　늙은이와 계집아이가 주거니받거니 지껄이다가 별안간에 나는

"불이야!"

소리에 놀라서 바깥뜰을 내다보니 바깥채에 불이 났다.

"아이구, 저게 웬일이야?"

　늙은이와 계집아이는 발을 동동 구르고

"아이구, 우리 세간을 어떻게 하나."

동자하는 여편네는 근두박질하여 밖으로 나갔다.

"불이야!"

소리가 연해 나며 이웃 사람들이 모여 와서 불을 잡기 시작하였다. 계집아이는 감영으로 뛰어가고 늙은이는 안을 비울 수 없어서 안마당에서만 왔다갔다하였다. 다행히 사람이 빨리 서둘러서 불이 커지지 못하고 잡히었다. 불 잡은 사람들이 차차 흩어질 때 비로소 계향이가 계집아이를 데리고 감영에서 나왔다. 아직 가지 않은 사람들을 인사하여 보낸 뒤에 계향이는 심부름하는 사내에게 불난 까닭을 물었다.

"불기 없는 광채에서 어째 불이 났을까?"

"모르겠습니다."

"모르다니, 불날 때 어디 있었기에 모른단 말이야?"

"방에 누워 있다가 불이야 소리를 듣구 뛰어나왔습니다."

"먼저 소리친 사람은 누구야?"

"울 밖에서 누가 소리를 질렀는가 봐요."

"울 밖에 아이들이 있었든가?"
"몰라요. 아마 없었지요."
"아마 없었지요라니, 등신 같은 소리 작작 해요."
"광 처마 끝에 불이 활활 붙는 걸 보구 정신이 없었세요."
"몹쓸 아이놈들이 와서 불장난하다가 불을 낸 게 아닐까?"
"남들은 도깨비불이라구 하든데요."
"전에 없던 도깨비가 갑자기 어디서 왔어?"
"귀신방에 있던 도깨비가 함험하구 나왔는가 부다구 말들 해요."
"별소리 다 듣겠네."
 계향이가 심부름하는 사내에게 불탄 자리를 치우라고 이르고 안방에 들어와 앉았을 때 사령들이 밖에서 안마당으로 들어오며
"계향이, 잘 만났네."
"자네 만나기 참 어려웨."
하고 너털웃음들을 웃었다.
"웬일들이오?"
"웬일? 우리 온 게 웬일이냐 말이야? 자네게 술 먹으러 오지 않았네. 자네가 우리 따위를 술 주겠나."
"계향이, 자네 관가에 잡혔네. 자, 나오게. 같이 가세."
 사령들은 곧 신발 신은 채 마루 위에 올라섰다.
 계향이가 이비장에게 통기할 동안 사령들을 앉혀두려고 억지로 좋은 낯을 짓고 나오며

"신발들 벗고 방으로 들어갑시다."

하고 말하니 앞선 사령이

"우리더러 신발 벗으라지 말구 자네가 신발 신게."

하고 엇나가는 말투로 대답하였다.

"술 한잔 드릴 테니 들어들 가십시다."

"이비장 불러다가 우리들을 접대시킬 생각인가?"

"이비장이 내 비장인가요? 내가 오란다고 오게."

앞선 사령은

"글쎄, 자네 말이 그럴듯하나 우리가 바쁘니 빨리 가세."

하고 코웃음을 치고 뒤선 사령은

"이비장이 오면 또 진남루 아래서처럼 호령 듣구 쫓겨가게."

하고 고개를 설레설레 흔들었다.

"인정을 막는 법이 어디 있소? 그러지들 마시오."

"무얼 그러지 말아. 우리하구 무슨 부어터질 정이 있어서 술을 먹으라나."

"바른 대루 말이지, 우리가 자네 술을 먹는댔자 인정 쓰구 안 잡아갈 수 없네."

두 사령이 한마디씩 계향의 말에 대답한 뒤 앞선 사령이 먼저 우르르 달려들어 계향의 손목을 잡고

"자네가 우리를 붙들어놓구 이비장에게 통기할 생각이 있는 줄 다 아네. 잔말 말구 어서 가세."

하고 내끄니 계향이가 입술을 악물고 손목 잡힌 손을 뿌리치다가

"여보, 나하구 무슨 원수진 일 있소? 왜 이렇게 나를 죽이려고 들 하오."

하고 악증을 내었다.

"우리가 자네를 안 잡아가면 사흘돌이 볼기에 사람이 죽을 지경일세."

계향이가 마루 앞에 있던 계집아이가 감쪽같이 어디로 간 것을 보고 혹시 말하기 전에 감영에 가서 통기할 의사를 냈는가 생각하고 동안을 좀 끌어보려고

"그러면 신발차 들이나 드릴게 받으시오."

하고 말하니 손목 잡은 사령은

"신발차 고만두게."

하고 딱딱하게 구는데 다른 사령이

"인정으루 이왕 준다는 것이니 받아가지구 가세."

하고 동무에게 권하여서 동무 사령이 계향의 손목을 놓았다. 계향이가 다락문을 와서 열고 한동안 꿈질거리는데 사령들이 여러 차례 재촉하였다. 손목 잡던 사령이 나중에 증을 내며

"신발차 준다구 우리를 속이구 이비장 나오기 기다리는구나."

하고 흙신발로 방안에 뛰어들어왔다. 계향이가 그제는 하릴없이 두 자 상목 여덟 필을 두 몫에 나눠 들고

"찾느라고 좀 지체가 되었소. 약소하나마 한 몫씩 가지시오."

하고 각각 내주었다. 사령들이 상목을 받아 몸에 지닌 뒤에 곧 계향이를 잡아 내세웠다.

"내가 자네를 잡아다 두구 나오는 길루 곧 이비장께 통기해줌세."

"내 손에 매가 오면 내 어깨가 으스러지드래두 매에 인정을 둠세."

사령들이 신발차를 후히 받고 좋아서 계향에게 인정 있는 말을 해 들리며 관가로 끌고 갔다.

계집아이가 감영 안에 들어갔을 때 봉학이는 선화당에 올라가고 처소에 있지 아니하였다. 얼마 동안 뒤에 봉학이가 어슬렁어슬렁 처소로 내려오는데 계향의 집 계집아이가 울면서 앞으로 내달았다.

● 신발차
심부름하는 값으로 주는 돈.
● 울가망
근심스럽거나 답답하여 기분이 나지 않음.

"웬일이냐?"

"큰일났세요."

"화재가 났다드니 집이 다 탔느냐?"

"아니에요. 아씨를 잡으러 왔세요. 그동안 잡아갔는지 모르겠세요."

"누가 잡으러 와?"

"사령들이요."

봉학이가 말을 더 묻지 않고 곧

"가자."

하고 계집아이를 데리고 계향의 집에 쫓아와서 보니 계향이는 벌써 잡혀가고 늙은이와 동자하는 여편네가 단둘이 울가망* 하고 있는 중이었다.

"간 제는 얼마 안 되었습니다. 이 사람의 사내가 관가에까지 따라갔다 온다고 갔는데 아직 안 왔습니다."

늙은이의 말을 미처 다 들을 사이도 없이 봉학이는 되쳐나와 다시 본관으로 쫓아왔다.

봉학이가 관가에 거의 다 와서 계향의 집 행랑 사람을 만났다.

"매질 시작되었느냐?"

"매질 소리는 아직 안 났습니다."

봉학이가 바로 삼문 안으로 들어오는데 사령, 관노들이 가로막았다.

"이놈들아, 너희들이 나를 모르느냐?"

"왜 모를 리가 있습니까. 나리가 오셨다구 곧 거래할 테니 잠깐만 기다립시오."

"거래할 거 없다."

"거래 안 하구 못 들어가십니다."

"무엇이 어째! 이놈들아, 저리 비켜라."

봉학이가 사령, 관노들을 밀어젖히고 동헌 마당에 들어서 보니 계향이를 댓돌 아래 꿇려놓고 부윤이 동헌 대청에 나앉아서 호령하는 중이었다. 봉학이가 서슴지 않고 동헌 댓돌 위로 올라오며

"영감!"

하고 소리를 질렀다. 부윤이 잠깐 동안 봉학이를 노려보다가 관속들을 바라보며

"어째 내 말도 들어보지 않고 잡인을 들인단 말이냐!"

하고 호령하였다.

"영감 눈 없소? 내가 여기 못 올 사람이오?"

"뉘게다 하는 말이야. 문무 관원의 체통을 모르는군."

"여보, 긴말할 것 없이 저 기생은 내 허락 없이 치죄 못하오."

"어째 못해!"

"못한다거든 못할 줄 아오. 저 기생은 내가 데리구 가겠소."

봉학이가 대청에도 올라가지 않고 급창及唱들이 섰는 댓돌 위에서 부윤과 아귀다툼을 한 뒤에 곧 댓돌 아래로 내려와서 계향이를 붙들어 일으켰다. 부윤이 대청 앞에 나와 서서 관속들을 내려다보며

"그년 달아나지 못하게 붙들어라."

"그년을 빼앗기면 너희놈들이 깡그리 죄책을 당할 테니 알아차려라!"

호령하니 관속들이 있는 대로 우 모여 와서 계향이와 봉학이의 앞을 삥 둘러막았다.

"비켜나거라!"

"말루 일러선 못 비켜나겠느냐!"

봉학이가 관속들을 꾸짖으며 눈으로 손에 쥘 물건을 찾다가 댓돌 아래 형틀이 놓이고 형틀 옆에 맷단이 놓인 것을 보고 얼른 가서 매를 뽑아 두서너 개 껴잡아가지고 관속들을 후두들겼다. 앞으로 대들던 놈은 면상을 맞고 뒤로 돌아선 놈은 등줄기를 맞고 아이쿠지이쿠 엄살하는 소리가 요란한 중에

"이게 무슨 행패야!"

"어 괴변이다."

"감사 자세 너무하는군."

부윤의 꾸짖는 소리가 동헌 대청의 들보를 울렸다. 봉학이가 한 손에 매를 든 채 한손으로 계향이를 끌고 삼문 밖으로 나오는데 부윤의 불호령소리가 뒤에서 들릴 뿐이요, 관속은 앞에 막는 놈이 없었다. 계향의 집 행랑 사람이 삼문 밖에 있다가 반겨 내달아서 봉학이가 계향이더러 행랑 사람을 데리고 앞서가라고 보낸 뒤에 손에 든 매를 내던지고 천천히 뒤를 따라오다가 중간에서 행랑 사람은 계향의 집으로 보내고 계향이와 같이 바로 감영 안으로 들어왔다.

봉학이와 계향이가 처소에 와서 편히 앉은 뒤에 계향이는 새삼스럽게 눈물을 머금고

"뒷일을 어떻게 해요?"

하고 걱정하기 시작하였다.

"부윤이 가만히 있을까요?"

"가만히 안 있으면 누구를 어쩌겠니?"

"사또께 와서 여쭙는지 모르지요."

"여쭈어두 할 수 없지."

"사또께 먼저 여쭈어두시는 게 좋지 않을까요?"

"글쎄, 형방과 의논해보까?"

"그래 보세요."

봉학이가 형방비장에게 와서 전후 사연을 이야기하니 형방비장이 다 듣고 나서
"자네가 큰일을 저질렀네. 사또께 그대루 여쭐 일이 아닐세. 석고대죄하게."
하고 가르쳤다. 식후에 봉학이는 선화당 뜰아래 대죄하고 형방비장이 감사 앞에 나가서 봉학이의 대죄하는 사연을 아뢰었더니 감사가 미간을 찌푸리고 말이 없다가 얼마 뒤에야
"이봉학이는 저의 처소에 물러가 있되 내가 부르기 전에 내 눈앞에 보이지 말라고 일러라."
하고 처분을 내리었다.
 밤에 감사가 도사를 불러서 다른 공무를 상의한 끝에 병방비장이 부윤 관정官庭에 가서 야료한 일을 이야기하고, 또 일의 원인이 기생 다툼인 것을 말한 뒤에 어떻게 조처하면 좋을까 조처할 방침을 문의하였다.
"비장도 방자하지만 부윤도 점잖지 못합니다. 다시나 알력이 생기지 않도록 양편을 누르시고 옹용 조처하시는 것이 마땅할 듯합니다."
"나도 옹용 조처하는 것이 좋을 줄로 생각하나 부윤이 어떻게 할라는지 알 수가 없네."
"부윤이 뒤에 셋줄이 있어서 다소 오기가 없지 않은 모양이나 영감께서 말씀하시면 안 들을 수 없겠습지요."
"부윤이 나를 오래 겪어보지 못한 까닭에 내가 공정하게 말하

는 것도 이봉학이를 두둔하는 줄로 곡해하기 쉬우니까 난처한 일일세."

"영감께서 공사에 사정이 없으신 것은 부윤도 짐작할 터인즉 곡해할 리 있습니까? 만일 곡해한다면 지각이 부족한 사람이지요."

"글쎄, 그럴까?"

감사는 그쯤 말하고 다른 수작 하다가 도사를 내보냈다. 이튿날 아침 후에 부윤이 감사를 와서 보고 비장 이봉학이가 관정에 돌입하여 행패를 무쌍히 하였다고 말하고 나서

"하관이 불민한 탓으로 소조를 당하였으니 수원수구‘하오리까만 이런 소조를 당하고야 무슨 면목으로 관속을 대하며 인민을 대하겠습니까. 하관은 오늘로 인印을 바치고 집으로 돌아가겠습니다."

하고 인궤를 감사 앞에 들여놓았다. 부윤이 벼슬을 버리고 간다는 것은 감사가 허락 아니할 것을 짐작하고 하는 말이요, 또 감사가 봉학이를 두둔하지 못하도록 하는 말이다. 부윤의 속을 꿰어 뚫고 보듯이 아는 감사가 부윤의 여기를 지르려고 속으로 생각하고

"이 일이 작은 일인 듯해도 실상 작은 일이 아니오."

하고 말시초를 내었다.

"작은 일이 아니다뿐입니까."

"그러니까 영감이 벼슬 버리고 간다는 것은 좀 덜 생각한 일

같소."

"무엇이 덜 생각한 일이오니까?"

"일을 내 손으로 묵살하지 못하고 위에 장계한다면 위의 처분이 내리시기까지 영감이 여기 있어야 하지 않겠소?"

"장계 사연을 어떻게 합실지 모르나 구경 사또께서 처리하시게 됩지 달리 무슨 처분이 내리시겠습니까."

"그것이 영감이 덜 생각한 말씀이오. 내 소견으로 말하면 이봉학과 계향이는 찬배를 면키가 어렵고 영감은 삭탈쯤 당하기가 쉽고, 그리고 나는 파직 아니면 추고를 당할 듯하오."

"일이 그다지 중대하게 되도록 장계하실 것이 없지 않습니까?"

"그게 무슨 말씀이오? 장계를 하는데 일이 중대치 않게 되도록 어떻게 하오? 장계를 하자면 자연 이봉학과 계향에게 문초를 받아서 전후사 사실대로 주달하지 별수 있소. 장계할 때 내 처지로는 자열소*까지 아니할 수 없소."

● 수원수구(誰怨誰咎) 누구를 원망하고 누구를 탓하겠냐는 뜻으로, 남을 원망하거나 탓할 것이 없음을 이르는 말.
● 자열소(自列疏) 예전에, 자기가 저지른 죄과를 스스로 인정하고 그 사실을 적어 임금에게 내던 일.

"이러고저러고 하관이 소지 놓고 가면 고만 아닙니까."

"영감이 소지를 놓고 가면 소지 놓고 가게 된 사실을 위에 장계할 수밖에 없단 말이오."

"그러면 어떻게 해야 좋겠습니까?"

"나도 어떻게 해야 좋을지 질정한 생각이 없으니 도사를 불러서 같이 상의해봅시다."

도사가 불려 들어와서 감사와 부윤의 말을 들은 뒤에 일을 버르집으면 감사 말씀과 같이 의외에 중대하게 될는지 모르고, 또 그렇게까지 가지 않더라도 부대윤府大尹으로 감영 비장과 기생 다툼하다가 소조를 당하였다는 소문이 세상에 나면 부윤의 체면이 손상될 터인즉 감사가 옹용 조처하는 것이 가장 좋다고 역설하여 벼슬 버리고 간다던 부윤도 마침내 감사에게 잘 결처하여 달라고 청하게 되었다. 감사는 곧 좌기할 기구를 차리게 하고 이봉학이를 잡아다가 계하에 꿇리고 관정 야료한 것을 중책한 뒤에 기과*로 일을 결처하였다.

부윤 생각에는 감사가 톡톡히 분풀이를 해주려고 들면 일을 굉장히 버르집지 않더라도 벼슬도 갈 수 있고 녹祿도 깎을 수 있는 것을 종시 사정을 두어서 기과쯤 시키고 말았거니 하여 불만한 마음을 속에 품었다. 부윤은 영중추부사 윤원형의 문생門生이라 흔천동지*하는 윤원형의 세력을 빌려서 감사를 찍어누르고 분풀이를 쾌히 해볼 생각이 들었다. 비장 이봉학은 위인이 방자하여 친한 기생을 치죄한다고 관정에 와서 야료까지 하고 감사는 그 비장을 편애하여 일을 옹용 조처한다고 흐지부지하여 결말을 지었다고 부윤이 감사와 봉학이를 함께 먹어서 서울로 기별하였다. 다른 감사만 같았더면 윤원형의 서슬 퍼런 호령 편지쯤 안 받지 못하였을 것인데, 이윤경의 신망이 워낙 높기도 하려니와 그 아우 이준경이 당시 벼슬이 의정부 우찬성 겸 병조판서로 원형에게 견중하는* 재상이라 부윤의 기별이 신통한 보람을 내지 못하였다.

 수십일 후에 감사가 그 아우의 편지 한 장을 받았는데 간지 원폭 속에 쪽지 별폭이 들어 있었다.

 "일전에 공사로 영중추 댁에 갔다가 공사를 끝내고 한담하는 중에 영중추 말씀이 전주부윤이 감영비장 이봉학이에게 욕을 본 일이 있는데 백씨 영감이 그 비장을 편애하여 부윤의 설분雪憤을 해주지 않은 모양이라고 하기에 내가 대답하기를, 비장 이봉학은 무예가 절등하고 전공이 특수하여 사백˚이 장발한 사람이라 혹시 편애할는지 모르나 편애한다손 잡더라도 사백의 성질이 잘못한 일을 두둔할 리는 만무할 줄 믿는다고 하였더니, 영중추가 웃으면서 무예 있는 자면 장발하는 것은 좋으나 부윤을 욕보였다면 부윤 대접으로라도 비장을 갈아버리는 것이 옳지 않으랴 하고 말합디다. 이봉학이를 영하營下에 두어서 말썽이 또 날 것 같으면 속히 달리 옮겨주는 것이 좋을 듯하나 형님 의향에는 어떠합니까?"

 별폭 사연 뜻이 대강 이와같았다. 감사가 이 편지를 받아본 뒤로 봉학이의 벼슬을 옮겨줄까 생각하는 중에 마침 제주목사 관하의 정의현감이 신병으로 소지˚를 놓아서 감사가 위에 장계하는데, 작년에 영암서 도망한 왜적들이 제주를 엄습한 사실과 사년 전에 한라산에서 사로잡힌 왜적 '망고사부로'의 무리가 정의에 침입한 사실을 열거하고 왜적을

● 기과(記過) 관리로서 가벼운 잘못이 있는 자를 말로 나무라고 그 내용을 문부에 적어두던 일.
● 혼천동지(掀天動地) 큰 세력을 떨침을 비유적으로 이르는 말.
● 견중(見重)하다 남에게 소중하게 여겨지다.
● 사백(舍伯) 남에게 자기의 맏형을 겸손하게 이르는 말.
● 소지(所持) 가지고 있는 일.

방비할 만한 재간 있는 무변武弁을 정의현감으로 택차擇差함이 마땅하다고 주장한 뒤, 비장 이봉학이 무예와 재간이 이에 합당하다고 천하였다. 도신道臣이 밖에서 천하고 병판이 안에서 품하여 거미구에˙ 이봉학을 정의현감 제수하고 편도부임便道赴任케 하란 특지가 내리게 되었다.

봉학이는 비장으로 전주 있지 못하고 현감으로 정의 가는 것이 마음에 좋지 않았다. 감사 밑을 떠나게 되는 것도 여간 섭섭하지 않거니와 계향이 옆을 떠나게 될 것이 진정 싫어서 치하 인사를 받을 때 눈살까지 찌푸렸다. 감사가 이 눈치를 알고 어느 날 조용한 틈에 봉학이를 불러서 말을 일렀다.

"너 정의 가는 것이 맘에 싫으냐?"

"황송하온 말씀이오나 정의 가옵는 것이 소원이 아니외다."

"어째서 소원이 아니냐?"

"소인은 일평생 사또 막하에 있기가 소원이외다."

"그것은 내가 네게 바라는 바가 아니다. 정의 가서 치적을 나타내서 나의 천한 보람이 있게 해라."

"네."

"내가 선비 하나를 너의 책방감으로 골라놓았다."

"황감하오이다."

"너의 가권˙을 교해서 데려올 터이냐?"

"아니올시다. 혼자 가 있겠소이다."

봉학이는 계향이를 떼어놓고 차마 혼자 갈 수 없을 것 같아서 혼자 가 있겠다고 말할 때 풀기가 없었다. 감사도 봉학이의 속을 짐작하는지 봉학이의 얼굴을 바라보며 적이 웃었다.

감사가 전최고과법*을 봉학이에게 들려주었다. 공변되고 밝고 청렴하고 부지런하면 이는 선치善治수령이요, 탐하고 포학하고 게으르고 용렬하면 이는 악치惡治수령이니, 그 고을의 전야田野가 개척되고 호구가 증가되고 부역이 고르고 학교가 일어나고 송사가 간단하냐, 전야가 진황陳荒되고 호구가 감손되고 부역이 번거하고 학교가 폐해지고 송사가 정체되느냐, 이로써 선치의 최最와 악치의 전殿이 서로 다른데, 다섯 번 고과에 오상五上이요, 열 번 고과에 십상十上이면 선치수령으로 뽑히어 관직이 오르는 법이다. 이외에도 수령 노릇하는 사람이 반드시 알아야 할 일을 감사가 말해주느라고 말이 길어서 봉학이는 선화당에 오래 있었다.

- 거미구(居未久)에 오래지 않아.
- 가권(家眷) 호주나 가구주에게 딸린 식구.
- 전최고과법(殿最考課法) 관리의 정기 이동이 있을 때, 관리들의 근무 실태를 조사하여 성적을 매겨서 보고하던 규정.

봉학이가 처소에 내려오니 계향이가 맞아들여 웃옷을 벗기고 부채질해주며

"사또를 뫼시고 무슨 이야기를 그렇게 오래 하셨소?"

하고 물었다.

"사또께 여러가지 말씀을 들었다."

"정의를 가기 싫다고 말씀 여쭈셨소?"

"가기 싫은 걸 싫다구 여쭙지 좋다구 여쭐까."

"사또께서 꾸중 안 하십디까?"

"너를 못잊어한다구 꾸중하시드라."

"나리가 나를 못 잊어하시든가요? 나는 몰랐지."

하고 계향이가 방그레 웃었다.

"웃지 마라. 속상하다."

"내가 웃어서 될 일이 안 됩니까?"

"나하구 떨어지는 게 좋아서 웃음이 나오느냐?"

"왜 떨어져요? 나는 따라갈 텐데."

"네 맘대루 따라오구 내 맘대루 끌구 가면 걱정이 없겠다."

"내가 따라갈 테니 걱정 마세요."

"기적妓籍은 누가 없애준다드냐?"

"형방 나리가 없애준다구 장담하십디다."

"형방이 없앨 수 있으면 내가 벌써 없앴겠다. 헛장담 곧이듣지 마라."

"헛장담이 아니에요. 내일부터 열흘 동안만 나를 찾지 마세요."

"형방이 무슨 소리를 했는지 모르겠다만 필경 나를 놀릴라구 하는 게니 속지 말구 가만있거라."

"나도 형방 나리 거짓말에 속아서 놀 사람이 아니에요."

"열흘 동안에 무얼 어떻게 한단 말이냐?"

"내일부터 병탈하고 있다가 반신불수되었다고 소지를 올리면 기적을 없애준다고 하셨어요."

"기적에 있는 기생을 형방 맘대루 떼구 달구 한단 말이냐. 참말 반신불수가 되었드라두 기적을 없애는 것은 사또 처분에 달렸

다."

"누가 그걸 모르나요?"

"그따위 얕은 꾀에 사또가 속으실 양반이냐?"

"사또께서 형방 나리에게 말씀이 계셨답니다."

"그게 형방의 거짓말이다."

"그렇게 의심 말고 두고 보세요."

"사또께서 너희들이 이렇게 이렇게 해서 나를 속여라 하고 말씀하실 듯하냐?"

"이렇게 이렇게 하는 것은 형방 나리와 내가 생각한 것이지 사또 말씀이 아니에요."

"그럼 사또께서는 무어라구 말씀하셨다드냐?"

● 정곡(情曲) 간곡한 정.

"나를 나리 주어 보냈으면 좋을 듯한 어운이 기시드래요."

감사의 자상함으로 자기의 정곡˙을 통촉하고 그런 말씀을 하였을는지 모르거니 봉학이는 속으로 생각하였다.

"형방이 언제 그런 말을 하드냐?"

"아까 여기 오셔서 한참 기시다 가셨세요."

"나보구 이야기하려구 기다렸단 말이냐? 그럼 내가 가서 좀 자세히 물어볼까?"

"나리더러는 말씀 말고 참말 병이 난 체하고 집으로 나가라고 말씀합디다. 나리는 모르는 체해두시오."

"무슨 도깨비놀음인지 모르겠다. 너더러 나를 속이래?"

"귀신방도 차차 작별할 테니까 도깨비놀음도 좋지요."

하고 계향이가 또 방그레 웃는데, 아까 웃지 말라고 핀잔주던 봉학이도 이번에는 계향이를 따라 빙그레 웃었다.

　이튿날 아침때 계향이가 몸이 아프다고 하고 집으로 나가더니 저녁때 뒤보러 가다가 평지에서 낙상하여 통히 운신을 못한다는 통기가 감영 안에 들어왔다. 봉학이가 계향이를 나와보니 겉으로 상한 데는 별반 없으나 앓는 모양이 아무리 보아도 속으로 다친 것 같아서

　"참말 아프냐?"

하고 묻기까지 하였다. 계향이의 집에 의원들이 드나들기 시작하며 늙은이와 계집아이는 하루 종일 상약을 만들고 첩약을 달이느라고 밥들도 제때에 먹지 못하였다. 계향이가 약 재촉은 뻔질 하면서도 약 먹기는 죽기보다 싫어하고, 약을 먹으면 도르는지˙먹지 않고 쏟아버리는지 약 같은 검은 물이 하루 한두 번 놋요강에 그들먹하였다. 계향이가 몸져누운 지 육칠일 만에 머리 들고 일어나기는 하였으나 한편 다리 팔을 조금도 쓰지 못하였다. 의원들의 말이 영영 반신불수가 될 것 같다고 하여 계향이는 문병 오는 사람을 보면 한숨을 쉬고 눈물까지 흘리었다. 계향이가 병신이 되어서 기생 거행을 못하겠다고 소지를 바치니 감사가 행수기생을 불러서 물어보고 또 수노를 내보내서 알아보았다. 반신불수 병신 된 것이 확실하단 말을 듣고 감사는 계향의 이름을 기적에서 빼고 다른 계집으로 代대까지 들여세우게 하였다.

　정의현감 교지敎旨가 서울서 내려온 뒤 벌써 여러 날이 지나서

신연하인이 올 때도 되었으나 풍랑에 뱃길이 늦었는지 아직 오지 아니하였다. 이때 마침 감사의 과만이 다 차서 내직으로 오를지 잉임˚이 될지 모르는 중이라 봉학이는 아주 알고 갈 마음이 있었는데, 신연하인 오기 전에 감사의 벼슬이 동지중추부사同知中樞府事로 옮았단 기별이 먼저 내려왔다. 갈린 감사가 내행은 먼저 치송治送하고 자기는 새 감사가 와서 교대하여 주기까지 있을 작정으로 뒤를 수습하는 중에 벼슬이 다시 옮아서 경기감사로 가게 되었다. 경기에 감사가 궐이 났는데 조정에서 동지同知 이윤경이 가장 적당하다고 공론이 돌아서 위에서 공론을 좇은 것이다. 내행 갈 때 배행으로 떠난 예방비장은 말할 것도 없고 형방 이외 다른 비장들도 많이 감사를 따라서 경기로 가게 되는데 봉학이는 혼자 전라도에 떨어져 있게 되니 심정이 상하였다. 봉학이가 정의서 온 신연하인을 묵혀가며 문칫문칫하고 떠나지 아니하여 감사가 곧 떠나라고 이르니 봉학이는

● 도르다 먹은 것을 게우다.
● 잉임(仍任) 기한이 다 된 관리를 그 자리에 그대로 둠.
● 교부(交符) 지방 관원의 사무를 인수하고 인계하던 일.

"행차 떠납신 뒤에 가겠습니다."
하고 말하였다.

"나는 교부˚해주구 가자면 얼마 동안 더 있어야겠으니 너 먼저 가거라. 편도부임하라시는 특지를 물어가지고 오래 지체하는 법이 아니다."

"소인이 사또 그늘을 떠나옵는 것이 진정 어린아이 젖 떨어지는 것 같소이다. 소인을 경기 작은 골루 옮겨주실 수 없습니까?"

"그건 내 힘으로 할 수 없는 일이다. 내지內地 수령은 변지邊地와 달라서 사오십년 전까지도 무변은 가지 못하는 법이 있었다."

"그런 줄은 몰랐소이다."

"그런 생각 말고 정의 가서 선치수령이 되어라. 선치수령으로 이름이 나면 혹 내지로도 옮길 수 있을 것이다."

감사 말끝에 봉학이는 허리를 굽실하고 한동안 주저주저하다가

"계향이를 데리구 가두 좋습니까?"

하고 물으니 감사가 웃으며

"데리구 가서 치료해주려느냐?"

하고 물었다.

봉학이가 감사 분부를 어기기 어려워서 감사보다 먼저 도임길을 떠나는데 봉학이 자기는 보교를 타고 책방은 말을 태우고 계향이는 승교바탕을 태웠다. 해남 관두량館頭梁에 와서 배를 타고 수로로 구백칠십리 제주를 무사히 득달하여 목사를 뵈온 뒤에 다시 육로로 일백삼십리 정의에 와서 도임하였다.

일개 사수射手 이봉학이는 천여 호 골의 원님이 되고 일개 기생 계향이는 원님의 안으서님이 되었는데, 이봉학이의 직함은 정육품 돈용교위敦勇校尉 정의현감 겸 제주진 병마절제도위兵馬節制都尉요, 계향이의 호강은 곧 실내마님˚과 다름이 없었다.

3

　제주도 남쪽 땅 구십여리 폭원*에 대정大靜이 서쪽에 있고 정의가 동쪽에 있으니, 정의읍에서 보면 국내에 이름 높은 한라산이 서로 이십리요, 신선의 놀이터라는 영주산이 북으로 사 마장이며, 동으로는 성산포가 이십오리인데 해수海獸 많이 모이는 우도牛島가 가까이 있고, 남으로는 바다가 칠 마장인데 호호망망한 남해가 가이없다. 산에서는 희귀한 약재가 나고 바다에서는 풍부한 해물이 부족하지 않건마는 백성은 살기가 간구艱苟하였다. 토지가 대개 돌서덜밭인데 농구農具가 변변치 못하여 밭벼, 서속 같은 곡식이 소출이 적고, 잠수질로 해의, 전복 등속을 따고 낚시질로 은구어銀口魚, 옥두어玉頭魚 등속을 잡으나 그물 같은 좋은 어구를 쓸 줄 모르고, 사내가 적고 계집이 많은 곳이라 사내는 놀리고 계집이 일하는 것이 풍속인 까닭에 여름살이도 주장 계집의 일인데, 고기잡이도 역시 계집의 일이요, 잠수질은 특별히 계집의 장기로 쳐서 바닷속에 깊이 들어가는 딸이라야 여의기가 손쉬웠다. 계집의 덕으로 먹고사는 백성들이 다른 침해侵害만 아니 당하여도 오히려 잘살 수가 있지만, 관장官長도 침해하고 관속도 침해하고 더욱이 도지관都知管 벼슬을 세습하는 고씨高氏, 문씨文氏 붙이들의 침해가 자심하여 밭 뺏고 세간 뺏는 건 고사하고 사람을 잡아다가 사내종, 계집종같이 부리되, 인록人祿이라고 자기네 받을 녹과 같이

- 실내마님
  남의 아내를 높여 이르는 말.
- 폭원(幅員)
  땅이나 지역의 넓이.

여기었다. 고된 신역으로 겨우 식구 입에 풀칠을 하는 신세니 물건 지고 다니는 계집의 얼굴에 풀기 있을 까닭이 없고 모여 서서 절구질하는 계집의 노래가 자연 구슬프지 않을 수 없었다. 물건을 머리에 이지 않고 곡식을 방아로 찧지 않는 것이 역시 이곳의 풍속이었다. 백성들이 간구하니 읍 모양도 보잘것없었다. 사가私家에 와가瓦家 없는 것은 말할 것 없고 관가官家까지 초가라 정의현감의 동헌은 전주부내 잘사는 집의 안마루 폭도 못 되었다. 동헌은 오히려도 번듯하지만 내아는 더구나 말 못 되어서 내아라고 부르는 것이 외람스럽게 들릴 만하였다.

　봉학이는 정의현감 도임하기 전에 골 이야기를 많이 들어둔 까닭에 다소 눈에 설 뿐이지 마음에 놀랄 것까지는 없었지만, 전주부중에서 나서 전라 감영에서 기생 노릇하던 계향이는 참말 놀라운 일이 한두 가지가 아니었다. 내아가 누추한 것은 마음에 시쁠 뿐이지만 뱀이 유난히 많아서 돌무더기 담 위로 날마다 기어다니는 것도 뱀이요, 마루 앞처마에서 이따금 떨어지는 것도 뱀이라 끔찍스럽기 짝이 없는데 본토 사람들은 뱀을 영물로 위하여서 죽이지 못하고, 모기가 입을 봉한다는 처서 지난 지가 벌써 오래건만 이곳은 아직도 해만 설핏하면 처마 앞에 모기진이 새까맣고 또 거짓말 좀 보태면 지네가 자가 넘고 거미가 손바닥만 하여 무섭고 징그러워서 몸에 소름까지 끼칠 때가 많았다. 어느 날 밤에 지네 한 마리가 방안에 들어와서 계향이는 관비들을 데리고 지네를 잡느라고 북새를 떠는 중에 봉학이가 내아에 들어왔다. 관비

들이 지네를 잡고 물러간 뒤에 계향이가 봉학이 옆으로 다가앉으며
"여기 어디 오래 있겠세요?"
하고 새삼스럽게 몸서리를 치니 봉학이가
"지네 무서워 못 있겠단 말인가."
하고 웃었다. 봉학이가 정의에 도임한 후로 계향이를 대접하여 전과 같이 해라를 아니하였다.
"지네뿐인가요?"
"그럼 또 무어?"
"뱀은 무섭지 않은가요?"
"오래 못 있겠단 말이 참말인가?"
"나리는 오래 기시고 싶소?"
"내 말은 할 것 없구, 진정으루 여기 있기 어렵다면 전주루 도루 보내주지."
"나리는 여기 기시고?"
"내야 벼슬 갈리기 전엔 여기 있어야지."
"빈말씀이라도 그런 말씀을 어떻게 하시오."
"왜 못할 말인가?"
"어딜 가든지 둘이 떨어지지 말자든 말씀은 벌써 잊으셨소?"
"나두 할 말 있어. 나를 따라가면 칼산지옥이라두 무섭지 않다구 말한 사람은 누구든가?"
"내가 오래 못 있겠단 말은 잘못한 말이니 용서하세요."

계향이가 아양을 부리니 봉학이는 웃으면서

"이다음에는 다시 그런 말 하지 말게."

하고 일렀다.

봉학이도 속으로는 계향이와 같이 정의에 오래 있고 싶지 않지마는 벼슬이 옮기거나 떨어지기까지 있고 싶지 않아도 있어야 할 처지라, 계향이 입에서 나오는 말을 막는 것이 곧 자기 속에 움직이는 맘을 누르는 것과 다름이 없었다. 봉학이는 이감사의 부탁대로 선치수령이 되려고 뼈물었다. 봉학이는 무변이라 먼저 무비武備에 힘을 썼다. 읍성을 수축修築하고 병기를 수선하고, 대수산大水山, 오소포吾召浦, 서귀포西歸浦의 방호소防護所와 수전소水戰所를 가끔 나가 순시하고, 현내에 있는 열 군데 봉화대에 각각 다섯 패로 번을 서는 봉군烽軍들을 각별히 신칙하고, 사흘에 한번 좌우 병방 이하 장교들을 모아서 활을 쏘이되 한 달에 한번씩은 다른 관속과 읍촌 인민 중 활 쏠 줄 아는 자까지 다 불러서 편사를 쏘이었다. 편사 쏘는 날은 구경 오는 남녀가 수가 많았는데, 그중에는 제주나 대정 땅에서 밥 싸가지고 오는 구경꾼도 적지 않았다. 정의원님의 활재주가 귀신같다고 소문이 한 입 두 입 건너 널리 퍼진 까닭에 편사보다 정의원님 활재주 구경하러 오는 사람이 더 많았다. 무비가 대강 정돈되며부터 봉학이는 치민治民에 성심을 다하였다. 뇌물이 관문에 들어오지 못하게 하고 아전이 민간에 작폐하지 못하게 하고 또 토호가 발호하지 못하게 하니 살판 만난 백성들은 곧 원님을 신명같이 여기게 되었다. 우매

한 백성들이 원님에게 한껏 정성을 피우느라고 각처 본향당本鄉堂에서 우리 안전 수명장수하라고 또는 우리 안전 오래 갈리지 말라고 치성드리는 남녀가 많았다. 그 해 겨울 전라도 각골 수령 포폄*에 정의현감은

'삼월지치三月之治가 일도지송一島之誦이라.'

고 상등이 되었다. 석 달 동안 다스린 정사가 온 섬에서 다 기리는 바라고 책방이 포폄 뜻을 새겨서 들려줄 때 봉학이는 선치수령 노릇하기가 어려울 것 없다고 생각하였다.

이듬해 봄에 대정현감이 상제 되어 가고 대代가 나기 전에 공관空官이 되어서 봉학이가 제주목사의 명으로 겸관兼官을 보게 되었는데, 정의서 여러 달 두고 하던 정사를 대정서는 일시에 시행하였으나, 백성은 따르고 관속과 토호는 거스르지 못하였다. 두어 달 동안 봉학이가 정의서 대정을 왕래하며 겸관을 보는 중에 농시農時 백성을 인록 잡지 못하도록 엄령을 내리

• 뼈물다
단단히 벼르다.
• 발호(跋扈)하다
권세나 세력을 제멋대로 부리며 함부로 날뛰다.
• 포폄(褒貶)
옳고 그름이나 선하고 악함을 판단하여 결정함.

었었는데, 정의 와서 있는 사이에 대정 성내에 사는 고부윤高府尹의 현손玄孫 되는 고씨의 집에서 인록을 잡아간 일이 있었다. 봉학이가 뒤에 알고 고씨 대신으로 고씨의 집 하인을 잡아다가 징치懲治하였더니 고씨의 떨거지는 고사하고 고씨네와 한동가리지는 양씨梁氏, 부씨夫氏, 문씨文氏네까지 속으로 좋아 아니하였다. 인록을 엄금한 탓으로 봉학이가 이해 여름 포폄에는 중中을 맞았다.

'소민수개회혜小民雖皆懷惠나 거실간혹유언巨室間或有言이라.'
하고 큰성받이의 뒷말 있단 것이 포폄에 폄貶이 되어서 상上이 되지 못한 것이었다. 봉학이가 제주 갔을 때 인록을 금할 것인가 아닌가 목사에게 품하여 본즉

"금하긴 금하드라도 보아가며 금하오."

목사의 대답이 분명치 못하였다.

"보아가며 금하라시니 무엇을 보란 말씀입니까?"

"오래된 관습이니 차차로 금하도록 하란 말이오."

"오래된 관습인 까닭에 더욱이 일시에 엄금해야 할 것이 아니오니까?"

"예전에 성주星主니 왕자王子니 하고 제주 주인 노릇하던 버릇이 뿌리가 깊어서 그렇게 쉽사리 금해지지 않소."

"하관에게 죄책을 더하지 않으시면 그런 관습은 근절이 되도록 금해보겠습니다."

"근절 안 될 걸 근절시키려다가는 말썽만 자주 날 게니 알아하오."

목사가 굳세게 거들어주지 않는 것을 보고 봉학이는 토호를 어루만져서 무사히 지내려고 마음을 먹었다. 그 뒤로는 봉학이가 고씨, 문씨의 붙이들을 가끔 존문*하고 토호질을 말도록 사의私意로 말하여 인록 같은 못된 관습이 전같이 심하지 않았다.

당하수령堂下守令은 육년 만에 갈리는 것이 법이나 윤원형이 권세를 잡은 뒤로 법이 해이해져서 여간 무세한*수령이 아니면 좋

지 못한 골에서 육년을 채우는 사람이 별로 없던 시절이라 봉학이가 정의에 육년토록 있고 싶지 않아서 이감사께 상서할 때 매양 이 뜻을 비치었다. 그동안 인편에 상서한 것도 여러 순이지만 골 하인을 보낸 것이 세 번인데 나중 하인 한번은 이감사가 경기 감사로 일년 과만을 채우고 한성부 우윤右尹 겸 오위도총부五衛都摠府 부총관으로 벼슬이 옮은 뒤라 봉학이도 내직으로 올라가서 전과 같이 뫼시고 지내기를 원하였더니, 그 하인 회편에 차차 주선하여 보자는 반허락 회답이 있었다.

  봉학이가 골 하인을 보낼 때마다 교하 외숙에게와 양주 꺽정이에게도 약간 토산土産을 부치는데, 외숙에게는 외조모 제사에 쓸 제수를 미리 닦아 부치고 꺽정이에게는 칠장사 선생에게 보낼 물종物種을 같이 봉해 부치었다. 봉학이는 꺽정이의 연신連信으로 팔십여세 노인 대사가 아직 강녕한 것도 알았거니와 유복이가

• 존문(存問)
고을의 원이 그 지방의 형편을 알아보려고, 관할 지역의 백성을 방문하던 일.
• 무세(無勢)하다
세력이 없다.

평안도서 와서 부모의 원수 갚고 송도 땅에 사는 것도 알았고, 천왕동이가 황해도에 가서 장가들고 처가살이하는 것도 알았다. 천왕동이는 꺽정이의 처남으로 알 뿐이라 보고 싶은 생각까지 날 것은 없지마는, 유복이는 아잇적에 형이니 아우니 하던 동무라 이따금 보고 싶은 마음이 간절할 때도 있었다. 지난번 꺽정이에게 편지할 때 한번 유복이를 데리고 와서 몇달 놀다 가라고 말하였더니, 꺽정이에게서 육로 천리, 수로 천리에 놀러가기가 쉽지도 않거니와 자기나 유복이나 원님의 손님 노릇할 주제가 못 된

다고 거절하는 회답이 왔었다.

봉학이가 한번 서울을 올라갔다 오려고 생각하고 먼저 계향이에게 의논하니 계향이는

"수이 내직으로 옮기실 터라며 먼길에 왔다갔다하실 것 무어 있소?"

하고 그만두면 좋을 뜻을 말하였다.

"그렇게 쉽게 내직으루 옮기게 될지 누가 아나."

"지난번 구사또 서간에 그런 말씀이 기셨다고 하셨지요."

"차차 주선해보자는 허락은 기셨지만 그것두 한번 가서 보입구 말씀으루 품해두는 것이 좋을 거야."

"상서로 사뢰어도 구사또께서 어련히 나리 일을 생각해주시리까."

"여러가지 볼일이 있으니까 겸두겸두 가보까 하는 말이야. 부모 산소에 소분두 한번 해야지 남의 자식 된 보람이 있지."

"외조모님은 산소에 소분해달라고 유언까지 하셨다지요?"

"외할머니 덕으루 잔뼈가 굵어진 사람이 그만 유언을 이때까지 한번 시행 못한 것두 도리에 틀리는 일이지."

"전주서부터 별러오시는 일이니 조금 더 미루어두시구려."

"꼭 수이 서울루 가게 된다면 모르지만, 여기서 육년 과만을 채우게 될지 누가 아나."

"올 안에 내직으로 승탁되실 테니 염려 마시고 기다리세요."

"염려 말구 기다리란 품이 바루 승탁을 시켜줄 사람의 말 같네

그려."

"내 말이 맞을 테니 두고 보셔요."

"만나보구 싶은 사람두 있구, 아무래두 맘 내키는 김에 한번 가야겠어."

"만나보구 싶으신 사람은 누군가요?"

"내직으루 승탁될 것을 미리 아는 사람이 그건 어째 모르나?"

"알아내라시면 알아내지요. 교하 기신 마나님."

"잘 알았네."

"양주 사는 장사는 어떱니까?"

"그래두 다는 못 알았어."

"그외에 또 누가 보고 싶으시까. 옳지, 알았어요. 양주 장사더러 데리고 오라셨단 사람이지요, 그렇지요?"

"그렇게 자꾸 주워대서 알라면이야 누가 모르까."

"그래 정말 가신다면 나는 어떻게 하실 테요?"

"여기 있지 어떻게 해?"

"나는 싫어요. 나리하고 같이 갈 테요."

"같이 가면 둘이 다 비편할 테니 쓸데없는 소리 말게."
하고 봉학이는 계향이의 같이 가겠다는 것을 허락하지 않았다.

봉학이는 혼자 가려고 계향이를 달래고 계향이는 홀로 떨어지지 않으려고 봉학이를 조르던 끝에 봉학이가 서울을 갔다오는 동안 계향이는 전주 가서 있기로 의논이 작정되었다. 봉학이가 목사에게 수유를 받으러 제주에 올라갔을 때 마침 대정현감에게서 목사에게 급한 보장이 올라왔는데, 보장 사연은 대정 서편에 있는 죽도竹島에 왜적선 삼사 척이 와서 닿았다는 것이었다. 죽도서 북으로 돌면 제주요, 남으로 돌면 정의라 대정은 말할 것 없고 제주와 정의도 미리 방비를 아니할 수 없어서 봉학이는 수유도 얻지 못하고 급히 환관還官하였다. 죽도에 닿았던 적선이 대정 본토도 침노하지 않고 어디로 가버리어서 십여일 후에 적선 소동이 가라앉았다. 봉학이가 제주를 다시 가기가 번폐스러워서 목사에게 서간으로 수유를 청하였다가 적선 출몰하는 즈음에 공관空官이 부질없으니 아직 중지하란 목사의 회답을 받았다. 봉학이는 여러가지로 서울을 가려고 벼르다가 못 가게 되어서 괴탄하였으나, 계향이는 늙은이와 계집아이에게 맡겨둔 전주 집을 한번 가보고 싶은 마음도 없지 않지마는 단 한 달 동안이라도 봉학이와 떨어지기가 싫은 까닭에 되레 해롭지 않게 생각하였다. 달포 뒤에 서울 인편이 있어서 봉학이가 이우윤께 상서하는데 올에는 꼭 한번 가서 뵈오려고 하다가 적선 소동에 수유를 못 얻고 말았다고 말씀하였더니, 그다음 이우윤의 답장에 조금 더 참으면 자연 서울 와서 보게 될는지 모르니 구태여 수유 얻어가지고 오지 말란 뜻의 사연이 있어서 봉학이는 서울 갈 생각을 접어놓고 내직으로 옮길 날을 기다리고 지내었다.

  이우윤의 주선으로 봉학이의 벼슬이 오위부장五衛部將으로 옮아서 이봉학이가 정의서 떠날 준비를 차릴 때, 정의 백성들이 관가에 원류˚ 들어오는 것은 고사하고 제주목사에게 등장˚들까지 올라갔다. 봉학이가 계향이를 데리고 제주로 떠나는 날 읍촌 백성 남녀노소 천여명이 말머리에 결진하고 길을 터주지 아니하여 봉학이는 하릴없이 관가로 다시 들어와서 목사께 취품하였더니, 목사가 새 현감 내려오기까지 있으라고 지휘하여 봉학이는 구관으로 골 일을 보고 있게 되었다. 봉학이가 모든 일을 전과 같이 보되, 오직 전에 없이 계향이를 데리고 각처로 구경을 많이 나다녔다. 어느 날 조연藻淵에 나가서 게를 잡고 놀다가 그날 묵고 이튿날 읍으로 들어오는데, 마중 나온 사령이 서울서 하인이 왔다고 말하여 어디서 하인이 왔을까 의심하며 관가로 들어왔다.

"그 하인이 어디 있느냐, 불러들여라."

하고 사령에게 분부하였더니 얼마 만에 사령만 들어와서

"그 하인이 객사 앞 술집에 가서 술을 먹구 있습디다."

하고 아뢰었다.

"술을 먹는다구 부르지 않았단 말이냐?"

"안전께서 부릅신다구 말씀을 했습드니 술을 좀더 먹구 들어온다구 일어나지 않습디다."

"변변치 않은 놈두 다 많다. 내가 기다리구 있다구 얼른 들어가잔 말을 못했단 말이냐!"

"얼른 들어가자구 몇번 재촉을 했습건만 술만 먹구 들은 체 아니하옵디다."

● 원류(願留)
예전에, 전임되어 가는 관리의 유임을 그 지방 사람들이 상부에 청원하던 일.

● 등장(等狀)
여러 사람이 이름을 잇대어 써서 관청에 올려 하소연함.

"그럴 리가 어디 있단 말이냐!"

봉학이가 그 하인을 곧 불러오라고 다른 사령들을 다시 내보냈다. 한동안 뒤에 몸을 가누지 못하도록 술이 취한 사람을 사령들이 좌우 부축하고 들어오는데 봉학이가

'대체 어디서 온 완만한 하인인가.'

하고 생각하며 들어오는 하인을 내다보다가 별안간

"아, 이게 누구요?"

하고 소리치며 곧 뜰아래로 쫓아내려갔다.

제주목사나 점마별성點馬別星이 노문 놓고˚ 행차할 때 원님이 나가서 지경地境에 등대하거나 중간에 마중하는 일은 있지마는 예사 손님이 관가에 들어올 때 원님이 방에서 대청으로 나오는 일도 별로 없는데, 손님도 아니고 하인이요, 하인도 하인 나름이지 갓도 못 쓰고 패랭이 쓴 하인을 원님이 뜰아래까지 쫓아내려와서 맞아 올리니 좌우에 있는 관속들이 모두 놀라서 눈들이 휘둥그레졌다. 관속들이 어이없이 보고 있는 중에 봉학이가 패랭이 쓴 사람을 붙들고 동헌방으로 들어와서 좌정한 뒤에

"형님, 어째 소문두 없이 오셨소?"

하고 물으니 그 사람이

"내가 노문 놓구 다닐 주제가 되나."

하고 껄껄 웃었다.

"유복이하구 같이 오셨소?"

"아니."

"그럼 혼자 오셨소?"

"천왕동이하구 같이 왔네."

"천왕동이는 어디 있소?"

"제주 있네."

"같이 오시지 않구 왜 제주다 두구 오셨소?"

"천왕동이가 제주루 귀양을 오는데 내가 따라왔네."

"무슨 일루 귀양을 왔단 말이오?"

"차차 이야기함세."

"오실 때 유복이를 보구 오셨소?"

"보구말구. 같이 오구 싶은데 못 와서 말을 조만히 하데."

"무슨 못 올 일이 있든가요?"

● 노문(路文) 놓다
미리 알리다.

"좀 그런 일이 있어."

"유복이가 지내기는 과히 어렵지 않습디까?"

"잘 지내지."

"농사하나요?"

"아니."

"장사하나요?"

"아니."

"농사두 안 하구 장사두 안 하구 어떻게 잘 지낸단 말이오?"

"농사하구 장사해서 잘 지낼 수 있나?"

"그럼 생화가 무어란 말이오?"

"놀구먹는다네."

"무슨 수가 생겨서 놀구먹을까."
"자세한 이야기는 차차 듣게."
"사람은 아잇적같이 진실하지요?"
"그럼, 진실하구말구."
"장가를 잘 들었소?"
"잘 들었지."
"유복이 아내를 보셨겠지."
"보다뿐인가, 친수숙같이 지내네."
"자녀간 무얼 낳았소?"
"혼인한 지는 벌써 삼년인데 아직 생산은 못했어."
"참말, 친환은 좀 나으시우?"
"나으실 리가 있나. 점점 더하시지. 올 여름에는 꼭 일을 당하는 줄 알았더니 생량한 뒤부터 다시 좀 그만하셔서 내가 떠나왔네."
"누님, 아주머니, 다 무고하구 백손이 잘 있소?"
"아직 별고들 없네."
"칠장사 선생님 문안 자주 들으셨소?"
"올 봄에 내가 잠깐 가서 보입구 왔네."
"근력이 전과 같으십디까?"
"근력 좋으신 품은 아직두 몇십년 더 사실 것 같데."
"올에 여든 몇이시던가?"
"여든넷이시지."

"나두 이번에 서울 올라갈 때 선생님을 보입구 가려구 생각하우."

"참말, 내직으루 올라가게 되었다지. 나는 제주 와서 들었네."

"내가 요전 떠나려구 작정한 때 떠났드면 이렇게 못 만나구 길에서 교위*될 뻔했소."

"제주서두 들었지만 아까 술집에서 여러 사람의 말을 들어보니 전에 없는 명관이라구들 하데. 나두 듣기 좋데."

"백성이 아직 우매하니까 원 노릇하기가 과히 힘들지 않습디다. 그렇지만 명관 값에야 갈 수 있소? 단지 내 전에 여러 등내 명관이 없었던갑디다."

봉학이가 그제야 뜰 위 뜰아래에 우뚝우뚝 섰는 관속들을 내다보고 다 물려 내보낸 뒤에

● 교위(巧偉)
뜻밖의 일이 생겨
공교롭게 기회를 놓침.

"곤하시거든 좀 누우시려우?"

하고 꺽정이더러 물었다.

"곤하긴 무어 곤하겠나?"

"아까 보니 술이 꽤 취하신 것 같습디다."

"임꺽정이가 사십 평생에 처음 원님 기신 동헌에 들어오느라고 좀 취한 체했네."

"그럼 우리 내아에 들어가서 이야기하다가 저녁을 먹읍시다."

"아무러나 하세."

봉학이가 꺽정이를 데리고 내아로 들어왔다.

계향이가 봉학이의 큰기침소리를 듣고 방에서 마루로 쫓아나

오다가 패랭이 쓴 사람과 같이 들어오는 것을 보고 속으로 해괴하게 생각하면서 마루 한구석에 비켜섰다. 봉학이가 꺽정이를 방으로 인도하고 계향이를 돌아보며

"양주 장사가 오셨으니 들어와 보입게."

하고 말하였다. 양주 장사 임꺽정이가 백정의 자식인 줄은 계향이가 전에 들어 알건마는, 패랭이 쓴 것을 눈으로 볼 때 장사는 놀라웁지 않고 백정은 창피하여 마루에서 한동안 주저하고 있다가

"얼른 들어오게."

봉학이의 재촉을 받고 방에 들어와서

"어서 보입게."

또다시 봉학이의 재촉을 받고 절 한번 하였다. 계향이는 꺽정이에게 인사를 마치고 곧 도로 마루로 나가고 봉학이는 꺽정이에게 유복이의 이야기를 다시 묻기 시작하였다.

"유복이가 장가를 숫색시에게 들었소?"

"남의 마누라를 첫날밤에 가로채었다네."

"남의 기집을 가로채구 무사했소?"

"마누라 뺏긴 자가 귀신이여."

"귀신이라니, 기집 뺏긴 사내를 죽였단 말이오?"

"참말 귀신이여."

"참말 귀신이라니, 무슨 소린지 모르겠소."

"유복이가 장가를 희한하게 들었네. 내 이야기할게 들어보게."

꺽정이가 유복이의 장가든 것을 이야기하느라고 유복이의 소

경력을 거의 다 이야기하게 되었는데, 강령 가서 부모의 원수 갚은 것을 이야기한 다음에 맹산 가서 앉은뱅이 병을 앓는 동안 표창질 익힌 것을 이야기하고, 또 덕물산 장군당 새마누라 가로챈 것을 이야기하다가 최영 장군의 귀신이 영검해서 산 사람 마누라 얻는 것을 이야기하여, 이야기가 올라가고 내려가고 또 가로새어 가리산 지리산이 될 때가 많았으나 봉학이는 갈피를 찾아 물어가며 재미나게 들었다. 그동안에 날이 벌써 어두워서 관비 하나가 방에 들어와서 촛불을 켜놓고

"저녁 진지를 어떻게 하라십니까?"

하고 물으니 봉학이는 상을 곧 들이라고 분부하였다. 봉학이가 꺽정이와 같이 저녁을 먹어가며 유복이가 장군당 마누라를 빼가지고 맹산으로 도망하는 길에 청석골 도적 오가의 집에 가서 같이 사는 이야기를 마저 들었다.

"유복이가 지금 도적질을 하는구려."

"도적두 이만저만한 도적이 아니라 댓가지 도적이라구 유명짜한 도적이라네."

"댓가지 도적이란 건 무슨 별명이오?"

"인명을 상하지 않으려구 댓가지루 만든 표창을 쓰는 까닭에 생긴 별명이여."

"형님이 가까이 있으면서 유복이를 도적놈 노릇하게 내버려둔단 말이오."

"내버려두지 않으면 어떻게 하나?"

"어떻게 하나가 무어요? 그 자식을 붙들어다가 농사를 시키든지 장사를 시키든지 하지 못한단 말이오."

"농사나 장사 시키려구 적굴에서 데려내왔다가 포교 손에 잡혀 보내면 도적질두 못해먹구 죽지 않나."

"내가 서울 가선 어떻게 해서든지 사람을 바로잡아주어야겠소."

꺽정이는 대답이 없었다.

저녁상을 물린 뒤에 봉학이가 꺽정이를 데리고 다시 동헌으로 나왔다. 봉학이가 천왕동이의 귀양 온 곡절을 물어서 꺽정이가 배돌석이의 살인한 이야기를 시작할 때 통인 하나가 방에 들어와서

"내아에서 듭시라구 여쭙니다."

하고 아뢰니 봉학이가

"왜?"

하고 통인을 바라보았다.

"안으서님께서 잠깐 뵈입겠다구 하신답니다."

"글쎄 무슨 일이 있다느냐?"

"그건 알지 못하옵니다."

"다시 들어가서 알아보아라."

통인이 염석문^{簾蓆門} 밖에서 관비를 불러서 물어보고 다시 와서

"안으서님께서 무슨 일은 말씀 안 합시구 잠깐 내아에 듭시라구만 여쭈라십니다."

하고 아뢰었다.

　봉학이가 속으로 밤참할 것을 의논하려고 부르나 생각하며 꺽정이를 보고

　"잠깐 들어가보구 나오리다."

하고 곧 일어서 내아로 들어왔다.

　봉학이가 내아 층계 위에 올라설 때 계향이가 마루 끝에 나와서 맞았다.

　"왜 부른 거야?"

　"잠깐 방으로 들어가세요."

　"할 말이 있거든 여기서 하게."

　"조용히 할 말씀이 있세요."

　"조용히 할 말이 무어야?"

하고 봉학이가 마루로 올라왔다. 봉학이와 계향이가 방에 들어와서 단둘이 마주 앉은 뒤 봉학이가 다시

　"조용히 할 말이 무어야?"

하고 물으니 계향이는

　"무에 그렇게 급하세요."

하고 상글상글 웃었다.

　"재미나는 이야기를 듣다 말구 들어왔어."

　"무슨 이야기가 그렇게 재미나셔요?"

　"이야기를 같이 듣구 싶은가?"

　"아니요. 그런데 오늘 밤에 동헌에서 손님하고 같이 주무실랍

니까?"

"그래. 그건 왜 묻나?"

하고 봉학이가 물끄러미 계향이의 얼굴을 바라보다가 계향이의 손을 잡아당기며 귓속말로

"손님만 동헌에서 재우구 나는 들어와 자까?"

하고 웃었다.

"점잖지 않게."

하고 계향이가 얼른 손을 빼어가지고 따로 앉아서

"정淨한 사처 하나를 치우고 손님을 나가 주무시게 하면 어떠까요?"

하고 물으니 봉학이는

"왜 그래?"

하고 괴상히 여기는 기색을 보이었다.

"글쎄 말이에요."

"글쎄 말이라니, 그렇게 해야 좋을 일이 있나?"

"내 소견엔 그렇게 했으면 좋을 것 같애요."

"어째서?"

"패랭이 쓴 손님을 동헌에서 재우면 뒤에 말썽이 없을까요?"

"말썽이 무슨 말썽이야."

"관가 동헌은 사삿집과 달라서 지금 오신 손님 같은 이를 재울 데가 못 되지 않아요?"

"별 우스운 소리를 다 하네."

"목사가 알면 탈이 있을까 보아 걱정이에요."

"목사가 지금 나하구 무슨 상관이 있어서 걱정인가?"

"관속이나 백성들의 입도 무섭지요."

"아따, 쓸데없는 걱정 되우 하네."

하고 봉학이가 증을 내니

"소견이 옳지 않거든 옳지 않다고 말씀하시면 고만이지 화까지 내실 거 무어 있세요?"

하고 계향이도 새촘하였다. 봉학이가 잠깐 동안 말이 없이 앉았다가

"내가 백정의 아들을 보구 형님 형님 하는 것이 맘에 창피한가?"

하고 계향이의 대답을 기다리지 않고 곧 뒤를 이어서

● 소대(疏待) 푸대접.
● 염량(炎凉) 세력의 성함과 쇠함.

"사람이 그래선 못쓰네."

하고 타이르듯 말하였다.

"내야 창피할 것이 무에요."

"자네가 아잇적부터 언니 동생하구 지내던 동무가 있다구 하세. 그 동무가 시집을 잘 가서 숙부인이나 정부인을 바친 뒤에 자네가 찾아갔는데 자네를 기생이라구 소대˚하면 자네 맘에 어떻겠나. 괘씸할 테지. 아무리 염량˚을 보는 세상이라두 사람이 그 동무 같아서야 쓰겠나. 더구나 사내대장부가."

"녜, 잘 알았세요."

"잘 알았거든 밤참으로 술상이나 잘 차려 내보내게."
하고 봉학이는 일어섰다.

봉학이가 동헌에 나온 뒤에 중간 그친 꺽정이의 이야기를 다시 듣기 시작하였다. 돌석이가 양반의 집 비부 노릇하다가 양반의 행랑 출입하는 버릇을 가르치려고 양반 이마와 계집 눈자위에 자자해준 이야기를 듣고 봉학이는 한동안 허리를 잡고 웃고 나서

"돌석이가 황주서 살인한 이야기나 마저 들읍시다."
하고 꺽정이의 이야기를 재촉하였다. 호랑이 잡고 경천역말서 역졸 노릇하고 계집 사단으로 살인하고 봉산 와서 잡혀 갇힌 돌석이 이야기와, 사위 취재 보이고 득배* 잘하고 장교 다니고, 유복이와 돌석이를 빼어놓고 그 언걸*로 귀양 온 천왕동이 이야기가 뒤범벅이 되어서 이야기를 잘 알아듣는 봉학이로도 연해 재차 묻지 않으면 돌석이 이야긴지 천왕동이 이야긴지를 알 수 없을 때가 많았다.

밤이 든 뒤에 진안주 마른안주가 늘어놓인 술상이 밤참으로 나와서 봉학이는 꺽정이와 같이 술을 먹기 시작하였다.

"내가 형님과 술을 같이 먹는 것이 삼년 만이구려."

"삼년 동안이 맘에는 삼십년이나 된 것 같애."

"내가 서울 가면 자연 형님을 만날 테지만 여기서 미리 만나기는 참말 뜻밖이오."

"내가 집에서 떠나기 전에 자네 벼슬이 갈릴 줄을 알았드면 여기를 안 왔을는지 모를 걸세."

"모르구 오기를 잘했소. 제주 세 골루 다니며 구경이나 하구 나갈 때 같이 갑시다."

"그건 봐가며 작정하세."

"한라산은 한번 올라가봐야지요."

"한라산은 전에 선생님 뫼시구 왔을 때 올라가보았네."

"참말, 제주가 이번이 초행이 아니구려."

"자네가 여기서 떠나기 전에 천왕동이의 귀양이나 풀리게 주선해주게."

"여기서는 도리가 없으니까 서울 가서나 주선해봅시다."

"제주목사에게 청해서 될 수 없나?"

"내가 한번 제주 가서 목사께 청하구 판관에게 부탁하면 귀양살이는 좀 편하게 살 수 있을 게요."

- 득배(得配) 배필을 얻음.
- 언걸 다른 사람 때문에 당하는 괴로움이나 해.

"천왕동이는 자네가 힘쓰면 풀리게 될 줄 알구 나하구 같이 오는 것을 퍽 좋아했는데, 그거 안됐네."

"죄명이 중하지 않으니까 내가 서울 가서 주선하면 곧 풀리게 할 도리가 있을 듯하우."

"자네두 알다시피 천왕동이가 성미는 바상바상한 위인이 갓 정든 아내를 떨어져서 지금 하루를 일년같이 보내네."

"내가 수이 한번 제주를 가서 천왕동이를 보구 말두 이르구 또 천왕동이 일을 부탁두 하리다."

"수이라구 할 거 없이 내일 가세."

"내일은 좀 어렵구, 모레쯤 가지요."

"자네 힘으루 곧 풀어주지 못할 줄을 짐작 못한 건 아니지만 혹시를 바랐드니 틀렸네그려."

"술잔 식소. 어서 술이나 잡수시우."

"천왕동이만 떼놓구 갈 일을 생각하니까 술맛이 다 없어지네."

"형님이 꽤 심약해졌소그려."

"속을 썩이며 한세상을 약약하게 지내려니 맘이 한편으룬 약해지구 한편으룬 독해지데."

"약해지면 약해지구 독해지면 독해지지, 어떻게 한꺼번에 약해지구 독해지구 한단 말이오?"

"글쎄, 내 맘이라두 나는 모르겠네."

"자, 술 잡수시우. 나두 오늘 밤엔 오래간만에 한번 취투룩 먹어보겠소."

"그동안엔 원님 노릇하느라구 술을 조심했나?"

"조심은 둘째치구 대관절 대작할 사람이 없으니까 취투룩 먹어지지 않습디다."

"그럼 자, 먹세."

둘이 권커니 잣거니 먹느라고 술을 네댓 번이나 더 내왔다. 술기운이 팔구분八九分 오른 뒤에 꺽정이가 봉학이의 얼굴을 들여다보면서

"자네는 대체 이 세상을 어떻다구 생각하나?"

하고 물었다.

"어떻다니, 무슨 말이오?"

"좋은 세상이냐 망한 세상이냐 묻는 말이야."

"글쎄, 좋은 세상이라군 할 수 없겠지."

"내가 다른 건 모르네만 이 세상이 망한 세상인 것은 남버덤 잘 아네. 여보게, 내 말 듣게. 임금이 영의정감으루까지 치던 우리 선생님이 중놈 노릇을 하구, 진실하기가 짝이 없는 우리 유복이가 도둑놈 노릇을 하는 것이 모두 다 세상을 못 만난 탓이지 무엇인가. 자네는 그렇게 생각 않나?"

하고 꺽정이가 흰자 많은 눈으로 봉학이를 바라보았다. 꺽정이의 입에서 말이 부르게 나올 때 눈동자 위로 흰자가 많이 나오는 것은 아잇적부터 있던 버릇이라 봉학이가 꺽정이를 보고 웃으면서

• 약약하다
싫증이 나서 귀찮고 괴롭다.

"형님, 눈 괴상하게 뜨는 버릇이 그저 남았구려. 동소문 안에서 같이 지낼 때 내가 곧잘 형님 눈을 흉내내었더니 형님이 나를 가르쳤다구 우리 외할머니가 형님을 야단친 일까지 있지 않소. 형님, 생각나우?"

하고 이야기를 달리 돌리려고 하였다. 그러나 꺽정이는 가볍게

"그랬든가."

한마디로 봉학이 말을 막고 자기가 하고 싶은 말을 계속하였다.

"자네는 나더러 유복이를 도둑놈 노릇하게 내버려두었다구 책망하지만 양반의 세상에서 성명 없는 상놈들이 기 좀 펴구 살아보려면 도둑놈 노릇밖에 할 게 무엇 있나. 그 전에 심좌랑沈佐郎

이 우리보구 반석평潘碩枰이란 사람의 이야기를 많이 했었지. 남의 집 종의 자식으루 재상까지 되었을 젠 여간 좋은 성수星數를 타고난 사람이 아닐 겔세. 예전부터 오늘날까지 수없는 종의 자식에 잘난 사람이야 반석평이 하나뿐이겠나. 우선 우리 알기에두 홍주洪州 서기徐起 같은 사람은 효행 있구 행검行檢 있구 글두 잘한다데. 그 사람이 나이 우리버덤 두어살 아래니까 앞으루 어떻게 될는지 모르지만, 제나 내나 그대루 썩었지 별조 있겠나. 그 사람이 양반집 종의 자식이 아니구 양반의 자식이었으면 벌써 대사성이니 부제학이니 들날렸을 것일세. 내 생각을 똑바루 말하면 유복이 같은 도둑놈은 도둑놈이 아니구 양반들이 정작 도둑놈인 줄 아네. 나라의 벼슬두 도둑질하구 백성의 재물두 도둑질하구, 그것이 정작 도둑놈이지 무엇인가.”

꺽정이의 말을 잠자코 듣고 있던 봉학이는 꺽정이의 말이 끝난 뒤에 긴 한숨을 한번 내쉬고

“형님, 그런 속상한 이야기는 고만두구 다른 이야기나 합시다.” 하고 말하였다.

“무슨 다른 이야기가 있어야지. 청석골 도둑놈들 이야기나 해 들려주까?”

“유복이와 돌석이 외 졸개들 이야기요?”

“유복이와 돌석이 외에 괴수가 둘이나 더 있다네.”

“아주 대적패요그려. 그 괴수들두 다 비범한 인물이오?”

“하나는 성명이 곽오주구 하나는 성명이 길막봉인데 둘 다 힘

꼴들 쓰는 사람이야."

"그자들은 청석골 붙박이 도둑놈들이오?"

"아니, 유복이버덤 뒤에 도둑놈 된 사람일세."

"그자들의 도둑놈 된 내력이 들을 만한 게구려."

"길막봉이가 남의 집 처녀를 훔친 것두 이야깃거리가 되지만 곽오주가 제 자식을 죽인 것은 희한한 이야깃거린 줄 아네."

"제 자식을 죽이다니, 천하에 흉악한 놈이구려."

"흉악한 놈인가 불쌍한 놈인가 내 이야기를 듣구 말하게."

하고 꺽정이가 이야기를 시작하여 먼저 곽오주의 일을 되숭대숭 다 이야기하고 다음에 길막봉이 일까지 대충대충 이야기하였다.

그동안에 밤이 이미 깊어서

"미진한 이야기는 두었다 하구 고만 잡시다."

하고 봉학이가 통인을 불러서 술상을 치우고 자리를 펴게 하였다.

자리에 누운 뒤에 꺽정이가

"가리포 싸움 이야기나 좀 듣세."

하고 말하니 봉학이는

"형님, 곤하지 않소?"

하고 묻고 그다음에 한동안 자기의 지난 일을 대강 다 이야기하였다.

꺽정이가 봉학이를 찾아오던 날부터 며칠 동안 정의 읍내에서는 원님 찾아온 손님 이야기가 자자하였다.

"원님 찾아온 손님이 상놈이랍디다."

"상놈이 다 무어요? 백정놈인갑디다."

"우리 안전하구 척분으루 형님 아우 한다니까 백정놈은 아니겠지."

"그 손님이 힘이 천하장사라우."

"우리 안전께서 영암 전장에서 그 손님의 힘을 보신 일이 있답디다."

"남방어사가 영암 북문 밖 싸움에 죽게 된 것을 그 손님이 살려냈는데 무슨 군령을 어기었다구 남방어사가 인정없이 효수시키려구 하는 것을 우리 안전께서 빼놔주셨다우."

정의 사람들이 이와같이 꺽정이의 일을 말하는데 말근본은 대개 다 내아 관비의 입에서 나왔었다.

봉학이는 꺽정이를 관가에서 묵히고 싶었으나 꺽정이와 자기가 모두 비편하여 관가 근처에 정한 사처를 정하여 나가서 묵게 하고, 또 천왕동이 일을 전위하여 제주에 올라가서 초하루 보름 점고날 외에는 마음대로 쏘다녀도 좋도록 부탁하여 천왕동이도 정의 와서 꺽정이 사처에서 같이 묵게 하였다. 봉학이가 꺽정이와 천왕동이를 데리고 각처로 구경도 돌아다니고 사슴 사냥질도 나다니어서 한 반달 심심치 않게 보내었다. 이동안에 새 현감이 제주 내려왔단 기별이 와서 봉학이가 정의를 떠나는데, 꺽정이는 천왕동이를 데리고 먼저 제주로 간 까닭에 봉학이의 일행은 계향이와 책방뿐이라 인마를 통이 합하여 열이 넘지 못하나 정의 관속, 백성 천여명은 제주까지 쫓아왔다. 봉학이가 제주서 떠날 때 정의 사람들은 뱃머리에 와서 하직하며 눈물을 뿌리고 천왕동이는 언덕 위에 주저앉아서 땅을 치며 통곡하였다. 정의 사람의 하직을 받느라고 고개를 끄덕이는 봉학이와 천왕동이더러 들어가라고 손짓하는 꺽정이가 둘이 다 눈에 눈물이 고였었다.

  봉학이가 전주 와서 책방은 작별하여 보내고 계향이는 서울 전접˚하는 동안 있으라고 떼어놓고 꺽정이와 같이 서울로 올라오는 길에 길을 돌아 죽산 칠장사에 들어가서 팔십 노인 선생을 뫼시고 수일 지내고 다시 꺽정이와 같이 떠나서 서울로 올라왔다. 꺽정이가 양주 집으로 내려간 것은 말할 것 없고 봉학이는 서울 입성하며 곧 이우윤 댁을 찾아가서 문안하고 다음날 비로소 궐하闕下에 숙배하고 다음날부터 오위 중 의흥중위義興中衛 ● 전접(奠接)
머물러 살 곳을 정함.
인 외소外所에 출사出仕하였다.

  전란이 없는 평시에는 오위 각소가 다 일없는 마을들이라 봉학이가 마을 일을 알게 되자마자 곧 자기 벼슬이 재미가 없어서 이우윤께 이 뜻을 말씀하였다가, 벼슬이란 재미를 취해서 다니는 것이 아니라고 꾸중을 듣고 다시 두말 못하였다. 봉학이는 벼슬이 한가한 덕에 말미 얻기가 쉬워서 서울 문밖에 있는 부모 산소와 교하에 있는 외조모 산소에 소분할 뿐 아니라 교하 외숙에게와 양주 꺽정이에게로 돌아다니며 여러 날을 묵었다. 유복이는 꺽정이 집으로 불러다가 만났는데, 처음 만날 때 봉학이는

  "유복아!"

하고 부르고 유복이는

"봉학 언니."

하고 부르고서 한동안 둘이 다 뒷말을 잇지 못하여 꺽정이의 누님 애기 어머니에게 갑자기들 벙어리가 되었나 하고 조소까지 받았다. 청석골 가서 유복이를 불러온 사람은 꺽정이의 집에서 일해주는 새원 사람 신불출인데, 봉학이가 나중에 신불출의 내력을 들으니 다르내재에서 도적놈 노릇하던 중에 유복이 손에 혼이 나고 그 길로 훌륭한 농군이 되어서 늙은 어미와 어린 자식을 기르다가 어미도 죽고 자식도 죽은 뒤에 평일 우러러보는 꺽정이에게 와서 새경도 안 받고 일하는 사람이었다. 봉학이가 유복이를 보고

"신불출이 보기가 부끄럽지 않은가."

하고 말하니 유복이는 머리를 숙이고 한숨만 쉬었다.

봉학이가 양주서 올라온 뒤에야 비로소 이우윤 댁 근처에 작은 초가집을 장만하고 계향이를 데려다가 같이 살림을 하게 되었는데, 교하 아내가 외숙과 같이 올라온 것을 봉학이가 인정없이 도로 쫓아 내려보냈더니 불과 며칠 뒤에 아내가 자처하여 죽었다는 기별이 와서 봉학이는 다시 교하 내려가서 죽은 아내를 감장하였다.

수문장이 따로 없고 사품 이상 무변들이 번차례로 돌려가며 궐문을 수직守直하던 때나 사품 이상 무변들이 흔히 자기 마을의 아래 동관들을 대신 시키는 까닭에 이봉학이도 위장들 대신으로 여러 차례 창덕궁, 경복궁 두 대궐문을 수직하였다. 왕대비전하, 왕

전하가 다 창덕궁에 와서 계신 중에 어느 날 봉학이가 금호문金虎門을 수직하게 되었는데, 이날 다저녁때 기생같이 치장을 차린 하님 하나가 보자褓子로 싼 목판을 머리에 이고 문앞에 와서

"영부사 댁이오."

말 한마디 하고 바로 궐내로 들어가려고 하는 것을 군사가 막지 아니하여 봉학이가 앞으로 나서서

"내 말두 들어보지 않구 어디를 들어가!"

하고 가로막았다.

"영부사 댁에서 왔단 말 듣지 못했소?"

"영부사 댁에서 왔드래두 수직하는 관원의 허락을 받구 들어가야지."

"그래 나를 못 들어가게 하겠단 말이오?"

"영부사 댁 하님이면 궐문 출입하는 법을 잘 알겠네그려."

"누가 모른답디까?"

"알거든 어서 선인문宣人門으로 가게."

"왜 선인문으로 가라오?"

"아는 건 무얼 알았나. 이 금호문은 조신朝臣이 드나드는 문이구, 돈화문敦化門은 대간이 드나드는 문이구, 자네 따위 드나드는 문은 선인문이야. 어서 그리 가게."

"별소리 다 듣겠소. 우리는 이때까지 이 문으로 드나들었소."

"거짓말 아닌가?"

"누가 당신하고 말하잡디까?"

하고 하님이 눈을 똑바로 뜨고 얼굴을 치어다보니 봉학이가 괘씸한 생각이 왈칵 나서

"맨망스러운 년이구나."

하고 꾸짖었다.

"누구더러 년이래?"

"네년더러 년이라지 못한단 말이냐!"

"사람이 살려니까 별꼴을 다 보겠네."

하고 하님이 혼잣말하는 것을 봉학이가

"무엇이 어째! 이년, 다시 한번 말해봐라!"

하고 호령할 때 마침 궐내에서 재상 하나가 퇴궐하여 나오니 봉학이와 하님이 다같이 한옆으로 비켜서서 재상이 나올 길을 틔워 놓았다. 재상이 문밖에 나오자 비켜섰던 하님이 앞으로 쫓아나오며

"아이구 미동 대감마님, 쇤네 좀 보십시오."

하고 소리를 질러서 그 재상이 물끄러미 바라보다가

"네가 영부사 댁 정경부인 시녀 아니냐?"

하고 하님을 알아보았다.

"대비마마 저녁 수라에 드릴 찬을 가지고 왔는데."

하님의 말이 미처 끝나기 전에 재상이

"수라간 찬보다 좋은 찬이 무엇이니?"

하고 물었다.

"찬은 좋지 않아도 정경부인 마님이 정성으로 바치시는 겐

니다."

 "얼른 들어가 바치고 가지 왜 여기 섰느냐?"

 "문지기 양반이 못 들어가게 한답니다."

 "그럴 리가 있느냐."

 "그럴 리가 무에요? 선인문으로 가라고 못 들어가게 해요."

 재상이 하님의 말을 듣고 빙그레 웃으면서 봉학이를 손짓하여 부르니, 봉학이가 가까이 나가서 허리를 굽히었다.

 "자네 벼슬이 무엇인가?"

 "외소부장 이봉학이올시다."

 "외소부장이야? 전에는."

 "정의현감으루 있었습니다."

 "그래, 서울 온 지 얼마나 되었나?"

 • 자비
 가마, 남여, 승교, 초헌 따위의 탈것을 통틀어 이르는 말.

 "인제 두어 달 되었습니다."

 "이 금호문은 조신들이 드나드는 문이지만 저 기집하인은 그대로 들여보내게."

 재상이 자비˙를 불러 타고 간 뒤에 봉학이가 하님을 보고

 "들어가게."

하고 말하니 하님이 입속말로 알아듣지 못하게 종알종알하며 들어갔다. 한번 들어간 하님이 다시 나오기 전에 다른 사람이 봉학이 대신 문을 수직하러 오며 곧 뒤미처 금부나장이가 나졸을 데리고 봉학이를 잡으러 왔다. 그 하님이 윤원형의 첩인 정난정鄭蘭貞이 신임하는 시녀 옥섬玉蟾인 것과 그 재상이 윤원형의 족질 윤

춘년尹春年인 것은 봉학이가 금부에 잡혀온 뒤에 비로소 알았다.

　봉학이는 수문守門하는 관원으로 궐문 밖에서 대신 댁 계집하인을 붙들고 희롱하였다고 신문을 받았다. 봉학이가 계집을 희롱한 것이 아니라고 극구 변명하였으나 뒤에 왕대비전 분부가 있는 일이라 금부당상들이 변명을 잘 들어주지 아니하고 주장朱杖질까지 시키었다.

　형문 한두 차례 톡톡히 맞은 뒤에 봉학이가 금부에서 놓여 나왔으나 벼슬은 떨어지고 말았다. 벼슬 떨어진 것보다도 허물 뒤어쓴 것이 억울하여서 봉학이는 이우윤께 하소연하려고 매일 이우윤 댁에 가서 살다시피 하건만, 이우윤이 사진하거나˙ 출입하지 않으면 손을 보거나 안에 들어가고 봉학이에게 하소연할 틈을 주지 아니하였다. 이우윤이 미타히 여기는 줄을 짐작한 뒤로 봉학이는 억울한 중에 일층 더 억울하여 얼굴에 풀기까지 없어졌다. 하루 지나고 이틀 지나고 사흘 나흘이 지난 뒤 봉학이가 이우윤 댁에 가서 있다가 점심 먹으러 왔을 때, 계향이가 봉학이의 풀기 없는 얼굴을 보고

　"오늘 아침에도 영감을 못 뵈셨구려."

하고 말하니 봉학이는 대답없이 입맛만 다시었다.

　"댁에 안 기십디까?"

　"댁에 기시면 손님이 오셨습디까?"

　"손님이 안 왔으면 아낙˙에 들어가 기십디까?"

　계향이가 세 번 묻는 말에 봉학이는 번번이 고개만 가로 흔들

었다.

"그럼 왜 말씀을 못하셨소?"

"책 보시어."

"책 보신다고 말씀 못하면 어느 때 말씀하시겠소."

"나를 지금 미타히 생각하시는데 불쑥 들어가서 말씀을 여쭐 수 있나. 불러 물으실 때만 기다리지."

"공연히 비슥거리시면 참말 허물이나 있는 줄로 아시지 않겠소? 이다음엔 불러 물으시기를 기다리지 말고 들어가서 전후사 이만저만하다고 말씀을 여쭈시오."

"글쎄."

봉학이가 점심 한두 술 떠먹은 뒤에 다시 이우윤 댁에 와서 보니 대배한 지 얼마 되지 아니한 이우윤의 계씨 이정승이 와서 형제 같이 담화하는 중이었다. 봉학이가 바로 수청방으로 들어와서 이정승께 문안이나 할까 생각하고 있는 중에 큰사랑에서

● 사진(仕進)하다
벼슬아치가 규정된 시간에 근무지로 출근하다.
● 아낙
부녀자가 거처하는 곳을 점잖게 이르는 말.

"이리 오너라!"

소리가 나서 젊은 청지기가

"녜."

대답하고 가더니 얼마 안 있다 도로 와서

"이정의 나리, 영감께서 오라시오."

하고 말하여 봉학이는

"날 오라시어?"

하고 벌떡 일어섰다.

"영감께서 지금 수청방에 온 사람이 누구냐 물으시기에 나리라구 말씀 여쭈었지요."

청지기의 공치사같이 하는 말을 봉학이는 듣는지 만지 하고 큰사랑에 와서 이정승께 문안한 뒤 이우윤을 향하여 두 손길을 맞잡고 섰다.

"벼슬 떨어지고 무슨 맛에 서울 있느냐? 시골 가서 농사나 짓지."

이우윤의 역증난 말을 듣고 봉학이가 허리를 굽실하며

"황송하오이다."

하고 잠깐 우물우물하다가

"소인이 벼슬은 떨어졌사오나 실상 허물은 없소이다. 이것만은 통촉하여 주시기를 바랍니다."

하고 말하니

"수문하는 관원으로 궐문 앞에서 대신 댁 기집하인을 희롱한 것이 허물이 아니면 무엇이 허물일까!"

이우윤의 꾸중이 내리었다.

"기집하인을 희롱한 것이 아니올시다."

"어디 네 발명 좀 들어보자."

억울한 사정을 하소연하려고 벼르고 벼른 봉학이가 그날 일을 자초지종 이야기하여 발명하였다.

"대신 댁 기집하인이 궐내에 바치는 찬품饌品을 가지고 왔는데 어째 얼른 안 들였느냐. 그것은 허물이 아닌 줄 아느냐?"

"금호문은 조신만 드나드는 문이라구 들자온 까닭에 얼른 들이지 않았습니다."

"조신이 못 드나드는 내전에까지 들어가는 기집하인이 금호문을 드나들지 못할 것이냐. 그만 요량도 없는 사람이 벼슬을 다니겠느냐. 벼슬 떨어진 것이 잘된 일이다. 시골 가서 땅이나 파먹구 살아라."

대답도 못하고 섰는 봉학이를 이정승이 빙그레 웃으며 바라보더니 슬며시 손을 들어서 나가라고 손짓하여 봉학이는 수청방으로 물러나왔다.

"벼슬 떨어지구 무슨 맛에 서울 있느냐? 시골 가서 농사나 짓지."

"벼슬 떨어진 것이 잘된 일이다. 시골 가서 땅이나 파먹구 살아라."

먼저 말은 봉학이가 허물이 있는 줄로 알고 한 말씀이고 뒤의 말은 봉학이의 억울한 사정을 듣고 한 말씀인데 어찌하여 뒤의 말씀이 먼저 말씀보다 더 심할까. 이우윤의 처음 말과 나중 말을 봉학이는 속으로 비교하고 일시 역증이 아니거니 생각하였다.

'전 같으면 내가 그런 말을 하더라도 그만 일에 제 손으로 전정을 막아버린단 말이냐. 지각없는 소리 말고 가만있거라 꾸중을 하시고 뒤로 복직을 주선해주실 듯한데, 벼슬 떨어진 것이 잘되었다고 시골 가서 두더지처럼 땅이나 파먹고 살라시니 혹시 나를 패씸히 보신 일이 있나. 그럴 일도 없고 혹시 당신이 환로에 싫증이 나셔서 내게까지 그렇게 말씀하시나. 그런 눈치도 없고 전에 없이 심한 말씀을 하실 까닭이 무엇일까. 알 수 없는 일이다. 아무렇든지 일시 역증풀이는 아니신 모양이니 인제 나는 끈 떨어진 두룽박이다. 서울 있어 소용없으면 말씀대로 시골로나 가보겠다. 시골로 간다면 교하밖에 갈 데가 없는데, 교하는 재미적고 전주 가서 살아볼까. 이럴 줄 알았더면 계향이 집이나 팔지 말랄 걸 공연히 자발적게 팔아 없앴지. 어느 시골이 좋을까. 산수 좋은 곳에 초가삼간 지어놓고 전후좌우에 갖은 화초 심어놓고 꽃냄새가 사철 그치지 않는 속에 계향이의 가야금이나 듣고 누웠으면 대장부 살림살이 그만해도 족하려니. 군총에 뽑혀서 전라도 내려가던 때를 생각하면 이정이니 이부장이니 택호를 얻은 것도 의외의 공명이다. 막이 십년 이십년 벼슬을 다닌댔자 나 같은 미천한 놈에게 병수사도 차례에 안 올 것이니까 진작 벼슬을 하직하는 것도 역시 좋다. 그러나 오뉴월 화롯불도 쪼이다 물러나면 섭섭하다지.'

봉학이는 마음이 번조하여져서 앉았다 섰다 하다가 나중에

'집에 가서 술이나 먹어볼까.'

생각하고 집으로 돌아오니 계향이가 기색을 살피면서

"말씀을 또 여쭙지 못하셨소?"

하고 물었다.

"여쭐 말씀 다 여쭈었네."

"그럼 무슨 딴 걱정이 생겼소?"

"일껀 말씀을 여쭈었드니 벼슬 떨어진 것이 잘된 일이라구 나더러 시골 가서 땅이나 파먹구 살라시데."

하고 봉학이가 이우윤 형제 앞에서 말한 것을 이야기하고 이우윤의 처음 말, 나중 말을 그대로 옮겨 들리니 계향이는

"어째 말씀이 그러실까?"

하고 눈을 깜짝깜짝하다가

"옳지, 알겠소. 그 말씀이 역증에서 나온 말씀이오."

하고 말하였다.

"내가 잘못이 없는 줄 아시구 하시는 말씀이 더 심하신 걸 보면 내게 따루 역증나신 일이 있는지두 모르겠네."

"나리께 역증나신 것이 아니고 작은댁 대감께 역증이 나신 게요."

• 번조(煩燥)하다 몸과 마음이 답답하고 열이 나서 손과 발을 가만히 두지 못하다.

"우애가 유명하신 형제분 사이에 무슨 일에 역증을 내시겠나."

"내 생각엔 작은댁 대감께 나리를 복직시켜 주라고 청하시다가 작은댁 대감이 잘 듣지 않으시니까 역증이 나신 것 같소."

"내 잘못이 있는지 없는지 아시기두 전에 복직을 청해주실 리가 있나."

"설사 나리 잘못으로 낙사落仕가 되었더라도 복직을 청해주시겠지요."

"내 잘못으루 낙사되었으면 복직을 청해주실는지 모르겠네."

"아무래도 내 생각엔 나리 복직 청하시다 틀린 것 같소."

"재미없는 벼슬, 복직된대두 맘에 좋을 거 없네. 영감 말씀대

루 시골루나 가보세."

"시골도 좋지요."

"이 집을 팔아가지구 시골 가면 밭날가리쯤 집에 껴서 살 수 있으렷다."

"전주 집 판 것도 있으니까 조그마치 전장田莊도 장만할 수 있겠지요."

"내가 술이 먹구 싶으니 있거든 가져오구 없거든 받아오라게."

얼마 동안 뒤에 봉학이는 술상을 앞에 놓고 계향이가 쳐주는 잔을 한잔 두잔 거듭하면서 시골 갈 일을 다시 공론하였다.

이우윤은 봉학이 입에서 발명하는 말을 듣기 전에 봉학이가 억울하게 벼슬 떨어진 것을 밝히 아는 까닭에 곧 복직시켜 주라고 계씨에게 청할 생각이 있었다. 그러나 계씨나 봉학이에게 속생각은 말하지 않고 계씨 면전에서 봉학이를 불러다가 발명시키고 계씨의 귀를 울리도록 봉학이에게 심한 말을 하였다. 그 계씨가 봉학이와 같이 이우윤의 농락 속에 들어서 봉학이가 낙향할 준비를 차리는 중에 봉학이를 군기시 직장直長으로 복직시켜 주었다. 봉학이가 복직된 뒤 비로소 이우윤의 속생각을 깨닫고 계향이와 같이 감지덕지 말한 뒤에 낙향은 곧 파의하고 군기시에 출사하였다.

군기시 관원은 도제조都提調, 제조提調, 정正, 부정副正, 첨정僉正, 판관判官, 주부主簿가 직장 위에 있고, 봉사奉事, 부봉사副奉事, 참봉參奉이 직장 아래에 있어서 직장은 승상접하˙의 성가신 일이 많았다. 원수는 외나무다리에서 만난다는 속담과 같이 옥섬이의 외숙 되는 사람이 군기시 부정으로 있어서 생질녀의 금호문 사단으로 봉학이의 이름을 들어 아는 까닭에 처음에 벌써 못마땅한 눈치를 보이고 한 열흘 지난 뒤로는 봉학이의 하는 일이 탈 잡을 만하면 한번 눈 덮어두는 법이 없었다. 환로는 염량 빠른 곳이라 부정이 새 직장 미워하는 것을 알며부터 첨정, 판관, 주부들까지 봉학이를 정답게 대하지 아니하였다. 같은 직장 한 사람이 사람이 좋아서 봉학이의 뒤를 많이 싸주는 까닭에 봉학이가 한번 술대접을 하려고 어느 날 마을에서 나오는 길에 집으로 끌고 왔다. 봉학이가 동관同官과 같이 술을 먹어가며 이런 이야기 저런 이야기 하다가 금호문 사단을 이야기하였더니 동관 직장이

• 승상접하(承上接下) 윗사람을 받들고 아랫사람을 거느려 그 사이를 잘 주선함.

"영부사 댁 시녀를 금호문에 못 들어가게 한 것이 동관의 일인 줄은 몰랐소."

하고 말한 다음에

"그때 시녀의 이름이 무엇이랍디까?"

하고 물었다.

"금부에서 나장이에게 이야기를 들으니까 시녀의 이름이 옥섬인데 영부사 댁 정경부인께 신임을 받을 뿐 아니라 왕대비 전하께까지 총애를 받는답니다."

"옳지, 알겠소. 동관이 부정에게 미움받는 까닭이 있소그려."

"무슨 까닭이오?"

"부정이 옥섬이의 외숙이오. 이 말이 부정의 귀에 들어가면 큰일이니까 마을에 가선 입 밖에 내지 마우."

"인제 아니까 금호문 동티가 군기시까지 쫓아왔구려."
하고 봉학이는 어이없는 웃음을 웃었다.

봉학이가 마을에서 설움을 톡톡히 받는 중에 이우윤이 함경감사로 나가게 되어서 봉학이는 더욱이 의지가 없어지는 것 같았다. 이감사가 함경도로 떠나기 전에 봉학이가 한번 조용한 틈을 타서 마을에서 설움받는 사정을 대강 이야기하고 다시 비장으로 따라가기를 청하니 이감사가

"지각없는 소리 마라. 지금 세상에 벼슬을 다니자면 비위가 좋아야 하니 비위를 참고 지내보아라."
하고 봉학이의 청을 들어주지 아니하였다. 이감사가 떠난 뒤에 불과 한 달이 못 지나서 봉학이가 한번 마을에서 부정에게 톡톡히 망신을 당하고 분난 김에

"시녀 생질녀를 두신 양반 장하시우."
하고 들이대어서 부정이 얼굴빛이 새파랗게 질리기까지 하였다. 봉학이가 직장을 즉시 내버리고 싶었으나 이감사께 상서할 동안 참으려고 마음을 먹고 함흥까지 전인을 사서 상서하였더니 전인 회편에 봉학이에게 오는 답장은 없고 계씨 대감께 갖다 드리라는 서간이 있었다. 봉학이가 그 서간을 갖다 드린 지 이삼일 후에 봉학이의 벼슬이 갑자기 임진별장臨津別將으로 옮기었다. 군기시 직장이 임진별장으로 나가는 것은 심한 좌천이건만 봉학이는 도

리어 다행히 여겨서 불불이 서울 살림을 거두어가지고 임진으로 내려갔다.

임꺽정 ❺ 의형제편 2

1985년 8월 31일   1판 1쇄
1991년 11월 30일   2판 1쇄
1995년 12월 25일   3판 1쇄
2007년 8월 15일   3판 15쇄
2008년 1월 15일   4판 1쇄
2024년 7월 20일   4판 10쇄

지은이	홍명희
편집	김태희, 박찬석, 조소정, 이은경
디자인	오진경
제작	박흥기
마케팅	이병규, 김수진, 강효원
홍보	조민희
출력	블루엔
인쇄	천일문화사
제책	J&D바인텍
펴낸이	강맑실
펴낸곳	(주)사계절출판사
등록	제406-2003-034호
주소	(우)10881 경기도 파주시 회동길 252
전화	031)955-8588, 8558
전송	마케팅부 031)955-8595 ｜ 편집부 031)955-8596
홈페이지	www.sakyejul.net
전자우편	literature@sakyejul.com
블로그	blog.naver.com/skjmail
페이스북	facebook.com/sakyejul
인스타그램	instagram.com/sakyejul

ⓒ 홍석중 2008

값은 뒤표지에 적혀 있습니다. 잘못 만든 책은 구입하신 서점에서 바꾸어 드립니다.
사계절출판사는 성장의 의미를 생각합니다. 사계절출판사는 독자 여러분의 의견에 늘 귀 기울이고 있습니다.
이 책은 저작권법에 따라 보호받는 저작물이므로 무단 전재와 복제를 금합니다.

ISBN 978-89-5828-265-5 04810
     978-89-5828-260-0 (세트)